U0915437

记忆凌钢

凌源钢铁集团有限责任公司 编著

北京
冶金工业出版社
2016

内容提要

本书分为“岁月留痕”、“成长纪事”、“风雨同舟”三个篇章。收录的文章既有凌钢退休人员撰写的艰难创业经历，也有在职人员叙述的切身感受；既有高炉、转炉、轧机由小到大、由弱到强的光辉历程，也有几代凌钢人生于斯、长于斯的喜怒哀乐；既有高校学子到企业员工之间的华丽转身，也有精诚合作、发展共赢的心手相牵。每个故事，每篇文章记录的都是凌钢真实走过的每段路。

图书在版编目(CIP)数据

记忆凌钢/凌源钢铁集团有限责任公司编著．—北京：冶金工业出版社，2016.7
ISBN 978-7-5024-7299-3

Ⅰ.①记…　Ⅱ.①凌…　Ⅲ.①报告文学—中国—当代
Ⅳ.①I25

中国版本图书馆 CIP 数据核字(2016) 第 169672 号

出 版 人　谭学余
地　　址　北京市东城区嵩祝院北巷 39 号　邮编　100009　电话　(010)64027926
网　　址　www.cnmip.com.cn　电子信箱　yjcbs@cnmip.com.cn
责任编辑　姜晓辉　美术编辑　彭子赫　版式设计　彭子赫
责任校对　李　娜　责任印制　李玉山
ISBN 978-7-5024-7299-3
冶金工业出版社出版发行；各地新华书店经销；固安华明印业有限公司印刷
2016 年 7 月第 1 版，2016 年 7 月第 1 次印刷
169mm×239mm；22 印张；427 千字；343 页
80.00 元

冶金工业出版社　投稿电话　(010)64027932　投稿信箱　tougao@cnmip.com.cn
冶金工业出版社营销中心　电话　(010)64044283　传真　(010)64027893
冶金书店　地址　北京市东四西大街 46 号(100010)　电话　(010)65289081(兼传真)
冶金工业出版社天猫旗舰店　yjgycbs.tmall.com

目　　录

❖岁月留痕❖

成长纪事

风雨同舟

岁月留痕

建厂初期的凌钢全景

凌源钢铁厂首届党代会
全体代表合影

建厂初期的凌钢职工住宅

1986 年,凌钢“七五”工程开工典礼

“七五”时期,300m³ 高炉开工建设

1986 年,凌钢朝阳焦化厂举行开工典礼

凌钢朝阳焦化厂建设时期，
王广志、田荣吉、张振勇在现场

凌钢"七五"改扩建期间由汽车改装的
机车在为第一炼钢厂运输铁水

20世纪80年代的凌钢厂南门

绿意葱葱的凌钢厂区南门

1988 年,凌钢教育中心落成剪彩

1989 年,朝阳市公安局
凌钢公安处成立

1990 年 10 月，凌钢晋升为国家二级企业

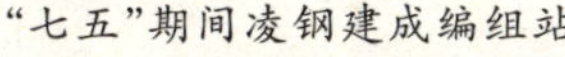
“七五”期间凌钢建成编组站

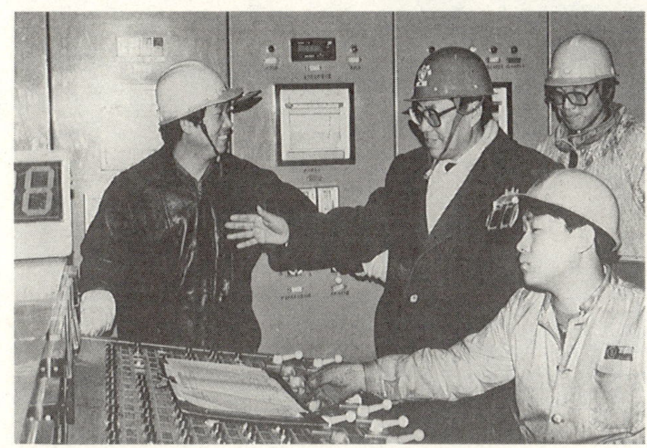

宋士田在炼钢炉前与炼钢工人在一起

宋士田、高益荣陪同第八届全国政协常委袁木参观凌钢

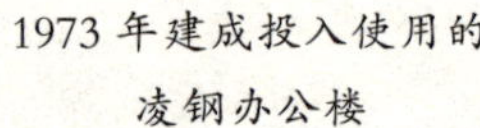

1973 年建成投入使用的凌钢办公楼

20 世纪 90 年代的凌钢办公楼

2011 年建成投入使用的凌钢办公区

20 世纪 90 年代初的高炉群

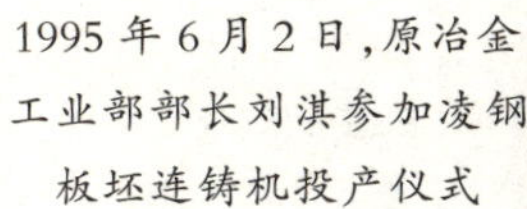

1995 年 6 月 2 日，原冶金工业部部长刘淇参加凌钢板坯连铸机投产仪式

2000 年，高益荣为凌钢股份鸣锣开市

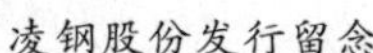
凌钢股份发行留念

凌钢股份隆重上市

高益荣参加朱镕基视察
辽宁企业座谈会

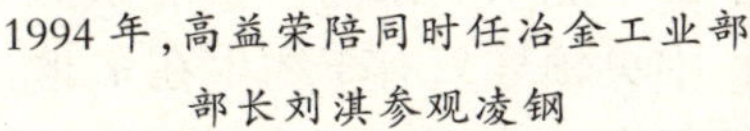

1994年,高益荣陪同时任冶金工业部部长刘淇参观凌钢

凌钢全景图

忆李德生将军视察凌钢

苑成德

1975年，凌钢虽然已经建厂近十年，但由于“文化大革命”的干扰破坏，钢年产量只有四五万吨，是一个名不见经传的小厂。

年初，在全国钢铁生产座谈会上，邓小平同志提出了解决钢铁生产的四条具体要求，随后以中共中央13号文件发出了《关于努力完成今年钢铁生产计划的批示》。一时间，元帅要升帐，钢铁要翻身，在钢铁战线形成一股热潮。凌钢当时大干快上氛围也很浓，从省到市都派来了工作组，帮助企业整顿。就是在这种形势下，时任中共中央政治局委员、沈阳军区司令员李德生借到内蒙古和辽西检查战备工作之机，根据中央精神，抽暇来凌钢视察。

1975年10月5日一大早，上边就传来指示，今天将有中央领导到凌钢视察，让我们做好准备工作，并且严令保密。当时，我在凌钢党委办公室做秘书工作。但今天要来一个什么样的中央领导呢？领导不说，我们也不敢多问。不过，我们这些工作人员都在私下揣测，所能想到的只有李德生能来。因为，在北京的中央领导不会专程跑到凌源这样一个偏远的小县城，中央领导只有李德生在东北。

当时正是秋季，凌源的苹果、梨等各种水果很多，我们在原凌钢老办公楼二楼会议室里，摆了满满一大桌子水果。各个车间清理垃圾、扫院子忙个不停。当时，凌钢院内没有油漆马路，为了降尘，就一遍一遍地人工洒水。其实，这些准备还都不算什么，比较忙的是地方武装部和凌源驻军、公安。李德生乘直升飞机来，为了领导的安全，在凌源三十家、四官营子等地，准备了三四个预备机场，而真正的机场在现在凌钢转炉炼钢厂的位置上。那时，这里还是一片荒地，人称“北大荒”。

那天，我们从中午就开始等，一直等到将近下午4点，才看到从凌钢东南角上空出现了一架直升飞机，径直向凌钢院内飞来。到此时已经保不住密了，大道上站满了上下班的职工和老百姓。直升飞机在“北大荒”上空垂直停了好一会才降落。螺旋桨扬起的沙尘把飞机完全包围了，待沙尘落地，飞机的舱门打开，李德生和几名军人走下飞机。当时的凌钢厂领导徐步云、何群、王志有、关德文等人迎上前去，同李德生握手。朝阳地委、凌源县委的领导们也在机场迎接。

李德生在徐步云等厂领导的陪同下，驱车直奔老炼钢车间。当时的炼钢车间，只有两台5t电炉在生产。李德生来到1号电炉炉前，和炼钢工人握手问候，还同炼钢车间领导于少铎、宋士田谈了话。厂领导也向李德生简短汇报。由于距离较远，谈了些什么，大家没有听清楚。据当时的厂党委副书记王志有后来对我说，李德生除了问车间一年产钢多少，现在生产有什么困难外，还对青年干部很感兴趣，特地问了一些他个人的情况（王志有当时是青年干部）。看完炼钢车间，李德生没有再到其他车间，而是驱车离开了凌钢，到凌源热水汤温泉61部队医院下榻。我们准备的水果一个也没动，也没有在凌钢吃饭。

对李德生的到来，当时人们奔走相告，反响强烈，对凌钢广大职工是一个很大的鼓舞。虽然，当时的形势无法从根本上解决“文革”造成的破坏，但也使人们看到了希望，看到了曙光。直到现在，这次视察仍然是凌钢建厂50年来，到过凌钢的时任级别最高的党和国家领导人。

（作者曾任凌钢党委副书记、副总经理、纪委书记、工会主席等职务）

回忆宋士田

——在凌钢建厂50周年之际，谨以此献给曾为凌钢发展做出卓越贡献的先辈们

苑成德

在凌钢50年的发展史上，宋士田的名字是人们永远不会忘记的。

宋士田，1931年2月出生于辽宁庄河。新中国成立之初，他就投身于新中国的钢铁工业，1950年初在大连钢厂参加工作，1954年被选送到苏联南乌拉尔兹斯大林冶金工厂学习特钢冶炼技术。1956年回国后，先后在北满钢厂、合肥钢厂工作。1967年，支援“三线建设”来到凌钢，参加了凌钢的最初创业。1978年以后，他走上凌钢主要领导岗位，先后担任凌源钢铁厂副厂长、厂长、党委书记；1988年凌源钢铁公司成立后，任公司经理、党委书记、凌钢股份公司董事长，1996年退休，2004年逝世。在近30年时间里，特别是担任凌钢主要领导18年间，他为凌钢的发展和建设，呕心沥血、鞠躬尽瘁，把自己的智慧和汗水全部贡献给了凌钢的发展事业。他是凌钢发展的奠基人和开拓者，将永载凌钢的史册。

由于工作关系，我和宋士田曾多年工作在一起。他既是我的老领导，也是我的良师益友，还是我的庄河老乡和忘年交。当年，我们朝夕相处，为了凌钢的发展，共同拼搏、奋斗，结下了深厚的友谊。虽然他已经退休离开凌钢20多年了，逝世也有12年之久，但对他的为人、对他的品德、对他的工作，以及他的音容笑貌，举手投足，我至今记忆犹新，永难忘记。

拨乱反正的头五年

宋士田是1978年5月担任凌源钢铁厂副厂长兼总工程师的。在此之前，他是凌钢炼钢车间主任兼书记。1979年5月，根据党委领导下的厂长负责制的需要，他又被朝阳地委任命为凌钢党委副书记兼厂长。

这时虽然粉碎“四人帮”已将近两年，但“文化大革命”造成的混乱局面还没有根本改变。“外国有个加拿大，凌钢有个大家拿”，就是当时凌钢管理状况的真实写照。建厂初期确定的“五七十”设计生产能力（即年产5万吨钢材、7万吨钢、10万吨铁），历经十多年，迟迟不能形成。企业连年亏损，宋士田上任的上一年（1977年），亏损高达780万元，成为朝阳地区最大的亏损大户。

面对乱象，宋士田没有乱，工作更是稳扎稳打。他明白要解决问题，首先必须摸清底数才能下决心。那时我也是刚被提拔为凌钢党委办公室副主任，经常陪他骑自行车到各车间了解情况。通过调查摸底，他准确抓住了凌钢存在的主要问题和解决问题的钥匙。尤其是1978年底，党的十一届三中全会以后，他的工作方向更明确了，思路更加清晰了。在随后的五年里，他按照上级和厂党委要求，大张旗鼓地拨乱反正，抓改造、抓整顿、抓改革，重点解决了影响凌钢生产经营、产品方向和企业管理等一些老大难问题，踢开了“头三脚”，使凌钢逐步走向正轨。

首先是“抓了龙头翻了身”，实现了“五七十”。由于“文革”当时按照“先主体，后辅助，先生产，后生活”的错误方针搞建设，造成凌钢很多设备不配套。当时，最卡脖子的环节在“龙头”——炼铁系统。高炉原料靠土烧，利用系数不到1，焦比高达1000kg，几乎炼一吨亏一吨。为高炉配套的两座$8m^2$竖炉，原本是生产球团为高炉提供精料的，但设备工艺都不过关，球团成球率低、强度差。宋士田经过反复摸索，认为抓好竖炉过关是凌钢整个链条上最关键的环节，但光靠自身力量，尤其矿粉生产无法自控（当时保国铁矿不属凌钢），难以奏效。在他数次要求下，1978年6月，省冶金厅长周刚、副厅长沙正绪带队，来凌钢现场办公。他们在听取了宋士田汇报后，亲自拍板调来了粒度较细的桓仁矿粉，配合保国矿粉，使球团矿强度一下子上来了，竖炉攻关取得初步成功。

与此同时，大刀阔斧抓炼铁车间班子整顿。1978年夏，炼铁发生生产操作工人脱岗睡岗，误操作上错料，造成炉子大凉结瘤重大责任事故。按照惯例，就是直接处理几个操作工人完事。在党委讨论处理意见时，宋士田认为仅仅就事论事拿工人开刀，解决不了根本问题，必须从头头抓起才能奏效。党委采纳了他的意见，改组了这个车间领导班子，免去了车间主任和书记职务，任命了新的车间领导班子。消息传出，全厂震动。炼铁车间从上至下抓管理、抓纪律、抓操作规程，精神面貌大为改观，高炉很快顺行，各项济技术指标有了根本性的改变。高炉利用系数达到2，焦比降到600kg，炼铁成本大幅度降低。后来，冶金工业部领导曾高度评价这件事为“抓了龙头翻了身”。炼铁取得突破以后，宋士田又组织了以“填平补齐”为主要内容的全厂技术改造，到1980年凌钢基本上实现了“五七十”设计能力。这虽然是经过14年漫长煎熬才取得的成果，但它使宋士田和广大职工看到了希望，为凌钢后来发展奠定了基础。

其次是转变产品方向，使凌钢绝路逢生。正当凌钢实现“五七十”，准备大干一场的时候，1981年，国家实行经济调整，大力压缩基建，使凌钢的产品失去了销路，年初钢材订货仅有700多吨。与此同时，省冶金厅给凌钢下达的效益指标是全年亏损不超过200万元。超过亏损目标，省里将考虑对凌钢实行“关停并转”。

面对企业生死存亡的考验，宋士田和党委书记蒲建华冷静分析形势，从凌钢实际出发，果断提出“压缩前头，调整中间，发展后头”的十二字战略部署。“压缩前头”就是停掉一座高炉和焦炉，节约资金和能源保后头；“调整中间”就是电炉改炼普碳钢，恢复4t小转炉生产；“发展后头”就是调整产品结构，坚持以销定产，把产品方向从过去为军工、重工服务，调整为轻工、建筑和人民生活服务的轨道上来，用适销对路产品占领市场。这是对当时完全计划经济体制一个重大突破，也是走出困境的背水一战。

为了实现这个转变，宋士田、蒲建华和厂领导白天下车间，晚上开夜会，发动工程技术人员，集思广益想办法，自力更生，土法上马，开发了冷带、热带、焊管、钢丝等新品种，还试制了农村钢结构房架、沙发弹簧等，凡是能想到的都进行了尝试。那时几乎天天晚上开会，我也自始至终陪着，有时开着会就睡着了。功夫不负有心人，由于采取了这一系列转产措施，凌钢产品逐步占领了市场，从而使企业冲出困境，绝路逢生。后来，有人称赞凌钢是“最早进入市场经济的企业，宋士田是真正的企业家。”宋士田回答：“当时我们根本不懂市场经济，是为了活命被逼进市场的。”

第三，全面实施整顿，实现企业由大乱到大治的转变。粉碎“四人帮”后，针对十年动乱造成的企业管理混乱局面，按照中央和省市要求，凌钢先后进行了恢复性整顿和全面整顿。1980年，我被任命为企业整顿办主任，一直到1983年底。在宋士田领导下，负责企业全面整顿的具体工作。企业整顿涵盖企业管理方方面面，特别是1982开始的全面整顿，整顿经济责任制、财经纪律、劳动纪律、劳动组织和领导班子建设的五项工作，宋士田最重视的是企业劳动纪律整顿。

凌钢是在“文革”中诞生的，特殊的地理环境使这里乱得出奇，小农经济思想观念和大工业管理经常严重碰撞。职工迟到早退、旷工缺勤、离岗睡岗是家常便饭。每逢春种秋收，家住农村“亦工亦农”职工都要回家，有的不辞而别，以至于很多设备竟然“撂荒”。

面对这些，宋士田多次在全厂大会上强调，没有纪律的军队是不可能打胜仗的，我们既然是钢铁厂，就要有钢铁般的纪律。他下决心要从整顿劳动纪律入手实现凌钢由乱到治。1980年，我按照他的要求，学习兄弟企业经验，起草了一个“凌钢职工纪律条例四十条”，职代会通过发布后，对消除无政府思潮，稳定企业生产和工作秩序起到了一定作用。1983年全面整顿开展以后，他又多次强调，企业管理的核心是管人，管人就必须先抓纪律，全面整顿一定要先从整顿纪律着手。他专门找我谈要改进原来的“纪律条例四十条”。他说“四十条”虽然很细也有作用，但工人记不住，背不下来。所以要像解放军三大纪律八项注意那样，制定一个职工易记易背的东西。根据他的思路，整顿办起草了“三满”、“八不准”、“两遵守”、“三个百分之百”。这些有的是从兄弟企业学来的，有的则是根据凌钢实际提出的。其中，“八不准”中的大多数“不准”是宋士田亲自口授给我的，非常有针对性。后来这些都以“厂长指令”的形式发布，做到了家喻户晓，深入人心。30多年过去了，虽然企业生产、设备、工艺发生了重大变化，但对职工劳动纪律的要求没有变，“三满”、“八不准”也没有过时。2009年，凌钢还把它写进《凌钢职工守则》中。

经过全面整顿，从思想上、制度上、管理上初步解决了“文革”遗留下来的各种弊端，建立和完善了企业应有的基础管理制度，凌钢实现了从乱到治的根本性转变，彻底摘掉了亏损帽子。1983年11月19日，经省市两级验收团检查验收，凌钢企业全面整顿五项工作全部验收合格。

靠“站台票”挤车，实现凌钢历史性跨越

凌钢真正意义上的发展是从“七五”时期（1986—1990年）开始的。“七五”时期，投资5.18亿元进行改扩建，形成年产钢35万吨、铁35万吨、钢材30万吨的综合生产能力，实现了“一厂变三厂”的历史性跨越，并为后来的发展铺平了道路。这是宋士田一生最得意之作，也是凌钢发展史上最辉煌的一页。

企业全面整顿以后的1984年，凌钢扭亏为盈，钢材、钢、生铁都达到年产十多万吨水平，大大超过“五七十”设计能力。下一步凌钢向何处去，面临两种选择：一是守着原有摊子过，小打小闹，靠设备挖潜，在品种质量上多下点工夫，也能过得不错；二是借助国家制定“七五”规划，进行大规模改扩建，使凌钢迅速崛起，获得更大更快发展。当时，凌钢已经实行厂长负责制了，宋士田是法人代表，是凌钢最高决策者，全厂万名职工都把眼睛盯住他了，看他如何抉择。

宋士田不负众望。他组织班子成员对凌钢发展内外优劣势进行一番分析后果断拍板：要抓住机遇，克服困难，使凌钢在“七五”时期获得更大更快发展。他在全厂中层干部大会上多次语重心长地说：“我已经50多岁了，对于我个人来说，安于现状，看摊守业，也许不会有什么风险。但对凌钢来说，年产只有十多万吨钢，要想在大企业的夹缝中求生存是很不容易的，说不定哪天就会在激烈的竞争中被淘汰。为了对凌钢负责，有生之年我一定要干点像样的事业，把凌钢做大做强。”掷地有声的话语，使很多人热血沸腾。

但是，光有胆略并不能把理想变为现实。凌钢“七五”建设从一开始就举步维艰，首先遇到的难题是：由于矿山、能源、资金、运输、设计等问题不落实，上级不给立项，“七五”这班车没有凌钢的座位。怎么办？宋士田是个从不服输的人。他没有被这些难题吓倒。他认为既然人家给出了题目，那就一个一个去破解。只要把这些问题解决了，消除路上的“拦路虎”，就一定会挤上“七

五”这班车。从1984年4月开始，他带领一班人马，从市到省，从北到南，上下奔忙，左右联系，费尽心思，千辛万苦，大搞“穿梭外交”、“跑步（部）前进”，仅小汽车就跑坏了两辆，最后终于使这些问题有了着落。后来宋士田在总结这段工作时，多次讲过“我们是用一张站台票挤上‘七五’这班车的”。很多人以为这是宋士田形象比喻发展的艰难，激励大家珍惜发展机遇。其实，人们哪里知道，宋士田在跑项目的过程中，实实在在地用“站台票”上过火车，饱尝挤车的艰辛。我就是陪宋士田“挤车”的亲历者之一。

1984年8月，冶金工业部在江西钢厂召开全国中小钢铁技改经验交流会。有300多人参加，包括凌钢5个典型发言。冶金工业部庄沂司长高度肯定凌钢“抓了龙头翻了身”的经验，使凌钢的知名度在全国钢铁行业有了很大提高，为争取项目做了舆论准备。凌钢参会的有宋士田、张静、钟玲和我。我们从北京坐硬卧走了36个小时才到达江西钢厂。一路上，宋士田辗转难眠，苦思冥想凌钢的发展规划。会议结束以后，我们坐船从九江匆匆赶到南京，南京码头上朋友老冯交给宋士田一封电报，上面说国家计委和省计委派人要到凌钢，研究“七五”立项问题，问宋士田能否按时赶回？按照电报上说的日子只有两天了。宋士田毫不犹豫，当即表示马上回凌源。他对我们说：“南京原来要办的事不办了，我先回去。”老冯说：“没有预定，火车票尤其是卧铺票很难买到，你就在这多待两天吧。”但看到宋士田着急的样子，表示说：“我保证把你送到火车站，用站台票把你送上火车，到车上你自己再想办法吧。”宋士田说：“没关系，为了凌钢发展，我一切都可以豁出去，别说挤火车！”

随后，我们几个人陪宋士田一起到了南京火车站。老冯求南京站的一位熟人，把宋士田领到车长那里，说明了情况，就下了车。我们目送远去的列车，深为宋士田这种敬业精神所感动。

后来宋士田告诉我，那天他上车以后一直在等车长，希望能尽快补一张卧铺票。可直到蚌埠才有了铺位，他花了70元钱，补了张卧铺票。尽管是一张上铺，但总算有了个位置。宋士田说，躺在卧铺上，他反倒睡不着了。他暗暗下决心无论通过什么办法，也要让凌钢在“七五”规划的“列车上”找到个位置。半夜到家后，第二天他按时见到了国家计委和省计委的领导同志。他们听了宋士田买站台票赶回的经过，也深受感动，都表示回去以后，要专门向有关领导汇报，玉成此事。

靠站台票挤车的故事，仅是凌钢“七五”跑项目的一个缩影。为争取挤进“七五”这班车，从工程论证、设计、立项、筹资到批准，宋士田一班人付出了难以想象的艰辛。1985年夏，为了使20t转炉的论证和设计获得通过，宋士田率队去马鞍山钢铁设计院。尽管找了一些东北老乡，说了不少小话儿，甚至还买了两篓苹果招待人家，但人家就是不给帮忙。理由很简单：凌钢不属马院服务范围，东北天寒道远，服务不起。为此，宋士田着急上火。最后，他直闯院长办公室，以万分恳切的心情陈述了理由。马院的同志终于为宋士田的精神所感动，答应了凌钢的要求。工作后期，文件在国家各部委传阅盖公章（据说要盖几十个公章）。为了提高效率，文件走到哪里，人就要跟到哪里，这就是“跑步（部）前进”。宋士田委托办公室主任郭鸿儒办这件事。郭鸿儒曾在冶金工业部工作过多年，有一定的人脉关系和工作经验。他在北京一待就是几个月，撇家舍业很辛苦。宋士田对他特别关心，每当有人到北京出差，他都要捎几瓶凌源白酒给郭鸿儒。就是凭着这样一股“挤”劲，感动了很多“上帝”。1985 年 8 月 7 日，国家计委批准了凌钢“七五”改扩建规划，凌钢终于挤上了“七五”这班车。

1986 年 6 月 20 日，凌钢“七五”改扩建工程正式开工。从此在凌钢这片热土上，宋士田带领广大职工以忘我拼搏、不怕吃苦、艰苦奋斗、无私奉献的精神，展开了大规模的工程施工建设。在将近 5 年时间里，宋士田作为工程总指挥，以他对企业、对工作火一般的激情，用心血、汗水和超常的付出，把无数个“不可能”变成了“可能”，使各项工程克服重重困难，高质量高速度建成投产达产。关于这些，当年的报刊媒体曾报道过无数个动人故事，至今读来仍令人潸然泪下。这里我特别想说的是当年在“七五”一些项目建成投产的紧要关头，宋士田作为“最高统帅”所表现出来的那种魄力、勇气和大将风度，至今仍在我头脑里留下深刻印象。

1989 年 10 月，二炼钢 20t 转炉建成要投产出钢。这是一个庞大的系统工程。施工单位说是“交钥匙”，但却留下了无数个不大不小的难题没有解决。而如果拖到冬季势必要等到第二年春天才能投产，将要造成大量浪费。宋士田提出必须 10 月份出钢，哪怕是 10 月份最后一天，决不允许拖期。当很多人对这个决定表示怀疑时，宋士田的态度始终坚定不移。他要求全公司舆论一致，一个声音说话。早已决定要涨的一级工资暂停，10 月份出钢再发。子弟学校开家长会老师要求只要是在转炉会战的家长可以不来。他要求甲乙方打破界限共同上阵，破釜沉舟，决一死战。工地会战职工开会时坐着怕睡着了，都站着开会。公司机关干部都到一线服务，那些天我和工会郭主席一起到食堂为会战职工打饭。宋士田自己身先士卒，冲在前面，工地到处都能看到他高大的身影。给我的感觉当时就好像战争年代一个大战役的前夜。正是由于宋士田的决心和魄力，1989 年 10 月 25 日，20t 转炉终于流出第一炉钢水。当时，十里钢城一片欢腾，人们像庆祝盛大节日一样敲锣打鼓，鸣放鞭炮。有好多人激动地哭了，我看见宋士田也在炉前掉下了热泪。

“七五”改扩建不仅使凌钢实现“一厂变三厂”，而且在建设过程中诞生了凌钢精神，即“争气、拼搏、奉献”的连铸精神。20t 转炉配套一台小方坯连铸机，能把高温钢水直接浇注成钢坯，这是炼钢工艺的一项高难技术，一些大钢铁厂还都没有，凌钢能不能驾驭得了？特别是面对试产时一次次失败，很多人表示怀疑。在这关键时刻，宋士田在现场给工人打气。他说他坚信自己的力量，要在实践中探索和掌握这些全新技术。连铸工人在他的鼓励下，在炉前贴出 6 个大字："争气、拼搏、奉献"，用以激励自己。在经过 10 炉失败以后，总结经验教训，第 11 炉终于取得成功。不仅如此，连铸投产 3 个月后就达产，创造了全国同类机型达产最高速度。凌钢的连铸比超过鞍钢、本钢等大型企业，在全国居于先进水平，实实在在为凌钢争了气。对此，宋士田特别兴奋，挥毫写下"壮我凌钢志，扬我凌钢威"十个大字。他不仅满意连铸机顺利投产达产，更重要的是他对在生产实践中诞生的"争气、拼搏、奉献"的连铸精神倍加赞扬。以后，经他提议，凌钢党委把"争气、拼搏、奉献"确定为凌钢的企业精神，成为那个时代凌钢人的精神支柱。

尊重知识，重视人才，坚持以人为本办企业

凡是从那个时代过来的凌钢老同志都知道，宋士田本身文化水平并不高，但他非常尊重知识，重视人才，重视教育。始终坚持以人为本，挖掘人的潜力，使凌钢充满活力，长盛不衰。

建厂初期，凌钢人才奇缺。有数的那点大学生来自老企业一部分，来自"文革"期间"老五届"分配一部分，20 世纪 80 年代以后从正规院校分配的每年十个八个，很多人还不安心在凌钢。面对这种情况，宋士田特别着急。他经常说："办企业必须靠人才，靠我自己，我就会炼点钢，其他什么都不会。靠大伙，才能能兴风的兴风，能行雨的行雨，把凌钢这把火烧旺。"为了留住人才，他以诚换诚，注重感情投资，动真格的为知识分子解决难题。比如户口问题、房子问题、子女就业问题等，使他们免除后顾之忧，安居乐业，心悦诚服地在凌钢工作。我还清楚记得，他为杨玉清、王德林、郭鸿儒等几个老知识分子解决家属户口问题，跑了有关部门无数次，动用了各种关系，可以说达到了"求爷爷告奶奶"的地步。80 年代中期，有两位老工程师"跳槽"，不辞而别离开凌钢。开始他很恼火，但冷静下来以后，又觉得不能怪这些人，而是自己工作没有做好，凌钢的条件太差。他不顾一些人的议论，打破框框，为知识分子晋升浮动工资，为知识分子盖科技楼，改善知识分子的住房条件，还制定一些特殊的优惠政策，留住了不少人才。

知人善任，敢于大胆启用人才，是宋士田用人之道的一大特点。那个时代，凡是有才能的知识分子大多有个家庭出身问题，或者很有个性。很多人看不惯这些，对他们敬而远之，使他们的作用得不到充分发挥。而宋士田对这些知识分子不仅十分尊重，更做到了知人善任。他经常说，要留住人才，仅仅涨点工资，给

点奖金，弄个住房是远远不够的，他们更关注的是有没有用武之地，有没有发挥才能的机会。所以，对他们必须给条件，给机会，让他们尽情表演，尽情发挥。正是根据这样一个指导思想，宋士田坚持重用“实干家”，坚持“用人不疑，疑人不用”，坚持不看出身看大节。如他重用的老知识分子易克、潘广仪、周立光、孟克良，还有被人称为“娃娃厂长”的青年知识分子高禹丰等。对待他们，宋士田既充分尊重，安排在发挥专长的重要岗位，还不时帮助他们克服不足。当他们在工作上由于性格等原因和别人发生矛盾，宋士田总是出面解释，进行调节，使事情得到圆满解决。当然，宋士田对干部也是严格要求的，对不能胜任的干部绝不姑息。他经常形象地比喻：“一个好干部，必须是给把豆子，就能做出豆腐来；那些给把豆子，还回豆子一把的干部坚决不能用。”

宋士田十分重视人才的选拔、培养和提高。80 年代中期，凌钢“七五”工程即将上马，人才不足是卡脖子环节。对此，他一方面在外大张旗鼓招聘人才；另一方面把主要精力用在自己培养人才上。在资金十分紧张的情况下，他不建办公楼建教育中心大楼，受到了很多人的称赞。教育中心大楼高 11 层，现在看算不了什么，可在那个年代是鹤立鸡群的“朝阳第一楼”。记得冶金工业部教育司一位司长兴致勃勃登上楼顶，连连称赞“凌钢真有战略眼光”。

早在 1979 年，中央和省成立了广播电视大学，开辟远程教育，以解决“文革”造成的人才断档问题。当时，凌钢也有一大批“文革”中毕业的老三届知青。由于特殊原因，他们的大学梦没有实现，现在又都是生产工作骨干。宋士田以战略家的眼光，紧紧抓住这个机遇不放，在朝阳地区最早建立起凌钢电大教学班。创办初期，设备简陋，没有闭路和教室，电视收视效果差。宋士田亲自出马，帮助克服困难解决问题。他下令把厂部唯一一间四楼会议室两用，只要不开会就给学生上课。特批买了一台 18 寸黑白电视机。为了激励学生学习积极性，实行了奖学金制度。第一批电大学生 19 人毕业回到工作岗位以后，很快成为各方面的骨干，这大大坚定了宋士田办电大的决心和信心。

1983 年以后，电大“扩招”。宋士田舍得血本，把大量生产工作骨干送进电大培养。其中 1984 年招收党政班 27 人，有 11 人是在职中层干部，我就是其中一员。我当时已经 35 岁了，当了 6 年党办主任，身体状况又不太好，对免职脱产考试去上学，还真有点犹豫。宋士田找我谈：“你一走两年，我也觉得工作很缺手（东北俗语，意为很不适用）。但为了凌钢的将来，也为了你的前途，你必须用功学习，好好为自己充点电。我等着你回来。”听了他的这番话，我的眼泪差点掉下来。后来在电大期间，我没有辜负宋士田的期望，克服了身体、年龄、家庭等各方面困难，取得了较好的学习成绩，连续两学期赢得了奖学金。1986 年 7 月，我毕业考试 5 天后，宋士田就把我召回来，重新任命我为党委办公室主任。1987 年 5 月，上级党组织任命我为公司党委副书记。1999 年我被评为全国优秀电大毕业生。1985 年由教学班提升为电大工作站，还与东北大学、鞍山钢铁学校联办了一些炼钢、轧钢等方面的培训班。从 1979 年到 1999 年最后一届毕业生离校，20 年间培养了 530 多人，充实到各个专业岗位，其中有 54 人被提拔到中层领导岗位。

宋士田不仅重视职工的培养教育，也非常重视职工子女的教育。一段时间里，子弟学校办得好坏，成为能否稳定知识分子安心凌钢的大问题。因为一些人对自己走不走已经没有太大的奢望，但生怕耽误了孩子的前途。看到了这个问题，宋士田及时采取包括招聘优秀教师等在内一系列措施，使凌钢中小学面貌大为改观，升学率逐年上升。然而，随着职工逐渐增多，子女就学进入高峰期，教学面积严重不足，学校师生都很着急。1989 年 9 月教师节前夕，宋士田把我叫到他的办公室，对我说：“明天学校要开教师节大会，你代表我去参加，向大家明确表个态，明年公司要建一幢 5000m^2 教学大楼，让大家不要着急。”我说：“企业这么困难，计划没有安排这个项目啊！”他说：“这个你先不用管，我有办法解决。”第二天我按照他的要求，在学校教师节大会上宣布了宋士田的承诺，全校师生一片欢呼。

然而，进入 1990 年，市场严重萧条，资金极其短缺，三角债居高不下，对于建教学大楼，总会计师绞尽脑汁，只能拿出 60 万元。公司班子在研究此事时，宋士田大胆提议：“都是我们自己的孩子要念书，能不能自己掏掏腰包?”大家一致赞同这个提议。我据此在很短时间内拿出一个“捐资办学，造福子孙”的方案，在职代会上讨论通过。方案明确规定，要办好这件功德无量的好事，必须全公司大发动，人人参与，坚持“五带头”：公司领导带头，中层干部带头、党团员带头、双职工带头、教育工作者带头。方案通过后的第二天，在公司办公楼大厅里就贴出了大红榜，上面写着公司领导的名字和捐资金额，第一个就是“宋士田捐资 500 元”。

率先垂范，就是无声的命令。“一级做给一级看”，再一次得到了体现。几天工夫全公司就发动起来，男女老少人人参加，捐资办学的浪潮一浪高过一浪。后来，凌钢中学竖起一块牌匾，曾记录这种场面：“义举如火，顿时燃遍十里厂区；重教新风，迅即催暖万人心窝。耄耋宿老，坚表白首之心；垂髫虽幼，纷呈丹阳之志。场面之盛，前所未有。拳拳爱心，光耀钢城。未及半月，集得九十七万零一百二十元又四角四分，捐资人数达一万一千零四十六人，逾百元者五千四百九十一人。”

凌钢中学大楼建成以后，时任辽宁省副省长（后任全国政协副主席）王文元闻讯当即批示：“凌钢今年经济效益不好，职工收入不高，在这种情况下，从培养后代出发，主动为国分忧，慷慨解囊，捐资助学，使我深受感动，谨向凌钢职工致以深深的谢意。有社会各界的关心、支持和资助，教育事业的振兴就大有希望。”这是对宋士田重视教育的最高褒奖。

关心群众，职工的贴心人

宋士田1996年退休迁居大连后，曾数次回凌钢。每次都要我陪他到东、西家属区走走看看。不管走到哪里，都会有一些凌钢老职工把他围上，问长问短，有的老太太还拽着宋士田胳膊请他到家里吃饭。而宋士田对这些多年不见的老工人张嘴就能叫出名字，还能说出他们的一些故事和趣事。这种鱼水情的干群关系，不是一朝一夕建立起来的，而是日积月累的结果。

“领导想的，职工去办；职工想的，领导去办”。这是宋士田当年提出的关心群众生活的一条准则，也是他有感而发的一句名言。那是1987年的一天，我陪宋士田到轧钢车间。走到500轧机前，迎面碰到一个老工人。他很不客气地对宋士田说：“宋厂长，你到这儿干啥？你不来我们也会一样干，出不了什么问题，有时间还是到食堂转转吧。”话里带刺，不太好听。宋士田没说什么，转身来到大食堂。大食堂正在开饭，高粱米饭、大饼子，两三样青菜，桌椅不整。几个工人蹲在凳子上，边吃边发牢骚。宋士田征求他们的意见，工人说“宋厂长，我们没有别的要求，就是把食堂好好整整，让我们吃饱了，才有劲干活啊。只要你把我们的后顾之忧解决了，你要的那个生产指标就没问题。”工人的话实实在在，宋士田有点动情，也受到了启发。他对我说：“这是多么好的工人啊，企业要办好，离开他们不行。我们的工作要抓到点子上，要多倾听职工的声音，了解他们都在想什么。我们当领导的责任就是要解决好职工所想，应该做到职工想的，领导去办，领导想的，职工去办。”第二天他召集班子会，提出无论怎么困难，也要拨款改造大食堂。过了不久，食堂果然大变样，不仅实现餐厅化，顿顿有细粮，还为1000多位独身职工开设了生日餐。职工对此看在眼里，乐在心里，他们发自内心的感谢宋士田。

这年的职代会上，我把“领导想的，职工去办；职工想的，领导去办”写进宋士田的工作报告里去了，要求各级干部按照这16个字处理干群关系。正是按照这16字办事，在20世纪80年代和90年代初，凌钢在解决职工住房、副食品供应、子女就业和教育、文体生活、幼儿教育等各方面，舍得投入，补了“文革”欠账，上了很多项目，使职工福利事业与生产建设同步发展。很多外人到凌钢参观，他们津津乐道，凌钢在朝阳有“六个第一”：建立5000m^3煤气大罐，居民第一个使用上管道煤气；每年建房500户，每户40m^2，面积之大、速度之快创朝阳第一；建立卫星地面接收站，当时是朝阳第一家企业居民能收看5个频道电视节目；幼儿园安装大型游艺机，是朝阳第一家；重视职工教育，新建11层教育中心大楼，是朝阳第一家；建设标准的游泳池，也是朝阳第一家。

宋士田关心职工，能成为职工的贴心人，还特别注重感情投入。他经常说，感情这东西是发自内心的，只有发自内心的感情才能赢得人心，才能唤起职工的积极性。平时，他的办公室经常是“高朋满座”，来的无论是干部还是工人，他都会热情接待。尤其那些老工人，有什么话都愿意和宋士田说。他对干部有时还能训斥几句，但对工人说的什么难听的话，从不发火。工人提出的一些合理要求，他会马上责成有关部门去办；一些不合理的要求，他也会和风细雨的解释。有的人一看宋士田这样诚恳待人，想发的火也不发了。

他对一些特殊的弱势群体更是无微不至的关怀。当年，在凌钢流传很多宋士田帮助工亡工伤职工脍炙人口的佳话。如用重金雇佣直升飞机抢救炼钢烧伤职工秦成海，亲自帮助高位截肢的火车连接员付铁华搞对象成家，还有大年初一访“亡属”等。其中，大年初一访“亡属”就是我陪他去的。“亡属”是指运输部工人王海廷的家属。王海廷在一次事故中被火车挤压身亡，一个老婆3个孩子从建昌农村迁到凌钢生活。凌钢帮他老婆找了一份大集体工作，家庭生活很困难。1988年大年初一，在生产一线拜年结束后，宋士田对几个公司领导说，咱们到王海廷家看看吧。王海廷爱人郭翠荣没有想到大年初一宋士田会来，感激的不知说什么好。她拿出一把糖果招待我们，却被几个孩子一块一块拿走吃了。宋士田在屋里屋外仔细看了看，屋里一贫如洗，他心情显得很沉重。当他了解到郭翠荣在厂外大集体，每个月只有38元收入，就问郭翠荣：“你有什么要求？”郭说想到厂内大集体多挣两个。宋士田说：“你等着听消息吧。”走出家门的路上，宋士田对我说：“你看现在谁家小孩大过年还抢糖吃，可她家孩子平时连块糖都吃不上。王海廷是为凌钢生产而死的，我们不能不管。”正月初五一上班，他就把有关人员找来，要求尽最大可能解决王海廷家属的困难。后来，郭翠荣调入运输部工作，工资涨了一块钱，工会也把王家列入重点帮困对象，使他家的生活逐步好转。这种帮助一直延续到2007年，凌钢招收技校生（招工）对工亡职工子女免试，王海廷的儿子进入凌钢成为正式职工。30来年过去了，郭翠荣早已退休了，王家子女也都成家立业了，每当提起当年往事，他们依然念念不忘宋士田对他们的关怀。

靠人格力量赢得职工赞誉

习近平总书记指出，共产党人拥有人格力量，才能无愧于自己的称号，才能赢得人民赞誉。宋士田就是这样一个拥有人格力量的共产党员、领导干部。他在凌钢工作几十年，广大职工对此有目共睹，有口皆碑。

给我印象最深的就是他能宽厚待人，以诚取人。记得1978年他刚上任不久，我也刚被任命为厂办公室副主任，互相之间了解不够，还有点生疏。我陪他到鞍钢参加全省冶金现场会。这个会分3个地方开，一个是在鞍钢宾馆，二是在弓长岭铁矿，最后在辽阳宾馆做会议总结。会议开了四五天时间，最后的总结会要求各企业汇报情况，我俩坐在最后排。正当人家都在有声有色汇报时，他非常诚恳地对我说："小苑，我刚上来不久，不了解情况，一会轮到咱们汇报时，你去讲一讲吧。"我一听急了，连忙说："那哪行，人家要求领导汇报，我算老几啊?"就在我俩互相推让时，汇报停止，领导开始讲话，一场尴尬避免了。会议结束后，他问我："你知道我这次出门开会最大体会是什么吗?""是什么呢?""最大的体会就是吃不饱。唯一一顿饱饭是在弓长岭王君绍那里吃的那顿老豆腐。"说完他哈哈大笑。确实，那时开会都是凭票吃饭，按量供餐，一般人还可以，像他那样身高体大，又刚从生产车间出来，说吃不饱我完全相信。通过这样轻松的交谈，感觉他一点官架子也没有，说话很实在，我们的距离拉近了，和这样的领导打交道，心里特别放心。

20世纪90年代初，凌钢陷入了前所未有的困境。宋士田号召大家要过紧日子，共渡难关。这时春节将至，按照惯例要请中层干部和劳模吃顿饭，表示慰劳，以鼓干劲。但现在这种形势还请不请，大家都没有主意。有人主张干脆别请了，这么困难不请谁也说不出什么。但宋士田却在班子会上"别出心裁"："该请还要请，可以变变样。以往请客都是企业掏钱，大家吃了'没味道'。这次咱们班子成员自己掏腰包请客，看看大家什么反应。"不言而喻，大家都理解宋士田的良苦用心。12名领导每人掏100元，宋士田200元。1400元要请近200人吃饭，虽然那时物价不像现在这么贵，但其水平也可想而知。而且宋士田还严格要求招待所管理人员必须按照标准做，不许私自添菜加料。逼得他们没办法，只能每桌摆个火锅，多上豆腐青菜，少上鱼肉。酒会上宋士田举着凌源产的高粱酒一桌一桌地向大家敬酒。没有更多的华丽辞藻，没有更多的祝福，"一切都在酒中"，使参加宴请者深受感动。一次普通的宴请，宋士田改"公请"为"私情"，巧妙地把它演化为既鼓士气又讲亲情的一次家庭式聚会，充分显示了宋士田以诚取人的真诚胸怀。

"一级做给一级看，一级带领一级干"。这是宋士田当年最欣赏的一句口号。他大力提倡干部要靠人格的力量，靠表率作用来赢得群众的信赖。1990年、1991年，发动群众过紧日子、共渡难关，宋士田采取的第一项措施是把自己和干部的奖金系数降下来，把小汽车封存一半。那时，他进京开会坐火车，回来下火车坐通勤车。这些无声的行动直接影响了群众，那年过春节，为了节电保电炉，东西家属区职工年三十儿晚上每家每户只点一盏灯，没有任何彩灯，群众自觉自愿过了个"黑年"。

"早七晚八，星期天白搭"，是那个时代凌钢干部工作作风的真实写照。但在一段时间里，社会上对这种实干精神也有些议论。认为这种实干精神过时了，

“企业干部应该是西装革履，主要精力多搞应酬。”宋士田对此坚决反对。他在20世纪90年代初，特意树立了于丛安这样一个典型，号召做“于丛安式”的干部。于丛安是一轧厂副厂长，是一个“工人身上有多少油，他身上有多少油”式的干部。他十几年如一日和工人一起奋战在轧机上，发现、解决问题在现场，说话工人服，指挥有权威，工作非常到位。通过树立这个典型，教育影响了一大片。这种实干作风一直保持到现在。新一代凌钢各级干部都能保持和发扬艰苦奋斗，带头实干的优良传统和作风。这是宋士田为凌钢留下的一笔宝贵的精神财富。

宋士田善于学习，勇于创新。“他山之石，可以攻玉”被他用活了。1992年到1993年，凌钢三学安钢，促进生产上台阶，就是他利用“他山之石”的成果。1992年，凌钢“七五”项目都已达产，下一步向何处去，还有没有潜力可挖？带着这个问题，宋士田带着办公室副主任何东生走出家门进行了一次“微服私访”。他们走了几个大钢厂，也看了几个中型钢厂，在中原大地上发现了安钢这个典型，宋士田一下子被吸引住了。“小毛驴干出大洋马的活”，就是宋士田对安钢经验的高度概括。回厂以后，宋士田三次组织“大部队”对口学习，在全公司掀起了“学安阳，挖潜力，上台阶”的热潮。1993年，通过学安钢，凌钢迈上了50万吨钢大台阶，真学真有成果。“不耻下问，博采众长”，这是宋士田留下的办好企业的真经。

宋士田的人格力量还体现在他不谋私利，严于律己，廉洁奉公。1986年，他93岁的老母亲仙逝。宋士田考虑到自己的身份，在全家人的支持下，短短半天就处理完了丧事。凡知道此事者，无不翘指佩服。后来我曾问他，你对自己是不是有点太苛刻了？他对我说：“我也想当个孝子啊，应该在家停放三天，有的远道亲戚也这么要求。可是在凌钢这个一亩三分地，谁不知道我啊。大家送钱送物送花圈，送钱送物我能退回去，花圈多了怎么办？就这样停了四五个小时，还送来十多个花圈呢。”他的儿子姑娘结婚，就是两家亲家在家里摆两桌，其他任何人都不请。宋士田留下的这个好风气，为凌钢干部做出了榜样，一直影响到以后很长一段时间，大多数干部都能严于律己，风气一直比较正。

作为一个企业家，宋士田在日常工作和生活中往往表现出非常鲜明的个性：20世纪80年代中期，一次我跟宋士田应约到冶金工业部钢铁司汇报工作。进屋以后，庄司长一愣：“前天才听说你们要来，怎么来得这么快？”我们说：“我们凌钢路途不远啊，距北京才四百多公里。”“你们不是从湖南来的吗？”原来他把我们当成湖南的涟源钢铁厂了。当时，涟钢规模比凌钢大，年产30多万吨钢，知名度当然比凌钢高，出现误会也是正常的。汇报结束后，宋士田对我说，就冲庄司长这个“误会”，我们凌钢也必须发展，把企业规模搞大，不然这口气咽不下去。后来凌钢产生“争气”精神，这都是由头之一。1994 年，本钢文工团来凌钢慰问演出，赵本山也随团来了。晚上凌钢举行酒会招待。那时这种场合都有卡拉 OK。席间，大家邀请赵本山唱一个，赵本山说：“我就别唱了。我唱了，别人还能唱吗?”赵本山说的也是实话，但宋士田不干了：“你唱了我们怎么就不能唱，我来唱。”说完拿起麦克，一曲《莫斯科郊外的晚上》在宴会厅响起。那浑厚的男中音，听得赵本山频频点头。

关于宋士田“难唱曲”来龙去脉

凌钢的老同志都记得，1988 年 2 月号辽宁《共产党员》杂志刊登了该刊总编室主任张林吉的文章——“一个被告出来的新闻人物”，这期封面还刊登了宋士田的大幅照片。由于《共产党员》发行量大，影响广泛，宋士田的名字一时间传遍全省，遍及全国，引起了“轰动效应”。

“宋士田被告”，主要是指 1987 年两封化名（一封化名宋的儿媳，一封化名一个死人）诬告信层层照转，市冶金局派员调查，一时间凌钢风波平地起。诬告信告宋士田“十大罪状”，集中起来是说“七五”工程不该在凌钢上，是他用 300 万元“贿赂”来的，还说宋士田给自己涨了 8 级工资等。对于这些无稽之谈，宋士田虽然问心无愧，但他毕竟是血肉之躯。这几年花了这么大的心血想搞点事业，到头来却遭人暗算，内心是矛盾的、痛苦的，但他却以事业为重，没有倒下，挺着腰杆继续干。

当时，我刚刚进入公司班子一年多，对于这场突如其来的“风暴”既很茫然，也很不理解。记得宋士田当时要求调走，有关领导组织班子开会做他的思想工作。我在会上说了一些连自己都不相信的话。但宋士田对我们这些小字辈的发言都很理解，也能谅解。在他最痛苦的时候，有一天他把我找到老办公室二楼一间小仓库里，脸色苍白，含着眼泪偷偷对我说：“小苑，我现在进退两难。想干没法干，想走走不了。你给我写个东西，送给老崔那个杂志，帮我呼吁呼吁。”“老崔那个杂志”是指当时崔克俭同志主编的省《改革之声》杂志。崔克俭是庄河人，是我俩共同的老乡，与凌钢常有来往。我非常理解宋士田此时的心情，就在那个小仓库里，以他的口气，写了个 1700 多字的一封信。由于是带着感情写的，所以一气呵成。宋士田看后说“挺好”，签上名就发走了。

没想到半个多月以后，《改革之声》几乎全文刊发了这封信，冠以醒目大标题“我的难唱曲”。还加了编者按说“这个‘难唱曲’，入情入理，逻辑严密，层次分明，语言朴实，一气呵成。这是一篇悲愤之作，是一首正气之歌，表达了一个真正共产党人宁折不弯的钢铁般性格。”

其实“难唱曲”并没有更多的为自己“申冤和辩护”，而是担心这场风波给凌钢带来的负面影响。其中，结尾部分是这样说的："总之，我把自己的想法和痛苦，向领导做一汇报。我要求查清诬告者，目的不是把那个人怎么样，而是借以对全厂职工进行民主和法制教育，同时也为我厂今后的工作扫清思想障碍。如果容忍诬告者到处诬告，厂长得不到应有的保护，今后改革的阻力会更大，也就无法把改革搞好……"

"难唱曲"发表以后，引起了社会和有关领导的高度关注，冶金工业部领导指派《中国冶金报》记者赴朝阳专门调查此事。在全国颇有影响的《共产党员》杂志总编汤光伍看见"难唱曲"后，立即派总编室主任张林吉来凌钢专程采访，才有了上面提到的那篇"一个被告出来的新闻人物"。

舆论的呼吁和正义的力量，促使有关领导和部门都能出面保护和支持宋士田。市委主要领导一起出面找宋士田谈心，在凌钢召开干部大会，为宋士田正名，充分肯定宋士田，也对诬告者做了严厉谴责，还给宋士田晋升了一级工资。诬告事件得到了圆满解决。

"我的难唱曲"和"一个被'告'出来的新闻人物"后来继续发酵。《经济日报》、《中国冶金报》发表了好几篇有分量的文章，提高了宋士田和凌钢的知名度，使坏事变成了好事。正像原朝阳市常务副市长肖洪昌在宋士田退休时评价："宋士田最突出的特点，是他在职期间把做官、做事、做人三者完美结合在一起，这样的人是不多的，也是最不容易做到的，但老宋做到了。"

以上就是我对宋士田的一些回忆。由于年代久远，只能说个大概，有些细节说得还不一定准确。宋士田当年是我的老领导、老朋友，也是难得知己，莫逆之交。几十年相处共事，他对我帮助很大，也对我充分信任。2004 年 8 月，直到他生命最后时刻，还托人告诉我："让小苑给我写个生平。"他要亲自"过目"。我怀着悲痛的心情，写就了一个 2000 多字的"生平"，托人送到他的床前，听说他点头满意。现在，当我拿起笔来回忆宋士田，时光仿佛回到了过去。当年他事业上的辉煌，命运上的坎坷，他的形象，又生动地浮现在我的眼前。我思绪万千，感慨万端。现在凌钢已经走过 50 个春秋了，可以告慰他老人家的是，新一代凌钢人继承你的遗志，凌钢已发展壮大到年产 600 万吨钢了，当年你为之奋斗的理想和夙愿已经成为现实。

宋士田留给我们的是永远的怀念！

宋士田简历：

男，汉族，1931 年 12 月生，辽宁庄河人。1950 年 3 月在大连钢厂参加工作，1952 年加入中国共产党，同年当选旅大市劳动模范，高级工程师。朝阳市八届人大代表，辽宁省八届人大代表。先后获得朝阳市特等劳动模范，辽宁省劳动模范，全国"五一"劳动奖章，全国劳动模范荣誉称号。

1950 年 3 月——大连钢厂炼钢车间工人、工长。
1954 年 8 月——苏联乌拉尔兹斯大林冶金工厂学习特钢冶炼技术。
1956 年 1 月——北满钢厂工长、值班主任、总工长。
1965 年 12 月——合肥钢厂一车间副主任。
1967 年 7 月——凌源钢铁厂炼钢车间副主任、副书记、主任、书记。
1978 年 5 月——凌源钢铁厂副厂长、总工程师。
1979 年 4 月——凌源钢铁厂党委副书记、厂长。
1988 年 6 月——凌源钢铁公司经理、党委书记。
1994 年 4 月——兼任凌源钢铁股份有限责任公司董事长。
1996 年 4 月——退休，定居大连。
2004 年 8 月，因病在沈阳逝世，终年 73 岁。

难以忘却的历史瞬间

王承孝

古诗云“人事有代谢，往来成古今。”漫长的人世历史就是由无数的人与事交汇集结构成的。在凌钢50年不长不短的历程中有些闪亮的瞬间是我终生难以忘却的。

宋士田功成身退

1996年4月6日，凌钢宾馆三楼会议室，一个在凌钢历史上具有标志性的会议此刻正在这里举行。

1995年深秋的一个下午，宋士田经理把我叫到他的办公室，让我坐下来后亲自给我倒了杯茶。然后，他缓缓对我说：“过一两天我去沈阳做个手术（当时他患有严重的前列腺炎），得过个十天半月才能回来，走之前你给我写个东西报上去。”我问写什么？他说：“写个报告吧，就说我现在身体还可以，但毕竟年龄已过了退休年限，现在班子内年轻的同志也能接班了，如市里让我这时退我就下来。”听老领导这样说，我当时大吃一惊，因为我从未想到像宋经理这样的领导也会在身体还能胜任的时候退休。

时间到了1996年初，他又一次把我叫到办公室，让我再给他写个报告，不过这次态度明朗，非常明确地提出要退下来。

在宋经理报告递上两个多月不见回音之际，1996年4月6日，朝阳市常务副市长肖洪昌、组织部长杨树淮一行数人突然来到凌钢召集在家的班子成员开会。记得那天我一上楼，办公室于主任就通知我去宾馆参加市领导召开的班子会，我夹个记录本就匆匆过去了。会议的气氛比较凝重，但内容非常简单。先是杨部长代表市委宣布了宋士田退休和高益荣任职的决定，接着肖市长代表市委市政府讲话，主要内容是对宋经理主政凌钢近20年的工作进行高度评价。肖洪昌是我接触几届市委市政府领导中讲话最有感染力的一位。他虽然文化水平不高，是从基层乡镇一个台阶一个台阶干上来的，但多年工作的历练再加上天生的禀赋，一些平常的事情他也能讲的幽默动听、引人入胜。当时给我留下最深印象的是这样一段话，他说，老宋为凌钢作出的多大贡献凌钢人比我更清楚，不用我去更多评价，老宋最突出的是他在职期间把做官、做事、做人三者完美结合在一起，这样的人是不多的，也是最不容易做到的，但老宋做到了。我觉得这句话给宋经理做了一个完整的评价。就这样，宋士田在完成了“七五”改扩建，为凌钢搭建了一座更大的发展平台之后光荣的退休了。

在宋经理逝世10周年的时候，我读苑成德《宋经理十周年祭》曾写了一首追思他老人家的小诗，今天也一并录在这里，权作怀念。

十年生死两茫茫，不需思量自难忘。
往事依稀频如梦，音容几现夜未央。
江山代有新人出，莫为逝留感时伤。
大业长存人去后，高山巍巍流水长。

高益荣精彩“亮相”

1997年8月5日，辽宁人民会堂，省委省政府“远学邯钢、近学凌钢”报告会在这里隆重举行。整个会议大厅座无虚席，1500多省直机关处级以上领导干部和全省大中型企业老总，正在聚精会神地听取高益荣介绍凌钢学邯钢经验。

1996年4月，迎着料峭的春寒，带着一万多职工的希冀，高益荣接过宋士田肩上的担子，走马上任了。

等待他的将是严峻的考验和挑战。当时，改革初期扩大企业自主权、减税让利，投入产出总承包这些政策功效已释放殆尽，而国有企业体制性机制性深层矛盾凸显得更加明显；再加上东南亚国家金融危机初露端倪，市场疲软，钢铁产业又面临新的困境。凌钢由于新上的中宽带迟迟不能投产，拉动了成本上升，再加上市场钢材降价，出现了改革开放以来少见的亏损，到了高益荣接手的1996年一季度亏损1756万元。省市都很不满，把全省新出现的四家亏损企业（包括凌钢）找到省里约谈，警告采取措施，立即扭转被动局面。

面对如此巨大压力，高益荣迅速做出了两线出击的决策。一是加强中宽带的收尾、试产力度，使这只吞钱的虎口尽早变为产钱的机器；二是果断决定全力实施“学邯钢”。推行新的管理模式，尽快扭转亏损局面。4月9日，在他接手经理职务的第三天，他亲自带领22名生产管理骨干去邯钢学习取经。在北京停留期间，他乘机争取见了冶金工业部部长刘淇，汇报了凌钢的情况和他下决心学邯钢的想法，得到了刘部长的大力支持，原定的5分钟见面延长到20分钟。后来，冶金工业部部长办公室主任李成群和我说，你们新上任的高总很精明，他的汇报让刘部长很高兴。要知道高总才上任三天，他的精明过人之处，由此可见一斑。

到邯钢后，高益荣深入到处室分厂，不光听领导介绍，而是带人直接深入到处室分厂，打探学习操作层面的具体办法，吸取真经。回来后用了一个月的时间制定了学邯钢的大盘子，把减利因素精确测算，层层分解，真正建立起责任到每个基层职工的压力传导机制和利益激励机制，使学邯钢落到了实处。

在实施过程中，他还不放过任何一个深化学习的机会。在当年的秋天，根据国家经贸委安排，邯钢老总刘汉章来辽宁介绍经验。开会前，高总和我说，光听大报告不行，散会后得找机会和刘总直接交流才能捞到“真货”。你给我搞清刘总的住处房号。考虑到散会后他要找刘总，我就直接把他当天住宿安排在友谊宾馆，没想到挨了他一顿批。他说，这是我们住的地方吗？一宿要花多少钱？家里学邯钢，一块抹布、一把扫帚都要精打细算，怎么不问问我就住这呢！其实，当时他住的房间在友谊宾馆里是最普通的标准间，宿费不过200来元，再说住在这里主要是晚上和刘总谈话方便。当晚饭后高总就到楼上找刘总去了。第二天他和我说，他们谈了近两个小时，回来时都夜里11点了。可见高总学邯钢是多么用心。

由于凌钢学邯钢下的力量大，学的实，学的深，职工发动的彻底，很快就见到了效果，几个月内就扭亏为盈。到年底在填平一季度亏损1700多万元的基础上，实现利润4000多万元。这在当时大型国有钢铁企业都严重亏损情况下，可算是个出色的成绩单。

凌钢学邯钢真学真见实效的事迹，很快就引起了省主管部门和省领导的高度关注。在1997年3月份省经贸委召开的全省学邯钢总结会上特意让凌钢介绍了经验，当时就引起了很大反响。会后省委省政府做出“远学邯钢，近学凌钢”的决定。把凌钢作为推动国企改革脱困的一面旗帜推向全省。央视二套经济节目还在沈阳变压器厂做了一期推动辽宁国企脱困的节目，高总和我接受了主持人的采访，介绍了凌钢学邯钢的经验。节目播出后，凌钢的知名度进一步扩大。此后，我跟随高总先后在辽宁人民会堂、辽宁行政干部管理学院、鞍钢体育馆、大连市政府礼堂做过多场经验介绍。特别是在省人民会堂向省委、省政府处级以上干部和大中企业做经验介绍时，省长闻世震离开讲稿专门念了高益荣讲稿中一段话，引起全场掌声。至今我还记得这段话的内容是：“在市场经济条件下，找政府，政府择优扶强；找银行，银行嫌贫爱富；找市场，市场不相信眼泪，不同情弱者，只有自己的路自己走，自己的梦自己圆，依靠自己救自己。”这也是那些年凌钢在过去脱困时一直坚守的经营理念。几天以后，《辽宁日报》在一、三版用两个版面全文刊载了凌钢学邯钢的经验。至此，凌钢学邯钢一举成名。高益荣用任职一年来的出色成绩向组织和企业职工交了一张漂亮的答卷。可以说，他一出场，就赢得了满堂彩。

“争上市”锦上添花

2000年5月7日，上海浦东证券交易大厅，高益荣高举红绸包裹的锣锤，随着手起锤落，一声清亮的锣声响起，凌钢股票上市永久定格在这一刻。

争取股票上市是高益荣主政凌钢12年中浓墨重彩的一笔，也是他人生事业的又一个巅峰之作。其3年多曲折艰辛的争取过程却是很多人并不清楚的。

凌钢的股份制改造起始于1994年。当时是“定向募集”，整体改制，组建了凌源钢铁股份有限公司，但真正按照国家要求将生产经营主体剥离出来组建股份公司还是从1997年7月22日高益荣首次向朱镕基总理汇报时开始。当年，为了加强国有企业改革脱困，国务院做出振兴东北老工业基地的决策。就是在这个大背景下，当时还是国务院常务副总理的朱镕基来到当时国企困难最大的辽宁省视察。辽宁省从上百户大中型企业中精挑细选了10户企业参加汇报。凌钢由于上年学邯钢中的优异表现当然成为其中一员。

1997年7月22日，这是个在凌钢历史上和高益荣个人人生中永远值得记住的日子。上午8点，省经贸委组织的10户汇报企业从华峰宾馆出发去友谊宾馆主楼二楼会议室向朱镕基汇报。汇报中，由于朱镕基副总理的问话非常尖锐、犀利，会议气氛一直非常紧张。轮到凌钢高益荣汇报，当听到高益荣说“凌钢不找政府、不要贷款、依靠自己救自己，而且当年就扭亏为盈”后非常高兴，一直紧锁的眉头也舒展开来。他高兴地说：“我看你是个企业家，而且是不带引号的企业家。”这话从不轻易表扬人的朱镕基嘴里说出来十分不易。语惊四座。应高益荣请求，会后朱镕基还与高益荣单独合影。朱镕基幽默地说：“与企业家合影是我的荣耀。”此后，不带引号的企业家高益荣的名字迅速传遍全省的政界和企业界。也是在这次汇报会上，高益荣及时提出了凌钢上市的要求。朱镕基问：“你兼并企业没有？”没等高益荣作答，省长闻世震及时插话：“他们准备兼并葫芦岛钢管厂。”朱镕基当时就果断表态，你兼并这个企业，我就支持你上市。

其实凌钢和葫芦岛钢管厂只是就兼并的事做了个初步的接触，并未达成实质性协议。有了朱镕基这次表态，兼并的事正式提上了日程。在省经贸委的支持下，凌钢紧锣密鼓地开展了兼并的各项工作。不久，就签订了凌钢整体兼并葫芦岛钢管厂（锦管）的协议，为上市迈出了实质性的一步。此后一年多，组织力量开展建立现代企业制度，建立集团公司，争取省里授权资本运营，撰写上市报告，进行资产评估等这些十分专业、十分复杂的工作。期间，先后有刘克田、赵新良两位副省长到北京为凌钢争取报批工作。

到1998年底，已经出任国务院总理的朱镕基第二次来辽宁视察。这次辽宁省仍选包括凌钢在内的10户企业汇报。凌钢是排在东药之后第二个汇报。汇报快要结束时，高益荣向总理讲，总理上次要我做的工作我都做了，葫芦岛钢管厂也兼并一年多了，但总理答应我的上市现在还没有动静。总理问为什么？高益荣说，因这两年钢铁板块效益不好。朱镕基随即批评：证监会死脑筋，说钢铁板块效益不好，他企业效益好啊。并当场指定国家经贸委主任盛华仁负责此事。汇报会结束，我们回到付家庄宾馆已经晚上10点多了，还没等坐稳，省经贸委秘书长又带我们重回棒槌岛宾馆向盛华仁主任详细的汇报了上市情况。等到我们汇报完回到宾馆已经是子夜时分了。

由于要上市企业太多，虽然总理两次说了话也没有立竿见影，但对加快上市步伐还是起了重要作用。一直到2000年4月，证监会才正式通过凌钢上市报告。5月7日，在上交所大厅终于敲响了凌钢上市的锣声。那一刻，高益荣笑了，笑得那么开心。我也有幸在现场亲历了这一激动人心的幸福时刻。

高益荣和他的团队经过3年多坚持不懈的努力，终于为凌钢从资本市场争取了5.4亿元资金，为企业在新世纪实现新发展打下了坚实的物质基础，也为当初参与定向募集职工增加了两亿多元收入。后来，许多企业内外的朋友问我，凌钢有朱镕基支持，两次说话，为什么上市还用了3年多时间？我想借当时证监会工作人员传出的一句话作为回答：别说总理说了，江总书记说过话的企业不也在这里排队吗。

可见上市之难，难于上青天。此言并不过分。

新世纪再谱新篇

2007年4月18日，朝阳市西大营子，彩旗飘飘，锣鼓喧天。时任省委书记李克强，国家钢铁协会荣誉会长吴溪淳兴致勃勃为鞍凌新区开工剪彩奠基。

2000年，凌钢股票上市后，企业发展进入快车道。在年末的职代会上，高益荣提出要在当年产钢78万吨的基础上，在2001年要登上百万吨钢大台阶的新目标。经过一年努力，钢产量达到97万吨，距百万吨钢咫尺之遥。此后连续3年发力，一年一大步，到2004年底，钢产量一举超过200万吨钢，在凌钢发展史上竖起了一座新的里程碑。要知道在当年，200万吨是衡量企业规模、地位一个十分重要的数量级。不仅在国内对提高凌钢知名度、美誉度，争取国家更多的政策支持具有重要作用，也是当时加盟世界钢铁协会起码的入门标准。凌钢从建厂初期的“五七十”到实现50万吨钢，走了近30年，而50万吨到200万吨只用了8年，而且是在完全依靠自身滚动发展，资产负债率不超警戒线的情况下实现的。不能不说这是高益荣和他的团队为凌钢做出的又一重大历史性贡献。

200万吨钢是个辉煌的顶点，但200万吨钢之后凌钢的路怎么走是摆在高益荣面前更加棘手的问题。当时，不管是凌钢的领导层，还是来凌钢检查工作的上级领导和专家，普遍认为经过多年的改造、挖潜，凌钢现有区域已潜力挖尽，能力到顶，特别是为生产主体配套的外部电、水、运已发挥到极致。下一步发展只能在品种质量精雕细琢上做文章，在扩能发展上已无路可走。在当时国内绝大多数钢铁企业都在以几何数级扩展自己产能的形势下，凌钢固守200万吨钢无异于束手待毙。经过反复商讨，凌钢班子做出了跳出老区，进军朝阳，另辟新区再发展的大胆决策。而这个决策也应和当时地方领导以GDP为中心急速扩张地方经济的发展观，很快得到了省市领导的大力支持。不久，凌钢就与朝阳市政府商定将朝阳城西西大营子附近3000亩地作为凌钢新区落脚点。这里不但有优于凌钢老区的运、电等配套条件，更加突出的是还有新建成的阎王鼻子水库可就近为新区提供充足的水源保证。与此同时，可研、论证、初设各项报批的准备工作也紧锣密鼓地开展起来。

凌钢做出进军朝阳再发展的战略时机正赶上国家加强宏观调控，抑制钢铁产能过分发展的大形势。当时，鞍钢鲅鱼圈新区，宝钢、武钢新区，这一大批大项目的审批都“卡”在国家发改委。区区凌钢这时要上新区更是难上加难。但这时凌钢已有了3年上市，跑国家大机关的经验，及时把朝阳新区调整到淘汰落后产能，实现工艺装备升级的路子上，适应了国家新要求，再加上省市主要领导和主管领导一起出面做争取工作，在历尽两年坚持不懈的争取，终于获得国家发改委的批准。2007年4月18日，在朝阳西大营子召开了开工奠基仪式。时任省委书记李克强和国家钢铁协会荣誉会长吴溪淳等到会为工程奠基剪彩。在实施过程中，省里考虑凌钢无法独自筹集七八十亿元这样一笔建设巨额资金。为更好地整合辽宁钢铁工业，充分发挥鞍钢大企业优势，决定鞍钢凌钢合作共建新项目。这样资金问题就容易解决了。这也给高益荣留下深刻的心头之憾。为了迅速弥补这个缺憾，走出200万吨后发展的新路子，高益荣和他的团队又做出了立足当地，努力节水找水，就地发展的新决策，就把可研、初设和施工图设计三步并作一步走，全力推进350万吨扩容改造。到2007年8月17日高益荣退休时，工程已完成了总体规划和施工图设计，并展开了部分主体项目开工建设。高益荣弥补了朝阳新区留下的历史遗憾，用350万吨钢完成了自己的“收官”之作。

高益荣主政凌钢期间正值国企改革脱困的攻坚阶段，他团结带领职工锐意改革创新，使凌钢率先突出重围，成为辽宁国企的排头兵，争得了股票上市，实现了年产200万吨钢，为企业生产发展做出了重大历史贡献。他退休后，定居北京，在郊区住宅附近租了一小块地，当起了“田舍翁”，开始了“科学种菜”的闲居生活。让人想不到的是，他在台上叱咤风云，干得风风火火，退休后也能甘于淡泊，种菜也能种出名堂，又被电视台做了专访播出，不能不让人由衷敬佩。为此，我曾写过一首小诗赠他，今也录在这里，权作此文结尾。

世事沧桑古今同，造化无情且有情。
当年佼佼弄潮者，今朝洒脱种菜翁！

以上这些都是一二十年前的往事了，本想让它们和那些逝去的时光一起湮灭。但很多人劝我把它写出来，以慰那些为凌钢做出历史贡献的先行者，以飨那些想知道凌钢历史渊源，至今仍在岗辛勤工作的后来者。

（作者为原凌钢办公室副主任）

我的女儿叫铁凌

张兴武

我的女儿为什么叫铁凌呢？说来话长了，有些事情说起来很高兴，也有不少的事情叫人心酸哪！

响应号召来到凌钢

我原是抚顺新抚钢炼钢车间一号炉铸锭工。1964 年，全国都搞“三线建设”，全国都支援“三线建设”，各地的国营企业出人、出力，支援“三线建设”的人都离开了原来的单位，从熟悉的环境带着家小去了四川、青海、云南……

到了 1965 年，辽宁省也决定要建设自己的“小三线”，新抚钢厂的领导积极配合进行了动员大会，要求有志青年响应号召到偏僻的凌源筹备建设钢铁厂，为国家贡献钢材，支援国家的经济建设和国防建设。听了车间主任的号召后，我第一个写出了大字报，表决心，要求到凌源去，去参加“三线建设”。

当时我家是军属，弟弟在防化兵部队。我同父母生活在一起，有两个儿子，老大五岁，老二才一周岁，父亲身体不太好，母亲忙里忙外，妹妹还在读书，爱人是个合同工。按当时的要求，我没有条件离开家参加“三线建设”。但是，我想到了红军二万五千里长征就是为了今天的国家，为了国家的将来，为了国家的钢铁事业我就报名了。

当时，父母亲不同意我去。父亲说“如果觉得现在的活太累的话我提前退休你去接班吧。”我同父亲说：“儿子不怕累。我们国家钢铁多了才能搞经济建设，才能发展国防事业。现在儿子年轻，要好好干一场，将来才能有出息啊。”父亲再没说什么。

新抚钢厂按照省市委的要求，为凌钢建设派出了以厂长、各科室及炼钢车间、轧钢车间的工段长、生产班组长及技术人员一套人马。工段长以上至厂长当年六七月份就已经去了凌钢搞筹建工作，同时凌钢又派出各工种的工人来新抚钢的相关班组学习操作，我们负责带好这些徒弟，干好本职工作一直到年末。

不怕苦为凌钢建设坚持下去

凌钢那边来信了，说年末投产，让我尽快办好手续去凌源。新抚钢的领导很关心大家，于 1965 年 12 月 27 日下午，为我们支援“三线建设”的人吃饭送行，饭后晚上五点多到达沈阳站。因当时交通不方便我们从沈阳出发坐了一夜的车，第二天早上 7 点多到达叶柏寿。在叶柏寿等了近一天，下午 3 点才坐上车去凌源。

到凌源后，负责接待我们的是先来的新抚钢人（电炉工段长陈兴文）。晚饭后就住进了独身宿舍（小平房），自己烧炕。十几个人住在一起，有常恒福、伊树春、李世俊、王宝仁、尤宝奎、李杰民、王洪林、伦纪玉、周国良、吴继喜、马金龙、程友玲、梁立顺、管仁发，都是炼钢车间与电炉生产配套的天车工、吊包工、炉前工、铸锭工、段长、工长等。

原来说是年末投产，但是到车间一看，电炉只有一个炉坑，天车还没装上呢；电炉的变压器刚刚装完，电源还没接上哪，要真的投产，最少也得等半年以后吧。

从新抚钢厂出发时天降大雪，真是冷啊，到沈阳时地面的雪有 5 公分厚了，估计到凌源这雪怎么也有半尺厚吧。当我们到凌源后才发现，只在背风的地方才能见到一点雪，气温也不像沈阳那样阴冷。

不生产、干闲着，每天去车间看一看，没事我们就去凌源街里走走。在抚顺时，公交车一辆跟着一辆，还有很多人上下班都骑着自行车。在这里，公交车没有，自行车少见，上街的都是步行。少数的年轻媳妇坐在由丈夫牵着的毛驴上；穿件条绒的裤子就很不错了；商店没几家，店员们相互拉家常，也很轻闲。

凌源是劳改基地，劳改分局所在地，当时的辽老大汽车就是劳改分局的企业生产的。当时，他们就有发动机铸造厂（也叫机械厂）、汽车组装厂、靠垫厂、油嘴油泵厂。犯人出监后就地就业的工人不少，有些人成了家或原来的家属也过来了，当地的人就把这些人叫“家猫”（家属的意思，工人及家属），外来人管当地人叫“二分洋”（二分钱的意思，当地人在当时管硬币叫洋），当时那个年代硬币的面值就是以“分”为单位的。

凌源这个地方不大，县城周边都是农村，以前有个称呼叫二沈阳，就是沈阳时兴的事物凌源也会在几年内时兴开来。

从抚顺来时，“文化大革命”在全国就已经开展起来了。在我们调到凌钢的人中就有两个造反派，就因为是造反派的他们就没来，我们这些老实人不来是不行的。随着日子的推进，凌源也逐步开始了“文化大革命”，凌钢的人也逐渐增多，除了凌钢从农村招来的亦工亦农的，原劳改部门留守的以外，沈阳、锦州、抚顺、凌源县调来的各种人越来越多。各单位、人群成立了不少战斗队。我们也不例外，这些从新抚钢厂调来的炼钢车间的人也成立了战斗队，叫东北工人纵队，显得很大，我任队长。

因为暂时不生产，在这干闲着，老婆孩子都扔在抚顺也不放心，大家一合计回抚顺“造反”去。其实造什么反？有的地方都找不到人了，大家就都回抚顺家中去了。当时，有几个人合计，凌钢是我们将来的生存之地，新建的企业慢慢都会好的，会有自己的一番作为，条件也会逐步好起来，如住房等。所以，大家决定把家搬到凌源去，就这样我们把户口迁到了凌源。

一开始，凌钢的住宅正在建设中，我们就租当地人家的房子，搬家时也没有什么家具，只有一些锅碗瓢盆、被褥、水缸等，很简单。当时，都以粗粮为主，带点细粮也就三五斤的，都是凭票才能买到。半年后，搬进了凌钢给职工盖的房子。这房子是石头垒成的，只有山墙、门框，四周是砖，盖是预制板的。夏天还可以，冬天屋子冷，北墙一层一厘米厚的霜，房盖的霜都过了“三八线”（最高处的那个缝），跟我们在抚顺住的楼房、有暖气真没法比。屋子冷、多烧煤，这的煤同抚顺的煤没法比，抚顺的煤用的很少，一根木棍就可以点燃，煤烧起来很旺、屋子暖；而凌源的煤不好点，也不好烧、渣子多，大人和孩子真是受罪了。

在抚顺时，我爱人在望花区的印刷厂工作是合同工，说来凌源后给安排工作，来了后就在凌钢厂的家属工中。好在因为我们四口人平均收入少于 12 元，给安排了。平均高一点的还没安排上哪。不管怎样吧，总算有了个自己的家。

“文化大革命”发展得很快，凌源中学成立了“八三一”，我们工人搞大联合，同凌钢的其他工人的战斗队联合在一起，叫“井、捍、东”（井是井冈山战斗队、捍是捍卫毛泽东思想战斗队、东是东北工人纵队）。我们开批判会，批判走资本主义道路的当权派，后来就变成批判当权派了。

那时，从外地调来的人很多，凌钢厂级的、各车间的领导也是来自四面八方，我们根本不了解他们以前的情况，走走形式、批判批判，叫他们上台低低头，说几句话也就完了。当时的口号是“抓革命、促生产”，各车间和全厂的工作还需要这些领导去处理，所以就都回本单位抓革命促生产了（其实当时也没生产）。

炼钢车间主任是刘太山、书记马文良，他们都是原劳改基地留守的干部。有时对工人的要求比较严一点，干革命二三十年了，现在怎么就变成了走资本主义道路的了呢，我想不通，他们也想不通。白天批判他们，晚上我再去他们家开导他们，劝他们想开点，群众怎么说，你们就来个是、是、是……免得受皮肉之苦。

军代表来了，各车间都有军代表，各单位的情况变好了。在我们炼钢车间，由于我的表现好，经常代表凌钢参加县里的批判大会，代表工人阶级在大会上发言。为了锻炼我，派我去农村参加“斗、批、改”运动。在农村，我同当地的农民打成一片，白天挨家走，吃派饭。农民对我们所谓的工作组成员都很尊重，用当地上等的礼节招待我们，不管到谁家吃饭，他们都像过节一样，每桌摆上四碟小咸菜，先上半碗米汤，喝完了才上菜、上饭，多数人家都不陪我们吃饭。快过年了，我从家中带去理发工具，挨家的给他们理发。一待半年过去了，后来因家中有事我就回厂了。

当时，因为没有生产，正常上班的不多，但我没有一天不去的。如果有机会就回抚顺看望父母，这时父亲已经病得很严重了，自己不能在身边服侍，心里很是难受。

1966 年 4 月，当时的生产厂长赵德林同志在炼钢车间安装设备看到我后说："张师傅，你回抚顺一趟吧，把大家都请回来，现在设备基本上齐了，准备生产吧。"

我回到抚顺后，把大家如期请回，开始上班了，做着各种方面的准备工作。6 月份总算准备好了，给电了，生产了。正好赶上我这个班，电炉出钢了，全厂来了不少干部，还有朝阳的记者，凌钢的第一炉钢锭是我亲手浇铸出来的。

"革委会"成立了，候选人名单中有我的名字，军代表找到我我没有答应。我同军代表说："我就是一个工人，但社会关系比较复杂，当个班长就行了，'革委会'我就不参加了（因为当时有个说法，七八年后再来一次'文化大革命'）。"当时我就想，自己安安稳稳地当个工人吧，当了领导，七八年后挨批判的就该是我了。就这样我就回车间干我的铸锭工作去了。

1969 年末，父亲去世了。当时母亲问父亲："还叫老大回来吗？"父亲说："他一个人带一家子在外不容易，今年回来过了，经济又困难，就别回来了。"父亲去世我没回去，病危了还替儿子着想，父母的恩哪，永远也报答不完。

我的女儿叫铁凌

1970 年正月十六，我的女儿来到了这个世界，我高兴啊！我有两个儿子，又添了一个女儿，太可心了。我爱人说："你给女儿起个名字吧！""好！"起个什么名字呢？女孩一般都起什么花、珍、兰、英……没意义，我得给她起个有意义的名字。正好炼铁车间投产了，出了铁水。没有铁，哪来的钢，应该起一个与铁有关的名字才好。是啊，我来凌钢就没想回去，铁心在凌钢干一辈子，那就把我们的女儿叫"铁凌"吧。

铁凌一生下来就是个健康可爱的女孩，全家人为之高兴，两个哥哥都高兴地叫着小妹妹。

女儿铁凌的到来给家里带来了欢声笑语，同时也给这个家带来了负担。因为，我们双方的老人家庭都很困难。原来父亲有病时，为了尽一点儿女的孝心，每月汇 10 元钱。岳父家在农村，也很困难，我把每月剩下的粮票（我的定量高，53 斤）外加 10 元钱汇给他们。因孩子多没人看，爱人上不了班，就麻烦了，就请母亲帮助我们操持家务，我爱人在这个月子中才吃了20多个鸡蛋（当时鸡蛋7分钱一个），当时两个孩子都看着，当妈的也不好意思自己吃，给孩子带两个。爱人满月后上班了，大儿子上学了，我带二儿子上班，这个时候已经生产几年了，但当时对安全要求不严，我干活孩子就在厂房外面玩。但我的二儿子特别淘气，总怕他出事，工作也不安心，同时抚顺家中妹妹还没有成家，母亲对她放心不下。为了使母亲免去后顾之忧，又能解决我们的困难，母亲把二儿子带回抚顺，等大一点再回来上学，每月给母亲邮20元钱。

可没想到，我的二儿子回抚顺第18天在马路上玩，出了车祸，离开了人世。当时没有电话，是抚顺市交通大队给凌钢打来的电话，告诉我们儿子在抚顺出车祸了。车间主任宋士田再三安慰我，叫我别着急，准了我的假，让我立即回抚顺处理一下。

犹如晴天霹雳，我几乎要倒下了，不为别的，为的是我的老母亲啊！她怎能受得了。我回家没敢同爱人说实话，只是说孩子出点事，让我们回去处理一下。车间领导派车把我和爱人送到了叶柏寿火车站。

我同爱人到家时，老妈正哭得死去活来。我们当时给母亲跪下说："妈，你是亲奶奶，你比我们还疼他，事已经出了，想开吧。如果因为此事你再病了，我们岂不是更难受吗?"处理完孩子的事，3天后我们就回凌源了。

铁凌一天天长大了，也很懂事，我们也很欣慰，愿我的儿子在天堂一路走好。

贡献青春再贡献子孙

我30岁时调到凌钢，从一个炼钢铸锭工提升当了班长、工长。铸锭工作是一项十分细致的工作，稍微不注意就跑钢，跑一炉钢就会损失五六十万元，有的班组工作不细心，常出现跑钢事故，我就去蹲点。一开始他们还不服气，经过多次的比较、考核，渐渐的他们就服了。

1976年，凌钢为了加强对生产的管理，从各车间抽调一批在单位工作好的、文化高的人到厂调度室管理生产。我是1959年的大专毕业生，所以被调出来了，在厂管理生产，年年都被评为先进生产者，给厂里解决一些技术上的、设备上的难题。比如，当初焦化厂生产焦炭的出炉时间与高炉的使用时间配合不上，焦炭卸在铁路两边；有时又供应不上，导致高炉休风，严重地影响炉子顺行和炉况。我提出在焦仓子里建一个大漏斗，用天车往皮带上抓，什么时候用什么时候抓，高炉就再也没有因焦炭供应不上而休风。一次高炉休风，因探尺故障，送不了风，钳工炉上炉下的找就是找不到原因，我正好当班，我就去了高炉，问明情况，根据我学过的机械原理，帮他们找到了原因。在轧钢车间，又赶上我值班，那天轧钢钢材跑道的翻板总不到位，钳工处理了一个多小时，就是找不到原因。我去了，问明情况又找到了原因，生产顺利进行了。这样的事太多了，因时间太长，大多都忘了。

1980 年，全国各钢铁企业为了自身的发展，纷纷成立了技工学校。组织部查了我的档案后，10 月份把我抽调到了凌钢技工学校担任机械课教师。从此，我又成为了一名教师（原在抚顺石油学院任教师）。

来到技工学校后，听了三天课，我就接下了所有班级的机械制图课，从科任、班主任到教导主任，一干就是 17 年。我给技校生们上专业课，最多时每天 3 大节，没有休息的空。技校课时少时还去电大给学生上课。为了凌钢的发展，凌钢决定同鞍山钢院合作一个中专班，从牵头到学生毕业全由我来操办；又办职高班，除了部分专业没有上过课，80% ~90% 的凌钢技校、职专、中专、电大我都上过课。

1997 年我退休了，暑假之后我就不上班了。9 月份，全国各单位的技工学校都解散了，各回各单位。教文科的回学校了（因为他们都是从凌钢中学调来的），教理科的（大部分都是工程技术干部）回各车间了。

我教过的学生有的都退休了，现在凌钢各生产厂的技术骨干都有我教过的学生，包括我的儿子、儿媳、女儿、孙子，他们都是凌钢的好工人、好干部。

我退休后还被找回给凌钢的新工人上技术课，如在劳改分局上课的天车班，我去给他们讲天车的专业课；前几年又回去给凌钢最后招生的钳电班上课。

我的孙子也回凌钢了

我的孙子在沈阳中学毕业时，正好本钢技师学院招生，我的孙子考上了，念了两年书又赶上凌钢招工，我的孙子也就回到了凌钢就业。目前，凌钢已今非昔比，各种保障待遇都正规；当年我们来到凌钢一个楼房都没有，到处都是高粱地，现在已经建设成为目前大型国有企业，我为孙子能够回到凌钢上班感到很自豪。

我这一辈子，生在沈阳，成长在抚顺，贡献给了凌钢。我的儿子、儿媳妇、女儿、孙子也都没离开凌钢，我们家祖孙三代依靠着凌钢，建设着凌钢，也是凌钢在养育着我们，这真是鱼活了水，水养了鱼呀。

我希望凌钢越来越好。

（作者为原凌钢技工学校教导主任）

难忘的历程

——追忆争取凌钢股票上市的岁月

何东生

凌钢股份公司是适应国企转换经营机制的要求，于1994年4月设立的定向募集股份公司。从1997年初开始，公司一班人把握历史机遇，经过3年的不懈努力，终于使凌钢股份脱胎换骨，于2000年春公开发行股票融资5.4亿元，并在上海证券交易所挂牌上市，成为朝阳市当时也是现在唯一的上市公司。16年过去了，我作为参与者、亲历者之一，回忆到这段难忘的历程，每一件事仍历历在目。

茫然前行

1997年3月，我任凌钢对外经济管理处处长刚半年，做了个很难受的手术在家休息，听说公司成立了股票发行上市组织机构，董事长、总经理高益荣亲任领导小组组长，苑成德、吴志先、张振勇三位副总任副组长，张振勇还兼任“上市办”主任，3个副主任中有我一个。尽管当时我对股票发行上市知之甚少，但马上意识到这是凌钢发展的一件大事，于是拆完线我就上班了。起初以为上市办也就是一项临时性工作，忙活个一年半载的就结束了，没想到这一干就是3年多，而且经历了那么多跌宕起伏。

说企业上市难首先难在要有“额度”。20世纪90年代，新中国的商品、服务基本上都是市场经济，可股票发行还是实行最严格的计划经济，在股市上融资要取得国务院确定的年度发行额度，发行额度按条块下计划到各省各部委。当时，100亿股96额度早已告罄，没有额度说争取上市无异于纸上谈兵。

为了争取额度，高益荣等公司领导和朝阳市领导多次找省体改委、经贸委和主管省长汇报请求支持，我也写过几份汇报材料。省政府还行文向冶金工业部推荐凌钢使用冶金工业部的上市额度。

一个月之后，张振勇参加了省经贸委的发行“可转债”会议，公司班子随即决定争取。尽管可转债对于凌钢来说，上市则债可能转股，不上市就是借债，但是苦于额度无期，也不得不试一下。5月初，突然接到省证监会通知说明天报材料，吴志先、张振勇马上带上市办主要成员与南方证券在沈阳金城宾馆汇合，制作可转债申报材料，大家通宵未眠。制作主要由南方证券工作人员按照规定项目添内容，吴志先、张振勇、李玉芝时不时口授几句，林学敏、陈亚芬提供数据，我基本上没做什么，但是这一夜没白熬，看出了门道：制作上市材料无非是按照统一的模版填空答卷。我曾经在公司办负责起草文件材料 8 年，也学过一点儿会计统计，说凌钢的事儿会比券商更准确恰当，也从此找到了工作的切入点。此后，各种上市材料绝大多数的文字说明，都是我根据自己掌握的和各部门提供的资料数据起草的，也因此参与了争取上级审批的全过程。

最后，可转债指标省政府给了老抚钢。

没有股票发行额度，发可转债又失利，凌钢上市办的工作等于空转。

拨云见日

转机发生在 1997 年 6 月，闻讯国家准备计划下达 300 亿元的 1997 年额度。公司马上讨论了发 1 亿股股票的可行性，决定全力以赴争取。

一时间券商、审计、资产评估、土地评估、律师等各路中介机构都汇集凌钢，上市办有点儿应接不暇，中介机构也分不清自己的业务该找谁。根据大家的反映，我起草了一份《上市办职责分工建议》给张振勇，大致内容是财务处负责财务审计和资产评估，企管处负责文件规范和基础材料的归集，外经处负责相关文件的起草和向上级汇报、沟通工作。张振勇马上拍板发给上市办成员单位和中介机构。这样，大家的效率更高了，配合也更加默契。有人曾调侃说我要当“常务”。

大幅度提升凌钢地位、大大提高凌钢股票上市成功可能性，关键时点是 7 月 22 日。朱镕基副总理在沈阳召开谋划应对亚洲金融危机、国企如何脱困的汇报会，高益荣以模拟市场、向精细管理要效益为主要内容的汇报，得到总理的高度赞赏，称他是“不带引号的企业家”。高益荣提出凌钢正在争取上市，朱镕基当场表示支持。这预示着凌钢有很大的希望争取到省里的上市额度。

9 月，国家确定 97 额度第一批运作辽宁两户。按照朱镕基的思路是“一帮一”，重点支持兼并亏损企业的上市。凌钢在省级层面的运作紧锣密鼓，省体改委主任王德庆、国资委主任王凤岭都给予了很大支持。朝阳市把凌钢上市作为头等大事，常务副市长肖洪昌多次专程来凌钢，市委书记鲍志强亲自带队向省政府汇报。

鲍志强说：我到朝阳两年，第一次为企业的事找省政府，省 1997 年额度两个上市指标要有凌钢一个。郭廷标副省长表示支持后说：“现在是老抚钢兼并新抚钢，金城造纸兼并营口造纸，凌钢兼并锦西钢管，三家选二，难断啊。”金城造纸是 1996 年就上报的，老抚钢是可转债第一家，原来都排在凌钢前面。要报上市材料必须有兼并方案和动作，使得凌钢兼并锦西钢管势在必行。5 天里高益荣、吴志先、张振勇我们日夜兼程，向省经贸委、冶金厅汇报，去葫芦岛市沟通，起草、签订兼并意向书，向郭廷标汇报，讨论发行可研报告，到北京找专业人士咨询上市政策。回忆这一过程如同走马灯一般。

1997 年 10 月 29 日，省政府决定省首批执行 1997 年国内股票发行计划的企业顺序为：金城造纸、凌钢股份、黎明服装、抚顺特钢。凌钢由原来的第三变成第二，基本保了发行额度。不亲历这一过程，绝对体会不到上升这一位有多难。

“进京赶考”

拿到了额度，等于向上市工作迈出了一大步，上市办人员群情激奋。在吴志先指挥下，昼夜赶班一个月，配合中介机构制作各种报告材料。此时，张振勇已作为工作组组长常驻葫芦岛钢管厂，吴总直管上市办。经省证监会初审后，公司派我到中国证监会提交申报文件。从此工作中心由沈阳转移到了北京。原以为递交个材料是个简单事儿，可是差点儿出差错。交材料要由省证监会一位处长引见，到北京的晚上和他一见面我大吃一惊，本来是报两家——金城造纸和凌钢。但意外的是除了我认识的金城造纸的盛总外，黎明服装的女董事长也来了，也要报材料。我顾不得有多晚，随即和高益荣通电话说应该来个集团副总，高益荣说来不及了，你相机处理吧。在运用了我们有限的资源已是半夜了。紧张焦虑伴随我一直到天明，司机早上说他醒了两次看见我一直在转圈儿。到了证监会综合处收材料的一看是三家，马上问怎么回事儿？我立即翻开省政府红头文件说我们是第二家。两天后，当我得知材料已经受理后，才一块石头落了地。

一周后，证监会将材料送国家经贸委、计委、冶金工业部审核。这个过程又是十分漫长。冶金工业部出文最痛快，高益荣、姜东我们面见刘淇部长后，吴志先我们还与省冶金厅陈世南厅长一同见了殷瑞钰副部长。总的感觉是部里上上下下对凌钢争取上市都很支持。也有人感到很惊讶，因为那时候钢铁企业就四五家上市，凌钢在地方钢铁中规模排在 30 名开外，还能上市？

国家计委的推荐函也很快到了证监会，但是国家经贸委这一关可不好过。我们的投资项目多是技改还有兼并企业，都归经贸委管，拿到国家层面来，凌钢的硬件水平不高，50 万吨级的小钢厂，人家闻所未闻。我们主要的亮点是，总理肯定的模拟市场、精细管理、经济技术指标好，省委省政府提出的“远学邯钢、近学凌钢”。直到第二年 6 月，国家经贸委才出推荐函。

漫漫审批

1998 年，是凌钢上市工作在北京“跑步前进”的一年。年初，就请省经贸委领导王华斌、吴启城一起到国家经贸委找陈清泰副主任汇报，请求支持。高益荣闻讯闻世震书记在京开会，立即让我起草给陈清泰和证监会副主席陈耀先的信。当时还没有笔记本电脑，我一边儿写他一边儿看，公司常驻北京的齐国凡去街上找地方打字。高益荣在京西宾馆从晚上5点等到9点多，请闻书记签字后这份材料就是“敲门砖”了。

从年初开始，按照证监会预审员的要求，我们一遍遍修改、补充材料，但总感到距上发审会还很遥远。确实，300亿额度，全国至少200家以上企业拿到额度，都挤到证监会等待发行，这个号真不好排。高总和发行部有关处长沟通，婉转谈及总理对凌钢的肯定和支持，人家马上说：总书记去过的企业很多的，都在排队。听了这话你还能说什么？

7月，分管金融的副省长刘克田和省证监会主席宿庸专程到北京，与凌钢一起到证监会做工作，副省长约见证监会副主席都是很难的，但是刘克田有意事先不联系，到北京后才给曾是中央党校同学王益副主席打电话，王只好答应说中午下班我见你五分钟。会见真的只有五分钟，刘省长说凌钢这样的企业指标好、财务数据真实我敢打保票应该尽快安排上市。

9月初，闻世震对凌钢作了短暂的视察，主要看了中宽热带。趁参观结束在南门换车之际，高益荣把写给证监会副主席陈耀先的信请闻书记签署意见，又开始了新一轮的北京之行。

年底在大连，朱镕基总理再次听取国企汇报。高益荣刚开始汇报，朱总理就说，我认识你，去年我封你个不带引号的企业家，凌钢上市了吗？高益荣说还没有。总理说为什么呢？高益荣说钢铁板块整体效益不高、企业规模小，排不上号。总理说能不能上市看企业自身，规模虽小效益好哇，几十万吨钢的企业在国外也是很难盈利的，请国家经贸委盛华仁主任向证监会转达尽快安排凌钢上市的意见。我们还专门给盛主任写了书面汇报，提请他给予协调。

可以说，总理的这番话给凌钢上市托了底。否则，不知要排号到何年何月。

为了知晓后续情况，我想见证监会周正庆主席秘书。同会里的熟人商议怎么见，人家都很为难，说主席秘书兼办公室主任，是副司局级，就是你们董事长要见也得预约。没办法就得直接闯，找机会随一位副省长连过两道门禁，见到了这位秘书，虽然他说事儿太多记不清了，该办的我们一定办的。但是我目的也部分达到了。又过了两个月，才确切得知总理的意见已如期转达了。凌源人有句俗话，说人急了能看出来，我还在深圳五洲大酒店举办发行改革研讨会晚宴上，急不可耐、有点不合时宜地向前来敬酒的发行部宋丽萍主任发问，能否尽快给凌钢股份安排发行。

接下来的日子真难熬。我原来烟瘾不大，可到上市办以来，工作夜以继日，材料堆积如山，吸烟也达到了一个新高度。尤其是到了争取各部门审批的阶段，白天陪吸，晚上和吴总焦虑万分吸到后半夜才入睡，还经常咳醒。当时发誓上市有了眉目一定戒烟。后来参加上交所办的董秘培训班时，我坚决彻底戒了烟。

但是高益荣就不一样了。本来他已经把烟戒了。那是1991年深秋，我在公司办当副主任，来沈阳筹办省冶金厅主持的凌钢“八五”规划审查会，他当时在沈阳一家医院刚做完咽炎手术，就溜出来参加会议。虽然说不出话，但写了很多纸条不停的提示凌钢各专业人员提问题，同时也告诉大家“我戒烟了”。到1997年，他戒烟整6年了。但是生产经营、主辅分离、股票上市三条战线忙得不可开交，在沈阳金星宾馆与南方证券讨论发行方案时，双方激烈争论到晚上10点多，于是乎高总戒烟功亏一篑，接过张总的烟又“复吸”，以后一直到退休也没戒了。

1999年元旦后，高益荣和我再次来到证监会。跑了一年多，该找的都找了多少次，但好像越来越看不到希望，我们的情绪真是跌倒了谷底。但是，发行处张桂庆处长说的一番话让我终生难忘，这位高高瘦瘦、很儒雅的处长低声缓缓地说，我认真地看过你们的全部材料，我对凌钢、对高总你本人十分的钦佩。不要太着急，也许还要等待，也许很快就会有结果。这真是极大的慰藉，也顿时觉得我们的工作没有白做。

峰回路转

1999年2月5日，离春节还有10天，接到证监会通知，要批发行额度。随即吴志先、陈亚芬我们就去了北京。尽管寒意袭人，但心头却是暖暖的，毕竟离上市又迈进了一大步。3月，周忠轩市长在听取凌钢发行上市工作汇报后指出：凌钢如果上市，不仅能融资，而且使朝阳有了第一家上市公司，机不可失，时不再来，一定要当作全市大事，说“唯此唯大”也不过分。并拍板决定了土地出让金比例、所得税税率调整等重大事项。

4月以后，争取发行工作进入了快车道。先是按证监会通知发行总量增加到1亿万股，重新做材料，所有中介机构二次进厂，6月下旬发行材料报到证监会；8月初发审委审核通过了凌钢股份发行方案。从报材料到发审委通过这40天，由于需要不断地修改补充资料，吴志先、林学敏、徐立峰、王宝杰、王俊涛我们6个人没离开过北京。期间，经历孩子高考考试、填报志愿的不止我一个人。

10月13日，中国证监会核准了凌钢股份1亿股A股公开发行。在走廊里等待的吴志先、林学敏我们兴奋之情溢于言表。这一年多，说不清在证监会的走廊里等待了多少次。在这个走廊里，包括一些副省长，望着发行部各个门口，眼里满是渴望的目光，一站就是两三个小时，这样的经历作为上市公司都大同小异。这次我们终于等出了幸福感。高益荣曾说过，上市不管成功与否，主要参与人员都要剥一层皮，最不忍看见发审会未通过的公司董事长们的黯然神伤。走出证监会大门时，我把事先准备好的一盒糖送给了收发室的小姑娘，感谢她在特殊情况下的关照。

此时已是中午12点，在公司的高益荣一直在等候吴志先的电话，得知喜讯高总回到自己办公室关上门流了泪，默默地坐了很长时间。公司办人员觉得有点不太对劲儿，几次敲门他都不作声。这两年多，他承担的压力太大了，压抑也太久了，情感和精力的付出都到了透支的程度。1999年春节前，他在南池子宾馆不慎摔折了两根肋骨，一个来月动弹不得；经常有这种情况，我在北京电话告知他联系好了要见哪个处长哪个司长，他下了班晚上就往北京赶；有一次参加一个论坛会，发现他闭着眼睛脸色苍白，我问他怎么了？过了三五分钟他才缓缓的说，我心脏经常偷停，很难受。后来到医院看了才知道是早搏。

但是，由于股市连续下挫4个月和后来居上的“大连金牛”发行从10月一直拖到12月，凌钢的发行也要跨年度。因为，证监会不可能安排两个同行业的企业连续发行。但发行已是板上钉钉的事儿了，证监会派员到公司组织董监高考试，苑总和李玉芝等也开始了办理职工内部股清理、股份托管等繁杂事务。

幸福时刻

2000年春节后上班第一天，我们就将上年审计报告和修改后的《招股说明书》报到证监会。春节相关人员都没有休息，特别是财务人员要加班加点。整个上市过程，财务部门的工作量最大，财务报表和指标说明一出来，做材料就是水到渠成的事儿了。3年前启动上市工作时券商人员说，到上市了材料有一车，当时谁也不相信，现在才知道前前后后的各种材料足以装一卡车。

接下来的事情都载入凌钢史册了。先是4月初1亿股股票在上交所发行，后是5月11日凌钢股份股票在上交所上市。那是多么幸福的时刻。募集5.4亿元资本金，有力地支持了凌钢的大发展，4年内实现了100万吨钢、200万吨钢的连续跨越，净资产收益率、资产负债率等重要指标持续位于钢铁类上市公司前列。更重要的是公司的经营理念、管理思维都达到了前所未有的新高度，显著拓宽了企业的战略视野，提升了凌钢在政商界的影响力。

更令人欣慰的是，靠张振勇一班人卓有成效的资本运作能力，把上市公司“通向资本市场管道”的功能发挥到了极致。凌钢先是通过发企业债融资近15亿元，奠定了三期改造的资金基础；又定向增发股票融资20亿元，为度过钢铁寒冬雪中送炭，赢得了当下在去产能、去库存大环境下求生存的先手。

得知增发融资成功的消息，我即时寄调《八声甘州》填词一首。

想凌钢风雨五十年，难与此时同。钢铁寒冬里，筹资亿万，如沐春风。万众拼争无悔，一帅运筹通。今夜花千树，泻绿飞红。

文案疾书数尺，虑万千立变，踏浪追风。夙夜奔京沪，劳苦铸奇功。破难题，集思广益，聚人心成事赖群英。终不忘，厉兵秣马，解困称雄。

回顾3年多争取凌钢股票发行上市的日子，幸福时刻总是短暂的，历经的磨难让人刻骨铭心。我的感受是，最绝望的时候很可能就是最有希望的时候。如同一位哲人所说：“有利的形势和主动的恢复，往往产生于再坚持一下的努力之中”。这对于当前面对重重困难的凌钢，又何尝不是如此呢？

（作者为原凌钢股份公司董事会秘书、工会副主席）

凌钢总部变迁史

郭瑞芹

1966年，我刚19岁，极左思潮封住了我上大学的路。听说“凌大”招工，我带了一张凌源县委的介绍信凭着高中文化，搭上了凌钢始建的末班车，当上了最最底层的合同工。时光荏苒，转瞬40年。2005年我退休，时任凌钢集团的党委副书记、监事会主席、纪委书记、工会主席等职务。40年，我们饱尝了千难万苦创业的艰辛，也尽享了铁水酣畅，钢花灿烂的甜美。在建厂50年之际，请允许我采撷钢花，管窥凌钢。缅怀历史，品味成长。

在凌钢工作近40年，厂部、总部伴随我工作的全过程。那就从总（厂）部说起吧。迄今为止凌钢共历经5个总部：

建厂初期厂部（约1966～1969年）。当时的“凌钢”是在下马的新生钢厂废墟上建的“小三线”企业。没有围墙，没有一条路，到处是老百姓种的庄稼。从南门进厂区大约五六百米的三角凹地有一栋多一点儿小土平房不到20间。这就是老厂部。我凭高中文化当上了白领，在供销科做工资员，十几个人一个办公室，和总机室、广播站相邻。厂部仅有的几台办公电话是摇把子的。就一台铅印打字机也是按把子的。各科室都用蜡纸刻钢板印材料。冬天炉子取暖，上面放着水壶烧饮用水。卫生间是露天旱厕。开会在西门里歪脖子树下就着土坎子搭的台子，雨雪天就到坎上食堂。当时的领导级别都不低，蒋守仁（老红军）、赵贯一（军管会主任）、赵德林（抚钢来的厂长）等，都在这办公。厂部仅有的一台嘎斯69车领导都很少坐。大多数干部都是“11号”（步行）下车间，有自行车的寥寥无几。别看厂部小，但事不少。“文革”时，小徒工赵大大扬言放血，三角刮刀一亮就扎在蒋守仁的办公桌上。造反、游街、斗走资派、上“五七”干校等，很是折腾呢。但是，厂部办公一天也没停过，艰难地完成了始建工作。

革委会、军管会时期的厂部（约1969～1973年）。铸造门外U形圈楼座子，在楼靠西北的房间有个能容纳百余人的会议室。“革委会”的各大、小组在此办公，我当时在后勤大组（包括劳资、财务、供销、运输部等）当秘书，两个人一个办公室在楼中间门的左侧第一室。办公室都有了电话。大组集中打字，小组仍需刻钢板。在厂部右后侧400米处用旧监舍改造了一个土平房俱乐部、一个小招待所，军管领导、厂独身领导（省派申醒民、鞍钢调单荣弼等），机关独身职工（我也住独身）都在这住。有了茶炉房。军管会由建厂初期的8732部队换到5913部队，又换到303部队，保证了凌钢没出太大的乱子。部队相继撤出后，

"革委会"全权负责。凌钢归省里管，领导级别都高。徐步云曾是省委秘书长，周刚是国内著名的钢铁专家，不拿稿在土俱乐部讲了两天钢铁生产。何群不拿稿讲一天清理"打砸抢"和整顿企业。叫我们两个秘书记录整理后再打印下发材料。上下齐心协力抓投产。焦化等投产，不管干部职工，不管机关还是车间，全员出动，日夜坚守在炉前。总部办公就在现场。真有点大炼钢铁的氛围，大干快上的劲头。

凌钢厂及凌钢公司总部（约1973~1996年）。"革委会"成为历史，凌钢仍归省管，逐步走向正轨。在厂区南门外处三四百米建了丁字四层小楼。何群、徐步云、陈士鳌、蒲建华先后当一把手。宋士田1981年开始当一把手。凌钢1986年下放朝阳市，1988年兼并保国铁矿并成立公司，1990年左右成立集团。期间，凌钢生产建设突飞猛进，厂部变为总部。办公由铅印打到电脑打字，由油印到打印机。秘书由一人到几人，到分组、分科。科室也变成了处和部。有了四楼大会议室。由一台上海轿车发展到十几台车的小车队。由小平房招待所到宾馆大楼。这个四层办公楼是我办公最久的地方。在这，我担任工会秘书、党委秘书、宣传部长、工会主席、纪委书记、党委副书记等职务。在这里，我见证了凌钢濒临倒闭到绝路逢生的历程；企业整顿的艰难困苦；见证了宋士田经理带领大家用站台票挤上"七五"建设末班车的奔波不息；见证了"八五"建设的攀登不止；见证了公司、股份公司、集团公司成立的坎坎坷坷。见证了昼夜运转，风雨兼程，一厂变三厂，三厂变五厂，实现年产50万吨钢跻身全国500强的许许多多，让我用语言、文字难以形容的故事。这就是凌钢发展振兴时期。

集团公司、上市股份公司总部（1996~2005年）。1996年，总部入驻10层办公大楼。办公条件上了档次。高益荣上任伊始就带领大队人马学邯钢，全公司掀起了模拟市场、日清日结的高潮，戮力同心抓管理。紧接着挑战来了。1997年、1998年，职工大下岗。剥离减员4667人，占全员31%。先后有丁礼常、丁永生两位副经理抓再就业。然而，几十年的"铁饭碗"被砸碎了的职工们心情激愤：封堵总部大门，呐喊对话老总。这时组织找我谈："给你加加担子，接再就业工作，你是副书记，有优势，从党委角度去抓。"不容分说，从此我每天面对声讨，和这些哭天喊地的下岗弟兄们摽上了膀子，上下求索，破荒创业。为了提神，我带领宣传部和下岗职工，把"凌钢集团"四个巨幅大字焊在了10层楼顶上。组织下岗创业十几个典型演讲，外请人报告。与外委争项目，向内部求支援等。不但搭上艰辛，还搭上了工作几十年的面子。更挑战了"混混"要脑袋的威胁。直到2002年钢达实业公司剥离为止，钢达已成为朝阳先锋企业。爬过这座山又遇下道坎。1998年一季度，由于产品滞销出现了亏损；职工5个月70%开支。2001~2002年，职工外流引起思想波动；周围百姓偷铁嚣张。当时，我还兼任纪委书记。在公司统一部署下，在全公司开展了严整纪律，强化管理，抢争市场，捍卫凌钢等攻坚战。结合香港回归、改革开放20年大庆等，收服了人心，凝聚了职工。势头一转，攻克股票上市，内抓指标达标，外跑手续报批。千辛万苦，千山万水，凌钢股票在上交所敲响了钟声，凌钢人流下激动的泪水，也获得了好收成。难关各个攻破，企业步步登高，“九五”建设四大技改工程掀开了凌钢新的一页，经过艰苦卓绝的奋战高质量高速度地达产，实现了年产100万吨钢直到200万吨钢的跨越。与“八五”50万吨比较一厂变四厂。凌钢人欢呼雀跃，高歌畅饮都难以表达喜悦的心情。这就是凌钢飞跃和可持续发展时期。2005年，我退休颐养天年。

现在的总部坐落在凌源市东郊的绿色环抱中，是伴随企业腾飞发展应运而生的总部，是蕴含很深，环保别致，品味上乘的与企业发展同步和规模配套的现代化的总部。虽然我没在这里办过公，但是，我感触到了她的魄力。她运筹、孕育了伟大。凌钢“十二五”即三期技改工程竣工投产后，公司领导把我们上一任退休的领导接回家看看。2300m^{3}高炉、120t转炉、200万吨球团、600t白灰麦尔兹窑、小棒材、大棒材等总投资75亿元的各个项目，如雨后春笋林立在20里钢城厂区。投产的时间如同节日的爆竹此起彼伏。自主度之高，投资之最，规模跨度之大，设备装备之先进，效能管理，效益水平都创造了奇迹。“惊天地，泣鬼神！”这真是大气魄，大手笔，大发展。此时此刻，我惊呆了，无法用自己的语言来形容这次回家的感受。我想起了毛主席的诗词：“惊回首，离天三尺三”、“换了人间”，“神女应无恙，当惊世界殊”。此时此刻，我心跳动的每一分钟，都沸腾着凌钢几代人梦寐以求的梦想得以实现的幸福和荣光。

5个总部我都说了。总部，她不仅仅是一个办公的场所，还是企业的对外的总窗口。更是企业的大脑、总司令部。凌钢从“五、七、十”到50万吨，100万吨，200万吨，300万吨钢，现在的600万吨钢的每一个台阶；历经的跌宕起伏千锤百炼的每一个征程；铸就了永不言败、钢铸铁打凌钢的每一个胜利。都在这里孕生，在这里成长，在这里收获。这里凝聚了上下同心、左右同力、生活同步；企业、职工同赢的智慧、理念和凌钢精神！

点赞你，凌钢总部！祝贺你，我的故乡，凌钢!!

（作者为原凌钢党委副书记、纪委书记、工会主席）

青春无悔献凌钢

佟振明

凌钢是我第二故乡，如今她即将迎来50华诞。我们曾经与凌钢同命运、共发展，为之奋斗了几十年。现在虽然已经退休离开了工厂，但是仍然怀念在那火红的年代、火热的生活。

我是1968年下乡的知青，1969年抽调到北票民兵独立团，修建北票到保国铁矿的铁路，铁轨刚铺完，还没有正式通车，我们又调入了凌钢。和来自各地的知青、大中专毕业生、荣复转退军人、鞍钢本钢技术骨干，从祖国的四面八方、五湖四海，汇聚到木兰山下，十里钢城，投入到了凌钢火热的生产、建设、工作和生活当中。

在新工人入厂培训会上，我们听取了厂“革委会”单副主任介绍了凌钢的情况，记得我还代表新工人在培训会上做了表态发言。培训后我们被分配到了各车间，我被分配到了烧结车间原料工段。一年后，我又被抽调到了“革委会”政工组从事宣传报道工作。我们几位对新闻报道一无所知的年轻人在梁海暄同志的带领下，从学习新闻写作开始，开始了全新的工作和生活（梁海暄同志后来调到了《辽宁日报》驻朝阳记者站当站长）。凌钢党委成立后，宣传组先改为宣传科，后改为党委工作部。我在宣传工作岗位上一干就是40年，一直到2011年退休，虽然改革的时候叫过党委工作部但工作性质没变。回顾这段历史我非常感谢曾经领导过我的老领导崔洪林、邹有圣、郭郊、梁海暄等同志对我的关怀和帮助。当年，为了尽快提高我的业务能力。厂里于1971年10月到1972年4月，还派我到朝阳日报社学习采编工作业务知识。厂“革委会”、党委非常重视宣传工作，非常注重基层通讯员的业务培训，举办了一期又一期通讯员学习班，培养了一批又一批业务骨干，这些通讯员不但发挥宣传员的作用，后来大部分都成了各车间单位的骨干。

我记得1975年4月，凌钢和劳改分局在《朝阳日报》和工交部的主持下，联合举办了一期通讯员学习班，驻凌源国营、省营企业都派出通讯员参加了培训，朝阳日报社群工部部长汪润亲自主持办班，培训班取得了圆满成功。正因为有了领导的重视，通讯员业务素质的不断提高，才使得当时的宣传工作和新闻报道工作做得越来越好，影响力越来越大。尽管当时的条件和现在不能相比，但在宣传部同志的努力下，无论是办简报还是广播，都搞得有声有色，充分发挥了宣传舆论应有的作用。

在凌钢建设初期，年轻的职工充满了激情和活力，人们的思想都积极向上，干什么都充满了热情和干劲。尽管条件艰苦，但大家都十分团结、互相帮助。记得1972年夏秋之际，一天傍晚，运输部的火车在铁路道口轧伤了一位路人，急需输血。当时，我们一大群人听办事组的领导一讲，二话没说就奔医院输血。可只有我们6个人符合输血血型，每人输了200毫升血。我记得6人中有一人是军代表，还有一位是女职工，这就是当时凌钢职工的精神。

回顾历史，最让人难忘的还是保国铁矿和凌源钢铁厂1988年3月实现实体联合，这是凌钢发展史上具有里程碑意义的大事。我们就是凌钢从小到大、从弱到强发展过程的见证人。当时，我已担任了保国铁矿党委工作部部长。保国铁矿和凌钢都是由省属重点冶金企业，于1986年1月下放归市属的。过去省里有句口号叫“三钢一矿抓住不放”。指的是凌钢、新抚钢、北台钢厂和保国铁矿。企业从1984年改革以后，保国铁矿和凌钢都有了很大发展，保国铁矿从20世纪80年代初先后进行了以采场运输改造和选场扩建为主的综合改造，生产能力不断扩大，装备水平不断提高，铁精矿质量成为省优产品，企业实力显著增强。铁精矿年产量达到了25万吨，企业实现了扭亏为盈。并依靠自身的技术力量扶植凌源、建平、朝阳、北票等地方建小选厂、小铁矿多座，为地方经济发展做出了一定的贡献。他们的做法和经验在全国冶金矿山会议上作了介绍。而这时的凌钢，也实现了快速发展。宋士田厂长开始寻求企业更大的发展。把眼光放得更远，着手研究与保国铁矿实现实体联合成立凌源钢铁公司，扩大企业规模提高企业的市场竞争力。他的想法得到了市委、市政府和省冶金厅的支持。与此同时，宋士田同志还亲自带领中层干部到保国铁矿和保国铁矿的同志们共同探讨联合问题。在联合的问题上，开始也遇到一些阻力，也有一部分人不愿意走联合办厂之路。但是，保国铁矿和凌源钢铁厂实现实体联合已是大势所趋，在双方领导的共同努力下，在市委市政府和省冶金厅的支持下，终于实现了实体联合。1988年3月5日，凌源钢铁公司成立大会召开，省冶金厅和市委市政府以及当地政府领导和凌钢人一起参加了公司成立大会，标志着凌钢公司进入了一个新的发展阶段。在公司首届党代会上我还荣幸的当选了公司首届党委代表。

后来的实践证明，实现联合的路子是走对了。保国铁矿进入了凌钢公司以后，企业通过实行矿长负责制，推行邯钢经验和集团公司日清日结经验，开展人事、用工、分配三项制度改革，分离企业办社会职能，剥离辅助等一系列改革，使矿山克服了计划经济体制遗留的弊端，解除了包袱，精干了人员，提高了劳动效率。为矿山脱困发展提供了机制、制度保证。人员的收入普遍有了提高。我记得在联合前，有一次在朝阳宾馆，宋士田同志半开玩笑地对我说：“你现在的工资如果回到凌钢肯定要提高不少。”现在回想起来，联合以后我们的工资收入确实比以前提高了不少。

从1997年到2003年，在集团公司的支持下，保国铁矿又坚持不懈地“抓投入、促发展、促优化、抓管理、提素质”。通过对选厂进行打破流程的全面改造，淘汰了落后工艺，扩大了产能，实现了工艺流程、产量和管理水平3个提升，不仅铁精矿年产量由25万吨上升到50万吨，而且劳动生产率、生产要素利用率等一批代表矿山经营水平的主要技经指标得到较大提升。特别是铁精矿品位达到全国领先的70%水平。为矿山进一步的发展奠定了坚实的技术基础和管理基础。进入2004年以后，保国铁矿又紧紧抓住企业规模提升、效益提高、自我经营、自我发展能力增强的有利机遇，在服务了30多年的铁蛋山主采场即将闭坑的情况下，为保证保国铁矿的可持续发展，提出了以扩大产能为主的250万吨采选工程项目，项目总投资总概算4亿元。包括新建一个单机处理能力国内最大的新选厂和总能力250万吨的3个矿井。这一发展设想得到了集团公司的高度重视和全力支持。在报请省发改委批复后于2004年5月正式开工实施。经过近4年努力奋斗，到2007年10月为止，铁蛋山100万吨矿石井建工程已经试产，80万吨选厂于2007年9月30日联动试车成功，投入运行。与此同时，黑山井建工程也开始建设，并很快投产。边家沟采区也随后投入生产。到2011年我退休时，铁蛋山每年井采矿石达到120万吨，黑山井下和边家沟采区也开始做出贡献了。250万吨采选工程的竣工投产，标志着保国铁矿摆脱了困境，老矿又焕发了青春，凌钢有了稳定的原料基地。

我亲身见证了矿山和凌钢的发展历程。抚今思昔，我们每一个凌钢人都为我们所经历过的辉煌历程倍感骄傲和自豪，展望未来，催人奋进，我们对凌钢的明天充满信心。

（作者为原凌钢保国铁矿党委宣传部部长）

一袋白面的故事

王立功

我要说的一袋面，是37年前实行计划经济时期城镇居民凭本、凭票购买生活用品的时期发生的事。凌钢现在每年春节前给职工发粮油补贴300元，即是由此衍变而来的。

1949年，中华人民共和国成立，由于经历了几十年的战争创伤，国家一穷二白、物资匮乏，因此社会主义初级阶段在全国范围内实行计划经济。

由于当时人口多，产粮少，实行粮食定量供应是当时历史条件下不得已而为之的。城市居民成人每月口粮定量27.5斤，儿童按年龄大小不同制定不同的粮食定量，那时每月每人供应细粮（指大米、白面）3~5斤左右、食用油我们辽宁是每人每月0.3斤。过年过节（指五月节、八月节和春节）一般多给几斤，其余供应的都是粗粮即玉米面、高粱米或其他杂粮，秋季有时还有地瓜（5斤地瓜顶一斤粮食）。所以，大米白面对普通老百姓来说非常珍贵，平时舍不得吃，一般都是家中来了客人吃点，再就是留给老人、孩子吃，或家中有病有灾的人能吃点，一年攒点细粮都留到过年过节时吃。

除每月国营粮店供应的粮食外，城里有工作的人员按所从事的不同职业、工种、劳动强度的不同给粮食补差，由本人所在工作单位发给辽宁省地方粮票，粮票在全省通用，每斤粮票供应一斤粗粮。

我前面说的都是引子，下面就要说说这一袋面的故事。

1978年党的十一届三中全会召开，把党和国家的工作重点转移到社会主义现代化建设上来。凌钢在“文革”后，各项工作逐渐走上了正轨，生产和建设一年比一年好，到了1979年已经实现了盈利，到年终岁尾了，厂领导（当时叫凌源钢铁厂）研究决定年底为职工办一件好事，即春节前为每名职工发一袋白面。用现在的条件看，别说一袋面就是10袋面也不值得一提，但我说的是发生在37年前的事。这在当时绝对是特大新闻，在当时的条件下凌源县的任何一家单位都很难办到的。为什么，原因是当时是计划经济，有些物资你有钱也买不到。计划经济时期城镇居民粮食供应凭粮本，同时还有粮票，粮票又分为地方粮票、全国粮票、军队粮票。在本省出差、出门吃饭不管是食堂还是饭店都得要粮票，到外省要用全国粮票，没有粮票就吃不上饭。在计划经济时期，几乎所有日用品都是凭票供应，有肉票、煤票、布票、棉票、糖票等，连火柴都凭票供应。

凌钢这次给几千名职工每人发一袋面绝不是小事。当时凌钢职工在5000人左右，每人一袋面得20多万斤哪！上哪去搞这么多面。当时，在辽宁省一次搞这么多的细粮指标是根本办不到的。后来听说是采取了特殊的办法，以物易物的形式在河北省一个县搞到了20多万斤白面，具体如何运作的不得而知。因为当时的河北省要比辽宁省开放很多，政策执行也比辽宁灵活得多。在河北你到饭店吃饭没有粮票有钱就能买饭吃，自由市场可以公开买大米、白面、花生、香烟等生活物资。那个时期，我们厂就有很多人坐火车到河北平泉县饭店去买白面馒头，成箱的往回买。那时的平泉饭店买馒头不用粮票用现金就可以，价格也不贵。当时凌源也有自由市场，买卖粮食、粮票等都得偷偷摸摸的，当时有个罪名叫“投机倒把”（该罪名2008年已从刑法上取消）。

白面已经搞定，只需派车到河北把面拉回来就行了。马上要过年了，厂领导要求在春节前一定把面拉回来发到职工手中。全厂集中了12台货车、1台拉汽油的车。计划经济时期哪儿也没有加油站，机动车出门全部自带汽油。

厂领导决定在1979年农历腊月十七派车去河北拉面（如我没记错的话就是此日子吧）。但不巧的是就在准备出发的前两天下了一场大雪，足有半尺深，气温下降到零下20多度。怎么办？腊月下雪，年前肯定化不了，要是过了年再去拉面，职工们就无法在过年的时候享受这特大好事了。于是，厂领导决定春节前一定要把白面拉回发到职工手中。

腊月十七，由13台汽车组成的拉面车队浩浩荡荡踏上冰天雪地之路。

厂福利科的采购人员早已在河北省等候车队的到来。拉面车队的带队负责人是当时汽车队汽车工段书记王国银。我当时是炼钢车间“以工代干”的福利员，押车验收的任务理所当然的落在了各车间福利员的身上。由于当时炼钢车间职工人数最多，给了一台当时吨位最大的汽车“辽老三”，能拉300袋白面。开车的赵师傅是位老司机，带个徒弟小陆两个人换着开。其他车只能拉200袋左右。因为，当时整个凌钢就只有这十几台能外出的货车，需要连续跑两次才能将白面全部拉回来。20世纪70年代的路面可没法和现在比。路窄不说，路面也不好，有很多是土路，而且刚下过大雪，天又十分寒冷，前进的路上困难可想而知。那时的货车驾驶室哪像现在这样有空调或暖风，四处透风。我们的“辽老三”是整个车队唯一一台烧柴油的车，由于天气寒冷，加之柴油里含有水分，用司机师傅的话说就是输油管沾腊，跑一会油管冻住了供不上油就灭火了。没办法，司机下车拿着喷灯烤输油管，有时一天要烤好几次。

我们的车一停下来烤车，其他的车就停下来等我们，当时要求必须要有集体主义观念，一个车也不能落下。冬天天短，下过雪的路不好走，车队就得起早贪黑慢鸟先飞，每小时跑不上三四十千米，一天要跑十几个小时，每天早晨5点多出发，晚上6点多停车住宿吃饭。

从凌源出发经宽城、平泉、遵化玉田等县城，由13辆汽车组成的车队在夜间的公路上开着明亮的车灯，浩浩荡荡，行进在弯弯曲曲几公里路段上，十分壮观。虽然道路不好走，但是司机师傅们克服了重重困难，第一天赶到玉田住了一宿，第二天就安全地到达了河北那个县城。由于车多为了赶时间，各单位抓紧轮着装车。到晚上 12 台车全部装完，用帆布盖好捆牢。在县里住了一宿，第二天一早 5 点多钟车队就出发了。半路在遵化县住了一宿，第二天继续起早往家赶。到腊月二十一下午，车队安全顺利到家。在整个拉面的 5 天中，开车的师傅和所有各单位押车的福利员虽然吃了不少苦，挨了不少冻，但大家心里都十分高兴，这是凌钢建厂以来头一次为职工办的好事，而这个好事在当年来说可以说是一个天大的喜事。那时还没有奖金，那个时候白面市场价也在四角多一斤，一袋白面 50 斤，价值 20 多元，差不多顶半个月工资呀。为了赶进度车队师傅只休息了一夜，第二天又踏上了去河北拉面的征程。到腊月二十六，白面全部拉回厂并发到了每个职工的手中，使全厂职工及家属都过了一个愉快的春节。

自 1979 年以后，厂领导年底为职工谋福利基本成了惯例。每年下半年，在厂或公司领导的安排下，房产福利处的职工就开始筹备谋划年货了，那些年发过米、发过面、发过水果、发过肉、发过油等。每年为职工办好事购实物的传统大约延续到 20 世纪 90 年代末。虽然这件事情过去了 30 多年了，但因为是凌钢建厂以来第一次为职工过年发白面，押车拉面的事也难以忘记，因为他是凌钢领导人为职工谋福利的一个里程碑！

（作者为原凌钢燃气厂工会主席）

我在德国拆设备

王彦廷

1991 年，凌钢在引进德国中宽带机组的竞争中获胜。8 月 1 日，高益荣副经理率凌钢代表团在德国与克虏伯公司正式签署了引进中宽热带轧机设备合同。

中宽带机组的设备拆卸、安装工作由中国三冶承担。技术消化及设计工作由马鞍山钢铁设计院负责。凌钢组成了中宽带拆卸工作组，我有幸成为其中一员，在德国工作了 4 个月。这是凌钢历史上第一次大规模引进国外设备，在国内中宽带机组建设上开了先河。

1991 年 9 月 12 日，我正在凌钢西区体育场参加公司田径运动会，大喇叭突然喊我到主席台。原来是高益荣和于连德两位公司领导找我，让我马上去北京，负责接续办理凌钢及马院一行 29 人的出国手续，并于 9 月 19 日赴德。我即刻放下比赛，打点行装，准备有生以来的第一次远行——去德国。9 月 13 日，我与胡桂、方士武等一同到达北京。

20 世纪 90 年代初，绝大多数人对出国还很陌生，办理出国手续对我也是一项全新的尝试，而且时间紧、任务重，29 人的出国机票已经买好，且不可改签。我到北京时全体团员的护照还没办下来，必须拿到护照后才能办签证。短短 5 天时间，如果护照拖延、签证不能在 9 月 18 日前完成，那就意味着 29 张飞往德国的机票全部作废，将会给公司造成一定的经济损失，同时会打乱公司拆卸工作计划。那一刻，我真正理解了“十万火急”的含义，感觉到责任重大。

到京后的每项工作，必须争分夺秒。首先与冶金工业部有关人员取得联系沟通信息，接着废寝忘食、夜以继日地填写表格。29 人的资料，在短时间内由几个人填写完成，又不能出现一点儿瑕疵，心情非常紧张。特殊情况下，为加快进度，胡桂、方士武我们几人请冶金工业部工作人员帮忙，不停地穿梭于冶金工业部、外交部、德国驻华使馆之间。为尽快拿到签证，不得不与冶金工业部驻德办事处沟通，求助他们与德国驻华使馆联系办理加急签证。经过不懈努力，终于在 9 月 18 日下午 17 点拿到了 29 人的德国签证。连日来的高度紧张和巨大压力，在拿到德国签证护照那一刻，我彻底崩溃了，周身酸软无力，高烧，嗓子疼得几乎说不出话，瘫软在宾馆的床上。

9 月 19 日 9 时 30 分，前往德国参加中宽带设备拆卸工作的 29 人团队，从首都国际机场起飞，直飞德国。北京时间 17 点多抵达德国法兰克福机场。从法兰克福机场乘车 3 小时，北京时间 20 点到达目的地——勒沃库森市克虏伯公司乌珀曼工厂。

勒沃库森市位于德国西部鲁尔工业区，著名的莱茵河在市郊流过。这里地处大西洋东岸，空气清新、气候宜人。虽是秋季，却经常下着小雨，地上草坪翠绿，路边的灌木开着五颜六色的鲜花，整个城市到处是花草树木，犹如一座美丽的花园。

乌珀曼工厂原中宽带机组已经停产。厂内一处库房，经过德国人简单装修后作为凌钢人的临时宿舍。共 3 个房间，一间大寝室，住 12 个人，有电视、空调等设备。一个大卫生间，有电热水器、全自动洗衣机，具有洗漱、卫浴、洗衣功能。另一间是餐厅兼休息室。厨房在楼外，是一个现代化装备的集装箱式厨房，各种厨房设施一应俱全。做饭采取轮流值日的办法，我们这些工作人员，同时还要演奏着锅碗瓢盆交响曲。

凌钢购买的中宽带机组在原厂生产期间，年最高产能 52 万吨中宽带。设备总重 5169t，购买价格 490 万德国马克，按当时汇率相当于 2100 万元人民币。德国联合包装公司承担包装和运输任务，总费用与设备购买价格相当。

整个设备拆卸过程，德方派曾当过该厂厂长已经退休的德耐克老先生配合工作。70 岁的老先生精神矍铄，带领我们到生产线的各个环节参观，介绍生产线设备情况、设备备件库房及机加车间。厂房靠近成品端是包装场地，大量的包装机具、木材已堆放在那里，准备工作全部就绪。联合包装公司经理比昂森，30 多岁，身材魁梧，留着造型别致的胡须，走起路来威风凛凛，是个做事很有魄力雷厉风行的人。

在德国的凌钢人主要任务是设备拆卸过程的组织、管理、工作协调。具体工作是清点设备、编号、上账登记；进行必要的测绘，为回国后修配改做准备；确定拆卸、包装、运输方案；保存整理好图纸资料；包装开始后登记每箱设备清单。设备重点在加热炉前后设备、粗轧机、立轧机、热卷箱、精轧机、卷取机、液压设备、高压水除鳞设备、电控设备、备品备件。李元习副经理在现场坐镇指挥，副总工程师王金国是拆卸工作总指挥，副总设计师赵国安负责设计协调工作，郭桐松是中宽带厂领导。韩先哲为拆卸组长，组员有胡桂、贾清贵、吴振功和我；吴振功为包装组组长；于林为运输组组长；我为资料组组长，组员有姜东、贾清贵。资料分为图纸和文字资料，图纸多数是硫酸纸底图，文字资料多数是大资料本。工厂的技术资料很多，我要负责接收、整理、登记、建账、保管、建立借阅制度，以及负责现场拆卸过程借阅使用管理、图纸资料装箱及登记。

拆卸方案确定，设备编号登记完成，准备工作就绪，9 月 26 日拆卸工作正式开始，三冶人员分多个拆卸小组分头工作。凌钢和马院人员按不同分工进入各个岗位，包装人员开始包装工作。现场拆卸设备轰鸣声、气锤击打声、人工号子声、包装设备气泵声、包装枪打击声交织在一起。一场紧张有序的拆卸包装大戏拉开帷幕。

设备拆卸过程中，凌钢与马院人员根据设备实际状态随时研究利旧与修配改问题，一些方案需要现场确定。同时，现场还需确定哪些设备运回、哪些设备报废；拆卸过程中要通过现场实际结合图纸及资料消化技术细节，深入了解设备；拆卸同时测绘一些重要设备，记载技术要点。

拆卸工作早期，我的工作侧重于图纸资料的整理、登记、借阅管理。我相当于档案管理员，深知责任重大，图纸资料事关这条生产线未来的安装调试生产运行，自己尽量将各种资料收集全、分好类、保管好。同时参与机械设备编号、写号、设备状态记录、图纸资料消化对照、设备拆卸方案讨论、装箱清单记录。只要有时间就尽可能多地去现场熟悉生产工艺、设备构成。尤其注重轧机、立轧机、热卷箱、卷取机等重要设备的机械原理、传动原理、结构特点的分析理解，注重液压、润滑、高压水等设备工作原理的分析理解，画图、记录、看图、对照，尽可能把信息记全记准。

拆卸过程中，租赁了许多德国拆卸设备，真正领略了德国技术的先进性和现代化水平。用于拆凿设备基础的设备是液压镐，当时在国内还没见过，具有强大力量的液压镐可以轻松破拆掉钢筋混凝土基础，比土办法效率高许多倍。200～300t 的液压起重机在拆卸轧机牌坊及大型设备时显示出超强能力。德国的各式各样工具是我们以前从未见过的产品，设计巧妙、加工精细、使用方便、用途广泛，令我们大开眼界。

与德国人共事，真切地感受到他们做事认真、精细、严守规则的工作作风。在德国，从企业家到工人，从职业教育机构到质量监管部门，一丝不苟、精益求精可以说是贯穿德国实体经济各个环节的重要软实力。德国制造质量过硬的基础，是德国制造人才过硬。

1992 年三四月份，中宽带机组拆卸设备分两批从德国运抵大连港，我到港口参加了大型设备解体拆卸工作，解体后再运回凌钢。中宽带机组经过马鞍山钢铁设计院重新设计，国内制造企业修配改，全新配套了电控系统，1996 年安装调试。后来又进行了三电改造、精轧系统 AGC 改造、加热炉步进式改造、国产三助卷辊卷取机代替 20 世纪 50 年代的 9 助卷辊卷取机等多项改造。至此，这条生产线几乎进行了全部改造，设备装备水平及自动控制水平比原德国生产线明显提高，生产能力由原来的年产 52 万吨达到 120 万吨，成为凌钢主要生产线，国内中宽带生产线最先进机组。

（作者为原凌钢党委副书记、纪委书记、副总经理、工会主席）

我所亲历的凌钢企业文化

郭瑞芹

有次聊天，一位朋友对我说：“朝阳的几大企业都让你们凌钢人统管了，其他企业、单位聘任你们凌钢人的也不少。你们的人都挺有凌钢范儿。”我一边玩味着她的话，一边默默细数着这些我很熟悉的面孔。似乎我也有一种莫名其妙的感觉：敬业、向上、扎实。拼事业、擅管理、不服输、干啥像啥……总之，凌钢人都有一股子劲儿、一股子精气神，这也是凌钢人的特质。对，就是凌钢精神，凌钢的企业文化。

说起企业文化，我体会：企业文化是企业在长期的生产经营过程中形成的基本信念、经营思想、群体意识、企业形象、企业价值观和行为规范的总和。简单说，就是一个企业想什么，信什么，追求什么，在经济活动过程中形成或创造的具有本企业个性特征的精神财富，即企业文化。在这里，谈谈我所亲历的凌钢企业文化。

建厂初期的凌钢，可以用“散、苦、闹、立”4 个字来概括。说“散”：凌钢的人来自鞍、本、抚、大、沈、北满、合肥钢厂等 13 个企业职工。加上新钢留守的几百人，凌源县调来的干部，还从当地招了五六百位合同工，三四百名复员兵；几批下乡青年；陆续进来大中专学生。天南海北组成了“凌大”。说“苦”：调来的人（含厂领导）都在百姓家租房子住。后来盖点小平房也都得到房山外集体用的水龙头打水，上厕所都得跑上几百米外。独身职工（我住了 4 年）住监舍改的 6 栋房平房小火炕。吃的是窝窝头大白菜汤还带点“微生物”。“闹”：就是十年“文革”的闹腾。在这种环境下，把凌钢在这片荒凉的沼泽地上矗立起来，不是一件易事。我记得当时的亮点就是内外闻名的凌钢毛泽东思想文娱宣传队，由宋贵良、白玉生、赵恩荣等干部及职工组成。在省内到处演出，很长凌钢士气。在厂内演出，鼓舞职工志气。就连王如梅报幕都返场。节目很有感召力。上行下效，多形式、多方法教育凝聚职工。使凌钢人统一了认识：“我们都是来自五湖四海，为了一个目标建设凌钢走到一起来的”、“与凌钢共命运”、“穷则思变，就要干，要革命”、“忠于厂，忠于党，干革命要靠毛泽东思想”等。我引用这些话虽然带有“文革”色彩。但是，它是当时的真实写照。20 世纪六七十年代凌钢就是靠这质朴的企业文化把大家拧成一股绳走过来的。

80 年代伊始，凌钢濒临破产。蒲建华、鲍文显先后任党委书记，我当时是党委常委、宣传部长。为配合中心展开强势政治工作：开展一个网（政治工作)、两个组、三个体系、四好班子、五好职工、六好单位、八大目标活动。进行爱厂爱岗教育。征集厂徽、厂歌、图片、企业精神等。现在的厂徽就是那时大家选出的张庆忠设计的凌钢第一个厂徽。凌钢第一本画册。第一支厂歌——“啊，凌钢!”薛盛福词，前进歌舞团配曲。勠力同心扭转局面，凌钢终于绝路逢生。工厂拿出2万元改善舆论工具。我带领宣传部同志在制氧车间帮助下，按着北京音箱的照片自己制作。撤掉建厂以来的几个高音喇叭，在厂内外道路两旁的线杆上架起四五十个低音喇叭音箱。堪称一道风景。职工上下班，喇叭一响就像走在长安大街上，很是自豪。去辽化考察在东区两栋房试点后，在辽宁企业中第二个（辽化第一)，在朝阳市第一个，家属区全安上了闭路电视。周围企业职工非常羡慕。1983年企业整顿，我们硬是自制出一部“凌钢在前进”电视片，看片验收。省厅验收组很惊讶：“凌钢真前卫”！1985年，冶金工业部在山东济南召开全国厂长负责制会议前，临时通知宋士田经理做大会“准发言人”。当时就只有陈宇刚调入办公室这一个秘书，宋经理让我给写个稿“我是怎样当厂长的”。来不及打印，拿手稿在大会上讲两小时。一炮打响，《人民日报》收了稿，冶金工业部挂了号，配角变成了主角。1985年，我时任省厅任命的工会主席，和邹海泉（副主席）一起在周岐支持下向机动部借了3万元，寒冬腊月打桩，操办一年多，张宗广设计的2000m^2文化体育中心（含藏书6万册的图书馆）大楼落成。从此，每年这里就是“凌钢的春晚”。还是来客人宋经理必带参观之处。接着，1250m^2游泳池、20000m^2体育场相继使用。日有活动，月有比赛，年有大赛。像1986年举办了20年厂庆即“七五”工程奠基，国家、省、市领导参加，周边单位代表参加，国旗、彩旗、鼓乐、职工等30多个方队，规模空前。依次在文化宫、露天会场、奠基现场3个会场开会，进出有序。国家、省、市领导高度评价“天衣无缝”。之后如趣味运动会、大合唱比赛、文娱汇演等多次大型活动都很轰动。体现了凌钢人“争气、拼搏、奉献”精神，“发展凌钢，振兴朝阳，服务辽宁，面向全国”的钢铁气魄。凌钢以昂扬向上的骄人业绩跻身全国500强企业。

进入20世纪90年代和2000年后，凌钢开始了自觉、形象化、理念化、制度化的企业文化建设。首先，以活动为载体，企业文化形象化。如：“学邯钢，模拟市场纵深行”系列（工会）活动持续5年，出了5本专辑。旨在培养职工技能，打造金边蓝领（我2001年提出）的“十、百、千、万”职工技术创新工程（国内凌钢提出最早)，每年一次总结表奖会，一本专辑。30年厂庆即“八五”工程献礼；“迎回归（香港)，颂中华，爱凌钢献厚礼”；50年国庆大汇演；股票上市20米长卷签名，党政工（穿红马甲）接力赛；特别是省政府召开两个文明调研会，在我们用废址建的露天舞厅里别开生面地与开会领导联欢，下至幼儿，上至老翁；下至职工，上至领导，工程人员展现了凌钢人特有的风貌。朱镕基来辽宁视察时，高益荣总经理汇报，得到“不带引号企业家”的高度评价并与总理合影。第二，就是企业文化建设的理念化：在“二炼精神”、“凌钢精神”基础上，每年工作会、政工会、工会及各个部门都提出工作理念。如：1991 年公司工作会提出“生产围绕销售干，销售围绕市场转”；政工会的“面向基层，活跃班组，着眼实际，工作沉底”；工会的“围绕中心公转替企业分忧，突出工会职能自转为职工解难，拉练工会干部快转与时代合拍的‘三转法’（得到全总推广）”，等等。主抓部门宣传部、各总支支部做了大量艰苦的工作：1994 年企业精神升华、1997 年系统化；2001 年企业文化征集 143 条。2004 年企业文化理念大事装订成册。第三，企业文化建设制度化：随着发展，企业文化的氛围档次提升。公司工作会、党代会、职代会都把企业文化作为改革和发展的战略重点之一写入文件，写进“十五”、“十一五”规划中。如干部两年一次的“德、能、勤、绩”“公开、平等、竞争、择优”考核，我作为副书记亲历了第五、第六、第七届中层干部评比聘任工作，含亲历保国铁矿、锦西钢管厂评聘。工会自装 10 台电脑经培训无纸办公（1991 年开始）、“五分钟”汇报制度多年坚持。工人的“技能升级、竞争上岗”；总调的周例会；质量“品牌战略”；设备点检制；技改“一保三限”；财务“按质论价，按利计奖”；企管“责任制、依靠机制管理”；纪监“一委三办，对管理者再管理；对监督者再监督”；厂容绿化、美化、亮化、色彩化。9 个系统专业理念提炼成形、成法。制度化、常态化。

还有个必须提及的就是企业家（老总）的非凡素质、海纳百川胸怀、策划驾驭能力、创新创业精神，对企业文化构建有特殊意义，是企业文化的建设的制高点。在企业家与企业群体不断互动和互相超越中建设起的企业文化，是牵引、支撑企业发展的不竭动力。历史证明凌钢就是这方面典范。

古今中外，所有企业都追求长期、稳定、持续发展。绝大多数企业只有几年或十几年的寿命，生存几十年的企业并不多见。然而，凌钢不仅创出“知天命”的奇迹，还创造了从“五、七、十”到“六百万”的神话。这不能不点赞凌钢的“精、气、神”——凌钢的企业文化：她传承着女神的血脉，承载着红山的文化，飞溅着绚烂的钢花！“敢上九天揽月，敢下五洋捉鳖。”我们定叫铮铮铁骨、长青百年的凌钢永远矗立在辽西大地上！

（作者为原凌钢党委副书记、纪委书记、工会主席）

在记忆的最深处

马日明

在主持公司劳资处工作期间，有几件事让我至今难忘。

第一件事，参与企业整顿。那是1982年10月下旬，凌钢开展企业全面整顿，我负责组建企业整顿测定队伍，从各单位抽调老工人、技工、工程技术人员、企业管理人员近30人。在凌钢逐个单位、逐个岗位、逐个工种、逐台设备进行全面的定员、定额和测定，有的跟随三班倒进行产量测定和工时测定，做到胸中有数，为企业后来的全面整顿、深化改革和企业的科学管理打下了坚实的基础。

第二件事，在全厂推行经济责任制，实行多干多得、少干少得、不干不得，落实按劳分配的原则，打破铁饭碗，改革用工制度，推行劳动合同制。1986年9月，在全省冶金系统劳资工作经验交流会上我以“我厂是如何进行劳动工资制度改革的”为题做了经验介绍。1987年5月，省劳动局在东沟县召开利税与工资总额挂钩的会议，我在会上介绍“关于实行上缴利税与工资总额挂钩浮动、搞好企业内部分配改革，最大限度地调动广大职工的积极性和创造性”的经验。均得到上级劳动部门、领导的认同和肯定。

第三件事，可以说有些惊心动魄，那就是一次性辞退66名不合格工人的事件。

1986年底和1987年初，鉴于凌钢“七五”改扩建工作的需要，经朝阳市劳动局组织考试和体检，在北票矿务局和向东化工厂待业青年中招收152名合同制工人。我们接收后全部分在炼铁车间，岗前培训带班同志发现一些人严重缺陷，有的连自己的名字都不会写；有的人品低下，素质太差；有的打架、偷摸在宿舍酗酒；还有的进厂头一天就大闹职工食堂，摔碎碗盘殴打炊事员。这些人的行为在厂内造成极坏影响。名为初中毕业，可是岗前培训不少人连简单的笔记都不会记，还有一些人身体素质也不行，色盲的、严重近视的、小儿麻痹症的，上下楼都有困难。这些人根本无法胜任复杂而又繁重的生产任务。可翻看档案袋中的各项记载：成绩合格、体检合格、政审合格、手续健全。然而，现实情况都如此糟糕，肯定有人在考试和体检中做了手脚。为了弄清真相，由劳资处给出意见，经厂务会研究决定，对这批青工仍用原题进行复试，在凌钢医院进行身体复检。结果不但出人意料，简直令人大吃一惊！两张卷，语文、政治一张，数学一张，满分为200分，最低录取分数线北票男173分、女182分，向东化工厂女183分，男青年因劳力资源不足，根本没进行考试。这次参加复试的152人中，竟然没有一人达到最低录取分数线。60分以下的89人，其中29分以下的43人，有的是9分、3分、0分，身体复检不合格的23人，合计66人。其中，北票矿43人，向东化工厂23人，劳资报请厂务会研究决定予以辞退。怎么送？弄不好会出事的，请神容易送神难，来时用大客车一股脑像坐公交车一样，很轻松地就拉回来了。可是这次用同样的方法往回送，恐怕会出事的，一旦出事将无法控制，后果不堪设想。所以，经过研究后决定实行一对一的护送。1987年4月10日开始护送北票矿务局的青年，尽管途中有跑的，有闹的，最终还是平安送达目的地，矿务局劳动服务公司领导积极配合，顺利接收。第二天护送向东化工厂23名青年，一开始就哭闹，到处跑，不听指挥，所以决定两名职工护送一名，途中车内气氛很紧张，有人吆三喝四地喝酒、跳跃、肆意作闹、有的拿刀划坐垫，划车窗玻璃，到向东化工厂厂部，领导都躲了、不配合。我大喊不要下车，没想到这句话起到了逆反效果，你不让下车，我偏不买账，下！顺车门往外挤的，钻车窗往下跳的，不大工夫23人全部下车，行李也拿个精光。求之不得，立即返航。

一场惊心动魄的辞退66名不合格工人的工作结束了。但是，向东化工厂以文件形式向朝阳市政府状告凌钢："把他们子女押送回去"。常务副市长李玉臻要求冶金局和凌钢到市政府汇报情况。冶金局副局长王世风，我同李贵、董明诠，跟王世风副局长一起来到李玉臻办公室，我把为什么要招这批人，招这批人干什么用以及这批人的文化素质、身体素质和他们在考试、体检中营私舞弊情况，最低录取分数线172分，最高辞退分数线29分，以及北票矿务局劳动服务公司和向东化工厂截然不同的做法也做了汇报。最后，李副市长表态说："这件事情凌钢的作法比较稳妥，处理的有节、有度……"现在回想起来辞退前所拟定的工作方案细致、周密、各项措施得当，包括被辞退后来招工合格又接收的新工人，充分体现了我们在邪恶面前与之斗争的坚定态度。同时，也表现出我们宽容的胸怀，一颗博大、热诚的心。

说完了这三件事，再讲一讲我在公安处工作期间经历的事情。

我是1988年10月调入公司保卫处的，由于坚持从严治警，狠抓队伍整顿、班子建设和公安基层基础工作、严厉打击违法犯罪活动、秉公执法、不徇私情，使保卫处的整体状态和精神面貌发生了根本性的变化，具备成立公安处的资格。经辽宁省公安厅实地考察，认为凌钢保卫处具备成公安处条件，同时报请省政府批准，于1989年8月正式成立朝阳市公安凌钢公安处，享有县级公安机关的行政拘留、刑事拘留、执行逮捕等各项职能，为企业的经济建设保驾护航起到重要作用。

组织警力侦破大案要案。1990年1月29日起至1991年2月21日止，系列强奸犯罪嫌疑人王永德在凌钢厂区、凌源劳改分局家属区、凌源镇居民区作案

28起，扰乱了正常的生产、生活秩序。凌钢公安处组成12人的专案组，经过半年的连续蹲守，终于在1991年2月21日零时40分将犯罪嫌疑人当场擒获，该犯已于1991年9月29日在凌源伏法，专案组在朝阳市公安局荣立集体三等功。公安处还破获多起大案要案，在反盗窃工作中成绩显著，被朝阳市政府评为先进单位。

加强公安基层基础建设，使公安处的各项工作规范化、制度化。先后在朝阳市公安局召开经验交流会上介绍“务实内保基础工作，建设规范化的企业公安机构”，在省公安厅召开的经验交流会上介绍“深化公安基层基础建设，为凌钢的经济建设保驾护航”的经验。1992年经朝阳公安局验收：公安基层基础建设二级达标，并发合格证书；1993年省公安厅来实地验收：公安基层基础建设一级达标，并发合格证书。我本人也多次受到表彰，在朝阳市公安局授奖三等功，被中共朝阳市委、市政府评为先进个人，被省公安厅评为文明干警和授予全省优秀公安处处长荣誉称号。

根据国务院关于企业公安一律纳入地方公安序列的规定，撤销了公安处，并在公安处的基础上，于2000年6月23日组建了凌源市公安局红山派出所，实行双层领导，专属为凌钢服务。

（作者为原凌钢劳资处处长、公安处处长）

凌钢伴我成长

梁海暄

时光荏苒，白驹过隙。转眼 40 多年过去，欣逢凌钢建厂 50 周年。回忆往事，我心潮激荡。我和凌钢那割舍不掉的情愫始终令我难忘。

我原是一位中学语文教师，后投笔从戎。我是 1969 年从部队转业分配到凌钢的。如果说部队是一座革命大熔炉，那么凌钢就是一座教育人、锻炼人，使人成长进步的革命大学校。凌钢伴我成长，毫无虚言。

入厂后，我被分配到 1873 政工组。那时，“文化大革命”尚未结束，还是军管。因为我有军队的背景，厂领导分配我做厂广播站编辑、宣传干事、通讯组组长，还兼任一段时间的厂“革委会”常委会的秘书，主要是做会议记录和给领导写发言稿。工作既繁重又繁忙，但我还是愉快胜任的。

厂子初建，一切均未走向正轨。但在“抓革命促生产”、“团结起来向前看”的方针指导下，各车间都在做着投产的各项准备。凌钢的职工队伍基本上是由 5 部分组成：干部队伍是从朝阳各部门调来的；技术队伍从鞍钢、抚钢、本钢、北满钢厂等钢铁老企业调来的，这些老工人老干部都是有技术、有经验的；1966 年厂子初创时，从凌源农村招收了 500 多名亦工亦农工，他们是基本工人；1969 年招收了 500 多名军队复员转业人员，其中党团员占 60% 以上，提高了职工的政治素质；1970 年及后来又在社会上招收了 600 多名上山下乡知识青年，他们有文化、有朝气，提高了职工队伍中的文化素质。这 5 个部分职工的融合，成为全厂职工队伍的中坚力量，为凌钢今后的发展壮大奠定了思想和人才基础。我从工人阶级队伍中，学习到他们立场坚定、工作踏实、朴实能干，勇于克服困难、不计报酬、任劳任怨的高尚品质，他们是我成长道路上的标杆和榜样。

当时，说是广播站，其实只有一个播音员、一台机器、几个安装在各车间的大喇叭，没有自办节目，基本是转播中央广播电台的新闻节目，有时穿插一些革命歌曲。我上任后，首先扩大了编采队伍，广播员由一名变为两名，男女各一名；成立了 4 个人的通讯组，专设了一名广播编辑，壮大了宣传队伍，开办了厂内新闻等节目；相继办了《凌钢通讯》，后改为《凌钢简报》，是打字油印的。这就是今日《凌钢报》的前身。有了通信队伍，先后举办了多期学习班，培养一批写作人才，既活跃厂内的宣传工作，又为上级各新闻单位提供稿件，向社会推崇凌钢，扩大政治影响，提高企业的知名度。在此基础上，创建了宣传部资料室，购置了千余册图书，为企业政治工作顺利开展，打开了新局面。

后来，组织上又分配我建立企业的各种会议制度工作，因为我有在部队和凌源县委工作的经验，干这个可谓得心应手。先后对厂党代会、职工代表会、共青团代表会等，组织撰写了开幕词、工作报告、大会发言、会议决议、闭幕词等一系列材料和企业政治工作模式。之后，又建立了生产调度会、财务分析会、安全生产会等企业所必需的规章制度。这些制度的建立，使凌钢逐渐走上了正轨。现在那些珍贵的历史材料都完好无损地存放在企业档案室里，成为凌钢发展的历史见证。

还有一项重要工作，就是为企业各种重要会议撰写领导讲话材料，这是个既繁重又累人的活计。以前是我单枪匹马，后来来了郭维嘉，担子减轻了不少，又加之郭郊、王深农等老同志相继调来企业，他们都是文字高手，使我们工作起来更加游刃有余。当时还有一种倾向，就是谁能干，领导就指派谁干；谁不能干，领导就不分配他干，使他们如此轻松愉快，而我们又忙又累，整天不亦乐乎。这个事情苑成德最有体会。我调走后，写材料的重担自然地落到了苑成德的肩上，因为这时他已成长、成熟起来，能挑大梁、能担重任。其中的辛苦甘甜，他有更深切的体会。

我从1969年至1979年在凌钢工作整整10年，从27岁到37岁，这是我人生的青春岁月，我把它献给了凌钢。10年虽然只是人生的一瞬，却是永远值得回忆的。我热爱凌钢，我敬仰凌钢，我赞美凌钢。凌钢对我也是信任的，是热情的，既培养了我，又伴随着我成长。凌钢给了我许多别人没有得到的东西，那就是政治和业务素质、工作能力的不断提高。凌钢给我分配了比较宽敞的住房（楼房两户），先后给我涨了三次工资，又提拔为中层干部。因此，我很满足，在我调往中共朝阳地委和辽宁日报社工作期间，我也一直关注着凌钢的发展壮大，尽自己的微薄之力，鼓而呼之。在《人民日报》、《辽宁日报》、《工人日报》、《冶金报》等国家级大报上发表了几十篇稿件，宣传了凌钢的发展进步及所取得的巨大成就。

1979年，因工作需要，组织上调我到中共朝阳地委工作，揭开了人生的新篇章……

凌钢伴我成长，这是我总结出的当之无愧的人生格言。

我敬仰凌钢，我热爱凌钢，我赞美凌钢！

（作者为原凌钢党委宣传科科长）

火红的日子

张鸿博

岁月匆匆，年轮沧桑。

踏着凌钢发展的节拍，共同经历着风雨历程，转瞬40余年过去了，一晃退休已经10多年了。回顾从前工作在凌钢的日子，免不了浮想联翩，旧事犹在眼前。

1972年，我怀着激动的心情，美好的愿望，从“广阔天地”来到凌钢，准备在这里展示自己的人生价值。

当年，党和国家领导高瞻远瞩，决定振兴我国的钢铁事业，决定上马一批小钢联企业，凌钢这片土地有幸被选中。当时，凌钢还处于草创时期，目标年产量仅是5万吨钢、7万吨材、10万吨铁。可是，当初这也是很难达到的目标，还处于连年亏损的状态。

我入厂后，被分配到制氧车间，那时刚进口了一台日本产的1500m^3/h制氧机。对这台进口的设备凌钢人还是第一次见到（当时仅有两台国产150m^3/h小型设备）。为准备早日投产，凌钢领导决定选人赴广州钢铁厂学习同类型设备操作技术。同去的有各工种男女20余人，我有幸也在其中。这些人中多数是从“广阔天地”来的。大家都很珍惜这难得的机会，都自觉的废寝忘食的下狠工夫认真的学。没有资料就借师傅的资料抄写，广钢成套的说明书都被我们刻钢板油印了。由于资料太多了，就几个人分工刻蜡纸。还有些图也被我复制了。我因会刻蜡纸，也练出了一手好钢板字，对以后写好字也奠定了点基础。

在广钢学了10个月，回到凌钢，设备还没安装完。我又有幸同几位早入厂的“师傅”被选送到湖南涟源钢厂学习3个月。3个月还没到，我又被派到鞍山钢铁学院进修半年。在以后的日子里，我还到北京、杭州、抚顺等地学习过。总之，领导为提高我们的技术素质不惜成本啊！

我也没有辜负领导的信任，努力学习，掌握了当时厂内的三套设备的全部操作技术，无论进口、国产全部可以操作自如。

20世纪80年代，凌钢又有新发展，氧气厂3200m^3/h制氧机准备投产，新进了几批新工人，领导决定让我代培训讲课。我连着参与培训了几十人。现在职的制氧技术骨干和相关的管理人员当年都曾经是我的学生。

80年代，我参加电大半脱产学习毕业，获大专文凭，后转干入党，离开氧气厂到公司党委宣传部工作。在宣传部，我得到了进一步的锻炼，曾先后到省党校、北京、兴城、朝阳等地参加各种培训。提高了写作能力、讲课宣讲能力，政治理论水平也有了长足的进步。我的论文多次获得过省级，市级一、二、三等奖励。特别是我的论文“浅谈企业思想政治工作制度化初探”获中国冶金北方思想政治工作研究会论文一等奖、省二等奖，为公司争得了荣誉。

在组织的培养教育下我还兼职党校教员，几年来多次担任政治理论讲课任务。培训当年全公司的中层干部、机关管理人员及班工段长的“特色理论”和党课教育。为公司的深化改革奠定思想基础。同时我的能力有了很大的提高。90年代，我被提拔到了中层干部岗位。

回顾几十年来我在凌钢的工作历史，我倍感凌钢的发展壮大来之不易，经历了风风雨雨，几代凌钢人为之做出了不懈的努力奋斗。我只是其中的一员，虽不足称道，但是我是凌钢养大的，我对她怀着深厚的感情。现在的凌钢已是今非昔比，每当提起凌钢，自豪之感油然而生、溢于言表，深为我是凌钢人感到光荣。

在凌钢迎来50华诞之际，特写此短文纪念我的成长历程。同时也感谢党组织和各级领导对我的培养教育，也感谢那些与我共同为凌钢做出贡献的同志们对我的帮助。

（作者为原凌钢燃气厂副书记）

崛起中的凌钢

李亚明

凌钢自从诞生那天起，始终在一个长期上升的通道中运行，或舒缓，或急促，但却从来没有停止过前进的步伐。一叶知秋，截取任何一个片断，都可视为企业发展的缩影。

回眸往事，凌钢的发展大体上可分为这样几个阶段：建厂初期、徘徊行进期、壮大成长期、快速提升期。每一个时期都有其特定的历史背景和条件，每一个时期都有凌钢人创造的独特风景，每一个时期都发生过可歌可泣、荡气回肠的故事。

初识凌钢感悟艰辛

1962 年 12 月，我出生在北票市一个煤矿矿工的家庭。从小跟随父母在矿区长大，深知煤矿矿工生活、工作的艰辛。矿工勤奋而朴实。一个矿区的人，就是一个和谐的大家庭。少年美好往事的底色浓郁而热烈，令我终生难忘。最初，我对生命的理解，来自煤矿矿难撕心裂肺的声声警报。在矿区任何一个角落，你都可以找到矿难职工家属破败生活的碎片。正因如此，年轻人就业最为担心的是当煤矿矿工。

我是幸运儿。1980 年 7 月 14 日，我踏入凌钢厂区的大门，成为一名钢铁工人。后来得知，当时招工人数达到 2000 多人，创凌钢历史上的招工之最。当年 9 月份、11 月份又有另外两批新员工入厂。3 年之内凌钢职工人数达到了 12000 人。这些新职工主要来自朝阳地区的北票煤矿、凌源向东化工厂等地。他们大多数人被分配到炼铁、炼钢的一线生产岗位。10 年之后，这些人大多成为本单位的生产中坚力量，相当一部分人员走上了生产管理岗位。20 年后，在上一轮大批下岗人员之中，这部分人的身影并不多见，而当年从事看护性岗位人员却比比皆是。

说自己是一名钢铁工人，还真有些惭愧。入厂后，我被分配到了焦化厂。炼铁、炼钢不成，炼焦总可以吧。车间人事员见我弱不禁风的样子，让我去看守鼓风机、水泵。在这个岗位上我连续倒班工作 6 年。好在这一时期，我把大量工余时间花在了啃书本上，翻阅的书籍大于学生时期的总和，顺利完成辽宁大学古汉语专科段和新闻本科段的学业，为以后的工作打下了基础。

与焦化车间66型小焦炉遥遥相对的是炼铁厂两座100m^{3}小高炉。右侧是竖炉和烧结。炼钢系统只有电炉。轧钢系统有一架650轧机，此外还有动力、铸造、机修、汽运等辅助性生产车间。1983年前后，焦化车间开始改造回收系统，依靠自己的力量，建设新的副产品回收生产线，粗苯、煤焦油、硫铵等系列产品得到更好的回收，职工作业环境大为改观。车间人员构成与其他生产车间大体相同，主要来自4个层面：大连、沈阳、鞍山等大城市支援“三线”建设人员、凌源当地“亦工亦农”、复员军人、下乡返城知青、社会待业青年。

和我同时入厂的几个好伙伴，被分配到一炼钢，使我有幸认识了众多炼钢工人，熟悉了炼钢场景。一炼钢车间只有一台5t电炉，厂房是现在第一轧钢厂1号棒材厂房。当时还采用铸锭工艺，满厂房内钢锭堆积如山，根本没有定置管理一说。由于噪声太大，职工之间说话基本靠吼，不然就要使用“手语”。最糟糕是职工的劳动强度大。往炉内增添合金材料，炉前工需要使用大板锹；砌筑铸锭浇铸底盘时，操作人员只能半蹲在热气腾腾钢板上，一干就是一个多小时。今天，人们无法想象当时的艰苦程度，现在可以看到的高温岗位环境，与那时相比，从本质上讲概念完全不同。炉前工吹氧作业是拼耐力、体力，消耗身体能量最大的劳动。胸前面对的是几百度的电炉炉火，身后是穿梭不息的物料运输线，肩头上扛着吹氧管。夏季天气热，操作人员将草袋子沾上凉水，整个身子卧在草袋子上，依然对着电炉吹氧作业。那年，相关单位对职工工资定岗测试，一名炼钢炉前工一个班下来，需要喝掉20kg的自来水，可以装满一大水桶，并且基本可以做到不去厕所，喝下的水分全部由汗腺排出。那一时期，类似的场景，在炼铁炉前、在铸造炉前、在650轧机生产线，都能够轻易找到。这样的盛况，是那个时代独有的产物。

任何一个普通工人的经历，都是企业发展的秘史。蹉跎岁月，万物嬗变，唯其不变的是人的精神。我时常反思，一批又一批默默无闻的凌钢人，面对生活、工作中的艰难困苦，却能坦然面对，那应该是一种什么样的精神境界？心中又该积聚着一种什么样的力量呢？那种震撼人类灵魂的动力，坚如磐石的信念，才是凌钢精神最为原始的矿藏。

身居凌钢见证发展

随着时间的推移，那些30多年前的往事，在我的记忆底片中，不仅没有褪色，反而越发清晰。

有文记载：凌钢惜生不逢时，曾连年亏损，厂衰人贫，几近关停。然创业者终未泯图强之志，奋力维系生存，到1980年方见“五七十”之生产能力。但依我来看，这种境况，一直延续到了1988年才结束。20世纪80年代中期，朝阳有四大家族：凌源钢铁厂、朝阳重型机械厂、朝阳轮胎厂、朝阳柴油机厂。北票煤矿、凌源劳改分局的名气稍逊一筹。四家国有企业处于同一条起跑线上，齐头并进，各领风骚，成为朝阳市经济发展的四大支柱产业。人们不会忘记，凌钢人在朝阳、凌源楼房还非常稀少的情况下，率先大面积搬迁到楼房内的空前盛况。人们也不会忘记，在物资还相对匮乏的年代，凌钢东西家属职工，在楼前搬运水果、晾晒大米的特有的场景。风云变幻，大浪淘沙。30 多年后，朝阳重型机械厂、朝阳柴油机厂、朝阳轮胎厂被凌钢或托管、或参股重组，向东化工厂破产搬迁。西北望长安，可怜无数山。青山遮不住，必竟东流去。

其实，凌钢从建厂初期，一直到 80 年代中期，同样不被外界看好。企业能够躲过生死一劫，最初的一次升级改造功不可没。这就是后来凌钢人津津乐道的“七五”改扩建工程。诚然，用今天的眼光来看，凌钢当年的“七五”技改工程，与当今众多企业的大型建设项目相比较，实在是微不足道，根本不是一个重量级。但历史不可割裂来看。昨天发展的一小步，则是多少年后发展不可或缺的基石。以“七五”改扩建工程标志，成为凌钢发展的重要转折点。从此，企业终于走上了发展的快车道。

1989 年，凌钢人用一张站台票挤上了国家“七五”末班车。凌钢“七五”改扩建工程，以引进德国中宽热带轧机为龙头，包含水源地、二总变、烧结、制氧、炼铁、炼钢等多个项目。多路建设大军齐聚凌钢，日夜兼程。在工程设备安装、调试冲刺的关键时刻，公司领导动员全公司职工，全员参战，不讲条件讲奉献，党员、领导干部带头冲锋陷阵，打破常规，举一切力量保工程建设。奇迹，在凌钢人的拼搏中得到诞生。

35t 炼钢转炉项目，是凌钢“七五”改扩建的重要工程。这是一座现代化的炼钢生产线，一大批年轻的操作者是它的主人。这其中，就包含与我同一天进厂 30 多名小伙伴。在此之前，凌钢人没有见过这么大的转炉，更不要说操作了。公司领导考虑新转炉投产的安全性，坚持要请兄弟企业的有经验的炼钢师傅帮助开炉。这群新一代的凌钢炼钢工，就是不信邪：凌钢人的大转炉，让别人来开炉，以后我们还能在凌钢“混”吗？他们婉言谢绝了公司领导的好意。新转炉投产那天，炉前站满了人，公司领导、建设单位的施工人员、二炼钢的职工。参与开炉的是清一色的年轻炼钢工。就是在他们的手中，新转炉一次试产成功，开始了凌钢发展的新纪元。

在新转炉试产之前，还有一个“小插曲”。转炉生产需要制氧厂先将氧气输送到炼钢厂房。所有的氧气管道内部必须一寸一寸的用人工擦拭干净，如有金属碎屑、油品，一旦送氧，很容易发生爆炸。有的区域氧气管道直径太小，成年人钻不进去，职工把自家的小孩子“请来”，代劳自己进入管道，擦净里边的杂物。送氧那天，由厂领导和党员组成的“敢死队”队员，一人负责一个氧气管道阀门，在规定工期内，将氧气顺利输送到了炼钢厂房。在生死攸关的时候，他们以凌钢发展大局为重，选择的是视死如归的坚守。

在这里，我所评述的是入厂后10年之间，我所认识的凌钢的炼焦工、炼铁炉前工、炼钢工、制氧工的故事。他们是最为普通的凌钢人。其实，他们是由众多人组成的一个群体。他们当中的绝大多数人，我至今也无法说出他们的名字，但他们有一个共同的符号：凌钢人。时势造英雄，他们就是那个时代的英雄。精神不倒方为贵。他们是凌钢历史的推动者，也是他们用几十年的心血书写着凌钢那段历史。

火红的时代，让我终生难忘。还有那些可亲可敬的凌钢人。

（作者现为凌钢动力厂政工干事）

沧海横流凌钢正道

李占勇

1966，在“文革”初始的喧嚣之年

随着“凌大钢铁厂”印章的启用，在辽西贫瘠的土地上，一个现代化钢厂的雏形，诞生了；凌钢的历史，开启了。

从那时到现在，日月穿梭，时光流逝，伴随着共和国风雨兼程的脚步，凌钢人已经走过50年的峥嵘岁月。

50年，在人类历史的长河中，不过是短暂的瞬间。但时间的记忆，真实记录了凌钢从小到大，从封闭走向开放，从落后走向进步，从步履蹒跚走向赶超跨越，从羸弱的名不见经传的蕞尔小厂，阔步走向钢铁“大亨”的丛林。在百转千回中，汇成了凌钢顽强生长的脉络；在跌宕起伏中，实现了波澜壮阔的华丽转身。将五千年红山文化，留在历史的记忆里；将现代化的钢城，展现在时代的印记中。“神女应无恙，当惊世界殊”。

历史的基本要素是时间，地理的基本要素是空间。这句话看似平常，仔细琢磨并不简单。直面走过50年的凌钢，我们该从何处寻找历史的时间流变，又向何处确定地理的方位空间。这关乎延续50年的“历史单元”，更关乎凌钢“知天命年”职工殷切的期盼。集合50年的万千点滴，凌钢故事无处不在，无时不有，蕴藏着凌钢人的苦辣酸甜。从他的足迹里，解读这迥异于其他实体的现代化路径。统览50年沧桑巨变，时间的指针不可逆转地指向下一个50年。就让我们沿着这条现代化主线，梳理时间和空间的坐标，俯仰50年凌钢的“移动靶”，希望从这50年的足迹里，找出延续下一个50年清晰、坚实的曲线。

动荡，那个时代的符号

生不逢时，先天不足。“五七十”铁钢材的产能设计，放在今天会让人们贻笑大方。而在那个年代，实实在在是上下关注的工程重点。规划来源于规避未来战争的“三线”建设。“有所为”的顶层设计中，不能说是盲目蛮干。是共和国领路人，从战争和政治战略布局的高度，进行反复论证和推敲的“精心”设点布局。“火红”的年代，注定给这个“新生儿”提供了一条坎坷崎岖、艰苦异常的道路。

后天失调，命运多舛。凌钢“降生”在动乱的年代，无时无事不打上“阶级

斗争”的烙印。“干打垒”的居住条件，玉米面窝窝头的常态主食，杂草丛生的厂区环境，简陋低暗的作业岗位，却驱使人们从事波谲云诡的政治运动环境。可以想见，当初的规划设计，企业盈利，无疑是天方夜谭。“文革”让社会扭曲，打破了秩序，重创了人们的心灵，延迟了发展进程，不堪回首。那时的凌钢和共和国一样满目疮痍。

失之东隅，收之桑榆。伴随动荡，“劳其筋骨，苦其心志，饿其体肤，空乏其身……”恶劣艰苦的环境，练就了凌钢人自强不息，吃苦耐劳的凌钢品格，形成了凌钢文化坚实的底蕴。沧海横流，迷茫的凌钢。

我们走在改革开放的大路上

时间的坐标以 1978 年为起点。转折的出现发生在十一届三中全会以后，拨乱反正终结了十年噩梦。古老的中国从封闭到开放，一夜之间，走进了色彩斑斓的多彩世界。在国际上“黄金”发展的六七十年代，我们失去了宝贵的 10 年。如同长期在黑暗中突然见到强光，人们心有余悸地走上了改革开放的征程。

循序渐进，“摸着石头过河”，走前人没有走过的路，趟别人没有趟过的河。没有现成模式可循，没有成功的经验可搬。但毕竟走向了正轨。经济调整时，凌钢曾面临“下马”厄运。侥幸逃脱，时来运转，一切从零起步。随着政府给企业逐渐“松绑”，企业整顿如期上演。产、供、销、人、材、物，一切从头再来。下放企业自主权，为职工争得每月 3 ~ 7 元的物质奖励。适当拉开差距，使劳动不再懒惰，职工活力得到激活。“干多干少一个样，干好干坏一个样，干与不干一个样”的大锅饭，从此画上了“休止符”。两轮承包，自主权逐渐加大，被动为主动，开始了有计划地做强做大。在计划经济为主的窠臼和狭小的生存空间下，开始了凌钢“六五”“七五”的大胆谋划。凌钢人做方案，走手续，说尽千言万语，走遍千山万水，吃尽千辛万苦，历经千难万险，使出浑身解数，跑“部”力争。用“站台票”，硬是挤上国家“七五”末班车。目标：做大做强。1993 年 50 万吨钢成功登顶，“一厂变三厂”，216 位国家 500 强排序，令凌钢人激动不已，热血沸腾。沧海横流，天佑凌钢。

市场大幕开启

经济上告别了计划体制，政治上解除了思想禁锢。

1992 年，承前启后的年份。中国企业真正进入市场。僵化的“单打独斗”，自我封闭成为过去，终于向世界敞开了我要参与的大门。企业真正成为市场竞争的主体，开始有了属于自己的“姓氏”，终于获得“当家做主”的权利。市场经济是把双刃剑，对独立门户的企业带来前所未有的挑战。一招不慎，满盘皆输。需用理性和智慧坦然面对。

对内苦练内功，强筋壮骨；对外投石问路，内引外联。成为那个时代凌钢非常明晰的发展“抛物线”。抓质量，调品种，增效益；进大船，学安阳，走许继，仿邯钢。走出去取来了真经，换得“真金白银”。“模拟市场核算，实行成本否决”，成为凌钢管理的“压舱石”和“定盘星”。纵向到人，横向到边，使企业的每个链条、岗位、环节，都纳入严格的考核之中，不留死角。形成先进的网络化、格式化的管理格局。为现代企业制度的建立，为企业竞争力的增强，奠定了具有凌钢特色的基础。以市场为导向，侧重于改善产品结构，较早从国外引进生产线，力争使后部和前端实现综合配套平衡。为弥补建设资金不足，目光锁定在股票这个新生融资市场。在半生不熟中开始了内部定向募集，朝股份制改造迈出具有实质意义的一步。

人有旦夕祸福，月有阴晴圆缺。天不遂人愿，20 世纪 90 年代中期，整个庞大繁杂的国有经济的战车，陷入大范围亏损的泥潭，凌钢也没有置身事外。阶段性亏损，给连年盈利的凌钢迎头一棒，实实在在泼了一盆冷水。

水到绝境是飞瀑，人到绝境是重生。国家层面强力推进改革深化，三年国企脱困的大背景下，命运靠自己转弯。凌钢开始了“壮士断腕”般大刀阔斧的“外科”手术。精干主体，剥离辅助，减员增效，成为无法违拗但又不能不做的硬功。辅助系统“分家另过”，改名换姓“另起炉灶”。学校、医院离开企业怀抱，回归政府，从此“大锅饭”被连根拔起。劳动、工资、人事、福利、住房一系列制度的理顺和改革，表明“铁饭碗”烟消云散。深化改革，真正“伤筋动骨”，无异做了一次“刮骨疗毒”的大手术。在企业和职工付出重大代价，做出重大牺牲的情形下。艰难而坚定的实现了管理上的改弦更张，完成了体制上抽丝剥茧般的“脱胎换骨”。轻装再出发，凌钢实现了改革的华丽转身。

在实体经济遭遇“严冬”，哀鸿遍野，几乎陷入深渊不能自拔的今天，当年的改革不失为先入为主的先见之明。为今天攻坚克难，争取到了远超想象的空间和时间。沧海横流，蜕变的凌钢。

真正的跨越，从新世纪出发

21 世纪，以加入世贸组织为发端。中国成为国际贸易俱乐部的正式会员。中国经济进入辉煌的十年。钢铁业以前所未有的加速度实现几何级数的快速增长。2001 年，凌钢实现了股票的成功上升。经过 35 年艰苦卓绝的鏖战，终于实现了 100 万吨钢的夙愿。仅仅又用了 3 年，200 万吨钢纳入囊中。

欣喜之余，凌钢人惊奇的发现，在钢铁如此速度的比拼中，我们落伍了，缩小的差距又明显拉大了。凌钢人明白，在钢铁“大鳄”林立，弱肉强食的竞争场，没有规模，早晚要成为别人餐桌上的“残羹剩饭”。危机的利剑再次高悬在凌钢人的头上。

实力，永远是竞争无法取代的最重砝码。想着，想着，我们明白了许多；走着，走着，除了绝地反击，别无他途。在踌躇不前“纠结”的土地上，把我们逼到了瞬间爆发的窗口。命运的“女神”似乎在向凌钢招手。

天降大任。2006 年，被凌钢人寄予厚望的新班子披挂上阵。承载 40 年凌钢厚重的责任、使命与担当。不为风险所惧，不为干扰所惑。苦心孤诣，谋篇布局，大胆决策，迅即出手，绝地反击。抓住稍纵即逝的几乎最后机会。350 万吨、600 万吨，节节攀升的数字，一厂变三厂恢弘壮阔的篇章，疑似“奔驰”的速度，划出一道令人炫目的上升曲线。跳动的数字，凌钢人迈开急速前进的脚步；在铿锵的报捷声中，感受凌钢的奇迹辉煌。惊人一跳，实现了堪称完美的跨越，鬼斧神工般完成了几乎不可能完成的“亮剑”行动。

工厂的现代化，设备的大型化，生产流程的自动化，管理的信息化，污染物污水率先实现零排放——环境生态的标准化。“高大上”彻底终结了“散小乱”。除了供人观赏的旧式火车头，实在难觅当年凌钢破旧的“倩影”。畅快淋漓，一气呵成。在让人窒息和疑似时间静止的眼花缭乱的巨变中，第五个 10 年，新凌钢拔地而起。辉煌业绩，不仅令人骄傲地标注在凌钢发展史册上，浓墨重彩；而且昂首迈进大钢俱乐部的行列，傲视群雄。

在技改惊人一跳过程中，事实上分布着另一条看不见的“隐蔽”战线。巨大的技改资金，压力山大，前所未有的难题。军马未动，粮草先行。凌钢决策者以鹰一样犀利的眼光，以猎人般的嗅觉，利用政策可能带来的空间。融资，发生在国家政策出台的第一时间，果断、迅速、缜密、大胆，集中发力，合纵连横，夺他人之先声。无数幕后英雄，抖擞精神，背负重托，金戈铁马，枕戈待旦，在资本市场上划进了溢满钵体的丰富大餐。2015 年，如此剧情，凌钢人轻车熟路又一次重演。看不见的战线，犹如“及时雨”“输送枪支弹炮”，确保征战的勇士免除了“弹尽粮绝”的绝境。大思路、大手笔，大气魄，带来大跨越，大辉煌。不鸣则已，一鸣惊人；不飞则已，一飞冲天。将军决战岂止在战场。后 10 年，凌钢的空间在扩展，时间在凝固。壮哉凌钢，美哉凌钢，幸运凌钢。沧海横流，梦幻凌钢。

屏住呼吸，避免心跳加速

历史的长河静观时往往风平浪静，只有蓦然回首，才能领略它的波澜壮阔。历史的发展从来不是一条直线。

1966—2016 年，我们有过激情燃烧的岁月，也有困惑迷离的年代；有过孤军奋战的自我封闭，也有立足朝阳，走向全国，冲进世界的自信与从容。我们既没有为取得的成就沾沾自喜，更善于在激流险滩中寻觅成长的崛起之路。

1966—2016年，简陋，令人难以想象。凌钢从八匹马、两头驴、三驾马车的运输工具起步，从近乎“刀耕火种”的作业环境，到熟练操作机器、具有现代化水准的按钮；从人挑肩扛、挥汗如雨，到现代化流水线的一字排开，气贯长虹。在半个世纪的艰难曲折中，胼手砥足、自强不息，始终被一代代坚守。凌钢精神在愈挫愈勇中集中迸发，凝聚升华。在凌钢热土上创造奇迹，分明是所有凌钢人的光荣。

1966—2016年，螺旋上升，铿锵的曲线，描述着凌钢奋进的足迹。凌钢从默默无闻的小厂，成长为600万吨产能，200多亿元销售收入，200多亿元固定资产，税收数以十亿计，跻身中国五百强，重要指标列钢铁行业前列……这些枯燥数字的堆砌，蕴藏着多少振聋发聩的观念突破，包含着多少惊心动魄的市场博弈，凝聚着万千凌钢人的伟大创举。他将几代人的迷茫和彷徨甩在身后，凌钢人有了宽裕、体面、有尊严的生活。

50年，迷茫，新生，渐变，蜕变，巨变。50年，5个节点，前后相继，一脉相承。50年，凌钢是一本写满故事的书，是一首荡气回肠的曲，是一条披荆斩棘的路。

不是结束语的结束语

日月经天，大地冷暖变异。“金融危机”、“深水区”、“改革攻坚”、“新常态”、“去产能”、“钢铁遭遇寒冬”，这些令人心惊肉跳的词条，向人们诉说经济发展布满“阴霾”。钢铁业永远告别了高歌猛进的时代，进入了如履薄冰、如临深渊的“冰冻期”。时势表明，新的纪元所面临的困难和考验，所经历的挑战与艰辛，丝毫不比前50年逊色。

江河行地，浪淘尽沉渣浮末。无法预知凌钢后50年的发展前景，在坍塌的市场求索复苏之路，在发展与变革中寻找出路，同样面临冰与火的考验，同样期待破除横亘在脚下的羁绊。

从发展的困顿中突围。坎坷磨砺精神，苦痛铸就坚韧。穿越50年的时空隧道，凌钢发展历程已经告诉我们未来的答案。春天来了，绿色还会远吗?

行将就木的，由它衰败灭亡；生机不灭的任它开花结果。

回首50年，我们心潮澎湃，供新老凌钢人“忆苦思甜”；展望下一个50年，更需新老凌钢人，厉兵秣马，砥砺携手。50年的画卷即将封存。下个50年，“子承父业”，开始凌钢“百年老店”新的圆梦。

（作者现为凌钢人力资源部离退办主任）

凌钢工作服

于 航

说起凌钢工作服，就会想到一些经历。

因为我父亲是名邮电职工，他每天都穿着墨绿色的工作服上班。我到外地上学时，父亲曾给了我一套他穿过的工作服，在实习时还派上了用场，印象很深。实习的那一刻起就想有朝一日也有属于自己的工作服。

大学毕业，我被分配到了凌钢。刚来的第一天，就看到厂区的公路上穿着劳动蓝的工人师傅们或行走或骑着自行车，我的心情忽然高兴起来，是那种莫名的久违感动。我想我也能穿上工作服了，我也是一名凌钢人了。上班的第二天我就领到了一套军绿的真正属于我的工作服。我对工作服很珍爱，脏了就利用周天的时间洗洗。工作后的第一个春节，我还穿着回家了，父母很高兴，他们对我说："有了工作，就要勤奋努力，好好约束自己，不要给工作服抹黑。"直到领到第二套工作服，我才放开手脚的穿，因为终于有换洗的工作服了。在凌钢一干就20多年了，工作服也伴我走过了几个岗位，工作服里融入了我的喜怒哀乐，也浸透了我的汗水。穿着工作服，我也一步一步走入了不惑之年。

孩子还小的时候，见我每天下班穿着工作服回家，有次儿子就问我："爸，你穿的是什么衣服，多不时尚啊！"孩子他妈就接上话说："你爸就喜欢工作服，我跟你爸第一次见面时，就在凌钢，他当时就穿着一套工作服。你问他是不是?"我对工作服的珍爱，也许儿子一时还体会不深，当我拿出父亲的工作服给他看时，儿子才似乎明白了一些。

几度风雨几度春秋，凌钢的工作服历经了几次改变，一步步朝着有序规范、彰显企业文化的目标迈进。从绿色到蓝色，又从蓝色到现在的白灰色，还有了序号标识。我们身穿凌钢工作服，不仅展现着个人的风貌，也代表着凌钢的形象。

其实，工作服就是企业文化的一部分，是企业精神的一种体现。你看，郭明义每次在电视上露面，总是穿着一身鞍钢符号的厂服，凡是第一次见到他的就知道他是个工人，鞍钢的工人。标志，一眼就能看出来是哪里的，厂标突出了鲜明的行业特点，这是现代企业文化的视觉识别系统的核心，对外使人们认知识别，对内使员工产生归属向心的作用，而工作服就是最直接的表现方式之一。

凌钢的工作服就是展现我们凌钢企业形象和文化特色的最好名片。无论在厂里还是在厂外，一身干净整洁的厂服就能诠释凌钢的企业文化内涵，拉近彼此的距离。对于领导而言，穿上工作服也是拉近干群关系的纽带，显得协调，无论对自己还是对别人都是一种尊重。这就凝聚了人心，鼓舞了士气，激励了斗志。

每天早操，每天工作，整齐的服装就是在展示我们凌钢的良好外在形象。穿着凌钢标志的厂服，带着“自强、诚信、求实、创新”我们去创造业绩，在努力奋斗的过程中，去实践着去感受着工作给予我们的希望与充实。

穿着凌钢工作服，我们爱岗敬业激情工作，就会增添一份责任、就会拥有一种荣誉。身为一名凌钢员工，在我们的心中一定会自豪地说：“我是凌钢人。”

（作者现为凌钢销售公司业务员）

激情燃烧的岁月

王玉文

1989年7月，应凌钢的招聘，我们一行30名职工调离刀尔登热电厂，来到了凌源钢铁公司，投入了建设凌钢热电的工作中。这30名职工中，约有十几名为技术骨干，涵盖了锅炉、汽轮机、电气、化学及热工仪表与自动控制等专业。应聘之初，我们内部便形成了以张晓东同志为首的核心力量，在70多名应聘人员中，几经筛选，最后才确定了我们30人。之所以这样做，是基于这样的考虑：我们是一个小的团队，代表着电力系统的精神风貌与业务水平，必须能够胜任凌钢交给我们的历史使命——完成凌钢热电厂的建设与生产任务。历史证明，我们没有辜负凌钢对我们的期望，基本上比较圆满地完成了任务。

1989年至1990年，我们的主要任务是外出考察、学员培训与各专业运行规程的编写、相关资料的搜集与整理、各种规章制度的编写与建立等。其中，冯海洲、吴建军、冯义森、宋海林、王家瑞、王爱军等为学员的培训工作付出了辛勤的劳动。特别指出的是，刘吉仲总工程师（原刀尔登热电厂汽机分厂主任，比我们早一年多调入凌钢热电厂），为资料的搜集与整理、各专业规程的编写、各种规章制度的建立做出了突出贡献。

1990年以后，由朝阳电建公司和阜新电建公司安装的1～4号35t/h锅炉相继投产，1991年上半年由三冶安装的2号6000kW汽轮发电机组并网发电。在2号汽轮机组安装过程中，我发现该机组的汽轮机逆止阀自动保护系统没有设计，这是一个重大的错误。一句话，没有逆止阀自动保护系统，汽轮发电机组是不能运行的。对此，我及时向有关领导和负责人提出整改意见，在与杭州设计院专业人员沟通后，受杭院委托由我设计并提图交杭院补发图纸，及时解决了这一重大设计问题。

在2号汽轮机安装过程中，我与朱凤山同志（原刀尔登热电厂燃料分厂技术员，与我们一起调入凌钢）主动参与了该机组调速系统的安装与调试工作，期间我们提出了一些宝贵的中肯的意见，得到了三冶李师傅（名字已经记不得了，他是汽轮机组调速系统安装与调试的总负责人）的充分认可与好评，并由此建立了深厚的友谊。并且，在机组试运结束后，李师傅把他珍藏的汽轮机气缸结合面密封材料的配方郑重的交给了我，以示感谢。

2号汽轮发电机组投入运行后，出现了锅炉与汽轮机主蒸汽温度对应不上，有时相差近20℃，给机组的安全带来极大的隐患。对此，我在锅炉单独运行时的一次工程会议上就已经向会议提出：锅炉主蒸汽温度感温元件安装位置选在过热蒸汽联箱上不合理，不能反映主蒸汽的真实温度。当汽轮机组联网运行后，必然会出现锅炉与汽轮机组运行人员都以自己的主汽温度数值为准，根本无法协调。因此，锅炉主蒸汽温度测点应选在锅炉主蒸汽管道上。当时，因为是锅炉机组单独运行，这一问题还没有直观显现出来。现在，这一问题暴露出来，给锅炉与汽轮发电机组的安全运行带来严重的威胁。至此，我的意见得到采纳，并及时更改了温度测点位置，使这一问题得以圆满解决。

在2号汽轮发电机组试运期间，机组启停十几次，调试工作进行得十分艰难。那时，我便萌生了我们自己安装1号汽轮发电机组的想法，并开始为此目标作技术上的准备工作。也许是机缘巧合吧，此间，公司决策层酝酿研究自己安装的可能性，并开始征求工程处与热电厂的意见。这个问题，取决于公司决策层、取决于热电厂领导班子，当然也取决于我们的技术实力和胆量。为此，张晓东厂长在自己的家里召集了热电发展史上一次十分重要的碰头会。我是最后一个到场的。我们这些从刀尔登走入凌钢的同事、十几名业务骨干，第一次以这样一种方式聚集一起，讨论研究这样一个问题：我们这些从未从事过汽轮发电机组安装与调试的人，究竟有没有能力完成这项艰巨的任务！现在依稀记得，参加碰头会的人员有冯海洲、刘凤林、张敦全、吴建军、王爱军、王家瑞、朱凤山、宋海林、冯义森等人。会上，大多数同志反对自己安装，认为我们不具备自己安装与机组调试的技术能力，我们承担不起这样的风险。只有刘凤林同志主张自己安装。在征求我的意见时，我主要讲了以下几点意见：一是个人坚决主张自己安装，如果安装成功，将为我们在凌钢热电厂站稳脚跟打下坚实的基础，同时也很好地锻炼了我们的队伍；二是凌钢土建专业的安装实力没有任何问题；三是本体的安装部分，只要汽轮机下汽缸安装就位，其他的不会有什么问题；四是我们已经具备汽轮机调速系统的安装与调试的能力（这也是汽轮发电机组安装与调试中最为关键的部分）；第五，除了土建工程外，汽轮机本体与调速系统的安装与调试的所有技术问题由我与朱凤山两个人包了。说这句话的目的，主要是为了坚定大家的信心，但同时我把自己推到了悬崖边缘，这是一次空前的冒险，我已经没有退路！

这次碰头会是否对公司的决策起到了作用，我个人不得而知。但是，就我们这个小团队而言，它是十分重要的，它理应写进凌钢热电厂的发展史。今天，我把它说出来，是对热电厂历史的补白和对历史原貌的一种真实呈现。

1号汽轮发电机组土建部分由建安公司承担，本体部分、调速系统和发电机均由热电厂负责。汽轮机本体部分主要成员有：张敦全、刘璋；电气系统主要成员有佟德金、冯义森等人；调速系统主要有我、刘凤林和王爱军。宋加功副厂长负责整个工程的调动与协调工作。整个工程在大家的共同努力下，进展十分顺利。

1 号汽轮发电机组调节保安油路系统（简称调速系统），是机组的核心系统和控制中枢。在安装过程中，我对系统中的危急遮断滑阀、危急遮断器、同步器、油动机、危急遮断滑阀以及轴位移控制器等关键部件都进行了解体测量，并与相应图纸进行精心的核对。特别是对危急遮断器测量与动作转数的计算，确定动作转数超标，决定对其进行修正。这里，我想强调一点：我是一个从事仪表与自动控制专业的工程师，自参加工作以来，从未参与过汽轮发电机组的安装与调试工作，虽然我曾比较系统的学习过（东北电力职工中专，热能动力专业）汽轮机与锅炉的专业知识，自信学的还可以。但是，那毕竟是专业理论的学习，没有任何的实际工作经验。这次承担了汽轮机调速系统的安装与调试任务，其实也是孤注一掷，为凌钢为热电也为我们这个小小的团队。当然，也为了证明我的技术与业务能力。

1991 年年末，我独立起草完成了 1 号汽轮发电机组的调试与试验程序，其中主要有调压器试验与调整、同步器试验与调整、脉冲油压试验与调整、电动油泵试验与调整、盘车装置试验与调整、电动主汽门及保护的试验与调整、汽轮油泵自启动装置的试验与调整、排汽安全门的试验与调整、超速保护的试验与调整、空负荷试验与调整、润滑油压保护的试验与调整、轴向位移保护试验与调整、带负荷试验、甩负荷试验及发电机保护联动试验等。

在这里需要特别提出的是：在进行自动主汽门静态试验时，手打危急保安器，自动主汽门迅速关闭，调速汽门不关闭，这是完全正常的，是由该机组的原理与结构所决定的。但是，一些同事包括多年从事汽轮机运行工作的老同志也不能理解，并提出质疑。对此，我在厂长办公室向他们郑重说明：调速系统完全正常，没有任何问题。但是，由于多数人的怀疑，现场调试不得不停下来。基建工程处与青岛汽轮机制造厂取得了联系，但是由于联系人没有说清楚现场具体情况，导致青岛厂家也认为调速系统安装有问题。为此，我不得不全面检查我的安装记录，并仔细地回忆了调速系统所有环节的安装情况，并由此确定调速系统安装没有任何问题，试验可以继续进行。那几天，我感到了巨大的精神压力与莫名的孤独。但是，我没有退缩。并于第三天上午向基建工程处的负责人汇报了调速系统完全正常，要求尽快安排后续的调试工作。并且及时向持有异议的几位主要专业人员作出正确判断。大约在 1992 年 1 月 19 日下午，备受关注与争议的 1 号汽轮机组的动态试验正式开始。我是现场机组试运的实际负责人与指挥者，当机组转数上升到 2800 转时，调速器没有动作的任何迹象，大家都把焦急的目光投向了我，我完全读得懂他们的不安、担心与质疑。此时，我毫不犹豫的下令继续提升转数。当转数达到 2860 转后，调速器开始动作，调速汽门缓缓关小，自动主汽门全开，机组转入同步器控制方式，并在该转数下稳定运行。我成功了，更确切地说，我成功的闯过了机组调试的第一关！那一刻，我的眼睛有一点点的潮湿。当我的目光扫过现场激动的人群时，看到了那些赞许的目光与竖起的拇指，我微微抱拳以致谢意。十几分钟后的超速试验进行的相当顺利，两次试验的动作转数完全符合相关的技术标准与规程规定。当天的试运任务完成后，在热电厂的门口，基建工程处的张振同志在等我，他拍拍我的肩膀说："王工，这几天我为你捏了一把汗！"我笑着说："谢谢了！"

调试期间，我主持完成了同步器试验与调整、脉冲油压试验与调整、电动油泵试验与调整、盘车装置试验与调整、电动主汽门及保护的试验与调整、汽轮油泵自启动装置的试验与调整、排汽安全门的试验与调整、超速保护的试验与调整、空负荷试验与调整、润滑油压保护的试验与调整、轴向位移保护试验与调整、带负荷试验、甩负荷试验及发电机保护联动试验等。所有这些试验进行得都非常顺利，所有安全技术指标都达到了行业及技术规范的要求。至此，1 号汽轮发电机组调试与试运工作胜利结束，顺利并网发电。

在 1 号汽轮发电机组安装与调试工程中，我个人所承受的压力是巨大的。在这里，我仅举一个例子就足以说明这个问题。工程之初，热电厂与公司签订的安全责任认定书，热电厂没人签字，当时的安全员张仲元同志找到我说："小王，厂长让你签字！"当时，无论从哪个角度讲，都不应该由我来签发这个责任书！但是，我没有退路，是我自己把自己逼到了悬崖边上。我提起笔，在责任书上重重地写下了自己的名字。

1 号汽轮发电机组的顺利投产，是热电厂发展史上的一个创造和奇迹，是热电厂生产活动中浓墨重彩的一笔，是凌钢团结协作、争气拼搏精神结出的一枚硕果。之所以取得这样优异的成绩，归功于公司的英明决策、热电厂领导班子的坚强领导和基建工程处的有力组织、协调与大力支持。如今，几十年的时间匆匆滑过，与我一起工作、奋斗的同事们大多已经相继退休。但是，当年 1 号汽轮机安装调试的一幕幕场景、那些熟悉的沾满油污的身影、那些朗朗的音容笑貌，至今仍历历在目。特别值得一提的是，凌钢办公室的徐杰同志为热电 1 号汽轮发电机组安装工程撰写了长篇通讯，刊登在《凌钢报》上。她那流畅的文笔、严谨的逻辑思维、激扬大气又朴实无华的书写风格，让人油然生发万千感慨！

热电厂最初设计规模为 4 炉（单炉 35t/h）3 机（2 台 6000kW、1 台 3000kW）。大约在 1992 年年末或 1993 年年初，3 号汽轮发电机组开始安装，期间我与冯海洲等几名专业人员就机组的工厂设计、机组布置等去秦皇岛设计院沟通情况，并由我主持起草了 3 号汽轮发电机组具体的工厂设计要求书。其中，由我提出的最重要的一项是：3 号汽轮机本体布置方向为与 2 号汽轮机尾相对，这样，可以与 2 号汽轮机共用一个吊装空间，既节约了一跨的厂房，又方便布置。但是，施工中，汽轮机组的土建基础已经形成时，才发现方向错了，经核实是设计单位没有按照我们的要求设计。

3号汽轮发电机组由阜新电建公司承揽，期间我基本没有参与安装与调试工程。但是，我仍然坚持每天到现场看看。机组试运期间，暴露出不少问题，起起停停约20余次。到热电厂接收时，仍然不能正常投入运行。为解决3号汽轮机的设备缺欠与安装遗留问题，热电厂上上下下耗费了心血。但是，主要问题仍然无法解决。为此，热电厂从电力部门请来专家组，做了一次动平衡，投入运行后，效果仍然不佳。之后又从北票发电厂请来一位老专家，对该机组进行了全面的检查与检修，投入运行一段时间后，因振动过大而被迫停运。至此，对3号汽轮机发电机组的问题，电厂多次召开专业会议，仍然一筹莫展。在没有办法的情况下，又请来了阜新发电厂以马总为首的专家组，并由公司工程处牵头召开联席会议，参加会议的主要人员有公司周立光（总动力师）、张醒驰、张佩文、方世武、张振，阜新发电厂马总等一行5人，热电厂张晓东、宋加功、冯海洲、王爱军、朱凤山和我。会上，阜新发电厂马总做了中心发言，从设备运行到检修等，中心意思是机组安装没有大问题，最近的这次大振动可能是运行人员操作上有失误。此外，热电厂冯海洲同志提出可能是运行时产生油膜振荡而引发机组强烈振动。会议至此陷入沉默。此时，我要求发言，我结合自己的经验和现场实际情况说了四点意见。

此次会议后，热电厂积极组织检修，对螺栓进行了处理；油中含水问题，由我与朱凤山联合提出了整改方案，实施后效果良好；对于轴径光洁度问题，我们没有能力和专业设备，只好将汽轮机转子返厂进行处理，并由我与宋加功、冯杰一起赴青岛汽轮机厂，共同研究确定轴径车削方案，签订技术协议，由备件部签订备件修复合同。此后，3号汽轮机发电机组投入运行，虽然设备健康水平还不理想，但已能维持正常生产。3号汽轮发电机组安装工程对我们来讲，是一次深刻的历史教训。一项工程，施工队伍的选择是多么关键啊！其实，我们已经有了1号汽轮发电机组安装的成功经验，有了一支经过实践检验的过硬的安装队伍，3号汽轮发电机组为什么不能自己安装与调试呢！对此，我感到深深的遗憾。

从1989年到1996年，我在热电厂工作了7年。在这7年的时间里，我几乎参加了热电厂全部的生产建设活动。这是我人生历程中最难忘的7年，这是我磨炼意志、砥砺精神、增长才干的7年。1994年，我参加了全国冶金系统论文发布会，我撰写的《锅炉给水自动调节新系统》颠覆了传统的给水调节理论，引起会议的强烈反响，并被评为优秀论文3等奖（会议不设1等奖）。此后几年，我有4篇论文发表在《冶金动力》杂志上，另外还有几篇论文刊发在《凌钢技术》上。

我们这些从刀尔登热电厂调入凌钢的同志，特别是那些骨干力量都在各自的岗位上尽职尽责地完成了自己的工作任务与历史使命，为热电厂的生产与经营活动，为凌钢的发展与繁荣做出了应有的贡献。这里应该着重指出的是王家瑞、冯海洲、吴建军等为机炉运行人员的培训和队伍建设都付出了辛勤的劳动；宋海林、冯义森等为电气专业的运行与检修等做出了出色的成绩；张敦全同志作为汽轮机检修专业的第一人，除了任劳任怨、精益求精外，难能可贵的是，他带出了一支过硬的汽轮机专业检修队伍。这里，还需特别指出：宋海林同志在公司重大的生产活动即二总变过渡中，出色地完成了任务，得到了公司领导和相关部门的一致好评与认可。

1996年10月，我调入公司机动处，直到2007年退休。期间，我参加并组织了热电厂2号、3号、4号锅炉改烧高炉煤气和循环水供热改造工程，都取得了圆满的成功。此外，还参加组织了650加热炉、高炉、转炉、连铸坯、小方坯、中宽带加热炉、制氧机、白云石等机组的自动化检修与升级改造工程。这10年，是我拓宽专业、增长知识和忘我工作的10年，是我消解最初的小团队（刀尔登热电厂）意识、并彻底融入凌钢的10年。那些紧张而有秩序的改造与抢修场面，那些汗流浃背的炉前工们，深深地感动过我，至今都让我难以忘怀。

远在沈阳的我，仍然心系凌钢。祝愿我们的企业发展壮大，永远立于不败之地！

（作者为原凌钢机动部工程师）

随队医生

任丽华

1985 年 1 月下旬，凌钢业余文工团去省内部分钢铁企业、冶金院校和承德钢铁厂巡回演出，需要一名随队医生，职工医院领导决定让我去。

当时正值三九天，是每年最寒冷的季节，又是大雪过后不久，路面还有冰雪。可一想到有机会到各地走走，与一群活跃在文艺舞台上的年轻人在一起，还是兴致勃勃的。

文工团出发前一天，厂工会组织召开了专门会议，工会领导首先强调了本次出演的重要意义；介绍了要去的单位：东北工学院、新抚钢、老抚钢、本溪北台钢铁总厂和承德钢铁厂；并对全体演职人员提出具体要求。

作为随队医生，我事先做了一些必要的准备：一个诊疗包，里面装些治疗感冒发烧、胃肠道疾病以及清咽利喉等药品。另外，带些简单消毒包扎用品，如棉签敷料绷带胶布等。服装无需准备，平时穿啥就穿啥，没有挑选的余地。为了防寒保暖，向同事齐亚茹借了一件军大衣，自己买了一双又厚又重的军用大头鞋。

是日早晨，北方隆冬，寒气凛冽。我和几十名演职人员早早来到凌钢俱乐部前，大家群情激奋期待着出发的那一刻。出行的车辆刚刚停稳，人们兴高采烈地登上了凌钢的黄海大客车，开车的司机是杨巨奎和张守勤两位技术很好的师傅，另一辆面包车乘坐厂领导及部分工作人员。厂党委书记鲍文显亲自带队，办公室副主任林伟强、工会文体中心主任刘世贵等一同前往。早晨 8 点整，凌钢文工团全体团员，肩负着领导的重托、职工的希望，冒着零下二十几度的严寒出发了。

车上，大家你一言我一语非常热闹：没想到咱们山沟里的人也能去省城演出，我们一定要为凌钢争光，让他们看看凌钢人不仅会炼钢铁，而且能歌善舞……说着说着，有人带头唱了起来：“胡传魁”刚一开口：“想当初，老子的队伍才开张，总共只有十几个人，七八条枪……”“刁得一”急不可待迅速起身准备，男扮女装阴阳怪气的“阿庆嫂”抢先报名，一场“智斗”在车厢内上演，引来阵阵掌声、笑声……

当时的大客没有取暖设施，尽管是绒线帽、军大衣、大头鞋全副武装，可坐在车上还是很冷，大约出发两个小时左右，我感觉胃部不适，特别难受，赶紧对坐在身旁临窗的李芳说：“我要吐，咱俩换个位置吧！”“任姐你晕车呀？”李芳问。我摇摇头，是在告诉她我不晕车，因为我从没有过晕车的经历。我迅速挪到窗边，打开车窗，探出头去，“一吐为快”，本来就不暖和的车厢，再敞着窗子变得更加寒冷。

大客车、面包车一前一后，碾压着冰雪覆盖的沙土路面。经过 10 多个小时的长途跋涉，当天晚上，我们终于到达了此次出行的第一站：东北工学院。

当天没有演出，晚饭后大家就休息了。由于白天的舟车劳顿，那一夜睡得香甜。

第一场演出，在东北工学院礼堂拉开帷幕。虽然是山沟里的业余文工团，当我们的优秀报幕员李辉落落大方地走上舞台，观众眼前一亮；小有规模的乐队阵容，以小提琴手徐帮东为首，由小提琴、大提琴、小号、长笛、电子琴、手风琴等乐器演奏人员组成的乐队，令观众刮目相看；来自一轧厂的独唱演员徐彩云，站在舞台中央，随着音乐响起，一曲优美动听的歌声：“我爱你塞北的雪，飘飘洒洒漫天遍野……”打动了台下的观众，紧接着响起雷鸣般的掌声！由单良等人组成的舞蹈队神形兼备，舞姿柔美，让人赞不绝口；田刚的吉他弹唱、王景松的手风琴独奏等很受观众喜爱；流行歌手赵丹卓演唱的《搭错车》主题曲《酒干倘卖无》，观众席上掌声此起彼伏；尹长平的古筝弹奏《渔舟唱晚》、邹胜利的笛子独奏《云雀》都令观众陶醉……

台上的歌声舞步、乐器演奏，充分展示了凌钢人多才多艺的精神风貌，再现了凌钢人丰富多彩的文化生活。演出前后的各项幕后工作，大家不辞辛劳，齐心协力，让人看到了凌钢人雷厉风行团结协作的工作作风。作为凌钢人我感到骄傲和自豪。

那次巡回演出，凌钢文工团先后奔赴沈阳、抚顺、本溪和承德等地，创造了与兄弟单位联络感情、沟通信息、相互学习的好机会。在北台钢厂，他们选派部分演员与凌钢人同台演出。其中，印象最深的是一位女中音演唱的《假如你要认识我》，非常专业，颇具关牧村的韵味，这让我们看到了差距，开阔了眼界。更重要的是，通过巡演活动，让更多的人了解我们，每到一处，那里的人们都会记住一个响亮的名字——凌钢！从而扩大了凌钢的知名度和影响力。

另外，还有一项特殊的收获，我们有幸参观东北工学院计算机房。当时觉得“计算机”3 个字特别神秘，更没见过它长什么样。进去参观的人们，遵从工作人员的要求，脱掉鞋子穿着袜子排队走在地毯上。与我并行的一个女生突然忍俊不禁，用手捅我一下，努嘴示意我看前面人的脚，啊！原来前面的一位男士穿着一双破袜子，脚后跟露在外面。这意外花絮，或许也是那个时代的印迹吧。

在计算机房，工作人员非常认真地向我们这些外行人介绍着计算机的前世今生、性能特点等，我像听天书一样，几乎什么也听不懂，只记住一句话：“这个空调房间不是为了人舒服，而是计算机必须要求这样的环境温度。”当时谁也想不到，有一天计算机会走进普通百姓家庭，成为每一位现代人的必备工具，而且今天的计算机比当年技术更先进、功能更强大、内容更丰富、外观更精巧。

当一名随队医生，让我结识了凌钢的一些文艺骨干，白天与演员们一起说说笑笑，晚上去看他们演出，开心快乐。那次出行我的工作量很小，团里没人生病，也没有人受伤，只是给演员们发了点含片之类的药物，和大家一起度过了十多天轻松愉快的美好时光。

30 多年过去了，如今的凌钢早已今非昔比。可当年那群年轻活泼的舞蹈演员曼妙的舞姿仍历历在目，演员们动听的歌声、乐队优美的旋律还不时地在我的耳畔回响。

（作者为原凌钢工会女工部部长）

我的记忆

徐小宝

凌钢招工啦！这个消息传遍了北票矿区的大街小巷。

凌源钢铁厂在我的心里是一个很陌生的名字，更是一个很陌生的地方。

1980年6月的一天，响应党的号召，正在下乡的我赶紧跑回了家向父母说了此事，父母犹豫再三，终于同意了我的要求，报名参加体检。报名时出现点小的波折。户口本的名字是徐小宝，毕业证（初中）的名字叫徐继忠，两个名字不统一，考虑再三，为方便起见，跑到学校开了个证明，证明徐继忠就是徐小宝。从此又把我的大号徐继忠改回了我的乳名——徐小宝。

伴随着火车的轰鸣声，1980年7月26日我来到了凌钢。那时的凌源东站一片荒芜，杂草丛生。下车后有一种莫名的凄凉感。我们被安排到二食堂住宿，偌大的二食堂大厅，地下铺的砖，上面一个草垫子就算作是床了，简单至极，和我在出发前想象的凌钢简直是“天壤之别”。

整理好放下的行李，拿着饭盒到食堂吃饭。饭是高粱米干饭，菜是茄子炖粉，茄子块。这是我从小就不愿吃的饭菜，没有选择，胡乱吃了几口，就倒掉了，悄悄的拿着饭盒走到一个无人之处，思乡之情油然而生，后悔自己选择了一个不该选择的工作。

回到休息点，整夜无眠。第二天就把我分配到工程队水泥班，主要任务就是和水泥。与沙子、石子打交道，挖土方，铁锹、镐头天天不离手，看到挂着扳子、钳子的一些钳工、电工，天天梦想我啥时能学个技术呢？

我们来时的工作性质是大集体制工人。1980年12月份，凌钢进行三次考试，部分大集体工改了全民工。录取的名额不多，我们工程队大约有100人参加了考试，只有十几个人转了正，我就是那次的幸运者。

1981年底，我师傅王裕华受工程队领导指派挑选一位车工。他找到了我，对我非常满意。经领导同意，我被调到工程队维修班，开始学习车工，长这么大第一次接触机械设备，感到新鲜好奇，讲话时外行话、土话连篇。测量工件时，叫“约”（yao）一约，师傅纠正多少回，终于改掉了那些土话。

学习开始时我干劲十足，早晨7点准时到班上，扫地打水，给师傅把茶水泡好。7：30分准时把车床开起来。那时的工程队有车床3台，刨床一台，钻床一台，车床c630、c620、c18k，哪台床子都要能操作，那时的加工活很多，没有空闲时间。不但要学会操作，还必须会熟练使用各种测量工具。就拿使用内外卡钳工说，就不是几天之功。师傅教会了使用方法，我就上班、下班都进行测量练习，包括茶杯、茶缸都作为测量物。几个月下来，我终于能熟练的使用卡钳，精确度达到 1 道之内。

对车工来说，三分车，七分刀，可见刀具的重要程度。学徒开始，在师傅的指导下，就认真的练习磨刀工具，从前角、后角，从主切屑刀到副切屑刀再到修光刀，每一个角度都包含了我学徒时的努力和收获。

1984 年我师傅调到机关工作，我挑起了车工的大梁。这个时候，我们接到了加工一件大轴的任务，轴的尺寸是 ϕ100mm × 3200mm。正所谓“车工怕车杆，钳工怕钻眼”。这样的轴对一般的老师傅来说都是高难度的。我决心承担此项任务，中心架跟刀架全部上阵。经过我精心地操作，出色的完成了此项任务，得到了领导和同志们的好评。

1985 年初，我担任了副班长，同年我担任了维修班的班长。我们班共有 12 人，4 个车工、2 个钳工、2 个焊工、3 个电工、1 个管工，负责维护工程队所有的设备。我身上的担子更重了，所需的知识更是需要多元化，我这时要学习的技术知识更多了，比如看图、识图、绘图各种金属材料的应用等。

有一次，工程队进了一台拖拉机但没带车厢，要求制作车厢。我们班没有铆工，我就开始当起了铆工。放线、下料、对接，经过 5 个工作日，终于把拖拉机车厢做好了，为公司节约了资金。

1988 年，那时工程队已经更名为修建部了，我担任了维修段长，下设维修班、汽车修理班、机械班 3 个班。机械班负责修理推车子；维修班负责修建部的机械设备、工程的备件加工；修理班负责汽车、吊车、叉车、拖拉机等的修理。机械班负责修理推车子、各种机械设备的操作，天天忙得脚打后脑勺，所需的知识也更加的复杂，尤其车辆这一块。我又重新学起轮胎的粘补，发动机汽门的研磨，轴瓦、轴套的刮研，各车辆厢体的补补焊焊。我们段的工作有条不紊的进行着，职工们也在不断的成长，我们也在快速成长。

当时修建部的电焊机使用量非常大，我和两个电工利用加班、加点、每天能修复一台。1988 年一年就修复电焊机三四十台。

1990 年 8 月，我调到了动力厂维修段钳工班，我的工种也由车工改成钳工。我班的主要任务就是修各种水泵，天天和水泵打交道，那时的工作量不大，人也多，有活时抢着干。1991 年，24m^2 烧结机建成，我被抽到烧结厂进行支援。那时，烧结厂的钳工大多都是 1987 年、1988 年入厂的新职工，技术力量特别薄弱，我们去支援的有十多个人。经过大半年的工作，我积累了很多的经验。回到了动力厂两三个月的时间，我突然接到了公司的调令，调我到烧结厂工作。经过仔细问询，才知道烧结厂要把我留下来，可是动力厂不放，经张学卿副经理协调我又成了烧结厂维修段的一个钳工。

来到烧结厂没多久我就被任命为班长。我们一个班有30多人，除3个起重工外全是钳工。那时的设备故障率高，设备可开动率低，制约生产的几大问题哪条线上都存在。先说原料工段，四辊破碎、锤式破碎、工作量非常的大。晚上干到九十点钟那是常事。检修时，一台锤式破碎始终是开着的，满厂房都是粉尘，工作下来鼻孔、耳孔，甚至睫毛、眉毛都是白的。那时的职工大部分都是20多岁，特别照顾他们。粉尘最大时，我让他们在外面等，我自己进去拆卸、安装，粉尘浓度降下来，再让他们进去。烧结机制约生产的有水封拉链，混一皮带热矿筛激振器，通过技术改造，水封拉链底部安放了轻轨，使底部补实料衬，又把耙子变成了轻型。这样，水封拉链的问题解决了。混一皮带当时是两条，从热矿筛返回的热料直接落到皮带上，皮带承受不了高温，经常性的烧损、断裂。经过技术改造，改成一条皮带，我又到安阳钢铁公司学习皮带硫化，又采用了耐烧灼的皮带，这样混一皮带的问题解决了。看到这种效果好，成品皮带、混料皮带都采用了此方法，得到了推广和利用。虽然24m^{2}烧结机不存在了，从24m^{2}的经验推广下来，带冷机、烧结矿是靠轴流风机进行冷却，冷却效果极佳。轴流式风机安装的点非常狭窄，维修、检修非常不方便，故障点很多。通过技术人员的改造，由轴流风机上吸式改为鼓风机进行冷却，效果差，这样一来故障点消除了，维修检修极为方便，既达到了冷却效果，又大大地降低了故障时间。烧结机共有3台冷矿筛，它是由一根偏心轴进行振动筛分，故障频发，很大的一部分人力都用在了冷矿筛上。当时的技术人员王冰岩、刘文波经过计算设计，很快的由下振式改为了由激振器振动筛分的上振式，大大地降低了工人维修的劳动强度，使烧结机的故障逐年降低。

1995年，因工作需要我被调到烧结厂设备组工作，和技术人员打交道，在这些技术人员的身上又学到了很多知识。1996年，我又到了天车工段，当一名检修工人。那时的天车工段非常的乱。有一次，班长叫我带两个徒工去装配天车轮。当时装配天车轮是用一个压力架和50t的千斤顶进行冷装，此压力架的设计者老温师傅还得到公司的改革奖。工作量为每天3个人装配两个车轮组。我问当时的刘班长为什么用冷装架，他说用热装时，焦炭炉子都用上了也没装进去。我听到后对他说，那是因为你们把车轮烧的温度太大了，外沿膨胀不开，里孔无法膨胀，甚至还会往小收缩。他们不信，我就给他们进行了表演，先把车轮里孔和轴尺寸测量后，把车轮里孔用破布沾点煤油，轻轻地烘烤15分钟后，我顺利把轴装配到车轮孔里，车轮表面硬度既不受到影响，轮孔也没有半点物理损伤。通过那次装配，班长、段长对我的技术水平深为叹服，热装配方法一直采用至今，既加快了工作节奏，又降低了劳动强度。

1998年底，公司进行技术工人模拟剥离，剥离人员由我进行管理。我接手后，狠抓班组建设，凝聚人心，工友们都非常支持我的工作。工作一安排下来，大家都抢着干，没有人计较得失。有一天，当时的副厂长刘立辉找到我说，有一个管工班集体罢工，不干活，天天到他办公室去闹。想让部分人员到我的班。这些人都知道我是一个公平而且又非常认真的人，很快就和我打成了一片。那时的管工活很少，我就给他们找活干。正值酷暑的夏天，烧结车间的马葫芦破烂不堪，我就带领他们去修，大家汗流浃背，和水泥、砌砖，却没有一个叫苦、叫累的。通过我们这些管工一个月的努力，把烧结的下水井修理的规规整整。这样既锻炼了这些人的毅力，又使他们对工作的态度进行了升华。刘立辉现在还在说，徐小宝你帮我解决了大难题。

2000 年 8 月，公司的主辅剥离开始了，成立了检修中心。26 日，也是我最难忘的日子，烧结厂的技术工人都云集到烧结厂大会议室，把每一名职工都编成号，由检修中心副主任张宏进行叫号，叫到号的人分配到检修中心，没叫到的留在分厂。喊号开始，叫到号的人都垂头丧气。当喊到我的名字时，工人的目光齐刷刷地投向了我，尤其是那些已经被喊到名字的人。我们 39 人被分到了检修中心。休会期间，这 39 人开始议论反悔，大部分人都不愿去，思想波动非常大。大家问我的看法，我就说了一句：强扭的瓜不甜，顺其自然吧。复会后，检修中心主任李祖清讲了对我们剥离的人员的要求，随之问：哪一个是徐小宝？我坐在最后一排，举了一下手，李祖清主任任命我为烧结站站长，这出乎我的意料。因为我与李祖清和检修中心的领导都是第一次见面，甚至也是第一次听说他们的名字，怎么会选到我呢？后来才听说是刘立辉、王冰岩他们推荐的。

检修中心成立了，人员有 200 多人，主任李祖清，副主任孙金树、张宏。我们烧结站负责烧结厂、焦化厂的部分设备的检修和维护，人员 40 多人。站成立之始，我和副站长郑国占就狠抓职工的思想工作，把职工的思想统一起来，逐渐地职工的情绪趋于稳定。同年 10 月 $34m^2$ 烧结机开始年修，我站负责水封拉链的改造、热矿筛热返矿圆盘等大型设备的更换，尤其是机尾除尘弯道的改造更为艰巨。职工每天都工作十三四个小时，从下面我们就开始放弯道的大样，拿到现场一块一块的比对、放线，在技术上一丝不苟，严格按照图纸的要求去做。那时，我吃住在班上，一周都没有回家，甚至那一周连脸都没有洗，年修的总工期由 25 天，压缩到 22 天。最终，经过我们的不懈努力，19 天就完成了年修任务。这是中心成立以来对我们的第一次考验，我们站用实际行动交了一份满意的答卷。

炼铁是天，炼钢是地，烧结焦化苦大力。由于我站的工作量大，环境又恶劣，在检修中心流传着这样一个顺口溜。为了不使职工的情绪受到客观因素的影响，每次重要的活我和副站长都干在前面、做榜样。记得我第一次得了一个技术能手，奖金是 1000 元钱，我们 4 个班组每个班组 200 元，我自已拿了 200 元，职工对我非常满意。在我们的努力下，团结，成了我站的一种标志，逐渐的这种顺口溜就消失了。

2003年，炼钢厂的大包转台轴承坏了，中心和机动部领导把这项任务交给了我们站。原来更换大包转台都是由修建部承担，完成时间40小时左右，因为我们第一次干，领导给了我们48小时。当时，李主任问我怎么样，有困难吗？我非常自信地说“没困难，我28小时就能拿下。”李主任一再要求我要慎重。从早8点开始进行拆卸，到晚上10点40分紧完了最后一条螺栓，总共用了14小时零40分钟。调试、试车一次性完成，零点准时地具备了生产状态，这也是一项更换大包转台的纪录，至今无人打破。

焦化厂的设备检修与维护工作也是由我站来完成的。焦化厂共计剥离技术工人近70人，我根据工作量和工作难度给焦化厂设定了28人的定员，当时的设备厂长连启泰找我说人给他厂留的太少，我说绝对不耽误你们的活。实践证明，我定的人员是非常现实的，直到现在包保出去，也是采用了这个定员数。

2004年，检修中心来了一次最大的变动，公司维修人员全部划归到检修中心，烧结站又是首当其冲。焦化厂、原料厂的维修人员都划到了烧结站，并且材料费用也归到了烧结站控制。那时，烧结站职工达到了235人，职工不规范的行为有许多。有一次，机动部部长杨金忠拿着一个黄干油袋找到我说，咱们的职工在加油时没有把油使净，就把油袋扔了，这是严重的浪费。机动部领导批评后，中心和站里齐抓共管，使职工在节约的认识上有了一个质的飞跃，节约也蔚然成风。

2006年，李祖清主任找到我，说经中心领导班子研究决定，由我兼任轧钢站长。当时，轧钢站共有6个班组，其中有一个值班班组，我带了一个技术员就到轧钢站上任了。到任后发现，这里管理混乱。两天后，我对各班组的人员做了简单的调整，对管理不力的班长进行了撤换，制定管理责任制，奖罚分明。调整后，大部分职工人心稳定了下来，开始认真的工作了。我兼任轧钢站长一年半的时间，改变了职工的工作作风，轧钢站的精神面貌焕然一新，各种任务指标在检修中心都名列前茅。

2006年，我和烧结厂技术人员一道，通过摸索，结合自己的经验，圆满完成了主抽风机的改造。改造前，我制定了施工网络图，对每一个工序进行优化，通过计算找出关键的作业路线、节点，以保证最有效的利用和节省人力、物力、财力，达到科学细化管理，实现预定的目标值。

2008年，竖炉扒辊需要更换，原来扒辊更换都是利用年修或较长时间的停产进行更换，这次就给了我们48小时。扒辊的整体长度4500mm，直径近400mm，设备厂王冰岩厂长让我拿出更换方案。我找来一根钢管，套在扒辊的一端，用手拉葫芦一步步地平移，逐步把扒辊从炉内移出，问题解决了。以后更换扒辊都使用同类的方法，此方法被命名为“抽芯平移法”。

2009年，也是我最不平静的一年，也是检修中心最低谷的一年。由于责任制的规定，只有完成各项指标后，再完成超出部分才能拿到奖金。其实，拿奖金是次要的，最主要的是一种责任心。我和其他站一样都是在大干，却忽略了安全。那一年，检修中心出现了多起工伤，9 月 28 日那天，我站职工武勇检修天车，没有挂牌，天车工盲目地动了车，造成了工伤。我始终认为是天车工应负主要责任，经过领导说服，我终于认识到了我的错误想法：自己就是注重生产，忽略了安全。我开始反思自己，利用李祖清主任提出的检修 13 条，结合自己的实际工作经验，开始给职工进行讲课，“为什么打大锤时不能戴手套”、“旋转设备检修怎样锁车”。通过用事实进行讲解，使职工深刻体会到了安全的重要性，并如何注意安全，如何进行防范。

造球盘检修，突显了我站对安全的管理。2009 年底，机动部和炼铁厂领导要求我站更换竖炉造球盘。为了给公司节约点资金，我们承担了此项工作。为了弥补人力不足，抽出了以党员为骨干的突击队，进行昼夜作业。造球盘的直径 6m，质量 20t 左右。我们制定了网络计划，制订了安全施工方案，经过 6 昼夜的奋战，完成了造球盘检修的任务。

240m^2 烧结机的建成投产，180m^2 烧结机的改扩建，使我们检修单位，从环境上有质的改善。记得有一年大年初一的早晨，我和工友从 24m^2 烧结机下来，公司领导到各单位进行拜年，看到我扛着手拉葫芦，浑身都是矿粉，只有牙是白的，非常感动，对我们进行了节日的问候，这使我们心里感到非常的温暖。伴随着新项目的投产，除尘设备的投入，使我们的公司更加整洁，零污染、零排放，更是使我们的职工感到环境的健康。可是我们维修工人的工作量加大了。随钢铁市场的不景气，全公司上下都在逐渐的收回外委包保区域，各烧结机的机头、机尾除尘都是在我站不增加人员的情况下收回的。

2015 年 5 月，正在运行的 75m^2 烧结机脱硫系统的罗茨风机突发故障，因为零污染要求该系统被迫停产。当时公司物料紧张，生产很难平衡，股份公司张立新副总经理找到我站，指示尽快地把风机修好。炼铁厂点检员魏巍及机动部有关人员研究制订方案，我亲自带队，拆解、测绘、加工部件，更换轴承。我们连续奋战，清洗、定位、组装、调整，一遍、二遍、三遍，严格地按事先做好的检修规范，将叶轮与机壳纵向间隙控制在 0. 3 ~ 0. 5mm 之间，试车成功。此次抢修总计用时 16 小时，减少了停机时间，解决了物料平衡的难题，节省了检修费用，并且开创了公司内部自行修复罗茨风机的先河，每年可为公司节约该费用 50 万元以上。

三期技改工程是公司 600 万吨钢产能的力作，200 万吨回转窑是 2300m^3 高炉的配套设施。我站承担了部分设备的安装、调试和各条皮带的粘接，既要保证三台烧结机的正常运行，又要保质保量保工期的完成此项工作。任务之艰巨前所未有。我站做了战前动员，现场无论白天夜晚，24 小时都有工人在作业。2300m^3

高炉的主皮带粘接，是在青岛橡胶六厂技术人员的指导下进行的。该皮带的芯是钢丝绳的，宽度1.6m，皮带的总长度有730～750m。我们30人分成两组，48小时就完成了粘接任务。至今该皮带还在稳定的运行中。

2012年底，三期技改顺利的投产了，200万吨回转窑的维护检修工作又落在了我站的身上。由于是新设施、新设备，小故障、小事故不断，我们安排3个检修班组来进行检修维护。小改小革、金点子、技术创新在回转窑系统维修中不断涌现。经过半年的精心呵护，实现了稳产高产，一年几个月零故障。

面对钢铁市场的不景气，全公司都在开展对标挖潜、降本增效的活动。我站在人员没有增加，包保维护的设备台套数量却成几何倍数增加的情况下，打破工种界限，实行一专多能、弹性工作制，全站精神面貌焕然一新。

2014年9月28日，回转窑在定修时，发现链箅机东西两侧轴承均破碎，而更换此轴承必须拆除传动系统。

链箅机柔性传动系统在两侧各由一台TSHAH-830减速机同轴空间，异常狭窄，用不上大型起重设备，要想更换轴承就得先拆下10t重减速机及附属设备，否则会影响工作进展。我们将20人分成两组，东西两侧同时展开抢修，焊制吊挂点，挂手拉葫芦，准备300t千斤顶，制作拔具、工具。并顺利解决了锁紧螺丝锁紧环无法拆解的难题。

东侧拆卸尽管复杂，还算顺利。西侧拆解又出现了拦路虎：290mm内径的轴承与轴抱死，锁紧环与计算机抱成一体，内套与轴已经研死，由于轴承破碎，10t重的减速机自然下垂，用300t千斤顶将减速机从轴上顶出，根本做不到，拿不下减速机换轴承就是一句空话。

时间不等人，生产不能等，机动部、生产厂、检修中心各单位的领导都赶到了现场，分析、研究、决策，最终决定，将减速机与轴承座之间的主轴断开，将减速机移至旁边平台拆解，不影响换轴承。同时加工一件外径450mm、内径289mm、长度400mm的轴套，此套与原主轴过盈连接，通过此方案，棘手的问题解决了。大胆的想法，大胆的尝试，大家坚定的信心决定着执行力度，工作又得以开展。

十几个小时过去了，已进入深夜，天空下着小雨，北方的暮秋带来丝丝寒意，疲惫的检修人员开始更换第二个梯队。人员到位后，我指挥着职工把移至平台的减速机断轴取出，方法是用一台300t千斤顶，外加2台100t千斤顶做辅助，用铁道轨做支撑点，顺利的将断轴取出，检修见到了曙光。

10月1日，祖国迎来了65周岁的生日，天空艳阳高照。上午9点，回装工作开始，各部工件的打磨、测绘，用焦炭炉把轴套加热膨胀，职工们在我的指挥下，紧张地工作着。

3月10日上午10点，整整72小时，链箅机发出了昔日的轰鸣，全线开动，生产转入正常运行。

72 小时，我除了在道边的私家车里打个盹，饿了吃个面包，渴了喝点矿泉水，几乎是坚持在现场。这一幕一幕，终生难忘。

凌钢为实现做大做强的凌钢梦，收购了几处铁矿，为了节省资金，公司和检修中心决定由我站去安装调试怡山矿业的设备。由于选矿设备闲置已久，陈旧不堪，要想开起来谈何容易。我站从本已是人员紧张的情况下抽调了 18 人参与检修。站里距矿山单程 50km，地域偏僻，甚至连生活必需品都保障不了。我带领 18 人转战在大山深处，历时 15 天，克服了重重困难，圆满地完成了任务，为公司节省资金近 20 万元。

2015 年，以我的名字命名的工作室成立了。工作室汇集了技术精湛、经验丰富的检修维护骨干 12 人，其中高级技师 3 人、技师 6 人、高级技工 23 人，现已发展成员 73 人。我们团队以炼铁、烧结系统的主要设备及全公司的机械设备为重点，开展创新立项及技术攻关。

创新工作室将设备革新、工艺改造、技术素质提升活动有机结合，不断放大劳模工作室的示范效益和引领作用；针对检修维护工作的重点、难关等制约生产顺利的设备问题，发挥团队的集体智慧，在设备改善、降低成本、提高效率、保证安全等方面展现价值；在不断推进检修人才培养、教育的前提下，发挥骨干的传帮带作用，打造技术水平高、创新能力强的团队。

开展创新近 5 年来，我工作室成员完成技术创新 320 项之多，直接创效 1000 多万元。我们这个团队，多次以行业领先的设备检修操作方法，成功破解了制约生产的设备难题，实现降低职工劳动强度，提高检修工作质量，降低设备故障时间，提高设备作业率，为生产顺行保驾护航，今年的技术创新及金点子，已立项及实施 20 多项。工作室还肩负着培训及职工的教育工作，2015 年在朝阳市工会组织的焊工大赛中，我工作室的职工潘海波获得状元称号，王俊强、胡克馨名列三、四名；在凌钢工会组织的电工比武大赛中，霍红凯获得第一名的好成绩。

一分耕耘一分收获。36 年来，我从一个怀揣稚嫩梦想的青年，成长为一个扎根一线的老检修工人。在今后的日子里，我想说：人生如是，不炫耀，不偏执，不浮躁，做一个丰盈如斯的人，即便生命枯竭，亦在优雅中变老，因为凌钢给了我展现的舞台，凌钢哺育了我，伴我成长，我应该为凌钢奉献自己的一切。

（作者现为凌钢检修中心烧结站站长）

2 万与 600 万之比

王立功

2016 年，凌钢迎来自己 50 周岁的生日。50 年的沧桑、50 年的艰辛、50 年的拼搏，从年产钢不到 2 万吨到今天凌钢炼钢的生产能力已达到年产 600 万吨，50 年提高了 300 倍！在 50 年前是梦想，50 年后梦想变成了现实，这是几代凌钢人的骄傲！

我是 1975 年凌钢建厂第 9 个年头，经知青招工来到凌源钢铁厂的，被分配到炼钢车间冶炼工段 2 号电炉丙班，当上了一名炼钢工人，俗称炉前工。

当时，炼钢车间只有两座 5t 电炉，即 1 号炉、2 号炉。当时是三班倒，一个炉 3 个班。两个炉共 6 个班组，每个班定员 7 ~ 8 人，正副班长各一名，材料员一人。

当时，一炉钢的产钢量在 10 ~ 12t，每台炉日均产钢在 40t 左右，两台炉日均产钢 80t 左右，月产钢约 2000t。年总产钢也就 2 万多吨。当时“文革”还没有结束，在那种特定的历史条件下，又面临缺水少电原材料不足，检修、限电等各种原因。停炉、停产的事时有发生。那时的生产条件十分艰苦，电炉炼钢的原料全部是冷料，也就是废钢和炼铁生产的少量铸铁块。靠三根电极打火的电炉炼钢，冶炼熔化发出的电极放电轰隆隆、咔嚓嚓、电闪雷鸣、震耳欲聋。

当时，制氧车间只有两台 150m^2 的制氧机，炼钢很少能用上氧气来吹氧助燃。炼钢过程中的向炉中投放的矿石、石灰、石英石及各种合金料全部是炼钢工人用铁锹向炉中投放，炉内温度上千度，炉外的温度可想而知。冬天，身体正面对着炉烤得慌、身后又冻得慌。炼钢过程中的扒渣是用 16mm 粗、3m 多长钢筋做的大火钩上钉个木块用来扒钢渣，取钢水样是用 3m 多长的铁勺子人工在炉中取样。倒在一个方形的铁罐里快速冷却后，跑步送化验室化验钢水的化学成分，根据化验的结果来添加调整钢水的化学成分，直至钢水的化学成分合格。出钢前要测钢水的温度是否达到出钢要求，方法是用钢勺在炉中取样由跟班的检查站的质检员及值班主任用秒表测温，其方法是看钢水表面的凝结时间是否达到规定标准。

在冶炼过程中，还有一个有趣的现象就是看碳花。这是老炼钢工人多年经验的总结，同时也是体验一个炼钢工人的聪明和判断能力的试金石。眼力好的判断碳花一般和化验结果差不了三两个，这就是高手了。它可以减少取样化验次数有效的缩短炼钢时间，提高工作效率。炎热的夏天，工人们身上跟水淋似的。工作服几乎每天都是湿的，夏天还可以，到了冬天临近下班时正赶上氧化期或还原期，大家刚干完活汗还没落呢，工作服都是湿的，但到了下班时间了工作服没时间烤，没地方晾，只能放进更衣箱里，第二天上班只得穿着湿衣服上班。穿上湿漉漉的工作服冻的全身瑟瑟发抖，换上工作服百米冲刺般跑到炉前去烤衣服。

40 年前的工人当时只有基本工资、保健津贴和夜班费，我们新入厂的工人试用期间，前半年工资 34 元，半年后转为二级工，基本工资 39.80 元，加上保健费、夜班费每月开不到 50 元。到 1977 年“文革”结束的第一年，全年生产钢 28000t，可以说是成立炼钢车间以来历史最高产量了。我所在的电炉丙班在全工段 6 个班里全年炼钢产量最高。被评为辽宁省新长征突击队。班长当年被评为厂级先进生产者，作为副班长的我被评为厂级生产建设积极分子，还有一名被评为车间级生产建设积极分子。那个年代注重的是精神奖励，评上先进就发一张奖状，有时给一个笔记本或一支钢笔。

1978 年 12 月，党的十一届三中全会胜利召开，做出了把党和国家的工作重点转移到社会主义现代化建设上来，实行改革开放的战略决策。凌钢也如沐春风，经过“七五”、“八五”全面技术改扩建，电炉进行了扩容，新建了第二炼钢厂，新建了烧结机，炼铁小高炉都拆除进行了扩建，新建了大容量的制氧机、自备电厂、大容量的煤气储柜等众多项目。尤其对焦炉、高炉、转炉煤气回收进行了重点技术改造，使煤气回收利用上了一个新台阶，既减少了污染，也为公司节约了成本，为凌钢创造了巨大的经济效益。

1983 年 10 月，家属区楼房全部用上了煤气，极大地方便了职工的生活。经过多年的新设备、新技术、新工艺的引进，老设备的创新改造，生产设备的自动化程度得到了极大的提高，过去很多生产岗位靠体力劳动来完成的工作，现在只需按按电钮或操作键盘就完成了过去艰苦的体力劳动。工作在生产一线的炼钢工人及全公司其他岗位工人们的工作环境得到了极大的改善，劳动强度大大降低。经过全公司干部职工的与时俱进、拼搏进取，钢年产量从 10 万吨、50 万吨、到 100 万吨、200 万吨。

进入 21 世纪初，新一届领导班子再一次抓住了难得的历史机遇，对凌钢未来的发展进行了全面规划设计，使凌钢的改扩建真正进入了快车道，在迎来凌钢建厂 50 周年之即，凌钢也实现了年产钢 600 万吨的历史最高水平，比 40 年前钢产量提高了近 300 倍。为凌钢建厂 50 周年献上了一份厚礼。

我作为一名已退休的凌钢老职工，经历了凌钢几十年发展的艰辛，也享受到凌钢发展壮大结出的丰硕果实。作为一个老凌钢人我衷心祝愿凌钢未来兴旺发达，再创新的辉煌！

（作者为原凌钢燃气厂工会主席）

光辉岁月

田爱国

1981 年 12 月 22 日，我从学生转变成为凌钢的一名工人。当时是凌钢招收最后一批大集体制工人，每月基本工资 19 元人民币。经过凌源钢铁厂劳资科的安全教育后，我被分配到二轧车间。那时候，二轧车间主任是赵福存、生产主任杨俊、设备主任李卫国、党支部书记杜国余、教育干事王云、团支部书记郭振江。二轧车间下属有两个工段，一个是焊管工段，一个是二辊冷轧工段，后来二辊归三轧车间管理叫三轧三段。

经过三天的学习和培训我被分配到焊管工段，段长是马兴义，我的工长是钱勇新、班长是崔配新，我被分配到飞锯岗位。那个时代有一台 ϕ76mm 焊管轧机，常年生产六分管，三班倒作业。那时候，原料是从鞍钢进的卷板，最高生产产量 20t，月产量几百吨，少的时候几天都生产不出产品。轧机的调整技术也不规范，产品质量也不稳定，因没有定尺锯所有的钢管都是乱尺交货。工人的工作条件也很差，冬天厂房没有取暖设施，设备在运转过程经常会冻住。就是在那样的条件下，没有人叫苦叫累。经过几年发展，我们的工资也由 19 元涨到 39. 8 元、42. 3 元、63 元、74 元、105 元，工资收入逐渐提高。

1983 年以后二轧车间又上了 2 台 76 机组，成立了 1 号、2 号、3 号管工段。产量由原来月产几百吨上升到几千吨，为凌钢钢材品种快速增加奠定了基础。

经过近两年的锻炼，我从飞锯调整到上料轧机调整岗位。锻炼了一段时间后，工段长马兴义直接把我从调整工岗位提到工长岗位，那一年我 19 岁，就带领 30 多人了。这样一干就是 20 多年，从我的手中生产的钢管销往了全国各地。

2002 年，钢管厂提拔我为一号管工段副段长。在高德明段长的领导下共同努力把 76 机组的产能提高到了一个新的高度。48mm 钢管由原来班产 50t 达到 80～100t 的好成绩。同年 7 月，我也光荣的加入了中国共产党。同年，被钢管厂评为轧钢技师，这更加激励我在工作中的干劲。

2007 年，钢管厂把我调到 219 工段任段长。我利用 8 个月左右的时间进行改造，把 ϕ219mm 机组的检修更换轧辊时间由原来 72 小时降为 4 小时，更换完毕提高效率 18 倍。ϕ219mm 钢管在线内毛刺清除成材率由 60% 提高到 95% 以上，产量也从 70t 上升到 150t。

2009 年 10 月，钢管厂异地整体搬迁到北票冶金工业园区，成立了凌钢北票钢管股份有限公司。公司成立两个车间后，我被任命为一车间主任。负责

ϕ219mm、ϕ325mm、ϕ50mm 机组、1420、630 螺旋机组的生产，同时负责锅炉房、煤气加热炉的管理工作。二车间主任单宝廷负责 ϕ76mm、ϕ 轻 114mm、ϕ 重 114mm 机组及 750 纵剪机组。

2010 年，设备安装调试工作完成后，各条机组当年达产达效。2012 年成立了三车间，公司任命娄汉忠为三车间主任，负责 325 机组、219 机组及 50 机组；2013 年我被任命为安全科长，从事安全管理工作。2014 年根据工作需要被公司任命为一车间副主任负责生产设备等工作。2015 年 3 月借用到朝阳天翼国基新材料有限公司。

在凌钢钢管这片热土，我经历了历届领导班子，赵福存主任是钢管的创建者、丁永生主任是钢管的开拓者、刘建春主任提倡均衡生产点检定修使生产设备稳定运行，并开发了新品种方矩形钢管及年产量突破 10 万吨。苏辉厂长把钢管的质量做到辽宁省免检产品，产量突破 12 万吨的好成绩。张振龙厂长在凌钢钢管的深加工工作，尤其是生产内毛刺钢管及扩建了一台 219 机组一套、50 机组，把焊管家族由三台机组变为五台机组，生产能力从 ϕ17.2mm 扩展到 ϕ219mm。周国峰经理开发了无缝化改造热减径钢管，使内毛刺钢管实现了批量生产，并引进两套螺旋机组、两套直缝机组（325、114）机组及两台无缝机组，产能从 12 万吨提高到 30 万吨。赵春山经理更是从管理入手降本增效，在市场不利的局面下逐步实现扭亏为盈，把凌钢钢管由原来两套螺旋机组发展到 5 套螺旋机组，生产产能进一步提升。

凌钢钢管从无到有，从单一的生产 6 分管到现在能生产出 ϕ17.2 ~ 1820mm 的焊管。焊管品种规格从直缝管、螺旋管、无缝管应有尽有，把凌钢钢管做大做强的目标明确，前途光明。我相信在赵春山经理的正确带领下，凌钢钢管这艘巨轮一定会驶向更加美好的明天。

（作者为凌钢北票钢管公司一车间副主任）

我与凌钢共成长

杨　晋

我是1996年到凌钢参加工作的。说来也巧，对于一个文科生，到凌钢工作，冥冥之中是一种缘分，也是命运的一种特殊眷顾。话还得追溯到初中时代，我从小在农村长大，家庭条件异常艰苦。当时，有个同学家境非常宽裕，吃穿用度都很丰厚，我们好多村里娃都非常羡慕。一打听，方知他老爸在凌钢工作。于是，在潜意识里，对凌钢就有一种莫名的向往。大学毕业后，出于对家乡的眷恋，同时也更是为圆儿时的一个梦想，竟真的到了凌钢。

初到凌钢，我被安排到中宽热轧带钢厂工作。当时，中宽带正在热试。听说是同等宽度国内首条生产线，心里有一种说不出的兴奋，有虚荣的成分，可能更是希望使然。当时凌钢的企业精神是“争气，拼搏，奉献”。同事们同时间赛跑，夜以继日的工作热情感染了我，也更好的诠释了当时的企业精神。繁忙工作的人群，轰轰烈烈的调试场面，让我很是着迷。也极大激发了我的写作灵感。我参加工作后的第一篇通讯“吹尽狂沙始到金”应运而生，里面详细记录了凌钢人热试中宽带的艰辛过程。

1997年因工作需要，我被调到公司党委宣传部工作。由于从事新闻采编，对凌钢历史和当时经营有了更深层次的了解和理解。凌钢始建于1966年，由于老一代凌钢人的不懈努力，赶上了“八五”末班车，实现了“一厂”变“三厂”的发展。1997年蔓延东南亚的金融风暴逐渐演化成了亚洲金融危机，对中国钢铁行业造成了前所未有的严重冲击。为应对金融危机影响，公司组建专门小组远赴安阳、邯郸钢厂“取经”，引入了“推行模拟市场核算，实行成本否决”的先进管理理念，经本土化消化吸收和发展，使凌钢战胜了当时的严重困难，也成了辽宁工业企业的一面旗帜，辽宁省和朝阳市都先后提出了“远学邯钢，近学凌钢”，“推行模拟市场核算，实行成本否决”。当时我记得，公司一季度亏损，实施以上管理之后，二季度就开始盈利，全年不仅扭亏，在冶金行业还成为了为数不多的盈利企业之一。期间，时值国务院总理朱镕基在葫芦岛组织召开辽宁省工业企业座谈会，会上点名表扬了凌钢，对既无地理优势又无区域经济优势的凌钢能够盈利，表现出了极大兴趣。“这样的企业，就是山沟里的金凤凰，经验值得推广，国家就应该扶持支持这样的企业。”

2000年，我被调往销售公司工作。近距离感受市场的枪林弹雨，工作生活中体味企业与个人成长的酸甜苦辣，觉得自己成熟了许多，也深刻了许多。初到销售公司，不明白为什么市场价格涨了许多，公司还要恪守诚信，坚持按合同给国家重点工程供货？后来终于明白：诚信经营是凌钢骨子里的文化，是几代凌钢人沉淀下来的先天性格。如果没有当初秦沈准高铁“重合同、守信用”的诚信经营，又哪里有后来的京沪高铁、哈大高铁、京石高铁、京沈高铁、港珠澳大桥等广阔的国家重点工程市场？我和《中国冶金报》副总编辑任静波合作的纪实“诚信经营——构筑凌钢市场绿色通道”一文，如实反映了当时凌钢诚信经营赢得广阔市场的实际情况，也深化了我对凌钢厚重企业文化的理解。

2008 年和 2012 年，历经二期和三期技改，凌钢钢的年产量由原来的 200 万吨发展为 600 万吨，又一次实现了“一厂”变“三厂”的跨越，不仅建成了北方最大的精品棒线材生产基地，而且也形成了棒、线、带、管、优特钢协调发展的产品格局。销售工作也走出国门，形成了内贸和出口两个稳定销售网络，产品调节和市场调控空间明显加强，操作创效水平明显提升。作为一名销售人员，在为增量产品寻找和开发市场的过程中，我也实现了由一名销售人员到营销人员的蜕变。以前国内同行搞销售，主要靠长流程批发销售，更多的依赖大的经销商，不利于企业经营创效。在公司和销售公司领导的引领下，经我和同事们不断摸索实践，凌钢销售也逐步建立起了一套适合自己特色的营销模式——“销价金字塔，销量倒金字塔”销售法。不仅让短流程销售、点对点销售、控制节奏销售、引领市场销售等策略成为日常销售中的常态，而且也在与同行对手的竞争中摸索出了迂回、围点打援、集中优势兵力开发新市场等灵活的战术打法。为适应上涨市、下落市和震荡市，也总结出了“流血不割肉”、“让利不让道”、“重鱼腹不重鱼头鱼尾”等灵活的创效操作手法。这些不仅帮助企业渡过了一个又一个销售难关，而且也锻炼和提升了我。

半个世纪以来，凌钢从无到有、从小到大、从弱到强，发生了令人瞩目的巨大变化，让我们每一名职工在企业的发展中得到了实实在在的好处；让我们在同外界交流交往中，以作为一名凌钢职工而感到无比的自豪。

大凌河水滔滔不绝，凌钢精神生生不息，代代相传。当下，全国钢铁行业正处于“寒冬”期。针对当前形势，公司提出了“做强主业、多元发展”的集团化发展方向，为我们杀出重围、战胜危机、走出困境指明了方向。只要我们全体凌钢人同心同德、同力同为，将凌钢精神和企业文化内化于心外化于行，就一定能战胜当前的困难，在这块充满灵气和底蕴的土地上再创奇迹！

（作者现为凌钢营销管理部副经理）

阅兵头阵朝柴“芯”

——朝柴动力技术服务保障团队圆满完成“9·3”大阅兵服务保障工作纪实

朱　迪

2015 年 9 月 3 日 10 时，纪念中国人民抗日战争暨世界反法西斯战争胜利 70 周年阅兵盛典震撼启幕。位于阅兵头阵的抗战老兵方队和支前模范方队乘坐的正是装配了朝柴 3 升发动机的江淮安凯宝斯通客车。

朝柴动力 3 升发动机跳动着拳拳赤子之“芯”，以这种最高级别的展示、最严苛的检验和堪称完美的表现，在天安门广场光荣接受了全国人民的检阅和世界目光的洗礼。

光荣受命　严密落实

自 2015 年年初，朝柴动力接到江淮公司关于参加纪念抗战胜利 70 周年阅兵庆典活动的工作任务和要求后，公司领导高度重视，各部门通力配合，严密落实此项工作。员工们加班加点做好各个环节的生产、检查、确认、审核等流程，全面打响“阅兵用车订单保卫战”。以为国争光的高度责任感和使命感，高标准、严要求地完成了此批 40 台 3 升发动机的生产任务，圆满交付订单。

回想起来，朝柴动力并非首次参加阅兵及服务保障工作。早在 2009 年，朝柴动力就成功参加了国庆 60 周年大阅兵，朝柴 QD32 发动机搭载勇士二代军车作为阅兵方队指挥引导车的威武风姿至今仍历历在目，成为朝柴人永远的骄傲。但是像“9·3”大阅兵这次如此大规模、高级别、国际性的阅兵庆典，不论是对国家、还是对朝柴都是第一次。所以，使命光荣，任务艰巨。

2015 年 4 月，按军方统一进度和工作要求，朝柴动力经过在业务能力、政治素质、工作经验等各方面的层层筛选，确定了 8 人朝柴技术服务保障团队，我作为北京阅兵村内朝柴动力技术服务保障组组长，和队员们光荣受命此项对于国家和企业均有着重要历史意义和战略意义的国字号工程。

全力保障　不辱使命

2015 年 7 月，北京的天气骄阳似火，常常伴着 40℃的高温炙烤着大地。偶有太阳躲起来时，又会遭遇蒙蒙细雨或是大雨倾盆的洗礼。阅兵村内，每天我带领团队成员以军队训练时间为令，随摆渡车进入训练场，按指定位置待命，同步做好维护检查工作。军方训练有时是在本该睡意正浓的凌晨2点、有时是在炎热如火的中午，多数时间是上下午各训练一次。朝柴保障团队需保障的车辆为40辆，每辆车的检测项目共计157项，其中涉及朝柴发动机的检测项目有49项。保障组成员每人每天都要对40台车的发动机的检测项目进行至少两遍的全项次检查，而且军方的标准是：一台有故障，台台都排查。为保万无一失，小组成员训练行进跟踪检查，定速巡航频繁调试，每天陪同训练10多个小时。除此之外，训练过程中按军方的训练需求，还会经常增加检修和维护频次，所以每天几乎是在无限度地重复这些检测项目，可以说工作既枯燥、繁重，又心理压力巨大。

阅兵村内的训练场地极为开阔，无遮无拦，所有参阅人员都是风雨无阻地进行训练，不论是酷暑炎炎，还是大雨倾盆，都不能耽误训练的日程，如果没有顽强的意志和过硬的身体素质很难承受这样高强度、极艰苦的训练。对于参加受阅的官兵来讲，每日风吹日晒，衣领的位置成了肤色的分界线，而对于我们这些和受阅官兵必须保持同一步调的技术服务保障人员也同样如此。朝柴技术服务保障组的几名员工个个被晒得面孔黝黑，每天汗水湿透衣衫不知多少遍。7月中旬是北京阅兵村最热的时段，连检修车辆底部用的躺板都变得有些滚烫，而且刚刚训练返回的车辆的发动机都是烫手的，但只要训练车辆返回或驾驶员反馈需要有调试的项目，待命在技术服务保障区的朝柴小组成员都会第一时间对每台车辆按流程做好各项次检查、调试和保养，并且在既定检查项目外主动进行扩展检查与维护，始终以军方提出的“万无一失”和“零隐患、零故障、零抛锚”的标准严格践行自己的工作职责。同时做好每日检查记录，作为统计、分析和调整的依据，也为攻克一个个技术难关积累了宝贵的第一手资料。

在103个日夜的奋战中，朝柴技术服务保障团队以“执行力强、业务过硬、服务快捷、配合到位”的出色表现，多次得到总装备部和阅兵村领导的高度认可与赞扬。身为组长的我也被总装备部授予“优秀共产党员”的光荣称号。这些荣誉的取得，是对朝柴本部工作和朝柴技术服务保障组成员集体战斗力的充分肯定，是对所有后方朝柴员工全力支持的极大认可。

高层慰问　坚定信心

前方技术服务保障人员在努力工作的同时，朝柴动力本部的领导也都在高度关注着此次阅兵保障工作的每一步进程，并到阅兵村看望朝柴团队成员，给同志们鼓劲儿加油的同时，也为保障工作的所有环节提供无条件的支持。

2015年8月15日，朝柴动力公司董事长张振勇、总经理文广、副总经理曹晓峰和销售公司领导一行到北京阅兵村亲切慰问了朝柴技术服务保障组成员。张董事长与大家一一握手，关切的询问同志们的工作和生活情况，希望大家继续保持旺盛的战斗力，光荣完成使命。

军方阅兵方队指挥部领导会见了张董事长一行，对朝柴技术服务保障团队的工作给予了高度评价。他甚至能说出个别团队成员每日的工作流程及在既定流程之外做的扩展检查，足见军方高级领导对朝柴技术服务保障团队成员工作的高度认可。

张振勇董事长一行的慰问，极大地鼓舞了朝柴技术服务保障组成员，大家表示要继续发扬“一不怕苦，二不怕死”的军队优良传统，精益求精、信心百倍地完成好党和公司交与的重任！

硬汉柔情　真心英雄

阅兵村里工作严格、生活单调，白天工作时不准带手机，晚间回到生活驻地才允许打电话，但是没有任何网络信号。6 个人一间寝室，一层楼有一台电视机。每天结束一天的疲惫工作，晚间大家与家人通话的时间是最甜蜜的时光，听着孩子的牙牙学语、老母亲的身体无恙、妻子的挂念问候……让我们这几个面对繁重工作和极大挑战都不说一句苦的硬汉，心里立时变得柔软又温暖。家人的思念与嘱托，为我们每日的工作注入了强大爱的动力。

身为阅兵技术服务保障组的组长，我也感受到了前所未有的工作压力。军队是以服从命令为天职，小组成员初入军营工作和生活，难免会有诸多的不适应，作为组长和一名曾有着几年当兵经历的老兵，及时引领和帮助组员迅速融入部队集体生活成为我的首要任务。我做到入营区人人有责任，落实工作有标准。同时协调好与军方的各项工作交流，做到沟通有礼、做事有节、落实有速，与大家团结协作克服了一个个工作难关，赢得了军队领导的好评，阅兵村的领导和战士都亲切地称呼我为“老兵”、“老班长”。

作为“9·3”大阅兵技术服务保障人员的一分子，我们经历了一生中最难忘的历程，正如悬挂在阅兵村里的大幅标语所写的“一次阅兵，终生光荣；一人阅兵，全家光荣”。这是一次对我们身体极限和心理极限的极大挑战，我们每个人都用自己超常的毅力和艰苦的付出，为保障大阅兵圆满完成打了一个漂亮仗！我们经受住了种种严苛的考验，以朝柴人敢打硬仗、能打硬仗和打赢胜仗的必胜信念成功实现了为朝柴代言、为民族代言、为国家代言的光荣使命。参与这次大阅兵的每一名前方和后方的朝柴员工，都是我们为之大大点赞的真英雄！

朝柴品质　完美代言

2015 年 9 月 3 日 10 时 43 分，朝柴人将永远铭记这一激动人心的时刻。经过朝柴员工层层把关和几名前沿技术服务保障人员千百万次检查维护的朝柴 3 升发动机，匹配江淮安凯宝斯通客车作为阅兵头阵，满载着抗战老兵和支前模范、英烈子女，米秒不差、精准整齐地驶过天安门广场，以无上的光荣接受了全国人民的检阅，圆满完成了这一对企业、对国家有着重大意义的神圣使命。

当抗战老兵方队和支前模范方队顺利通过天安门广场时，身为朝柴技术服务保障组组长的我第一时间将这个令全体朝柴人为之兴奋的好消息传到公司在北京设立的临时指挥部，临时指挥部的销售公司领导将这一消息发到了朝柴公司微信群中，瞬间就被刷屏，每一个朝柴儿女都在电视机前观看并期待着这一激动人心的时刻。朝柴技术服务保障组成员面对成功的一刻再也无法掩饰内心的激动和喜悦，103 天超常规的艰苦工作历程，96 米经过天安门广场的受阅路程，74 秒的通过时长，这些简单的数字背后所蕴含的不为常人所知的艰苦付出，此时全部化作一股滚烫的热流，让我们眼眶湿润。一时间几个大男人除了热烈相拥，竟然不知用何语言来表达自己的心情，但这份无言中却饱含着只有我们自己才能体会到的千言万语……

2015 年 9 月 7 日上午，朝柴动力隆重举行欢迎仪式，庆祝朝柴技术服务保障组成员出征凯旋，载誉归来，并对我们 8 名将士进行了表彰，授予我们“朝柴优秀员工”的光荣称号。公司总经理文广要求全体朝柴员工向将士们学习，树立“精诚团结朝柴就必胜，发扬‘9·3’大阅兵朝柴技术服务保障组的工作精神朝柴就必胜，智慧勤奋地拓展市场朝柴就必胜”的坚定信念，在“品质朝柴服务全球”的大目标下，实现企业新的崛起。

朝阳市市长于言良在欢迎仪式上发表了重要讲话，他盛赞了朝柴将士卓越的战绩，称赞朝柴保障组为朝柴、更为 340 万朝阳人民赢得了巨大荣光。这必将载入朝柴的发展史册，成为激励朝柴人奋勇前行的强大动力。他要求朝柴人继续发扬抗战精神和阅兵精神，积极应对新常态，精心打造高端柴油机市场的领导品牌，努力走出一条升级之路，为朝阳经济和中国汽车产业的发展做出更大的贡献。

天地英雄气，千秋尚凛然。朝柴将士精诚团结维护的 3 升发动机，比肩世界一流标准，在“9·3”大阅兵中精彩亮相，成功塑造了高品质动力的崭新形象，树立起发动机行业的新标杆。这是对朝柴发动机品质和服务保障能力最直接、最有力的肯定，是对全体朝柴人在发展新征程上团结奋斗、攻坚克难最好的褒奖。

阅兵头阵朝柴“芯”，我们为祖国完美代言！这必将激励朝柴人在实现全面崛起的道路上，不畏险阻、奋勇向前，推动朝柴产品服务全球，走向世界！

（作者现为朝柴动力公司记者）

棒材工程建设的日日夜夜

邵　辉

2012年10月1日，举国上下沉浸在国庆63周年的喜庆氛围之中，凌钢三期技改工程的工地上，凌钢人以这样一种特殊的方式向共和国生日献礼！上午10时28分，欢乐和喜庆洋溢在大棒生产线，历经314天的艰苦奋战，迎来了全线热负荷试车成功，喜庆的鞭炮声在空阔、雄伟壮丽的厂房中回响，参与工程的建设者们流下激动的热泪……流连于那簇新的轧线，抚摸那挺立的威武的轧机，300多个日夜的艰辛努力，今天成为现实，就在一瞬间，所有参战人员心潮澎湃、思绪万千……

悉心准备为了“真棒”

棒材工程是凌钢600万吨技改工程的主体项目之一，也是凌钢实施产品结构调整、实现产品升级换代的重点工程。项目总投资8.5亿元，包括新建100万吨小棒生产线和110万吨大棒生产线及其配套设施。产品规格分别是φ18～70mm、φ80～260mm棒材，大棒生产线目前是国内第五套如此规模的轧线，大小棒生产线采用了先进，成熟的生产技术和装备，以保证产品具有较高的尺寸精度，良好的表面质量、优异的机械性能以及较低的能源消耗。从而确立了凌钢大小棒生产线在国内同类机组装备水平最高的地位，为凌钢建设最具竞争力的精品棒材基地发展战略奠定了坚实基础。

如何将大小棒生产线打造成具有国内先进水平的生产线，是所有参与工程建设者共同的夙愿。2011年5月28日，凌钢“十二五”技改工程启动大会之后，大小棒工程的设计审查和设备选型工作在大小棒项目部经理部的带领下拉开了序幕。

出差很多时候都是一件好事，换个环境可以放松一下。然而，大小棒材项目组的出差考察却让大家体验到了什么叫舟车劳顿。本钢、大钢、北京、济南、新乡，一环扣一环，吃住火车上是常有的事，除此之外一直都处于工作状态，每到一处心里都是工程的事。根本无暇顾及车窗外掠过的风景。经常是晚上开会汇总考察结果，制定第二天考察计划。想起这段日子，王文军风趣的对记者说，那段时间我们犹如演员赶场，这场刚结束又奔向下一个场地。

正是有了这段不平凡的经历，才有了施工建设阶段的统筹安排和合理布局。

在初步设计过程中，棒材项目部经理王运琪与外出考察人员共同研究制定适合此项目的方案，最后与设计单位进行沟通交流，有时经常因为一个问题争论一两小时，最后常常是凌钢提出的方案让设计单位认可。

大小棒材两套机组，其设备最大的工艺特点和技术优势是轧钢车间与冶炼、连铸车间之间采用直接连接的短流程布置方式，节约用地，减少物料的周转。轧钢加热炉上料辊道和连铸出坯辊道直接相连，适合热装的连铸坯可以直接热送、热装入炉。连铸坯加热采用步进梁式连续加热炉。大棒轧线轧机共 9 架，粗轧开坯机 1 架，采用 1150 二辊可逆轧机，连轧机组 8 架，采用 850 ×4 +750 ×4。连轧机组全部采用短应力线式机架，平立交替布置，可实现无扭微张力轧制。加热炉出口设高压水除鳞箱，用于清除连铸坯上铁皮。开坯机与连轧机之间设停剪，用于轧材切头。热剪后预留了中间坯收集台架位置。采用在线测径装置，及时监测轧制过程中轧件尺寸的变化，对提高产品质量和成材率具有重要意义。轧线设 1 台飞剪，用于切头、尾及成品分段。飞剪后设分钢装置，保证轧件顺利完成分段。精轧机出口设横移编组装置，保证小规格产品多根同时锯切。采用 4 台金属锯进行成品定尺锯切。采用车底式热处理炉完成轧材的退火要求。采用两台步进式冷床对定尺轧件进行均匀冷却。为保证产品的高质量及提高产品的附加值，设置矫直探伤机组可生产精整棒材，车间采用二级计算机控制系统，全部操作基本自动化。

设备选型和订货是确保工程建设的关键因素之一。为了缩短设备自造周期，集团公司党委副书记王彦廷、副总经理卢亚东、备件部部长张艳涛都多次到设备自造厂家进行沟通。负责催货设备材料部的金泉，在设备制造的关键时期长时间坚守设备制造现场，主动为厂家提供一切方便条件，超前的工作确保了在后来的工程建设中从来没有因为设备到货不及时而影响工期。

大小棒材项目是在原来的腾钢和中宽冷带厂的厂房旧址上建设，地下障碍物较多，原来的地下基础特别坚硬，给前期的“三通一平”工作带来了很大的困难。技改部经过认真组织优化施工方案，经过近 20 天的紧张施工，对地下障碍物进行了全面清除，为大棒桩基施工提供了条件。

真诚合作铸就“真棒”

2011 年 11 月 21 日 10 时 58 分，在初冬的寒风中，棒材项目部经理王运琪、副经理冯国柱与山西地矿公司副总经理、凌钢项目部经理赵永生的双手再次握在了一起，大棒桩基工程正式拉开序幕，这次双方合作是继凌钢 350 万吨钢高架棒材项目、高速线材之后的桩基工程上的第三次合作。

面对地下环境复杂、桩基施工难度大等情况，王运琪郑重地对赵永生说：

“大棒桩基之所以选择了你，就是看中了你在凌钢施工的业绩。虽然，大棒工程在集团公司三期技改所有项目中开工最晚，但我相信通过我们的合作一定能圆满完成桩基工作，有什么需要我们项目部配合的我们一定全力支持。”

与此同时，由新恒基承担小棒桩基工作也相继展开，工程建设速度是凌钢几十年文化的积淀，凌钢人在工程建设上都以忘我的敬业精神和无私的奉献感染着施工单位。用天津二十冶凌钢项目总指挥王春明的话说，我走南闯北，在全国各地施工，从来没见过像凌钢对乙方单位配合这么好的，工程上全力配合，年节为施工单位送猪肉、送牛肉、送西瓜的，这些在我们眼里都应该是施工单位做的事，却让凌钢的领导做到了前头，我们没有理由不对凌钢的项目全身心的投入。

天津二十冶是第二次到凌钢施工，项目总指挥王春明与凌钢的技改部门算是老朋友了，有困难第一时间就会想到技改部、棒材项目部的领导。由于凌钢三期技改工程是凌钢历史上最大的工程，工程项目多，参与的施工单位多，各个项目几乎是同时开工，钢结构制作场地成为了一大难题，二十冶结构公司的领导找到了棒材项目部。施工单位的困难必须帮助解决。棒材项目部副经理冯国柱开车绕遍了凌钢厂区周围，最后提出了利用凌钢热线闲置的马路作为大小棒钢结构制作场地的建议，经过技改部领导与市里有关部门协商得到了批准，这样不仅为施工单位节省了场地租赁费用，而且场地宽阔，激发了施工单位的积极性，加快了钢结构制作的速度，为钢结构安装创造了条件。

众志成城挺起“真棒”

2012 年正月初八节后上班的第二天，记者来到棒材项目桩基施工现场采访。在山西地矿的工棚里，地矿领导非常高兴拿出两盒云烟招待记者和在场所有的人，这时正赶上满身泥浆的棒材项目总监代表付国银和项目副经理冯国柱从现场回来，当付国银点燃香烟时，冯国柱风趣地说，老付好好干，等到工程结束时我给你买一条中华烟。冯国柱、付国银早在高架棒材、高速线材等项目中多次合作，这项工程又将两位老朋友连在了一起，中华烟的事虽然是一句玩笑话，但更显示出了凌钢每名技改建设者们打造精品工程的决心。工作中，付国银每天都要检验 40 根桩，现场复杂，穿着水靴，由于桩基施工时间是冬季，经常是裤子和水靴冻在了一起。在埋设螺栓阶段，平台上近两万条的螺栓，要求精度正负偏差不能超过两毫米，付国银每天都要蹲着作检验五六个小时，最后导致了静脉曲张。作为项目副经理，冯国柱深知肩上担子的沉重，接到设计单位的平面图后，对拟建设项目区域的地坪进行了详细测量。结果发现拟建大小棒材区域的自然地坪高差较大，在靠近炼钢侧标高为 404m，靠近三监狱侧的标高为 401m 高差相差 3m，而且有三分之二标高都在正 400m 以下，设计院的设计厂房自然地坪标高为正400m，很不合理，区域土方不平衡，不但影响工程造价，还会影响到工程质量。鉴于这种情况，冯国柱提出，将项目的自然地坪标高调整为正400m，这一建议得到了设计部门的认可，节约投资几十万元。在项目实施过程中冯国柱提出了多项合理化建议，缩短了工期，降低了工程造价。

棒材项目建设中创造了开工最晚、试产最早的纪录，同时在生产上实现了高产稳产。一轧厂副厂长赵景仁、张海鹏、伍卫东各司其职，在抓好老区生产的同时，随着加热炉的开工、设备安装工作的开始，三位厂领导带领手下一班人马也全身心投入了项目建设中。加热炉是整个工程的关键部位，在加热炉安装刚开始，副厂长赵景仁便介入到了工程中。总结加热炉施工特点就是“工期紧、任务重”。小棒加热炉由北京神雾公司工程总承包，三冶检修公司施工，自2012年5月13日开始施工，到8月16日一次点火成功，历时96天。大棒加热炉由北京力通公司工程总承包，南京中山炉公司施工，自2012年5月8日开始施工，到9月2日一次点火成功，历时118天。

在大小棒材施工过程中，第一轧钢厂的技术骨干们纷纷登台亮相，向施工单位展示了凌钢人的技术实力和敬业精神。李红军，2006年毕业于鞍山科技大学，现任大小棒材生产段主管兼加热炉主管，主要负责两台加热炉的设计审查、施工质量监察、施工现场的协调等工作。施工过程中，李红军带领加热工艺员郝亮、宋艳丰、王海元对施工队伍进行过程控制、时时检查，只要有人施工就有技术人员现场跟踪检查。从加热炉设备安装到钢结构和工艺管道的焊接以及筑炉全过程，总能看见李红军忙碌的身影。

大小棒机组技术装备水平很高，本次改造工程电气自动化部分的工作在厂长助理史富春的带领下全面推进，自动化科的马志强、左江、马文超、曲贵宝、孙谦、张力民、郑斌、杨文斌、温志民等技术人员从改造的前期技术准备、图纸审查、技术协议的签订，以致后期的设备接收、安装以及调试等工作都身在现场。新上的这两条线采用了许多新技术、新工艺。小棒材生产线轧线润滑采用了油气润滑，这个系统的检测元件多达50个，有一个信号出现问题就影响轧线的正常轧制。史富春、马志强、左江、曲贵宝等热试前夕每天在现场加班至凌晨3点，修改厂家设计时存在的问题，为白天的轧线试车提供保证。小棒的冷床上钢装置采用交流电动机驱动，与其他生产线不同。这套系统具有动作快速、设备冲击小等特点，但是电气的调试任务明显增多，检测元件多达12个，一个信号工作不稳定，将直接影响装置的工作稳定性，造成生产故障。又是史富春、马志强、左江、曲贵宝等配合调试人员修改控制程序，确保了白天的设备试车。

项目建设安装与调试是关键，为此一轧厂的设备管理人员从前期的设计审查、会议交流到现场的三通一平、桩基土建、钢结构施工，以及到后期的设备安装、调试全程全员参与。在工期紧、人员少、任务重的重重困难下，设备厂长张海鹏带领设备科李宏男、李国义、蔡万奇、张晓生、陈万华、武宏杰、陈菲宇、李超、方旭等一班人马不辱使命，在轧线上再次创造了奇迹，同时也留下可歌可泣的事迹。张晓生这个刚刚毕业没两年的大学生，每天都忙碌在工地上，妻子即将临产的前两小时，才到医院代表家属签字。李国义由于血压升高竟然昏倒在工地上，但没有住院休息，而是每天早晨到医院打完点滴后坚持工作。李宏男科长右腿有病，但他每天都带病工作在施工现场，医生都说他是在拿自己的腿开玩笑。

大棒生产线的开坯机是引进成套的DANIELI公司的先进产品，设备重量之大、安装精度之严、自动化程度之高在一轧厂历史上从未有过。在设备安装过程中，出现了开坯机底座存在焊接变形，无法满足安装要求，直径100mm底脚螺栓制作质量不合格，推床主轴支撑轮存在焊接裂纹等问题。李国义、张晓生、武宏杰经过昼夜不懈努力，问题一个一个得到解决，保证了整个安装工期，并同监理进行阶段性的验收工作，确保开坯机全程安装精度和质量。

大棒横移编组区的升降滑板的控制系统采用的是液压比例系统，共计16套比例阀。滑板工作时要求16套比例阀动作要步调一致，这给调试工作带来了巨大挑战。调试初期出现了动作不一致现象，经过设备厂长张海鹏及液压点检员陈万华的仔细研究，五天的昼夜调试，最终将16套比例阀的动作调节到了一致，实现了滑板动作的一致性，为大棒材的顺利试轧提供了非常重要的保证。

小棒加热炉在初期安装过程中发现炉底斜轨座的测量模块设计不合理，调整尺寸变化太大，严重滞后安装工期，经过张海鹏、李国义、方旭更换测量模块为整体式，解决了此问题，保障了加热炉如期完工。

技术支撑是项目投产、达产的关键，在棒材项目中技术科主要承担了工艺准备和总体工艺布局等的工作，在厂长王运琪、副厂长王文军的领导下技术科出色的完成了从项目开始设计审查、工厂布局、设备选型、工艺参数设计、产前准备等一系列的工作，科长刘利明从项目一开始就介入其中，从最初的工厂设计及生产线布局，到最终的项目试产成功，随时都能在现场看到他忙碌的身影。一年多以来，他放弃了所有周末与妻儿团聚的机会。尤其是项目竣工的前3个月，每天从早7点到晚23点，经常也会通宵达旦地工作。贾维海也较早投入到新项目的工作之中，主要负责大小棒工作的对外联系工作，他做事认真仔细，在审查图纸时及时发现了如打捆辊道及打包机吊架设计错误、综合楼楼梯设计不合理等很多问题，及时在设计阶段进行了修改，为项目的提前投产提供了保证。

新项目成员杨云鹏参与过高线工程，他在此次工程中为工艺件的准备等工作做出了很大的贡献，工艺件种类繁多而复杂，不注意就会漏掉某些重要的准备工具或者设备，直接制约新项目能否正常投产。他借鉴了高线生产中所能用到的设备工具，在保证不花冤枉钱的同时也保证了生产工艺件满足生产的需要。新项目成员赵岑，在8月份进入技术科后投入到了新项目的建设中，作为新毕业的大学生，年仅23岁的他踏实肯干，任劳任怨，在进入新项目后迅速的投入到了工作中，作息时间一直也是早7点到晚22点，从没有一点怨言……

噢！真棒

点点繁星绘就灿烂星空，自强、诚信、求实、创新的企业精神铸就伟业。8月31日小棒成功热试，10月1日大棒成功热试。大小棒材项目提前竣工投产，为集团公司建设最具有竞争力的精品棒线材基地绘就了浓墨重彩的一笔。

高大的钢结构厂房，冷床上音符般跃动的产品，控制室里操作人员专注的表情，构成了大小棒材一幅壮美的画面，一项工程铸就一种精神，棒材项目部用一年的辛苦换来了一条具有国际一流水平的生产线，我们不得不由衷地说一声，棒材工程真棒，工程建设者真棒，凌钢真棒！

（作者现为凌钢第一轧钢厂市场开发室主任）

炉高人为峰

王洪波　张凤阳

当火红的铁水在炉膛中奔流而出，所有的目光都定格在这一刻，定格喜悦，定格精彩。高炉直刺云端，铁水流淌激情，这是凌钢人万众一心矗立起的巍巍丰碑。

2012 年 10 月 13 日，2300m^3 高炉第一炉铁水纵情流淌，这是凌钢人历经 12 个月艰苦鏖战迎来的沉甸甸收获，这是凌钢人在收获的季节向祖国送上的最美好祝福。多少个披星戴月的不眠之夜，多少个送寒迎暑的忘我奋战，看着奔流的铁水如腾跃的蛟龙跃然眼前，这一刻，多少人相拥庆贺，多少人流下了激动的泪水……

看似寻常最奇崛，成如容易却艰辛。从立项、初步设计、合理规划、反复论证到今天一座工艺现代化、装备大型化、控制自动化、管理精细化的高炉傲然矗立，这是凌钢精神的不朽丰碑，“自强、诚信、求实、创新”8 个大字熠熠生辉，夺目惊魂。

走近高炉，到处律动着磅礴的气势。这是一首激情澎湃的壮歌，这是凌钢人用心谱写的交响曲，每一个音符奏响的都迸发着最强劲的曲风。

炉高人为峰。凌钢人以非凡的大气魄，高质量、高速度建设了这座特大型高炉，在巍峨的高炉上挥洒着激情，放飞着梦想。让我们走近高炉，去倾听，去感受，去回味一个个动人的情节和无数个感人的故事……

高起点定位　高目标布局

建设、驾驭一座大高炉一直是凌钢炼铁人的梦想。当公司决定启动三期技改工程时，看到他们梦想的实现指日可待，炼铁人个个心潮澎湃。

当从公司领导手中接过高炉技改工程军令状的那一刻起，高炉项目部经理、炼铁厂厂长全守军倍感肩上责任重大，作为技改长线战役重头戏的总指挥，他说，“这一轮技改工程是在 350 万吨钢规模形成后又一次划时代的战略决策，这一轮技改工程的时间、速度、效率对全公司形成 600 万吨钢规模的战略规划的实施有重要影响。为此，高炉项目部深感责任重大，时间紧迫，任务艰巨，使命光荣，决心在‘一保三限’的原则下，高起点定位、高度经济性，又好又快地完成工程建设。”这是对公司做出的一个沉甸甸的庄严承诺，更是站在起跑线上的蓄势待发。

2011 年 7 月，5 号高炉技改工程项目部成立，炼铁厂抽调精兵强将全力参与技改，主抓生产的副厂长是工艺总指挥，主抓设备的副厂长是设备总指挥。建立了技改工程周例会制度。由炼铁厂工艺、设备的 12 名专业技术人员组成的攻关组，厂内其他专业技术人员兼职管理，为项目筹建提供组织保障。

要打造精品工程，更要建设最经济性工程，是贯穿高炉设计、建设全程的理念。让我们品味每一个数字后面的感动瞬间：高炉项目部召开会议 30 余次，组织人员对每处设计充分论证，缜密研究，取消了入炉矿槽前烧结矿分级筛分、高炉煤气放散点火装置、炼铁厂新区办公楼等项目，节约资金投入 650 万元。在主体设备订货过程中，通过对 PW 公司和西冶重工进行考察研讨，选择西冶重工生产的无料钟炉顶设备，同比投资节约 2000 万元。通过对 INBA 法和嘉恒法渣处理设备进行考察研讨，选择嘉恒公司生产的渣处理设备，同比投资节约 1500 万元。通过对西冶重工和北京企星公司在用泥炮、开铁口机进行考察研讨，选择北京企星公司生产的炉前设备，同比投资节约 150 万元。据统计，高炉技改项目合计节约资金达 5035 万元。

总投资减少，但设备功能、质量不降低。一项项先进工艺落户 5 号高炉，以“成熟、可靠、先进、实用、安全、环保”为原则，选用了高效、低耗的大型化工艺流程，采用了精料、高压、富氧、高风温、大喷煤等先进的冶炼工艺和技术装备：炉顶设备采用西冶重工设计生产的串罐无料钟，炉顶压力最高可达到 250kPa。冷却系统采用铸铁冷却壁、铜冷却壁、铸钢冷却壁三种结合形式，并配有炉腹、炉腰热流强度自动监测。炉缸耐材采用德国西格里碳砖、兰炭及微孔刚玉（陶瓷杯）相结合，高炉一代炉龄 15 年。配备三座旋切顶燃式热风炉，空气、煤气实现了双预热，热风温度达到 1200℃以上。渣处理采用嘉恒法，经济环保。输排灰系统采用全密闭气力输送，环境整洁。采用高炉煤气余压发电技术，装机容量 41kW · h/tFe。

高起点定位、高度经济性，凌钢人做到了，他们把驾驭雄伟大高炉的壮美轨迹绘就成逶迤而来的钢铁长卷，在钢铁的新乐演奏中唱响嘹亮的乐曲，书就绚烂的技改经典。

炉高邀云月　鏖战壮精神

建设之初，虽然遭遇了施工单位和凌钢项目管理者文化差异的影响，高炉建设步伐坚定不移，凌钢人破难为易，以网络计划为主线，毫不动摇地全力推进。激情的高歌在这里无悔吟唱，与那渐渐崛起的高炉相依相伴。此刻让我们的目光随思绪回望，捋过那点点滴滴。

2011年7月31日，随着一声巨响，凌钢原10层办公大楼轰然倒下，这个曾是凌源乃至朝阳市的地标性建筑完成了她的历史使命，高炉桩基场地清理工作启动。

10月10日上午，炼铁厂厂长、高炉项目部经理全守军一声令下，两台旋挖机伴随着高炉工程开工的鞭炮开始桩基作业。

12月22日，高炉基础开始浇筑混凝土。在技改部、炼铁厂、高炉项目部、施工单位十九冶的共同努力下，高炉工程克服了寒冬土建施工带来的困难，采用盖塑料大棚吹蒸汽的办法先后完成了热风炉、矿槽基础的混凝土浇筑，热风炉基础、矿槽基础和高炉基础混凝土量达到了$7000m^3$。

2012年5月初，高炉项目部抓住施工黄金季节，与施工单位通力合作，高炉炉壳安装，高炉框架和40m平台安装快速推进。

6月10日，30余吨重的高炉炉壳经过20多分钟起吊和落吊，稳稳地坐在了50多米高的高炉炉顶，标志着高炉正式封顶，进入筑炉阶段。

这个盛夏，在高炉项目部和施工单位的精密组织下，利用冶金建设施工的大好时机，经过92个日日夜夜的奋战，胜利完成了热风炉砌筑，8月1日如期点火烘炉。随着全长55.8m，直径3.2m，重量达98t的高炉下降管8月8日吊装到位，高炉进入全面设备安装调试阶段。

9月13日16时16分，高炉烘炉正式开始，这标志着高炉工程进入了倒计时的关键阶段。

一路拼搏不懈怠，一年苦干不寻常。

集团公司董事长、总经理张振勇对高炉的建设非常重视，遇到重要节点，他都要亲自到现场了解工程进度，给施工人员鼓劲加油。在上下班的路上看到高炉一天天地拔节生长，他的喜悦溢于言表。

党委书记郝志强对高炉情有独钟。冶炼专业毕业的他，在凌钢30年的工作经历使他见证了凌钢高炉从小到大的全过程。大高炉情结让他对$2300m^3$高炉充满期待。从高炉项目论证、设备订货、桩基、设备安装、调试，他都以自己深厚的专业特长给予指导。在高炉的建设工地上，经常能够看到他高大的身影出现在每一个重要节点上，10月13日，他同建设者们共同见证了$2300m^3$高炉的第一炉铁水激情流淌。

工程总指挥卢亚东驾驭协调着整个三期技改工程建设，他对高炉技改工程高度关注，经常深入现场了解工程进展情况，并对工程进度提出要求。他指出，高炉工程按既定目标竣工投产，对公司生产经营具有至关重要的意义，一定要按照9月30日主线投产的目标，倒排工期，确保如期投产。并两次亲赴陕鼓察看高炉配套风机的制作情况，领导的严格要求和身体力行，成为项目部和施工单位精进的动力。

技改部部长徐世通是三期技改工程建设的总调度长，只要一有时间他就要到高炉工地看一看，他知道建特大型高炉难度空前，这个高炉一定要建成精品。

技改部副部长武凤清是高炉项目部的副经理，同时又承担着其他项目的建设任务，但他在高炉上投入的精力是最多的。高炉建设期间，哪里有问题哪里就会出现他的身影，“有事找老武”几乎成了技改工地上大家的口头禅。任劳任怨的武凤清以接近身体极限的毅力坚持着，每次在工地上看到他，眼睛都是红红的，长期的睡眠不足以及体力的严重透支，让他看上去疲惫不堪。然而，一旦哪里有问题，他就会精神抖擞冲上第一线。

“作为项目部，要深度介入，超前准备，既履行好甲方管理、监督考核职能，又要承担好丙方服务、协调职能。全体参战人员，要勇于担当，全力以赴，竭尽所能，把高炉工程建设好，开好炉……”“白天的日程安排满，我们就在晚间继续工作。”全守军这样要求着技改项目部的成员并率先垂范。从今年 6 月 26 日，随着安装工作的逐渐深入，技改工程例会延续在晚间召开。副厂长马晓勇和副厂长刘伟，主抓老区生产、设备运行的同时，在高炉技改工地也忙个不停。每天从早晨 7 点到上午 11 点，他们始终在现场，先从老区巡视，再到技改工地查看节点进度。“找厂长签字要中午来”成了炼铁厂不成文的规律。7 月份，3 号高炉炉缸温度偏高，马晓勇一边盯在高炉运行状态监控现场，还不时地询问 5 号高炉技改的节点工程进展情况。9 月 18 日高炉上料系统试车，刘伟从早晨一直到晚间 10 点在现场指导调试，一天吃了三顿盒饭。

炼铁厂厂长助理刘冶由于长时间的现场巡视、指导，他的脸晒黑了，但他像上满弦的钟表，一刻也不松懈，把属于自己的时间都献给了技改。办公室、技改工地成为他的活动路线。在高炉设计期间，刘冶通过外出考察，对高炉主体设备的每一细节、环件进行研究落实，对图纸设计、现场设备配置进行改进，使高炉设计更加合理。在他的改进建议下，高炉投资降低了 800 余万元。在设备安装期间，看到大的设备进入安装现场有些困难，他在现场协调每天都坚持到晚上 9 点多钟。

倪树奇，高炉技改项目部人员，为了保证高炉项目的稳步推进，他跨越专业，边干边学，成为了集土建、机械、电器于一身的多面手。在技改现场为施工队伍提供良好的作业条件，缺什么他就协调什么，需要什么他就提供什么。为了保证催货、催图工作的顺利进行，他在外一催就是半个月，在这半个月里他在 3 个地点连续不停地来回奔波，吃住在车上，睡眠时间每天不足 5 个小时。当在回来的路上听说有一设备需要催货，他又中途转站前去催货。高炉电器设备调试期间，孩子生病无人照顾，是同样繁忙的妻子充满理解和爱意的建议解了围——把农村老家的母亲接过来帮助照顾年幼的孩子。他依然盯在现场昼夜不离，作为父亲的他多想回家陪陪孩子，可一想到技改工程的电器调试正紧张进行需要人手时，他留了下来。几天几夜的连轴转，说起话来声音嘶哑，当孩子稚嫩的话语在电话里问着“爸爸，你怎么了”时，坚强的他热泪纵横。看到设备如期试车成功时，他疲倦的脸上露出了笑容。

在整体目标的激励下，虽分工明晰，但为同一目标，凝心聚力，奋战在技改工程一线的全体人员交上一份份合格的答卷。

AV80 轴流风机是此次高炉设备采购中的“大件”，由西安陕鼓动力股份有限公司承担制造。为保证风机按期到货，设备材料部部长张艳涛亲自负责，带领主管技术人员李玉，多次往返凌源和陕西。遇到重要节点时，李玉积极与制作厂家沟通，保证供货及时。多年的催货监制设备经验告诉他：这来不得半点疏忽，尤其是为大高炉配套的风机。每次在查看进度的同时，更对细节锱铢必较。陕鼓负责风机制作的工人说：“李工真负责！别的厂家监制人员总是看上一眼，就待在离现场很近的招待所，可凌钢的李工一直在现场。凌钢人不一样！”

是啊，无论是在外地还是在凌钢本部，凌钢人创造着多少个不一样而让人折服！监理公司副经理张玉玺是高炉项目总监代表，43 岁的他带领着这支平均年龄 47 岁的团队，穿梭在高炉技改工地的每个位置，下到炉底，爬上炉顶，对每一处进行验质。在他们的双双慧眼下，不仅未发生任何质量事故，还保证了到货设备出现偏差后的及时补位。除尘设备属于总包工程，在现场监理巡视中，女监理工程师李作红发现配套的 42 套卸灰阀电机为 1.1kW，专业经验告诉她情况不对，马上找来技术协议进行核对，而技术协议标注为 2.2kW，整整相差了一倍。得知情况后，张玉玺马上与有关人员联系发出更换通知单。

这是偏大年龄段中却始终洋溢着一股干劲儿的团队。56 岁的监理工程师徐庆才，在现场跑前跑后地忙碌着，对施工质量严格控制，5 号高炉钢结构工程量 11000 多吨，每道工序的施工质量都达到了规范，符合设计工艺要求。钱颍军、肖木林，在监理验质的同时，更提出了多项合理化建议，通过优化设计，部分桩基变板式条形负荷基础，在满足使用功能的前提下，混凝土电缆沟改砖砌体，节省资金百余万元。

这干劲儿更来自这位领头人的影响、熏陶。张玉玺的电话不断，他身兼多职，三处工程的总监代表、两处工程的专业监理，再加上高炉砌筑专家组组长。就是事务如此繁重的他，在高炉筑炉 24 小时施工阶段，无论晚上几点钟，有问题他就到现场协商解决。在热风炉热风出口预燃室、高炉炉底、风口组合砖砌筑的关键节点，他都是半夜来到现场进行检质验收。在他的努力下，高炉工程耐材共计 23000 多吨，整体砌筑质量完全符合规范要求的同时，并保证了施工工期。

图纸变更是技改工程面临的常有现象，凌钢设计院的张海林盯在现场，根据施工实际情况破解各项问题，与中冶京诚随时进行沟通。运输部主任刘志勇践行着哪里需要就把路铺在哪里的承诺，动力厂厂长李建华第一时间组织协调为高炉送风工作，为高炉的顺利投产不懈地努力着。

正是凌钢人如一团激情燃烧的火，融入忘我的工作中；似一块坚实的砖，铸就着忠诚。用坚毅展示着百战不馁的精神风貌，用精干的身躯承载起爱岗敬业的厚重责任，让十九冶这个国家级的冶金建设单位竖起了大拇指，啧啧称赞。

作为国家级冶金建设单位，十九冶有着多年形成的职业理念。在原来的建设施工中，一般都是干一天休息一天。他们解释说，第一天的工程结束后，要经过甲方监理签字验质后再进行下一步的施工。今天在凌钢，却来了一个大逆转。白天的工程结束后，凌钢人夜里进行验质，第二天又具备了施工条件，凌钢人的工作速度促动着我们每天都在工作。在关键时期，无论是晚上几点钟，只要具备验质条件，凌钢人就冲在现场。不仅如此，在别处施工是我们自己创造条件。在凌钢，是他们为我们创造施工条件，只要我们施工，凌钢的人力、物力招之即来。热风炉系统所有阀门螺栓的紧固工作、送风装置安装，主铁沟、渣沟捣固及部分场地、平台清理等工作，本应是我们的工作，都是炼铁厂抽调了20余名老区职工来完成的。尤其是在单体试车阶段，炼铁厂参与人员日夜在现场，他们真正践行了既履行好甲方管理、监督考核职能，又要承担好丙方服务、协调职能的掷地有声的厚重承诺。是凌钢人不仅承担了甲方的责任，又创造了建设合作中的丙方，而且把合作演绎到了甲乙丙三方齐心协力、不分彼此的极致！

处理事务的方式不同与凌钢精神的淋漓展现，让这支响当当的川军惊叹和信服，身处偏僻之地的凌钢竟有着如此深厚的精神积淀。南北文化的碰撞、交融中，衍射出的必定是无坚不摧的力量。在高炉大型设备安装的关键节点，十九冶副总经理亲自督阵，使高炉建设的节奏稳步推进。这个具有多年实战经验的国家级冶金建设单位，第一次来到辽西，可谓收获颇丰，转变了一贯的工作作风，以与凌钢速度相媲美的风姿创造着属于自己的辉煌。他们由衷地感叹道：走过了天南海北，今天我们真正看到了什么是自强、诚信、求实、创新。凌钢从一个名不见经传的小钢厂发展为今天的大型钢铁联合企业，绝非偶然。

艰难脚下踩　炉高人为峰

没有倾情付出，哪里有这巍巍的高炉昂首俯瞰着辽西大地！是啊，在鳞次栉比的钢铁架构中间，那晶莹跃动的汗花，那日夜奋战的身影，正是凌钢人履职尽责、爱岗敬业的生动写照；正是凌钢人刚毅坚卓、沉着应战的雄起英姿；他们诠释、升华着凌钢精神，让人生价值展现在方圆之间，与高炉钢构相辅，与高炉炉体相融。

一台电脑随身携带，一个笔记本始终在兜中装着。有了这两样宝贝，5号高炉工段的段长刘海彬就可以随时随地办公。虽然面临着新高炉、新队伍、新课题这“三新”的巨大压力，但这个与高炉相伴了14年并一路成长起来的年轻人，在严峻的挑战面前头脑更加清醒，思路更加清晰，他让精益求精的内涵在驾驭大高炉的轨迹上熠熠生辉。

让新入厂职工快速成长，适应大高炉开炉生产更是他工作的重中之重。在外出学习期间，他邀请了吉林建龙专家吴钢桥对职工进行讲课培训，针对大高炉开炉具体操作、高炉开炉后都要进行哪些操作等细致的工作一一充电。大高炉的上料系统尤为重要，他又邀请了主控上料工程师就上料工艺流程及常见故障进行讲解。在职工上岗前学习培训期间，他做出教案亲自讲课培训，组织老职工与新职工结对子，对现场设备进行学习。在学习过程中，刘海彬要求每名职工搞懂三件事：设备运行功能、设备润滑维护、设备故障预判及防护措施。如今，一支素质过硬、精神焕发的队伍活跃在5号高炉上。

翻着边边角角已经有些磨损的检质标准手册，炼铁厂高炉砌筑检质人员、新入厂的职工张雷说，“这些标准，我们现在已烂熟于心了，它不但让我们工作有了抓手，更能在学习中有了切入点，戴炉长的一番付出有了回报。”戴田军，2300m^3 高炉的炉长，他主要负责高炉本体砌筑检质工作。如何使检质人员尤其是新职工在检质过程中手有依据，心有标准，有所提升？他制定了高炉检质规范和高炉砌体的检查方法，涵盖了高炉砌体的各个方面。施工方法、保证项目、基本项目、标准、检查数量及检验方法，各个条目横列清晰，内容详实明确。大到不同材质、型号的砖砌体，小到砖缝厚度、砖缝泥浆的饱满度；无论是对耐火砖干砌时对缝内必须以干耐火粉填满的特别说明，抑或是对埋设热电偶时砌砖注意事项的特别注解，每项每条都标注的一目了然。正是这些标准的良好执行，使以戴田军为首的12名耐材砌筑检质人员解决了百余项问题，为精品高炉工程写下重要的一笔。

不论是在哪一处前沿，他都让自己做一个合格的兵头，出色的班长。武兵，人如其名。16层冷却壁，每层180个旁通阀门，每个阀门焊点都要检查，武兵带领班组职工每天4次走上高50余米的高炉，过度的劳累让他打了两天的吊瓶。在最后打压验证时，17280个焊口仅有3个焊口漏点较为严重。不难计算，6000∶1的关系，可想而知，这是怎样的付出换来的如此精确？9月中旬，高炉冷却系统进入打水查漏阶段，武兵与施工人员一起对每处冷却管道进行查找，漏点喷射出的水将全身淋个透，当看到自己的爱将一连盯在查漏现场两天两夜、浑身湿漉漉、嘶哑的嗓子说不出一句话时，段长刘海彬眼里噙着泪水。厂长全守军在平台遇见汇报工作的武兵，看到他并不强壮的身躯，像个泥猴，却怎么也笑不出来。一时间难以抑制自己的激动，不由感叹：我们筑起的不仅是巍巍高炉，更造就了当之无愧的铁人！

3座热风炉的砌筑完成，一万多吨砖的砌筑量，按期投入进行烘炉，这里少不了冯爱军倾注的心血，哪里砌筑多少块砖，角度是多少，如今他仍能脱口而出。作为 $2300m^3$ 高炉的热风炉班长，从进入技改现场的第一天起，为保证3座热风炉砌筑平稳科学有序进行，身患腰椎间盘突出的他，天天盯在砌筑现场。为了减少病痛，他在检质时不能弯腰，只能直上直下，保持着蹲下或站起两种姿势。热风管道联络管空间狭窄，直径仅为1.8m、高度达到了17m，他每天都钻进管道，在搭接的梯子上爬上爬下进行检质。狭窄的空间，暑热的高温，一趟下来就已大汗淋漓，而这样的检质每天都要6次以上。在面对高炉部分人员外出培训，检质人员紧、任务重，他又独自一人负责了高炉冷却壁镶砖砌筑、热风炉砌筑两个区域，放弃了晚上回家的休息时间，一连20天日夜坚守在工地上，就是在妻子的电话打来说岳母患上疾病时，他都没有抽出一点时间前去探望，只能通过电话询问岳母的情况。

雷明和，他放弃了与从千里之外回来的哥哥团聚的机会。他常说的一句话是大家都在这样地干着，这没什么！就是这样一个质朴的汉子，一位普通的炼铁厂职工，为了确保蝶阀的安装质量，18个蝶阀每个他都要现场跟踪，使蝶阀安装无一失误，精准安装。打压是对除尘系统密封性检验的重要工作。在设备打压期间，他更是不离开半步。30℃左右的高温下，45岁的他爬上25.5m高的平台，体力透支的他，每走上一个台阶都要歇上一会儿，但他依然坚持针鼻儿大小的漏点也不放过。就因为这个，有时争执起来，双方都是脸红脖子粗，可是在问题处理后，他都主动与人家拉家常，让施工人员着实领教了凌钢人的真诚坦荡。原设计煤气系统除尘仓料位计是颗粒状物料矿仓上使用的料位计，这种料位计密封性不好，如使用后势必带来除尘灰、煤气的泄漏。看到这种情况后，双方共同研究，确认使用射频导纳料位计。施工单位项目经理主动与设备厂家联系进行更换。

技改战场是凌钢精神升华的原生地，也是青工成长、成才的沃土。作为在高炉上成长起来的年轻工长，贾世权冲锋在前。盛夏时节，频繁的降雨给砌筑带来了困难，雨水落入高炉砌筑现场，不但造成砖的损坏，还会对原有砌筑质量造成影响。每逢大雨来临，贾世权总是率先爬上炉顶，受料斗敞口足有 $5m^2$，雨布盖起来有一些麻烦，当他盖完时，单薄的衣服就淋透了。本来是施工单位的工作，在他的带动下，参与人员已没有你我之分，每个人都在雨中奋战着，全然不顾大雨的倾盆而下。更让人竖大拇指的是他下面这件事。5月28日，是贾世权爱人分娩的日子。而远在吉林建龙进行学习培训的他直到26日，仅提前2天才踏上回家的列车。面对襁褓中的女儿、躺在产房的妻子，他也只照顾了9天就重返外地继续培训。而使他来去匆匆的挂在心里的是一定要把“真经”带回来。在高炉技改中，像贾世权这样的青工还有很多，他们每个人都在默默地为凌钢发展贡献智慧和力量，让我们记住这一个个透溢着青春气息的名字：王洪卫、范志刚、马永刚、赵宏亮、刘文强……

情系大高炉 剑指高指标

登高须临远，举目向未来。设备工装的大型化、自动化，运行高指标的设计，意味着操作大高炉的课题需要不断地探索，凌钢人又站在新的起点上。面对巍巍高炉，凌钢人驾驭、掌控的慧思如泉喷涌，炼铁厂厂长全守军娓娓道来：5号高炉设计日产5190t，喷煤比为180kg/t，综合焦比为530kg/t，入炉焦比为350kg/t，风温为1200℃，富氧率3%以上。如何达到这些指标，使大高炉创出更高效益，为凌钢的科学发展贡献力量。凌钢人确是从以下方面开展工作：打造高素质的职工队伍，做好学习同行业先进厂家的操作经验和内部交流学相结合，尤其是针对大高炉的稳定掌控上，弥补认知上的差距，“走出去、请进来”，将别家的优点为己所用。形成健全完整的设备保障体系，积极借鉴1080m^3高炉设备系统的运行经验。锻炼出一流的管理团队，各级管理者，将进一步在高炉操作等关键环节上多下工夫，努力探索，寻求操作更优化、管理更科学的操作制度。

是的，凌钢人从来就有顽强拼搏的品格，更不缺乏迎接挑战的勇气和智慧。我们相信，凌钢人不仅能创造高炉建设史上的奇迹，更能铸就高指标、高效益的辉煌，以舍我其谁的气魄赢在未来。

矿槽迤逦，高炉巍峨，宣告着炉高人为峰的豪迈磅礴；热风呼啸，铁水奔流，澎湃着炉高人为峰的恢弘气势。

炉高人为峰，凌钢人又一次高举旗帜标定航向，在自我超越的演绎中拼搏进取，足音铮铮；炉高人为峰，凌钢人又一次百折不挠乘风破浪，在践行自强、诚信、求实、创新的伟大精神中，扬帆起航。

（第一作者现为凌钢第一炼铁厂政工干事）

巍巍钢铁丰碑

孙晓东

序

这是一片神奇的土地，世界上第一只鸟从这里振翅起飞；

这是一片神圣的土地，红山女神轻启的双眸将古老的中华文明史向前推进了500年；

这是一片富饶的土地，绵延逶迤的努鲁儿虎山下，蕴藏着丰富的资源，而尤以铁矿石分布广泛；

这是一片灵动的土地，九曲蜿蜒的大凌河水，时而舒缓，时而湍急，一路欢唱着，孕育了这里的淳朴和秀美。

这里是大凌河的发源地，也因此有了一个贴切而实在的名字——凌源。

就在这里，在红山脚下，女神的故乡，在凌水之滨，木兰山麓，46年前诞生了一个新生钢铁厂，经历了“十年动乱”、改革开放，走过了国企改革的阵痛彷徨，承受了金融危机的肆虐冲撞，成为地方经济不可或缺的钢铁脊梁，她的名字叫凌钢。

如今，走在“十二五”发展建设的征程上，凌钢人以对历史与现实的责任与担当，秉承“自强、诚信、求实、创新”企业精神，用决战决胜的勇气和信心，超越自己，在钢铁企业异常艰难的寒冬中，用引为自豪的凌钢速度，在辽西大地上矗立起一座巍巍的钢铁丰碑。

第一乐章　神圣的使命　历史的抉择

各种环境和条件都不是发展的最佳时期。凌钢刚刚完成投资52.9亿元的350万吨钢改造，还没有休养生息，又要一次性投资75亿元进行更大规模三期改造，相当于5年时间里投入128亿元，是凌钢原有固定资产的两倍，这对于搞实业的凌钢来说，难以承受；受当时国家从紧的货币政策限制，资金筹措可谓难上加难，一旦资金链断裂，一切将化为乌有；中国钢铁市场已经严重供大于求，改造的产品如何定位？

由于历史形成的原因，凌钢厂区已经没有了发展改造的空间，如何向外扩展？怎么布置？建设过程中还可能存在着其他不可预见的不利因素，一旦决策失误，后果将不堪设想。

可以说，这项工程风险重重，既有外部压力，又有内部压力。这是无异于在钢丝上起舞，在极限上接受挑战，这是一个看起来几乎不可能完成的任务。

然而，历史却给了凌钢人这样一个发展机遇。2011 年 5 月 13 日，一向高度关注凌钢发展的辽宁省主管工业副省长刘国强在朝阳召开办公会议，明确指示要马上启动凌钢三期技改工程建设。5 月 23 日，朝阳市政府在凌钢召开市长办公会议，市长王明玉指出，凌钢三期技术改造工程是省委、省政府站在辽宁整体工业布局的高度做出的决策，我们必须坚定不移地贯彻执行，不能简单地把它看成是凌钢发展的一个经济任务，它更是凌钢发展的一个政治任务。

凌钢三期技术改造如箭在弦。凌钢人从来不乏冒险精神，但也从不打无把握之仗，凌钢历史上的任何重大决策都是科学而严谨的，赢得先机靠的是智慧和勇气。以董事长张振勇为首的领导班子对三期技改工程进行了充分的论证：做大做强凌钢，是集团公司二次党代会确定的宏伟目标，是凌钢几代人翘首以盼、梦寐以求的夙愿，也是全公司广大职工孜孜以求、并为之努力奋斗的希望所在；凌钢虽然进行了 350 万吨钢改造，但就企业规模、产品结构等与大型钢铁企业相比，竞争力还远远不够。在市场竞争日趋白热化的今天，做大做强凌钢已经是生存发展的根本。有省市的大力支持和团结一心的凌钢干部职工队伍，凌钢一定能够抓住这难得的机遇，创造和迎来凌钢的大发展。必须坚定这样的信心和决心。

这是一个历史性的时刻，2011 年 5 月 28 日，凌钢全面启动了三期技术改造。全公司上下统一思想，明确目标，把这项工程作为做大做强凌钢难得的历史机遇，放在了高于一切、先于一切、大于一切的位置。由副总经理卢亚东任总指挥，成立了炼铁、炼钢、球团、大小棒、公辅、氧气、麦尔兹窑 7 个项目部，项目经理除球团项目外全是分厂、部室一把手，副经理都是有着丰富施工管理经验、专业过硬的技改部、监理公司领导和管理人员。

董事长、总经理张振勇在动员大会的讲话中说："实施三期技术改造是省市委、政府站在全局高度做出的重要决策，也是凌钢做大做强的必然选择。我们要把握历史机遇，下定决心，全力以赴，务求全胜。""三期技改工程是今明两年工作的重中之重，要举全公司之力，大力发扬凌钢精神，解放思想，打破常规，全员参战。""三期技改将是对凌钢职工战斗能力的大检阅，是凌钢精神风貌的大展示，企业文化的大弘扬。"

党委书记郝志强在动员会上号召全公司各级党群组织要紧密结合技改工程，深入开展"三大活动"，使之成为对各级党群组织凝聚力和创造力的一次检验，成为对"三大活动"开展效果的检验，成为对党员干部的考验。要做到企业发展的同时，干部受到锻炼、经受住考验。要求广大干部要正确使用权力，防腐拒变，允许工作失误，但绝不允许腐败。

凌钢三期技改工程在这一天，吹响了大战开始嘹亮的进军号角。

第二乐章　征地与资金　一难一险

凌钢三期技改需要搬迁工程部分共计征地2122亩，土地置换及搬迁涉及腾钢公司、武警营房等单位10个，还涉及3个村9个村民组以及1165户居民。对于三期技改工程来说，征地对工程的制约极大，新区置场和备件库房的建设是老区拆迁的前提，而只有完成老区备件库、钢材库以及冷带厂和腾钢的拆迁，主体工程的桩基工程才能展开。

回忆起那段日子，负责征地工作的凌钢三期技改工程副总指挥、技改部部长徐世通至今仍将其归结为三期技改中最难的事儿！尽管三期技改工程的施工建设过程波澜壮阔，现场每天都会出现需要协调的问题，施工单位与凌钢文化的碰撞随处可见，大自然还频繁地给施工制造着意想不到的麻烦。然而，这些都不能抵过征地这件事儿留在他心底的沉重，身体的劳累对于这位在凌钢技改文化中成长的“战士”来说，真的不算什么，他惬意于那每天技改工地的奔波，看着工程拔节生长，心里就会滋生美酒般的醇香与甘甜……

公辅项目经理张海明说起他与徐世通部长在征地过程中的遭遇，一家三口人，其中一个壮年人手拿铁锹，围住徐世通：“就是这个‘小个子’说了算！别让他走!”张海明赶紧上前解围“有什么事找我，我说了算!”并夺下了那人手中的铁锹。再到征地现场去，常常得有警察护驾。张振勇董事长曾说过“这次改造外部环境极其复杂，无论是征地的审批，还是拆迁的进行，凌钢都付出了极大的代价，难度之大超乎想象。”

也许从另一个侧面同样能够印证征地的艰难。凌钢三期技改工程被朝阳市列为“天”字号工程，成立了以常务副市长韩军、副市长武永存为正、副组长的凌钢三期技改工作领导小组，两位副市长因征地事宜多次凌钢现场办公，市长王明玉高度关注凌钢三期技改工程，先后11次来凌钢，而前几个月高密度的到来，无一不与征地有关。

然而，不管遇到什么样的困难，他们没有畏惧和退缩。两级市政府的支持和他们的坚持，让技改工程的征地工作得以有效推进。2011年8月份，新征地围墙内设施建设、公路与铁路桥建设相继铺开，为后续工程展开打下了坚实的基础。

凌钢三期改造需要75亿元资金，是凌钢有史以来最大的一笔单项投资，面临的资金压力前所未有。钱从哪里来？没有资金，一切只能是空中楼阁、无米之炊。虽有省市的支持，但归根结底要靠我们自己，不要有任何不切实际的想法。凌钢决策者对此早有思想准备，董事长、总经理张振勇，总会计师张玺才奔波在各个大大小小的金融机构之间，为筹集资金呕心沥血。他们留给技改人的话就是

"你们只管专心搞好技改，资金的事儿我们来做。"

是老天的眷顾，是凌钢那份美好的心愿感动了上苍。2011 年 6 月 19 日，中国证监会试点实施公司债"绿色通道"的消息在第一时间传到了凌钢，证券部立即将这一消息告知了董事长，公司领导果断决策：立即准备启动，争分夺秒工作，以最快的速度发行公司债。

证券法律事务部和财务部几个精通这方面业务的年轻人扛起了凌钢发行公司债券的重担，他们在计划管理部、人力资源部、能源环保部等相关部门的大力配合下，用半个月的时间完成了申报材料；6 月 7 日股东大会后，证券法律事务部部长、董事会秘书文广、股份公司总会计师何志国、证券代表王宝杰立即进北京将申报材料报到证监会；6 月 13 日证监会受理了凌钢股份有限公司发行企业债的申请，这是极为关键的一步，说明申报材料是成功的，接下来是对材料的补充，几位年轻人坚守北京，常常为了答复证监会的口头和书面意见，在荣大公司那间十几平米的屋子里一忙忙到下半夜两三点钟。有时半夜往家里打电话，询问相关事宜，证券部的李晓春则在家里负责与相关部门联系。文广是个急性子，那些日子里除了一起校核材料，他的身影就在证监会的大门口，一根接一根地抽烟，等待反馈意见。作为董秘，他太知道这件事对于公司有着怎样非凡的意义了，他更知道领导的焦虑，凌钢太需要这笔资金来解燃眉之急了。这是一个冲劲十足、极负担当的年轻人。夜以继日，马不停蹄超常规的工作，换来的是 7 月 6 日凌钢股份申请发行企业债上发审会。

集团公司董事长、总经理张振勇，总会计师张玺才分别赶赴北京，准备接受发审会的问询。在证监会门口站到傍晚 6 点钟，发审员出来告知，凌钢股份已直接通过发行审查。"成功了！"两位老总的脸上露出了久违的笑容，几位年轻人更加兴奋激动。2011 年 8 月 9 日，凌钢股份公司债在上交所成功发行，而且债券等级做到了 AA +，14.8 亿的资金进入凌钢股份账户。

短短的两个月时间里，为凌钢争取到了 15 亿元资金，成为三期技改"救命钱"。而凌钢债券发行后，国家很快调整了政策，所有公司债券发行一律叫停，凌钢又一次抓住了千载难逢的机遇，也是少数几个在这次试点中的受益者。如果在此过程中稍有停滞、出现一点纰漏，就有可能功亏一篑，凌钢涉"险"闯关成功。可以说，凌钢人抓住了这个稍纵即逝的机遇，信息提供及时，运筹决策果断，操作雷厉风行，1 小时都没有耽误。

从这个角度上说，这不是上天的垂青，也不是幸运的眷顾，这是凌钢决策者智慧与魄力的体现，是凌钢执行层业务能力和工作效率的彰显，是凌钢人自强、诚信、求实、创新精神的凝聚。

15 亿元的公司债又成为融资的种子，经过一系列智慧的角力，凌钢实际利用资金超过 20 亿元，资金问题迎刃而解。

第三乐章 凌钢速度再露锋芒 双桥飞架工程解套

当张振勇那略带沙哑的嗓音回响在会议中心那弥漫着新建筑气息、装修考究的第一会议室，“资金不是问题!”那是怎样的一种穿透力在激越和鼓舞着凌钢技改人的心扉和斗志，尽管沧桑是那么明显地在这么短的时间里写在他的双鬓，但人们分明感觉到了一个企业领导者在巨大的压力面前那颗更加强大的内心，他那有力的手势传递着一股执著的信念：必须打赢这一场技改攻坚战。只要所有参战人员树立高度的危机感、责任感和使命感，大力发扬“自强、诚信、求实、创新”的凌钢精神，树立完全依靠自己、即使没有外援也能把这场战役打胜的英雄气概，敢于担当，不辱使命，以决战决胜的信心和勇气，投入到这场宏伟雄壮、惊心动魄的技改战役中来，用我们的聪明才智和忘我拼搏，扎实做好各项工作，确保工程按期竣工投产。我们就将一步跨出险境，迎接凌钢的将是一片光明。

资金有了着落，长周期主体设备订货开始。招标会、设计审查、技术交流会一个接着一个；新办公区的会议中心，设计院、投标单位一拨接着一拨。前来参加招标、谈判、购销等商务活动的客户，进入这片庄重、大气、沉稳的建筑，无不认可凌钢的品质与实力，舒适的办公环境和设施成为凌钢诚信内核的外在的最好诠释，它给企业带来的效益不可估量。提前启动的新办公区建设发挥的作用还远不止这些，2011 年 7 月 15 日，承载着凌钢希望与未来的新办公区投入使用。7 月 31 日，象征着凌钢一个时代的荣耀与辉煌的老办公楼，完成了它的历史使命，在爆破声中轰然倒下。十几个月后，在它的原址上将矗立一座现代化的高炉。

事实证明，没有这项英明决策，没有这次关键性的预判，以 $2300m^3$ 高炉投产为标志性节点的三期技改工程的工期将至少拖后 3 个月。

征地工作接近尾声，技改施工已加紧进行了。1100 亩的新区置场内、成品、废钢置场、备件库房建设工作里紧锣密鼓，连接新老区的公路桥于 7 月 16 日破土动工，这是一条连接新老厂区的大动脉，对于三期技改工程的推进有着至关重要的影响。

迅速建成公路桥以及备件库房、成品钢材和废钢置场，才能保证老区的备件库、钢材库顺利搬家为主体工程的桩基施工腾出场地，这是制约整个施工的瓶颈环节。而桥梁建设在凌钢技改中还是一个全新的课题，尤其是这样大型的桥梁。决战决胜的凌钢技改精神在这里得到了充分的体现。从开槽打桩到建成使用，一座长 290m、宽 12m、载重量 150t 的新置场公路大桥仅仅用了 84 天就建成通车。建设单位感叹，也只有在凌钢才能让他们创造如此的建设速度。

铁路桥于 8 月 3 日开工，只用了 89 天的时间，一座 390m 长的复线铁路桥便交付使用，凌钢的机车开始欢快地在新区、老区间忙碌穿梭。

快速建成的公路与铁路桥，犹如两道绚丽的彩虹凌驾于凌河之上，组成一道亮丽的风景，那是凌钢速度造就的风景，在凌钢三期技改壮美的图画上崭露新姿。她解开了束缚在三期技改工程施工前期的一个套，让老区备件库和钢材库的搬迁成为可能，那一派车水马龙的景象，正是老区搬家的繁忙。

第四乐章　主体工程全面铺开　三期技改攻坚夺隘

场地和运输难题化解后，“十二五”技改工程加快了建设的速度，开始步入凌钢技改工程正常的施工管理轨道。中标凌钢三期技改桩基工程的山西地矿总公司、辽宁新恒基岩土工程公司的旋挖机开进了施工现场，承担工程建设的中国二冶、三冶、十九冶、二十冶、河北安装公司等一大批国家级冶金建设施工单位的施工机械和人员陆续进入凌钢。

9 月 9 日，原料厂新 600t 麦尔兹窑开始打桩；

10 月 10 日，2300m^3 高炉项目桩基开始施工；

11 月 4 日，200 万吨球团项目的链箅机回转窑开始桩基施工；

11 月 21 日，大棒工程开始打桩。

与此同时，各项目的建安工程随着桩基工程进程陆续跟进。

一时间，开工的礼炮一个比一个响亮，时令虽然已经进入了北方的冬季，但凌钢三期技改工地上却呈现出夏日热火朝天的景象。工地上的挖掘机隆隆作响、风镐的震天怒吼此起彼伏，运载泥浆、沙石料、混凝土的各式车辆往来穿梭，一台台搅拌站迎寒风而立。

11 月 26 日，一个红彤彤的庞然大物开进了炼钢工地，那是三冶调来的一台 400t 履带吊，凌钢的技改还是第一次使用这样的大型吊装设备，它高扬着吊臂，为凌钢的三期技改守候了 3 个月的时间，站立成凌钢三期技改开工中一道引人注目的风景线。

转眼到了 2012 年元旦，这本是一个举国同庆、合家团圆的日子，而凌钢却在这一天召集所有参与“十二五”技改工程建设的各个部门领导召开三期技改工程大例会。让参与技改的人员过了一个革命化、战斗化的新年。

集团公司董事长、总经理张振勇，党委书记郝志强，“十二五”工程总指挥、副总经理卢亚东分别对做好下一步工作提出了更高的要求。技改部总结前一阶段施工过程中存在的问题、指出了需要密切关注和迫切解决的关键环节。

张振勇结合当前形势和技改任务指示：一要控制投资，要保证装备水平，但决不能锦上添花；二要保证质量，要把工程质量放在第一位，在兼顾工程速度的同时，树立强烈的质量意识，把握好两者的关系，提高效率；三要克服骄傲自满的情绪，不要把以往的经验作为骄傲的资本，要充分考虑一切可能影响工程的因素，要在战术上高度重视，对细节问题要深入研究，不可轻敌；四要把握好三期技改这样一个绝佳的锻炼机会，锻炼更多的人才。

三期技改是一场史无前例的大技改，它包括铁系统建设2300m^{3}高炉一座；200万吨球团链箅机回转窑一座；炼钢系统建设120t转炉两座，一台五机五流的大方坯和一台八机八流的小方坯连铸机；轧材系统建设一条年产110万吨、规格从ϕ80~260mm的大棒和年产100万吨的小棒生产线各一条；辅助系统建设30000m^{3}制氧机一台、600t麦尔兹白灰窑一座和全新的动力、能源供给系统及配套的新建置场工程。

三期技改工程是一项高技术密集的综合性工程。虽然350万吨钢的建设经验可以悉数移植，但这个工程的建设规模、工期要求、施工难度、技术复杂程度、质量标准，以及投入的人力、物力、财力和特殊的施工领域，都是老厂区改造无法比拟的。其艰巨性和复杂性可以用5个“最”字来概括：

一是工程量最大。混凝土浇筑量超过60万立方米，钢结构制作安装量超过17万余吨，电气设备安装1.3万台（套）4.3万吨，铁路铺设50km。

二是工期最紧迫。从场平施工到全线投产，仅有16个月时间，与国际钢铁企业每百万吨产能一年建设期相比，仅为其二分之一，建设速度在国内外都排在前列。

三是技术工艺水平最先进。以“流程紧凑化、设备大型化、操作自动化、管理信息化、运行节能化”为目标，技术工艺装备定位在凌钢是最高的。

四是质量要求最高。产品为高附加值棒材，定位高端，要求施工建设必须精雕细刻，以精品工程来保证打造精品基地。

五是施工组织最复杂。施工高峰期，万余人的建设队伍，上千台（套）设备在同一区域内呈全立体、大交叉、多工种同时作业。机械调动、材料供应、构件运输等方面存在诸多不利因素，施工组织难度空前。

岁末年初，寒风凛冽，情绪饱满的凌钢人和施工者们仍奋战在技改工地的最前沿，很多施工队伍的春节都是在工地上度过的……

施工的黄金期，干旱少雨的辽西地区，竟然一场接着一场下起了大雨。

7月22日，大雨；8月1日，大到暴雨；9月27日，大雨……43场雨滋润了干旱的辽西大地，却让凌钢三期技改工程的工期变得更加紧张。“必须抢回由于雨天无法作业而延误的工期。”指挥部下达了坚决的命令。施工单位增加施工机械和人员的投入，在保证安全、质量，不能违背科学的前提下，抢工期、抢进度。

凌钢的技改人义无反顾地投身到这场规模浩大的技改大战役中，用他们智慧与汗水与施工单位一道，攻克一道道难关，书写着三期技改工程恢弘的历史篇章。

第五乐章　技改精英谱　凛凛凌钢魂

他是凌钢技改工程施工现场的灵魂和旗帜。他的脚印重重叠叠在三期技改工程的每一寸土地，他的足迹伴高炉巍峨、炼钢厚重，随轧线延展、通廊逶迤。从工程的第一根桩基一直到一个个工程建成投产，过程中的太多的细节都饱含着他的心血和智慧。他就是凌钢三期技改工程的总指挥、集团公司副总经理卢亚东。

作为三期技改工程的领军人物，对技改全局的把控是工程顺利推进的根本所在，他把全部的身心投注到了技改工程。从设计图纸、设备订货、到施工组织和施工进度，哪里是重点、难点，哪里急，哪能缓，都能够做到心中有数。除了到设备制造厂家考察和亲赴设计院催促设计的几天外，他的身影就没有离开过技改工地，从老区到新区，他每天都要根据掌握的情况转上一圈，工程进入关键阶段时，每天开完17点的碰头会，吃完盒饭，他还要去现场，看一看安排的工作有没有干，进展如何。在工程后期，夜晚在现场的时间也延至下半夜两点。这种超出常人的精力和耐力，让人叹为观止。

我曾尝试过和他一起走技改工地，从早晨8点钟开始，直至晚上9点半，比他小10岁的我几乎有些吃不消。我问卢总："一天天的这样走，您不累吗?""累？我不说，你知道吗?"黑暗中卢总和我开了这个让我回味的玩笑。

我问自己，是什么在支撑着他在近500个日夜里如此的不知疲倦？回答只能是这样，那就是对凌钢做大做强的渴望，一个凌钢人对这项伟大事业的担当，在他的身上流淌的是凌钢人的血液，对凌钢他有着火一样炽热的爱与忠诚。

技改部部长徐世通说："卢总，你不是在拼命，而是在玩命，你把我都拖垮了!"

经历过350万吨钢的技改工程，使徐世通对完成三期技改充满信心。他对技改部的同志们讲："工程越艰难，我们越要往前冲，我们是战士，施工就是战场，我们没有理由退缩，退缩就要吃败仗!"他把自己的思想传达给部下，同时身体力行，做好表率。

然而，这毕竟不是350万吨钢工程可以比拟的，众多的来自不同地域的施工队伍，不同文化理念在大技改的战场上交织碰撞，相互摩擦，需要怎样的磨合才能融为一体，浩大的工程量，紧张的工期，受限的施工空间和区域，这一切都给施工和施工组织带来了极大的意想不到的困难。是的，他们没有退缩，而也因此付出了艰辛。

技改部副部长武凤清是高炉、球团两个项目的副经理，在技改部内部的管理分工上，他还负责公辅项目。承担两项工程的施工单位分别是第一次来凌钢的中国二冶和十九冶。为此，在施工组织上他需要操心的事儿也就越多。他曾几次因为过度的疲劳晕倒在工地上，部长徐世通便派小陈超群现场跟着他。一次赶上卢总和公辅项目经理张海明来到高炉工地，卢总说着说着不见了身边的武凤清，低头一看他又晕坐在地上。卢总心疼爱将，勒令他每天23点必须休息。

三期技改是技改人实现人生价值、彰显能力的舞台。在不尽的辛苦与劳累中，武凤清仍感到自己是受益者。那是翻车机室的沉井。翻车机图纸来得较晚，原来武凤清没把这当回事，等到图纸到了，一看，所有人都傻眼了，这家伙怎么这么大，如何施工且能保证工期成了施工单位和凌钢技改人心中的一道难解的命题。“沉井!”经过一番深思熟虑的武凤清在提出这个方案时，让在场的卢总、徐部和施工单位河北安装公司的副总经理范曙光等一愣：“行吗?”“理论上是可行的，但也确实没有这么大的矩形混凝土结构沉井先例!”武凤清把自己的想法和方案提了出来。

技改工程总指挥卢亚东经过四五天的推敲，才最终确定采用武凤清提出的方案。

一个平面尺寸为31.9m×11.4m、质量达4417.55t的翻车机室分四节制作完成后于2012年6月6日开始下沉，到30日完成素混凝土封底，完美收官，下沉误差不超过2cm。比较大开挖建设方式工期提前了3个月，节省投资达1200万元。开创了国内最大矩形混凝土结构沉井的先河。武凤清感叹这是自己最大的收获，他16年的土建设计没有白学！三期技改成就了他专业的巅峰之作。

凌钢不乏这样的专业人才，他们在各自的领域在技改工程中发挥着无法替代的作用。张海明，公辅项目经理、计量信息部部长。公辅项目从前到后贯穿整个工程的始终，是工程建设与投产的保障，而只要出现电力方面的难题，卢总就会让张海明出马。高炉风机几次无法启动，西门子公司前来调试的专家一筹莫展，张海明来到现场，了解情况后，提出了他专业性极强的建议，一开始专家还不以为然，用他们的方法再一次启动失败，采用张海明的建议后，风机顺利启动。卢总自豪地说，我们凌钢有人才。

李文峰是公辅项目的总监，包括公辅在内所有工程的电力供应系统是他的专业，还包括与电业局方面的联系。80000m电缆的敷设从制定方案到施工组织，17台变压器的安装与投运，现场电路故障的处理，这些事儿都是他在管。整个三期技改工程所有的电都及时送到，离不开他的辛勤努力。他的一句话几乎从工程开始直到现在还回响在我的心头，那是西区置场建设时，一个钉子户阻碍施工，为使施工顺利进行，李文峰从自己的兜里掏出200元钱给了那个人，工程得以继续。那天他对项目经理张海明说：“三期技改如果不能如期完工，我们都将是凌钢的罪人!”他们不做凌钢的罪人，他们的意志品质在繁忙而紧张、火热而艰难的三期大技改中得到了验证!

冯国柱是大小棒材的项目副经理，“盯得住”是他的别称。在大小棒材的施工现场，无论是白天还是黑夜，都能看见他的身影。施工紧要关头，他的嗓子再度沙哑，几乎不能出声，他的双腿几乎在拖着走。而正是这样的不辞辛劳，才换来了大小棒工程的提前竣工。

小王博 30 岁了，长了一张娃娃脸，高高的个子，人还有几分腼腆。公辅工程的施工现场上，王博是一道流动的标志，从原料到新区，哪里有公辅的项目施工，哪里就有他的身影。副部长武凤清说，王博长大了，他已经能够在工作中融入自己的思想，这是成长的标志。而这份成长是无数辛勤劳动的累积。一次，王博的电话总占线，武凤清要过他的手机一看，那天王博打进打出的电话有 700 个。施工过程中，王博家里两次有事儿，他不能不回去，他找武凤清请假，不说啥事儿，先说“明天我就回来!”当得知是他家里有老人去世时，武凤清说：“给你两天假。”就是这样，第二天王博还是出现在技改工地上。

说点轻松的，说说小王泽。其实小王泽并不轻松，从 200 万吨球团工程的桩基开始，作为技改部土建专业施工员他就开始进入现场，一直到设备调试了，土建工程收尾，武凤清发现他很能把现场的事抓起来，便把他调出来清理现场和修路。一天，武凤清让他调勾机将高炉旁的一堆垃圾清走，王泽说没有勾机，武凤清让他自己想办法。小王泽来到炼钢工地，调一台勾机就要走，不巧被曲顺利发现，阻止了他，等曲顺利忙别的事儿去了，小王泽叫过勾机司机就走，气得曲顺利说“王泽，我非扣你奖金。”垃圾清理得很快，武凤清见了说：“不错，你哪找的勾机?”“我把曲科长得罪了，他要扣我奖金呢。”

王泽还“得罪”了一个人，那就是郝玉清。负责能源介质管线施工与协调的郝玉清，到处挖沟，而且施工大多数在夜间，这也是公辅工程在主体工程现场施工的最大特点。一次地下排水管线施工，把刚铺好道路给破坏了，脾气火爆的小王泽大发雷霆。事后，他又觉得欠妥，找郝玉清道歉：“郝哥，对不起!”“啥事儿?”郝玉清一脸茫然。“昨天我不好！……”“去去，该忙啥忙啥去。”郝玉清的脑子里全是能源介质的管线，哪有地方装这些事儿。为了这些管线，郝玉清体重降了 20 多斤，有时和他说话，反应都有些迟钝。

项目管理咨询公司经理张俊武感觉到了从未有过的压力，这么大的工程不可有一点的疏忽大意，工程质量是整个工程成败的关键所在。各项目各专业都有专人负责，而且还成立了专家联合检查组，对各个工程进行联检。工程监理们各个不辞辛劳。

62 岁的土建监理工程师焦化清，恐怕是技改工地上最年长的了，退休返聘的他负责制氧和污水深度处理工程的土建监理。污水处理的十来个水池在糊玻璃钢作业时，他带头钻下去，刺鼻的气味呛得人喘不上气来，可他硬是一个点都不放过。他的这份坚守，换来了污水深度处理工程所有水池无渗漏的绝佳工程质量。作为已经退休了仍能奋战在建设一线的凌钢人，老焦深感无比的欣慰和自豪！

纪伟是公辅项目总监代表，钢结构专业专家组组长。公辅项目涉及大量的施工单位，他担起现场协调指挥之责，繁重的工作量让他每天下来都疲惫不堪，可每天当太阳升起，他又生龙活虎地出现在工地上。一天傍晚5点40分左右，从新区置场回来走到指挥部（原文体活动中心）门前时，一辆自行车把他刮倒在地，他晕了过去。人们把他送到医院，小臂骨折。躺在病床上，他的电话不断，指挥着现场哪里该做什么，做到什么程度、怎么做。第四天，他不顾医生的劝阻，挎着缠着绷带的胳膊，出现在施工现场……

付国银，大小棒项目部总监代表，土建专业专家组组长。大小棒平台上有两万余条螺栓，那是设备的基础，不能出现尺寸偏差。他蹲在平台上，一蹲就是半天。愣是蹲出了脉管炎，不得不住院治疗。

设备材料部在三期技改工程启动后，及时将采购人员进行了内部调整，以保证设备采购订货。设备科吴云祥、金权、张国杰、李玉、廉建林每个人都承担着超过平时几倍的工作量。他们忘我工作，奔波在设备制造厂家之间，与项目部派出的监制人员一起保证了13000台（套）设备、26000t耐材以及其他材料的及时到场，为施工的顺利进行提供了设备和材料保障。在后期设备安装过程中，部长张艳涛每天都要两次到现场查看安装进度情况，及时掌握什么设备需要马上到场。

任何一项工程都是从图纸开始，最后又归结到图纸结束，其中的建设过程也都是在各种图纸的交替更迭中完成的，可以说，图纸是技改工程的前提和基础。当一项工程以图纸的方式跃然于人们的眼前，这是设计单位智慧的结晶，让图纸变成雄伟的钢筋铁骨的建筑，才是设计所追求的目标。设计公司在完成三期技改初步规划联系设计单位后，把设计管理细化到人，参与所管项目的技术考察与工艺研究、设备招标与订货、资料核实与转发、图纸发放进度落实与督促、协调现场问题反馈与设计研究落实等。矿山、球团、炼铁由张海林负责管理；炼钢、轧钢由陈志芹负责管理；制氧、污水处理由米贺来负责管理；白灰、三总变由潘永浩负责管理；公辅、原料由王占元负责管理；总图由王占元和刘晓杰负责协调管理。

在全力配合设计单位的同时，设计公司还要担负起现场设计优化、辅助设施的设计责任。在人员少、任务重的情况下，完成了污水处理厂扩建工程的土建，外部水、电、气及采暖等专业设计，文体活动中心加固改造为集中管控中心、原宾馆改造为炼铁办公楼及浴池等多项利旧设计任务，为三期技改做出了贡献。

造价中心完成三期技改工程招标500余项，而且集中在2011年7月到2012年3月之间，最多时一天就有5个招标会，主任刘金华与招标办主管封海洲分赴各个招标会场，主持招标会。面对如此大规模的技改工程，造价中心工程预算人员严重不足，领导曾有过委托外面的造价机构做预算的提议。但造价中心主任刘金华与副主任李德福怎么商量都觉得不放心，还是得自己做，十几名各专业的预算人员也都有决心完成任务，大不了就是累点呗！技改工程开始，他们也就开始了每天工作到晚上 9 点的历程。毕维义是造价中心的一名预算员，骑电动车摔伤了手臂，可他一天都没休息，已经是“一个萝卜顶几个坑”了。在他们的努力下，工程预算的审核工作基本跟上了施工节奏，保证了施工的向前推进。

供销公司保证了大量的外购材及时供应，保卫部为了现场的交通和保卫倾尽所能，只要是技改工程上的事儿，他们都全力以赴，不讲条件，只有一个字：“中”（北方话行的意思）。

捕捉凌钢干部职工在三期技改工程中壮怀激烈的无数瞬间，感动常在眼前。张振勇董事长在今年 7 月 13 日的技改工程推进会上，激动地说：最可贵的是，我们有一支特别敬业、能打硬仗的职工队伍、干部队伍和水平很高的骨干力量，我感到十分骄傲。

副总经理卢亚东说，三期技改工程不能是哪个人哪个部门就能完成的。他是凌钢人万众一心的结果，是凌钢文化的伟大胜利。凌钢有一大批具有强大执行力的中层骨干力量，一声令下，就有万马奔腾之势，不可阻挡。

炼钢项目、炼铁项目、大小棒项目、麦窑项目、制氧项目的项目经理都是各单位的一把手，他们集中了本单位的骨干力量投身到技改工程的各个环节，成为技改工程强有力的保障。工程的关键阶段，他们亲自出马，奔赴在第一线，坐镇指挥，调动一切可以调动的力量，一切都是为了工程的进度和质量，他们与一线的将士们一起摸爬滚打，成为将士们的主心骨和航向标。他们是股份公司副总经理闫清军、炼铁厂厂长全守军、一轧厂厂长王运琪、原料厂厂长席英信、氧气厂厂长杨明利。球团项目经理王冰岩是三期技改 7 个项目经理中唯一的一位副厂长。

公辅项目的两位副经理也是一把手，分别是动力厂厂长李建华和运输部主任刘志勇。现场中，时常可见王洪泉、李风筑、彭洪志的身影，他们是动力厂的三位副厂长；铁路上，奔波着王占杰的身影，他是运输部主抓生产的副主任。公辅工程后期施工难度增大，他们亲自上阵，理顺各个环节，为三期技改工程的血液最终畅通无阻而不舍昼夜。

太多的凌钢人把他们的心血与汗水洒在了三期技改工程上，才有了三期技改工程的巍峨与壮丽。技改工程中常见的我无法忘却的身影还有技改部副部长姜魁祥、设备施工员冯铁辉和纪颖超；炼钢项目副经理仝景文和曲顺利；炼钢厂副厂长吴旭峰、项目科长贾文军、冶炼点检作业区副作业长付德禄；炼铁厂副厂长马晓勇、刘伟、厂长助理刘冶、段长刘海滨；一轧厂副厂长张海鹏、技术科长刘利明、自动化科长史富春、设备科科长李宏男，还有马志强；奋战在球团项目中的炼铁厂副厂长朱兴益、烧结点检作业区作业长魏巍、电器点检员丛滋义；麦窑施工现场的曹凤友、韩忠义；制氧工地上的宫立宏、张卫东、王小亮……还有太多我不认识或不知姓名的凌钢人投入到三期技改工程的各个战场。才成就了三期技改的如此辉煌！

第六乐章　金秋时节硕果累累　辉煌十月丰碑巍巍

正是金秋时节，凌钢三期技改工程进入收获的时节：

——8 月 31 日，投资 3.6 亿元的 100 万吨小棒材机组全线热负荷试车成功；

——9 月 18 日，3 号 120t 转炉炼出第一炉钢水，八机八流方坯连铸机一次性成功拉出八流小方坯；

——9 月 25 日，投资 6800 万元，具有国际先进水平的 600t 麦尔兹白灰窑竣工投产；

——9 月 26 日，五机五流大方坯热试成功；

——10 月 1 日，110 万大棒生产线热试成功；

——10 月 5 日，投资 3.8 亿元的 200 万吨链箅机回转窑及其配套设施投产；炼钢 2 号 120t 转炉投产；

——10 月 13 日，投资 8.3 亿元 2300m^3 高炉顺利开炉出铁；

——10 月 14 日，公司举行隆重庆祝仪式，庆祝 2300m^3 高炉竣工投产。

至此，凌钢三期技改工程主体项目全线竣工，标志着凌钢已具备 600 万吨钢产能，真正跻身中国大型钢铁企业的行列。经过 17 个月的艰辛努力，凌钢人又一次不负众望，凌钢人又一次创造了奇迹，凌钢人又一次给世人送上了一份惊喜，在辽西大地上矗立起一座巍巍的钢铁丰碑。

丰碑耸立下，是一个不断发展壮大、不断开拓进取的现代化钢城。短短的 5 年时间，她的产钢能力达到 600 万吨，是 2007 年的 2.7 倍；资产总额达到 200 亿元，是 2007 年的 3 倍；营业收入 260 亿元，是 2007 年的 3.3 倍。她的装备水平进一步提升、品牌优势进一步增强、成本优势进一步显现、创效能力进一步增强、职工队伍素质进一步提高。

金风送爽，玉露衔凉。金秋十月，我们收获了希望。

今天的凌钢，又站在了一个崭新的历史起点上，让我们万众一心，开动这艘承载着凌钢人梦想与希望的钢铁巨舰，按照党的“十八”大确定的方向，乘风破浪，扬帆起航！

（作者为凌钢党委宣传部主管）

球跃彤窑驭长风

王洪波　李亚明

走近链箅机回转窑，让人耳目一新的不仅是来自新上马设备所呈现的面貌，还有凌钢人那敢于挑战、勇于突破的新姿；走近链箅机回转窑，让人心潮澎湃的不仅是新工艺首次落户凌钢的激动，还有凌钢人那忠诚执着、奉献无悔的情怀。

那隆隆运转的设备、跃动的小小球团就是最好的佐证；那在这场全新检验凝聚力、战斗力、创造力的战役中，吹响的冲锋集结的嘹亮号角就是最好的佐证；那从陌生到熟谙，从门外汉到专业通，从不断完善自己到超越自己的完美蜕变就是最好的佐证；那用执著信念、艰苦付出、拼搏进取写下凌钢史册上新型工艺装备优质化的又一个“异域第一”就是最好的佐证。让我们走近他们，聆听他们，让思绪随目光回望，落在那难忘的时刻，激动的瞬间……

出征——他们重任担双肩，心中有责任，风雨兼程他们恪尽职守，兢兢业业，举起拳头承诺，迈开步伐践诺，在攻关夺隘中诠释忠诚凌钢、爱岗敬业的浓烈情怀。

链箅机回转窑工程，是集团公司600万吨钢技改工程的主要项目之一。工程本着“先进、合理、经济、实用和效益第一，积极采用先进工艺和技术，突出节能降耗”的原则进行设计和建设。工程采用国内先进成熟工艺、装备水平、生产指标和能耗等方面达到国内同类型厂的先进水平。

迅捷行动，主动出击。在集团公司2011年5月28日召开“十二五”技改工程动员大会后，链箅机回转窑项目部立即组成了考察小组，分别到邯郸、弓长岭进行了外出学习，使链箅机回转窑生产工艺的布置流程、主体设备的供货周期及主流配置在第一时间确定了下来，并确定出精矿储运形式和成品输出流程，编制了工程初步网络规划。他山之石，可以攻玉。在外出考察过程中，他们不断总结国内链箅机回转窑工艺的运行经验，对试产、投产、达产达效过程中需避免的问题做到了明晰化。项目部召开专业会议，与中冶京诚设计院交流，首先从工程设计方面入手，堵塞各种漏洞。

图纸决定着所有工序的进程。为了能够使图纸设计更好地为工程服务，项目部对图纸设计、初期的图纸审核工作落实了责任人，详细制定各阶段标准63条。为了缩短设计周期，抽调出专人与设计单位沟通设计的相关问题，推动、协助设计院加快设计，减少失误，为后续施工争时间抢进度。

建设经济，优化投资。合理确定采用的工艺技术和设备，使有限的资金花在刀刃上是链箅机回转窑项目部优化投资的原则。他们通过缜密的技术工作和严密的工程管理剔除了一切不必要的投资和支出。经过论证，缓建了高压辊磨与成品检验系统，节约建设资金1000多万元。环冷机上原密封设计为密封介质河沙，经过现场确认改为水封；在上料系统增设杂物筛，保护强力混合机等精密设备；皂土下料方式由迷宫环改为皮带与星形卸灰阀组合形式，节约建设资金70余万元。在上料小车上建议设置了自动寻仓，提高上料系统的自动化程度，提高料位精准度的同时，降低了投资。

率先垂范，决战征程。在链箅机回转窑项目部召开的第一次会议上，项目经理王冰岩向与会人员发出了号召，他要求参战人员开动脑筋，履职尽责，全力推进工程，在保证优质的基础上，确保各节点如期推进。这位参加并组织了多个技改项目的副厂长，今天感到肩上的担子比往日重了许多。200万吨链箅机回转窑项目在凌钢历史上是首次，武汉200万吨项目、鄂州500万吨项目、鞍钢弓长岭240万吨项目、邯郸200万吨项目在投产、达产达效中都事故频发，过程异常艰辛。挑战越多，斗志越高。每天早晨不到7点，他已经在工地上巡视，晚上召开完工程例会回到家里已是11点了。

在每天晚间8点召开的工程例会上，工程计划及落实情况，他都逐条进行落实，听取汇报。这其中更体现了与以往不同的管理创新。为使工程稳步推进，王冰岩要求与会人员在明确每天工程量的基础上，掌握施工的每一时刻信息。哪些工程已经在这一天里完成，还有哪些工程没做完，没做完要找出原因，差在哪儿？土建、金属结构、机建安装、管道、除尘器等负责建设厂家，每一家都要在会上汇报。汇报后，由项目部、监理公司、炼铁厂参与人员共同二次确认。最后是对一天工程进展进行总结，对第二天的工作进行部署。正是这管理缜密的施工信息一掌握、施工状况一分析、工程进度一确认、工程进展一总结的“四个一”，使工程例会真正成为贯穿链箅机回转窑工程建设中的指导性会议。

他是主抓烧结生产的副厂长，在技改工地也有他忙碌的身影。在原设计图纸中，返回料不进强混机直接进入造球盘。朱兴益组织人员到兄弟单位考察后，根据现场勘查，与设计单位一道设计，在施工单位的建设下增设一条皮带，使返回料进入强混机后，再进入造球工序，从而增加了物料的致密度，提高了成球率。受料斗后挡墙移位是朱兴益的又一睿智创新举措，原设计方法受料斗受物料冲击比较大，直接导致铁板上镶嵌耐材的构造容易损坏、寿命短，也影响设备作业率和运行质量。朱兴益建议采取增加水梁，把后挡墙挂在冷却水梁上，实施冷却降温。同时，对后挡墙后移200mm，使物料冲击力得以缓冲，减少了冲刷。

在以往涉及造球工艺的技改项目投产中，造球工序的长时间调试成为制约环节，在摸索中前进往往使整条生产工艺要付出运行效率低下、短期内生产不畅的代价。对制约瓶颈进行有效破解，为链箅机回转窑顺利投产提供良好的前提。9

月13日亮相的“离线造球”彰显了项目部合力攻关的集体智慧。即以配料工序为起点，造球工序为终点，进行造球、破碎加工、再造球的循环运行。在运行中，对配料比例、生球质量指标、造球系统运转参数进行预先调整、尝试，实现了造球系统的提前顺畅。杜绝了主要工序在磨合期对整条生产链条的影响，为链算机顺利生产奠定了基础。

9月14日，当烘炉那彤红的炉火熊熊燃烧映照回转窑时，预示链算机回转窑工程迈过了重要的建设节点，并进入了最后冲刺阶段。为了能够达到更好的烘炉效果，项目部召开了多次会议，共同研讨，集聚了多人的想法和建议。最后确定了以追求恒温区间的稳定为主导，使升温速率平稳的烘炉指导原则，避免了温度上升过程中的不断变化。

以智慧攻关新课题，冲刺新挑战。从项目部的领导到参与人员，每个人都以自己活跃的思维创造着不同，正是这一个个蓬勃的慧思铸就着那跳跃的球团，在我们的眼前活力飞扬。

奋战——信心在心底滋长，力量在心中集结，壮志充满胸膛。迎着猎猎的技改旌旗，他们伴着工程茁壮成长。

在链算机回转窑项目部会议室的墙上，悬挂着一张张施工网络图，一个个节点上详实的记录，把我们的思绪引向那一个个奋战的日子，循着清晰的工程进度图，倾听这一段段日子里的高歌，冲锋的声声号角。

他是链算机回转窑的守护者，32岁的他从链算机回转窑前期筹备时就投身一线，一直到正式投产。焦永强，炼铁厂烧结点检作业区点检员。2011年11月，链算机回转窑技改项目破土动工，开始打桩。焦永强接受了链算机回转窑桩基的检质任务，每天在打桩工地验收质量。同时，还担负着与设计单位沟通设计相关问题的任务。炎炎烈日下，他总是骑着自行车在工地和凌钢设计院两处跑。为了能真正了解链算机回转窑的设备性能，焦永强对图纸、设备说明书不断研究，提高自己的业务水平。在制定验收标准时，他又找来专业书籍，边学边干，百余条验收标准融入了这个年轻人的辛勤汗水。也正是他的理论与实际的良好结合，让他在设备安装检质中提出了多项建议：回转窑窑头罩检修门安装在一侧，使投产后设备检修方便；灰箱法兰按图纸施工较小，通过加设补强筋达到了工艺要求。

环冷机立柱安装时，因施工原因没法测控已完工的立柱所在位置角度，施工人员着急一时无法解决。焦永强在现场转了一圈后，提出了测控方案。“距离是固定值，放大原有设计角度，就可以计算偏离距离，通过偏离距离来判断放大后角度与设计角度的差值，就可以验证……”在他的讲解中，施工人员茅塞顿开，解决了难题。

他，虽然已经50多岁，但当领导把任务分配给他时，他毫不含糊地接受了。任自廷，在回转窑的制作厂家洛阳中信重工监制催货50余天。古都洛阳，美景如画。可在这待了50多天的他却无暇看一处风景。每天都是两点一线，住处和制作厂家两头跑。由于技改工程项目的投产日期提前，回转窑的设备都要往前赶。可设备厂家制作的工期排得满满当当，怎么办？只有加强交货日期的督促，与厂家沟通。回转窑窑体、滚圈、齿圈、小齿轮，每一个设备完工后，任自廷都要进行尺寸测量，发现问题及时与厂方沟通。当得知回转窑筒体过大，运输问题难以解决时，他向厂家提出了解体发货的想法，解了厂家燃眉之急。看到这位50多岁的凌钢人为了企业如此尽心尽力，厂家制作方感动了，一有空当时间就“见缝插针”赶制凌钢的设备，硬是让凌钢设备在制作期限内完成，如期发货。

从领下新任务的那一刻开始，他就深度介入，投身技改，全过程监控。在审核电器图纸时，他发现天车电缆及开关箱没有设计，及时通知设计院进行补充设计。在对到货电器元件质量验收时，发现天车电缆桥架厚度不够，他进行汇报予以更换。一双眼，两条腿，他用到了极致。

如果一名名工程技术人员是这奋战大潮中的闪烁之星，那么有一支团队同样在这场艰苦卓绝的战役中集聚、焕发出熠熠闪耀的星光。

方宏，在他的工作表上，没有节假日。自参与工程以来，早来晚走，就是一年中3个最重要的传统节日，春节、端午节、中秋节，他也没有休息，仍在技改工地上忙碌。“十一”长假，当别人沉浸在旅游的惬意中，他已在工地现场转了一上午，回到办公室已是中午12点多钟。作为环保组组长，他把建设一个绿色环保的新项目，为职工提供一个环境清洁、和谐舒心的工作场所作为自己的追求，每台除尘器从图纸设计到设备选型，从开工建设到设备安装，他都要对每一处细节仔细考察，反复斟酌，优中选优。链箅机回转窑工艺虽是封闭式运转流程，但烟尘产生仍居高不下。如何匹配好每一处除尘器并让它高效率的集尘、净化？方宏把它作为课题与组内成员共同研究，有时为了一个细节，他把人拉到现场进行论证，一论证就是小半天。“方工，不仅是我们爱岗敬业的榜样，更让我们从他的身上深深领悟了凌钢文化精益求精的内涵，对于我们这些展翅待振的小雁来说，有这样的头雁引领高飞，我们真幸福！”环保组青工赵磐如是说。

在项目进入耐材砌筑阶段后，他们深度介入，24小时跟踪，在检质的岗位上以一丝不苟的苛求态度履行着自己的职责。耐火砖锚固钉的焊接是否牢固，对回转窑的运行至关重要。在检质时，他们为确保U字形满焊，先用小铁锤将锚固钉焊接处焊皮敲下来，以便对内部焊肉的饱满度进行检查，近两万个焊点每一个焊点都要检查。他们中间大部分都是新入厂的学生，就是他们拿着锤子，进行固定的同一动作，每天面对着枯燥的工作，却干出了不平凡的业绩。在检质过程中检查出了三块砖有4个焊点不符合要求，进行了重新焊接，使重大隐患引发事故的可能性降为零。

9月6日下午4时，链箅机与回转窑之间的大溜槽砌筑耐火砖时，班长魏公正带领班组人员检质发现，砖缝过大，而此时在不符合砖层上已压上一层砖。质量第一，今天的疏忽就是让明天的损失买单。魏公正与施工人员沟通后，毫不犹豫地实施了返工。据介绍，在耐材砌筑期间，这样的事例每天都有发生。链箅机、回转窑、环冷机，共计2000余吨的砌筑材料，都是经过这支团队的检质后，保证了质量，镶嵌在隆隆转动的设备上。

从技改部、监理公司，到炼铁厂、施工单位，每一名工程建设者都有可书写的故事。他们没有豪言壮语，有的只是实实在在的行动，阐释着劳动光荣的内涵，有的是奋战一线的精神，迈出不懈精进的脚步。

精工——他们精益求精，追求极致，以“没有最好、只有更好，没有终点、只有起点”的攀登，在技改的画卷上写下至诚至精的传承。

一种求精的态度方能在细微之间决定成功，一项在严格把关中建设并能熟稔驾驭的项目才能效力凌钢的发展，怎样才能让精益求精的理念贯穿在建设始终，怎样才能在陌生的工艺流程上做到掌握操作精髓，技艺精通，凌钢人的回答是：让心血、汗水和努力来证明这一切。

在设备安装上求精。回转窑筒体分为12节分批到货，每段筒体直径6.1m、质量为23～50t不等，不仅焊接精度要求高，还必须将两个筒体放置于一台工装设备上对中找正，方可焊接。而凌钢没有这样的工装设备。工程被迫停滞下来。项目副经理、总监工、项目管理咨询公司经理张俊武，带领技术人员现场攻关。最终在朝阳重型机器厂借来一台工装设备，解决了回转窑大型筒体现场无法对焊接的难题。

作为炼铁厂烧结点检作业长的魏巍深刻认识到：在现有设备的管理过程中，有很多瓶颈问题都是在建设过程中出现的瑕疵而演变的，而对这些问题的解决则耗费了大量的人力、物力。所以，严把设备安装质量关，是设备运转后能否顺畅最关键的环节。

在炼铁厂烧结点检科的早会上，设备安装精准成为重要议题。他要求所有人员要在工程管理中发挥主人翁意识，在监管环节中的每一个细节严格把关，落实到位。要充分考虑工艺操作与设备运行、设备与设备、工序与工序、机械设备与电气仪表之间的衔接，把需要落实的每一个细节落到实处。散件多是链箅机的显著特点，点检科人员面对着3万余件的小件组装积极介入，在组装期间，轮流全程监控，半个月的时间里，检查出的30余项问题均得到了处理。滑轨座与母板连接密封不好，在检查后与施工人员沟通、处理。链箅机在上部箅床达到700～800℃、下部为正常冷却温度的冷热交替的工作环境中，对材质的要求极其严格。魏巍带领点检科人员通过查找专业书籍进行研究，对厂家提出的制作方案进行论证，为链箅机投运后的良好运行奠定了基础。

在回转窑筒体之间的焊接过程中，魏巍和技改部王泽、项目监理公司刘学军、李红卫等人一道长期坚守在施工现场，对回转窑筒体之间的间隙量、错边量、同心度进行检质监控，使筒体无误差焊接后上机安装。

在驾驭设备上求精。他是链箅机回转窑工段的领头人，如何让新设备发挥出功能优势，达到设备的维护规范化、操作标准化？崔海龙带领职工外出学习、不断充电，27 名主要岗位的职工赴鞍钢弓长岭球团厂学习近 3 个月。在学习期间，为了尽快掌握回转窑工艺操作方法，职工编成 4 个班组没有休息地跟班学习。谦虚的态度、认真的观察、不断的探讨成为学习人员的主旋律。300 多页的操作记录，记录着他们孜孜不倦的学习历程。为了让青工们能在完全不了解设备的情况下迅速找到学习切入点，崔海龙建立了班中学习要有观察记录的制度，要求对链箅机机速、回转窑速度、烟罩温度、风机风门开度等 10 余项指标进行详细记录，通过记录指标来了解关键工序。对指标变化的详尽分析则是对学习人员起到实质性提高的一步。每天晚上 7 点钟到 9 点钟开会对记录变化进行分析，对学习人员进行现场提问，指标发生变化时，师傅是怎样调节的？为什么要调节到这一区间等问题都要说清楚。凌钢学习团队的认真态度，让弓长岭球团厂人员由衷地感叹道：我们接待了外来学习团队不下 40 个，凌钢认真求学的态度、深入的探讨精神堪称第一。

78 人的职工队伍，青工有 60 名，安全管理的压力可想而知。崔海龙从两个方面着手：他对凌钢自 1970 年至 2009 年的工亡事故进行统计，在 64 起 65 人次中小于 30 岁的就有 31 起 31 人次，而这些事故的发生 80% 是由青工的不安全行为导致的。他把引发事故的常见 79 项不安全行为进行整理，印成小册子，每人一册，进行学习。学习过程中开展闭卷问答竞赛，对不安全行为条目进行笔答，居前者予以奖励。另一方面，他组织制定了安全技术操作规程后，岗位工人手一册，集中对操作流程、设备原理进行逐项培训，同时在设备安装阶段，带领职工现场跟进，学习设备构造，增加对设备的认知。针对培训难点及复杂工艺，他又邀请厂家专业技术人员详细讲解。“通过不断的充电、灌输，这支年轻的队伍目前已完全具备能力迎接新工艺带来的考验。”看着自己精心带出来的队伍，崔海龙充满信心。

在双方合作上演绎精诚。工期的提前，设备制作、交货日期必然提前。链箅机、环冷机的制作厂家江苏宏大特种钢制造厂与凌钢的合作堪称双方合作的经典。当得知设备制作需提前交货时，厂家高度重视，把凌钢的生产任务放在首位，专门召开会议，确定制作节点，协调生产。当设备交货凌钢后，厂家派遣专业技术人员跟入现场，在安装期间给予技术指导，并郑重承诺，有相关问题随时咨询解决。正是有了这样的一个个合作者，为链箅机回转窑技改项目的如期投产注入了一份力量。

回转窑整体重量达480多吨，内部耐火材料砌筑完成后，总质量达1100多吨。由于回转窑窑体内壁是圆形结构，需要在不断转动后，才能砌筑。但当时，回转窑电动转车设备还没有安装。现场项目监理刘学军、李红卫经过反复研究，想出一个办法，让施工单位在现场安装三台卷扬机，作为动力源牵动回转窑窑体转动，为耐火材料砌筑赢得了宝贵的时间。

精者，为极致。他们用自己的一言一行诠释着凌钢46载积淀的文化精髓，这其中焕发出强大的战斗力与前行道路上的任何挑战相角力。毋庸置疑，他们以胜利者的风姿赢取了又一次新的胜利。

奉献——他们情系技改，暂去亲情，他们无私、执著、无悔的付出，构筑着让人赞叹、仰目的精神高地。

“因为天天盯在施工现场，妻子又盯在自己的教育工作岗位上，不到一周岁的孩子只能由母亲来看。由于腿疾，母亲自己上楼都有些困难，更别说抱着孩子，没有办法，这娘俩的活动范围只能在室内。可孩子总是又哭又闹想出去玩，一天下来，把母亲累得吃不消。可母亲却总是安慰我说，把工作干好。”说起这些，焦永强总有内疚感挂在脸上。

崔海龙的父亲患有脑血栓，行走要靠人搀扶。由于他整日里忙在技改项目上，早晨不到7点就走，晚上开完工程例会，还要在现场巡查，回到家就是10点钟，根本无暇照顾父亲。远在河北的姐姐听说弟弟工作忙，主动提出把老父亲接到她那里照料。作为儿子，不能照顾生病的父亲，他心里总是有一些难受，每当稍有闲暇，崔海龙总要拿出手机，与父亲说上几句。“不能膝前尽孝，就通过这手机表达一下心意吧。”他总是这样默默地站在技改工地上安慰自己。

共产党员，今年56岁的邹跃军，是项目监理公司的土建监理工程师。他从去年底土建开始，把工地变成了家。施工单位昼夜抢工期，他随叫随到。查验地质情况，测量桩基孔深，检查绑架定型后的钢筋。每天在50多米高的建筑物上攀越，每天连续工作十几个小时。他提出的合理化建议，不仅可以缩短工期，还节省了大量的投资。

还有太多的人让我们记住，他们中间的每个人都是这场战役的英雄。他们只争朝夕、埋头苦干、无私奉献、把链箅机回转窑的如期投产立为自己拼搏的誓言；他们不向困难低头、不向挑战示弱、不向挫折妥协，让链箅机回转窑这一全新课题在十里钢城绽放光彩。此刻，让我们说出并记住他们：孟祥龙、华国良、凌义彪、王泽宾、许占伟、韩道仓、孟祥民、方国玉……

听，隆隆传动的回转窑在告诉我们；看，稳健运转的皮带在向我们诠释，炙热的炉火在时刻见证：没有智慧的集结，就没有力量的冲刺；没有创新的豪气，就没有涅槃的重生；没有抉择的坚定，就没有危机的转变；没有执著的付出，就没有胜利的辉煌。

10 月 5 日，200 万吨球团工程成功热试，链箅机回转窑项目建设者，向祖国和凌钢献上的一份厚礼。

球跃彤窑驭长风，火色璀璨分外明。这绚烂图景是凌钢人决战决胜的信心、决心绘就，是凌钢人冲关攻关的坚强、坚韧绘就，是凌钢人肩负使命的不容懈怠和不吝求索绘就，它更是“自强、诚信、求实、创新”的凌钢精神这支如椽巨笔强劲抒发的绘就！我们有理由相信，更有理由期待，200 万吨球团工程走向未来脚步将一路向前，后劲无穷，她将绘就出更加火红壮丽的盛景，为凌钢发展的宏伟蓝图增光添彩！

（第一作者为凌钢第一炼铁厂政工干事）

为钢铁谱写的交响乐章

吴世伟

凝聚着凌钢人心血与汗水的三期技改工程胜利竣工了，凌钢发生了质的飞跃，在激烈的市场竞争中站在一个新的起点上。三期技改工程如逆水行舟，闯过了险滩急流，到达彼岸。三期技改工程中的公辅项目，以其自身的特殊性、重要性和诸多困难，错综复杂、扑朔迷离，必须要面对许多新的课题，凌钢技改人面对困难不畏缩、面对挑战不动摇，敢于吃苦、攻坚克难、乐于奉献，张扬了奋发向上的精神。凌钢人贯彻科学发展观、实事求是、积极探索，取得了丰硕的成果，完成了预定的工程任务。

公辅项目分类繁杂，既相互独立，又相互关联。风系统，建了5台$250m^3$/min空压机的集中空压站；水系统，建成了具有$800m^3$/h能力的污水处理厂，软水、生产水和给排水的水管线240000m；电系统，建了一个总变电所，14个区域变电所，10kV动力电缆80000m，66kV架空电缆4.4km；道路系统，公路桥、铁路桥、公路立交桥各一座，铁路全长27km，公路路面$170000m^2$；上料系统，建成一个180000t精矿仓、两台堆取料机、3个料条、一条为高炉提供焦炭的皮带和一条为球团提供矿粉的皮带。

基础篇

征地拆迁是技改工程建设中首要问题，又是公认的棘手、热点、难点问题。三期技改工程共征地2212亩，搬迁了腾钢公司等10家单位，居民近3000户；内部搬迁了置场、库房、办公楼、宾馆，拆除了冷带厂、文化宫、体育场、游泳馆，新建了废钢置场、型材置场、高线置场和四层设备材料库房。

拆迁工作开始之前，凌钢相关负责人员多次前往朝阳市，几次前往辽宁省国土资源厅，争取征地指标。在拆迁工作中，朝阳市市长王明玉、常务副市长韩军、副市长武永存多次召开专题会议，制定拆迁政策，协调解决拆迁问题。

公辅项目部协助地方政府，在宣传部的积极配合下，拍摄了大量详实的原始地貌及房屋状况，提供了第一手有力证据和材料，使少数企图巧获利益的人没有得逞的依据，为凌钢减少了损失。同时，讲解宣传拆迁政策以及凌钢发展对凌源地区经济发展的重要意义，将给周边人们带来的福祉，安抚了居民的情绪，化解了许多误言、误传、误会。在朝阳市政府、凌源市政府和凌钢的共同努力下，征地拆迁工作在7月底基本结束。

交 通 篇

凌钢三期技改公辅项目道路系统包括公路桥、铁路桥、立交桥各一座，铁路全长27km、公路路面170000m^2。

铁路施工，其施工方案需要经过铁路部门的严格审查，通过以后方可施工。铁路施工的图纸由锦州铁路设计院提供，原定4个月设计出图纸。为了早日施工，节省宝贵的时间，公辅项目部经过一番周折和努力，仅用了20多天就设计出第一批图纸。审查方案通常要3～6个月，而紧张的工期不允许凌钢按常规等待，供销公司副经理黄伟与技改部副部长武凤清动用了很多老关系，几次前往沈阳铁路局。经过他们的不懈努力，正式方案仅用一天时间就通过了，为铁路施工争取了宝贵的时间。

铁路施工，难度极多。首先是施工的自然条件，河床上有近3m深的淤泥，根本无法行人行车，更谈不上施工。聪明的凌钢技改人找来了山皮土和尾矿渣石来应对，保证了技改施工顺利进行。其次是来自军方的问题，2011年9月份，正值桥台施工，3段军用通信光缆需要迁移，可这条军用光缆一秒都不能停。凌钢技改人没有退缩，充分发挥自身专长和聪明才智。公辅项目部经理、计量信息部部长张海明勇于担当，提供技术支持；技改部副部长武凤清积极组织人员施工；技改部王博在现场协调解决出现的临时问题，最终顺利的将军用电缆迁移。

铁路桥主体长390.6m、宽11.4m。采用框构式桥体，这在中铁九局的施工史上尚属首次。2011年8月3日开始桩基施工，为了更符合凌钢的实际、节省资金，铁路桥降低了梁高，加大了排洪能力，同时有效地降低了铁路标高。20台桩基同时施工，一天更换两根冲击钻。就这样，不到半个月，桩基施工结束。铁路桥承台和框构梁同时施工，共用了三组全模板，比传统的一组大大提高了速度。值得一提的是，钢模是在锦州特制的，设计为一次性使用。但是，凌钢并没有浪费，后期模板全部分割再利用。环向筋是主要的受力筋，一片两吨多重，三十多米长，需两台吊车吊装，难度很大。凌钢技改人务实能干，配合施工单位，到10月底桥主体及路轨基本完工，铁路桥主体工期仅用89天。

兔年的腊月二十八，气温是冬天里最低的一天，爆竹像是理解凌钢技改人的心情，点燃时响声格外清脆。寒风中的凌钢技改人没有一丝冷意，个个面带笑容，看着火车缓缓驶过，铁路正式通车了。

公路桥是一座长298m、宽12m、载重150t的跨河桥。84天的建设速度堪称建设奇迹，缔造了一项凌钢速度，就连建设单位的人都赞叹说“也只有在凌钢才能创造出如此速度！”在赞誉的背后，倾注了凌钢技改人辛勤的汗水。在桥墩施工过程中，退休职工发现施工人员往里加石块，随即向公司汇报“施工单位偷工减料，存在安全隐患！”经过调查，原来是施工要求如此。施工单位人员说：凌钢，真是万众一心！

正是因为有了迅速建成的公路桥、铁路桥以及备品备件库房、成品钢材和废钢置场，才能保证老区的备件库、钢材库、原燃料置场、废钢置场顺利搬出，为主体施工腾出场地，从而解决制约技改施工的瓶颈问题。

能源介质篇

三期技改公辅项目中，煤气系统建转炉煤气加压站一座（3 台型号为 D500 的转炉煤气加压机，两用一备）、焦炉煤气加压站一座（焦炉煤气加压机为两台 D300 加压机，一用一备）、80000m^3 转炉煤气柜一座。

80000m^3 转炉煤气柜土建施工于 2012 年 3 月初开工，经过 40 天的紧张施工，4 月 10 日土建施工结束。4 月 13 日顺利进入主体结构安装阶段。7 月份主体设备就安装完毕，随后进行完善工作，包括设备加固、装升降梯平台和砌围墙等工作，9 月末整体竣工，10 月 3 日正式投入使用。

煤气柜与煤气加压站的施工，分为土建、钢结构，设备安装调试等施工内容。

80000m^3 转炉煤气柜，基础由环形梁、圆拱面两部分组成。环形梁属于大体积混凝土。圆拱面半径为 147.9m，表面积达到 2096m^2。圆拱面的施工难度大、工艺复杂、精度要求高。为符合设计要求、保证工程质量，相关技术人员确定，圆拱面采取局部用沙加石换填的施工方案，不仅克服了天气寒冷、地基土层复杂等不利因素，还解决了圆拱面的施工难题，有力的保证了施工工期和质量。

凌钢三期技改公辅项目风系统，建了 5 台 250m^3/min 空压机的集中空压站，送出的空压风全是净化完的。正常生产时，4 台工作、一台备用，8 月 1 日就投入使用，工期仅用了一个半月。在施工阶段，由于交叉作业，施工难度很大。现场到处都是临时工棚、耐火砖、钢结构件等障碍，影响施工进度，容易发生安全事故。动力厂设备科副作业长于立庚看在眼里、急在心里，他把情况及时汇报给领导，协调有关施工部门，清除挪动影响施工的障碍，为工程让路。他与点检员轮流值班，在蚊虫叮咬和泥泞的工地上坚守着。由于小棒项目要求 8 月 1 日供压缩空气，20 天的工期，压力巨大。他积极地与施工单位制定有效的施工计划，连续 24 小时紧张有序施工。他每天忙碌到深夜，回到家，看着熟睡的妻儿，心里多了一份愧疚。几个月里，放弃了节假日、休息日。母亲从老家来看病，他没有陪伴；母亲看病的半个月时间，他只陪母亲吃了两顿饭，面对母亲的理解和宽容，他感到阵阵心酸。可看到一个又一个项目投产，他心里倍感欣慰和自豪。

技改部郝玉清对图纸有着极强的敏感性，能够做到图纸与实际有机结合。在管线施工中，干煤棚南侧管线与铁路、皮带通廊均有交叉，按设计方案，无法正常施工。郝玉清与凌钢设计院人员一同前往现场，结合实际提出修改方案，使工程得以顺利进行。不到两个月的时间，公辅项目部完成了多达几万米的管道安装工作。在这两个月时间，动力厂煤气柜工段技术副段长安明明，每天都要加班到深夜，为了抢工期，连续两三天不能回家休息，眼里充满了血丝，留守在现场，处理解决发生的问题。人，晒黑了，累瘦了，当他看到所负责的项目拔地而起的时候，他说，“我心里充满了喜悦与自豪，做了我该做的工作。”

供配电篇

公辅项目部副经理李文峰患有鼻炎，一遇天气变化就发作，技改施工又多为室外作业，这使李文峰很遭罪。为了应对恶劣的环境，他身上随时带着纸巾，还一直坚持在施工一线。

2012 年初，高压系统施工陆续开始。河对岸的原料场变电所是第一个投入运行的。在安装调试工程中，动力厂设备管理人员刘洪艳，严把调试关，抓住每个环节，认真做好各项记录。针对凌钢系统的运行特点，对设计进行了修改、完善。原设计的微机保护监控系统安置在现场，他向主管领导提出将后台机移至一总变，将保护信号通过光纤传达到后台，便于监控，利用遥控功能直接在一总变就可以进行操作，在后来的施工电源电缆故障频发的时候，利用遥控功能起到了关键性的作用，及时拉开故障线路开关，避免了故障范围扩大。

三总变电所 2012 年 6 月份土建竣工，4 台主变压器及保护屏、65 面开关柜安装工作，要求 40 天内完成。同时，13 个区域变电所的 370 面开关柜及变电器、电机陆续开始设备安装、调试。如此大的工程量，历次技改中未有。技术含量高，施工队伍多，许多新问题的出现，增加了难度。刘洪艳精心组织，制定了详细的施工网络计划，提前做好各项准备工作，对工程进行全过程跟踪。单位没做完的工作，到家里接着做，白天干不完夜里接着干，每天只能睡三四个小时。在三总变安装调试阶段，他吃住在现场，随时协调解决各种问题。凭借他过硬的技术本领，多年的经验，各种技术难题得以及时处理。三总变开关柜的过电压保护器，安装在电缆头内侧，电缆压接后将无法拆下。电缆出现事故需要耐压试验时，要将电缆头全部拆下，才能拆下过电压保护器，这将增大检修工作量。他向主管领导请示后，安排施工人员将过电压保护器移至电缆头外侧，大大提高了日后检修效率。父母、妻儿看着他疲惫的身躯很是心疼，他总笑着说："咱干的就是这样的工作。"他常说："做好设备管理工作是我的职责，保障公司高压供电的稳定，是我们的承诺！"

供 水 篇

在供水项目中，技改部郝玉清根据技改新区软化水站出水的实际情况，与动力厂副厂长王洪泉共同优化了施工方案，减少了工程量，缩短了工期，也节省了资金。

第二个污水深度处理生产线，是凌钢三期技改的配套工程之一。建成后，回收新区废水，废水处理后，为新区提供生产用水。因此，必须赶在主体工程完工之前竣工，才能发挥作用。

工程由公司机动部负责施工组织管理，动力厂、监理公司配合，土建工程、外线管道由设计公司设计，兴钢公司施工，工艺、设备、电气、仪表等设计施工由蓝星环境工程公司承担。

工程总投资约 1.2 亿元，占地面积 $7200m^2$，工程包括澄清池、石灰加药、滤池、超滤和反渗透等单元，小时处理污水量与一期相当，为每小时 $800m^3$。

2012 年 2 月中旬开始清理现场，3 月 1 日土建开工，机动部与施工单位，对各项工作进行了研究和优化，克服了场地狭小等诸多困难，改进了一期污水处理生产线出现的弊端，吸收了一期生产线中的长处，改变了一期污水处理生产线施工中被动验收的局面，改进不合理的设计，及时提出要求，使工程更适合凌钢的生产需要。5 月 1 日，具备设备安装条件；7 月 28 日，超滤反渗透设备调试出水，8 月 1 日具备向外送水能力；8 月 15 日，现场清理硬化美化工作已经收尾，工程正式告竣。

在工程施工期间，一辆黑色的轿车总是停在现场，总有不同的人进出车门。原来该车是动力厂供水二段段长迟树利的，后备箱和后座上总放着包子、面包、牛奶、矿泉水等，技改人亲切称为"战备粮"。施工开始，该车早早来，后半夜才开走；工程忙的时候，连续几天不动地也是常事，人们打趣地说道"这车洗一把，可值了！"

二期污水深度处理工程竣工，是实现公司三期技改工程竣工投产后污水零排放的根本所在，同时可有效缓解水资源紧缺的矛盾，对企业的可持续发展具有重要作用，是凌钢向资源节约和环境友好型企业迈出的坚实步伐。

上 料 篇

上料系统包括一个翻车机、两台堆取料机、3 个料条，180000t 550m 长精矿粉库（精矿仓）和皮带通廊等设备。

皮带通廊共有两条皮带，一条负责高炉焦炭上料，由新区料场栈桥起始，途经 18 条皮带机 13 级转运，全长 4400m，配套设施包括栈桥上料、清车底给料机、翻车机、堆取料机等，由皮带机相互连接，将焦炭送至高炉矿槽；另一条负责球团原料上料，由新区料场精矿仓起始，途经 9 条皮带机 9 级转运，全长 3100m，配套设施包括精矿仓卸料装置、圆盘给料机、给料系统及各皮带机组成，将精矿粉运送至球团皮带机。

高炉、球团原料上料系统自 8 月份开始设备安装，经历一个半月的紧张施工，按时投产，给高炉、球团试车、试产提供了保障。工程克服施工周期短、施工难度大（单条皮带机最长 780m，皮带硫化需专业队伍、特殊材料，每条皮带硫化需 24 小时）、人员紧张等不利因素。

在上料系统施工中，值得一说的便是翻车机施工。翻车机的图纸到得比较晚，这就使工期变得很紧张。图纸到了以后，更严重的困难摆在眼前。那就是翻车机基础和料仓位置，在原大凌河古河道位置，图纸设计施工深度超过 20m，而地表下 7m 开始就是富水层，地质报告也显示出地下含水量非常丰富。按照凌钢通常做法就是“大开挖”，大开挖要求作业面很大，现有场地条件不具备，硬施工的话难度也将极大；另一种可行性方案就是“地下连续墙”，而地下连续墙的费用极大。有没有一种方法，能不用这么高的费用呢？“沉井”突然在技改部副部长武凤清的脑中闪出。以往，圆形的可以做沉井，长方形应该也可以吧！想到这里，武凤清开始查阅资料，像凌钢这种 31.9m × 11.4m 的长方形沉井国内空白，小长方形的也没有这么深的，毫无经验可借鉴。他又开始打电话联系其他单位，但是得到的答复均为“从未这样做过，完全没有可行性，强行施工的话也毫无把握，建议使用地下连续墙，有把握”。武凤清听后很不甘心，他利用扎实的专业知识，经过严谨的技术分析，认为可行，便一刻不停地向领导汇报。几经考虑，领导最终一个星期后给了他答复，“开工吧！”

2012 年 6 月 6 日，长方形沉井施工开始，武凤清亲自设计施工计划，打破以往沉井施工工艺。根据翻车机的实际情况大胆采用了自创的新方法。事实证明，翻车机 20 天便顺利沉到指定位置，非常成功，节省工期至少 3 个月。而且，该技术比价格相对较低的“大开挖”，至少节省资金 1200 万元，比“地下连续墙”节省得更多。这是个卓有成效的创新，填补了国内的空白，使凌钢站在了国内同技术的最前沿！武凤清这样评价：“谈起此次沉井，我很自豪，能够做出如此沉井很对得起自己大学的四年苦读！”

困难面前，凌钢技改人再次发挥了聪明才智，解决了施工中的难题，充分体现出凌钢技改队伍专业知识过硬、敢打必胜，又一次站上了业界顶峰！

“兵马未动，粮草先行”用来形容公辅项目最贴切了，公辅项目的特殊性，使她最先投入“战斗”，最后撤出“战场”。“公辅之战”打不好，“主线战场”就没有胜利的可能！在这场“战斗”中，技改部的同志们是最辛苦的人，组织协调、现场指挥、监督检查、责任落实，样样走在前面。

2011年5月28日，凌钢三期技改全面启动，技改部王博同期介入。王博责任心很强，关键时刻能够敢于站出来。在征地的时候，面对不讲理的人他从不畏惧，每次都打头阵。爷爷病逝，他也只是请了一天假；大学同寝室的同学在鞍山结婚，他周五晚上坐车回鞍山，按照习俗参加了上午的婚礼仪式，随即坐上回凌源的车，周六下午便又出现在技改工地，这让施工人员很是诧异，“你不是回鞍山参加婚礼了吗?”“嗯，完事回来了!”他告诉我，“我不在现场监督施工，心里就不踏实!”王博自身的协调能力强，能够处理各方面的事情，手机的使用频率高，几乎都要“焊”在耳朵上，是名副其实的热线，“我上网查过，一天的通话记录基本都在300个以上。”学土建出身的他，对土建施工提出了很多建设性意见，均被采纳。工作中的他积极勤奋，九十点钟回家是常事。

公辅项目，点多线长，如同身体里的血液和神经，环环相扣、丝丝相连。公辅项目的建设，使废气、废水、固体废物、噪声得到有效治理。废气达标排放、固体废弃物综合利用、废水零排放，极大的减少了环境污染。技改新区绿化用地面积约为21.75km^2，不仅改善了厂区环境，还能使职工放松心情、缓解工作压力、提高工作效率。新设备对安全供电及自动化控制、防机械伤害和设备事故、防火、防爆、防静电等，都有相应设计以及配套设备设施。一个绿色环保的、效益高的凌钢，将以全新的面貌出现在辽西大地。

公辅项目，有的已投入使用、正常运行，有的已经竣工，有的仍在建设中。凌钢技改人奋斗的身影，仍出现在我们的面前。他们在技改中，根据实际情况，完善施工方案，务真求实的精神仍在继续。张海明、姜奎祥、王洪泉、李文峰、郝玉清、王博等凌钢技改人，不分日夜、忘我工作的奉献精神正是凌钢企业文化的最好体现。武凤清的“沉井”技术，填补了国内空白，使凌钢在这个领域站在了国内最前沿，他的创新精神，正是凌钢企业文化的集中展现……他们的精神彰显了凌钢的企业文化，鼓舞着、激励着凌钢人，迎接挑战、克服困难、再创辉煌！

（作者现为凌钢电视台记者）

2号麦窑诞生记

白雪峰

它们宛若心手相连的双子座，为了凌钢的大发展而蓄势待发；

它们宛若一对尽情绽放的姊妹花，肩并肩地耸立在蓝天白云间……

2012年9月26日，凌钢三期技术改造工程重要项目之一——600t麦尔兹窑竣工投产第二天，银灰色的窑体在阳光的照射下闪烁着耀眼的光芒，它还没脱下昨日投产庆典时的盛装，现场还弥漫着一派喜庆的气氛、景象……

原料厂工艺科科长曹凤友手拿照相机，兴致勃勃地在为2号麦窑拍照，脸上始终带着久违的笑容，他要将这份喜悦永远珍藏，自豪感、满足感、幸福感、成就感毫无保留地写在他的脸上。和所有建设者一样，看着2号麦窑英姿飒爽地耸立在那里，心中的那份激动和喜悦久久难忘。

来到成品输送的皮带廊，那白生生的几乎耀眼的石灰犹如白色的精灵一般顽皮可爱，它们相互簇拥着奔向下一道工序，去完成它们神圣的使命。拿一块石灰在手，曹凤友把玩良久，“它可是转炉的细粮!”麦尔兹窑生产出来的石灰质量上乘，对炼钢降低消耗所起到的作用已经得到验证，这也是又一座麦尔兹窑诞生的根源所在。

作为凌钢三期技改工程项目之一，600t麦尔兹窑堪称“小老弟”，但它所处场地之狭小、施工难度之大却不比别的大工程逊色，它同样是凌钢人奋战11个月的心血凝聚，回首建设中的330多个日日夜夜，每个建设者都是刻骨铭心，毕生难忘……

工程日志：2011年6月15日，召开麦尔兹窑的交流准备会，确立内部组织机构，明确责任分工，确立了与外方交流的重点问题……

作为项目经理，亲自记录工程日志的人不会太多，而白灰项目经理、原料厂厂长席英信却将整个麦尔兹窑从设计到建成投产的全过程，一天不落的记录了下来。

2011年6月13日，刚刚就任原料厂厂长的席英信，还没得到喘息的机会，15日就顶上了凌钢三期技改工程600t麦尔兹窑项目经理的“帽子”，随即开始着手新麦窑的筹建工作。项目部结合1号麦窑建设、生产过程中存在的问题，对工艺设备提出完善意见，由于准备充分，找准了与外方谈判的关键点，在法律顾问何东玉、造价中心主任刘金华、设备材料部部长张宝杰的努力下，新麦窑建设在

2008年1号麦窑基础上，新增加顶部除尘、喷枪冷却风机功率加大、新增一台变频定速风机、旋转料斗直径增大、增加一个DN500回流阀等设备，这对于麦尔兹窑投产后的稳定顺行具有重要意义。而资金却比当年的1号麦窑节省了100多万元，这也是2号麦窑项目节约出的第一笔资金。初战告捷，让参与工程前期准备工作的原料人每个人的脸上都洋溢着欣慰的笑容，同时也更加坚定了他们将麦窑建设成精品工程的信心。

工程日志：2011年6月28日，讨论确定与太钢院需要交流的问题……

创新是民族的灵魂，是一个企业立于不败之地的根基。在凌钢创新精神无时无刻不在闪烁着奇异的光彩。三期技改的战场上，建设者们打破常规，边建设、边创新，有时甚至在审查和熟悉图纸的过程中就有了创新的思路，或基于现场施工的需要，或来源于生产的实践，这种超前意识和智慧凝聚解决了项目投产后可能出现的问题。

2号麦窑建设最大的难点就是施工场地狭小，要想在不到600m^{2}的地方摆设下一座600t麦窑，再加上与其相配套的风机房、加压站、成品仓、除尘器等设施实属不易。

负责2号麦窑工程设计的是山西太钢院。总设计师梁建忠说，当时的困难简直难以想象，场地太小，多次修改方案，项目部的人每天都在现场测量，全盘考虑，如何才能将所有设备以最优化的方案摆下。凌钢人的这种不辞劳苦、敬业奉献的精神打动着我们。所以，无论多么繁琐，只要是对工程有利的，我们就重新更改设计方案。

在成品仓的设计过程中，7次变动方案，项目经理席英信为此先后两次前往太钢院交涉方案变更事宜。最终，副总经理、600万吨钢工程项目总指挥卢亚东、技改部副部长、白灰窑项目副经理姜魁祥与项目部成员在现场反复勘测，决定采取炼钢大倾角皮带的上料方式，将成品仓安排到1号麦窑电控室侧面，老系统中间的三角地，这样既解决了成品仓的场地问题，还可节约资金200余万元。与此同时，他们打破常规，向高空发展，将除尘放在成品仓的顶部，排烟放在风机框架上，整个项目也变得更加紧凑，而成品仓的高度也因此达到了近50m，与两座麦窑遥遥相望。

在设计阶段的另外一个难点就是2号麦窑除尘系统的布置。由于涉及管道走向和场地限制，5次修改方案。原料厂副厂长齐鹤云、点检员赵洪岩分别到太钢院修改设计方案，最终决定成品除尘和原料除尘共用一个灰仓，通过链板刮灰机集中输送到一个灰仓里，节省了场地的占用。同时，灰仓排放也受场地的影响，考虑到灰仓排放时，车辆无法正常倒运，就大胆创新，经过现场人员多次讨论、反复尝试，在灰仓底部增设一个绞笼出灰机，45°角摆放。

项目经理席英信至今回忆起当时的情景仍然深感不易，“当时实在太难了，场地受限，每个设施的布置都要考虑到整体布局，而且只是看着图纸，凭空想象麦窑建设后的样子，每个尺寸都反复认真测量，在设计灰仓排料方案时，甚至把车弄到现场进行比对，尽管有些方法很可笑，也很笨，但换来的却是项目建设的精准无误和近乎完美。”

工程日志：2011 年 10 月 27 日，河北安装公司开始窑基础建设……

2012 年 3 月 10 日，开始窑壳安装……

2012 年 3 月 25 日，窑壳安装到第三带，成品仓打桩完成……

窑体安装对于 2 号麦窑工程来说，也是一个难点。由于场地有限，就在钢渣处理厂临时建一个预制场，河北安装公司在那里制作窑壳。窑壳最宽的直径达 7.5m，而钢渣处理场到 2 号麦窑施工现场的路只有五六米宽，将制作好的窑壳运输过来也成了难题。于是，在技改部、项目部的协调下，找来吊车，从钢渣处理场的墙内吊到墙外，再用平板车经 101 线运到厂内。

窑壳吊装工期紧、任务重，只有完成窑壳吊装才能进行窑膛砌筑工作。窑壳一共 10 节、5 段，两台 75t 吊车开到了施工现场。而此时又不能影响正常的烧结用灰和成品出库，通道只有一条，就需要现场不断的协调组织，那时候在 2 号麦窑吊装现场每天都会见到 2 号麦窑总协调人曹凤友。嗓子喊哑了，腿跑酸了，可他依然坚守在现场。他知道窑壳安装工期紧张，每次都是尽快安排车辆出入后，以最快速度恢复吊装。看着麦窑的拔节而起，窑主体不断地被夯实，曹凤友觉得再累也值了。窑壳吊装越到高处越困难，2 号麦窑最高处达 56m。4 月 20 日，当最后一片窑壳稳稳地落在窑顶，2 号麦窑窑体安装工作宣告结束。

在设备订货期间，曹凤友根据 1 号麦窑建设经验，多次核实耐火材料用量，经过周密计算，将耐火材料剩余量减少到最小，节约资金二三十万元。

工程日志：2012 年 5 月 6 日，外方砌筑专家艾布尔抵达凌钢；

5 月 7 日，艾布尔到施工现场检查钢结构……

5 月 8 日，艾布尔开始入炉，砌筑工作正式开始……

外方专家的介入，标志着 2 号麦窑的建设到了关键时期。窑膛是整个麦窑的心脏，而且对质量要求高、砌筑难度大、图纸复杂，它的质量好坏关系到麦窑今后的生产是否顺畅。

从砌筑工作第一天画线的时候，艾布尔就与河北安装公司施工人员在画线方法上出现了分歧。

5 月 27 日，窑体砌筑到第 55 层，艾布尔周末休息，河北安装公司施工人员自己看图纸砌筑。由于耐火材料砖的品种多达 90 余种，而砌 55 层的时候应该用的是铝砖，被施工方错用为镁砖。周一艾布尔到现场检查施工情况，毫不留情地全部拆掉，施工人员两天白干了。类似这样的事情在窑膛砌筑期间时常发生，有时一天最多会返工 4 次，工期比计划严重滞后。但项目经理席英信明确下令，宁可延误工期，也绝不能影响质量。

也是在这时，曾经 1 号麦窑建设期间担任翻译的麦窑段长韩忠义开始为艾布尔担任翻译。他把此次翻译工作当作是一次绝好的学习机会，对于他来说，窑膛砌筑工作填补了他经历中的空白。用他的话说，这次与其说是担任翻译，还不如说是学徒。在砌筑近两个月的时间，韩忠义放弃了休息日，每天都在现场，有时一进窑内就是一天，端午节也是在现场度过的。只要有艾布尔的地方，就会出现韩忠义的身影，他边翻译边学习；艾布尔休息的时候，韩忠义就指导工人砌筑。凭借他的专业知识与沟通上的便利，翻译工作也填补了韩忠义在砌筑方面的空白。外方工程师星期天休息时，他来到现场进行指导，凭借着学到的知识与对图纸的掌握，很好地进行后序指导，避免因达不到外方工程师的要求拆除的问题，有效地保证了整体施工的进程。7 月 13 日，窑体砌筑工作全部结束，尽管砌筑时间比工期延长了 15 天，但窑膛的砌筑质量却远远优于 1 号麦窑。

工程日志：8 月 1 日，外方机械工程师史蒂芬到达凌钢……

8 月 3 日，加压机试车……

8 月 16 日，外方程序工程师安迪到达凌钢……

史蒂芬的到来，标志着 2 号麦窑进入设备调试阶段。而这时，原料厂专门抽调出来的几个小伙子也冲了上来。

赵洪岩，原料厂麦尔兹石灰窑机械点检员，共产党员，做起事来雷厉风行、一丝不苟。设备安装时，他注重设备的安装标准，每天检查安装质量，发现问题时及时通知施工单位现场解决及制定整改措施，保证设备安装质量。针对 1 号麦窑设备旋转布料器升降卡阻、窑顶进料阀密封、卸料阀漏风、液压管路渗油等问题，对 2 号麦窑建设和设备订货时进行了改进，保证了设备的稳定进行，为生产顺行创造有利条件。

每次到 2 号麦窑建设现场都会看见一个年轻干练的小伙子在现场忙活，他就是被誉为“施工现场最忙的人”——麦窑电气点检员付世军。在 2 号麦窑建设中，付世军负责工程的电气工作，凭借在 1 号麦窑建设中积累的经验，针对设备自身存在的缺陷，提出设备改进 3 项，小的合理化建议也不少于几十项。每天在施工现场都能看见他忙碌的身影，用他的话说“加班是正常的，不加班是不正常的”。在施工期间，妻子生病他抽不出身陪着去沈阳看病，还放弃了晋升中级职称的机会……

张建负责 2 号麦窑工程的仪表安装、监督、检查工作。针对设备安装初期，图纸到达不全的情况，结合 1 号麦窑的安装位置，与施工单位现场制定。在设备安装与调试阶段，他一方面检查施工质量，一方面督促施工进度，从而保证了仪表设备的安装进度。俗话说仪表是设备的眼睛，尤其作为世界领先的麦窑，仪表的安装质量，直接影响着麦窑今后的正常生产。为此，张建放弃了休息时间，亲自与施工人员研究解决设备安装、调试阶段所发现的种种难题……

辛勤的耕耘，必将换来收获的喜悦。

工程日志：9月3日，2号麦尔兹窑装炉、点火条件已经具备……

9月19日下午2点18分，一次性点火成功……

9月24日早晨4点，出灰合格率达到60%~70%……

在2号麦窑点火期间，韩忠义更是忙得不可开交，安迪和史蒂芬对设备进行紧张的调试，进行点火前的准备。为了保证9月19日正常点火，两个“老外”改变了以往的工作时间，每人工作12小时。而韩忠义则要连续工作24小时，辛勤的努力换来的是点火的一次性成功。而接下来的任务也更加艰巨，他们要进一步精调，保证25日生产出合格的石灰。安迪不在的时候，韩忠义就凭借经验自己调试，有时一干就是一宿，最早收工也得晚上9点以后。正是有了韩忠义的努力，才保证了9月25日的顺利投产。

9月23日凌晨，工作了一天的韩忠义刚刚拖着疲惫的身子回到家中，电话就响了起来，岗位工报告说窑内温度持续走低，韩忠义让岗位工仔细观察，可是1点多电话又响了，韩忠义感到事情的严重性，马上骑着电动车赶赴现场。当他到达现场时发现窑内的温度越来越低，火焰显示几乎是黑色，这表明煤气没有燃烧。韩忠义仔细查找原因，发现是由于史蒂芬不了解转炉煤气的最低着火点，将点燃参数设定得过低导致的。韩忠义果断决定停窑，切断煤气，同时多掺加焦炉煤气，提高煤气热值。当热值达到一定温度再用明火点燃木柴，再送风，送混合高热值煤气，同时对参数进行重新调整，窑内温度恢复正常。当时，如果处理不当不但会重新点火，延长出灰时间两至三天，甚至还存在爆炸的安全隐患。虽然为此韩忠义也和史蒂芬发生了争执，但韩忠义的工作态度和那种敬业精神却赢得了外方工程师的赞许。

调试工程师安迪在离开凌钢之前对2号麦窑的施工质量表示满意。他说：“正常麦尔兹窑的调试需要4~7周，而我们在这儿只用了大约5周的时间，这个速度是非常快的。这也意味着我们的工人工作是非常好的。席厂长和他的团队组织协调能力非常强，作为我个人在这方面非常满意。每周开两次碰头会，我们的要求都被接受，并且尽可能快的去解决。”

机械工程师史蒂芬说：“我对工程质量非常满意，它有益于后期的调试速度。这个工程建设速度非常快主要原因在于麦尔兹公司和凌钢的项目人员在一起工作像一家人。所有的问题清单在规定的时间内全部完成。这对顺利调试至关重要。”

9月25日上午10点，2号麦窑工程施工现场条幅高悬、彩旗猎猎，新建成的2号麦窑与1号麦窑肩并肩耸立在那里，宛如一对英姿飒爽的姊妹花。伴随着一阵七彩烟花和喜庆的鞭炮声，投资6800万元的600t麦窑工程提前竣工投产。

那一刻，330个日夜的艰辛付出化作了无言的喜悦，激动的泪水充盈在建设者的眼窝，让他们欣慰而自豪的是，2号麦尔兹窑在他们的手中拔地而起。尽管过程艰难，但工程没有拖凌钢三期技改的后腿，而是提前竣工投产，工程的建设质量较第一座麦尔兹窑有了明显的改善和提高。

未来的日子里，他们一定能够驾驭好两座麦尔兹窑，让源源不断的高质量的石灰从火热的炉膛产出，进入更加火热的大转炉，那精美的“细粮”，一定会让大转炉更加舒心、更加顺畅！

（作者现为凌钢工会女工部部长）

凌钢精神绘就的大手笔

高洪超

当日历翻到2015年12月4日，这是一个注定要写进凌钢历史的日子。冬日的暖阳高照，碧空如洗，十里钢城迎来了一个难得的好天气，与这好天气结伴而来的还有一个令所有钢城儿女为之振奋的好消息——凌钢股份2015年度非公开发行股票募集的20亿元资金全部到账了！

喜讯传来如阵阵春雷，给在钢铁寒冬中砥砺前行的凌钢人注入了强大的力量，鼓舞了干劲，增强了信心。

这是继2011年通过债券融资15亿元之后，凌钢再次叩开资本市场的大门。同时，也是凌钢在股票市场剧烈动荡、钢材市场持续低迷的不利形势下，成功完成的一次设计思路最新、实施难度最大、融资速度最快、单笔数额最多的股权融资。资金到账的喜讯在十里钢城迅速传递，这来之不易的“暖阳”让正与钢铁“寒冬”搏击的凌钢人看到希望。

果断决策　彰显凌钢大气魄

众所周知，近两年来，钢铁行业迎来了世界金融危机以来最为严峻的时刻，供需矛盾、价格下行、银行抽贷、环保倒逼、贸易摩擦等深层次问题接连出现，钢铁行业沦为整个经济运行体系的弱势行业，裁员减薪成为各个钢铁企业不得不面对的课题。在全行业不景气的大背景下，凌钢未能独善其身，受市场低迷以及自身财务费用过高等因素影响，历史罕见的连续亏损，使得凌钢在低迷的钢铁市场中举步维艰。竞争的残酷不言而喻，当越来越多的钢企由于资金问题被迫退出的时候，凌钢领导班子给出了响当当的回答：“凌钢在资金保证上没有问题。”这份自信源于对时局的高瞻远瞩和对机遇的把控能力。

时间追溯到2014年11月，中国证监会宣布取消上市环评，凌钢在第一时间迅速做出反应，要抢抓这一难得的历史机遇，实施股权融资。由于产能过剩，钢铁板块在资本市场并不被看好，自身又缺乏好的融资项目，所以采取上项目、装资产等方式融资均不可行。公司董秘办按照领导指示，在认真梳理近年来市场上非公开发行案例的基础上，于12月11日向公司领导做了“关于通过非公开发行股票募集资金用于偿还银行贷款和补充流动资金有关问题的情况汇报”，张振勇董事长指示马上联系证券公司，一场与时间的赛跑开始了……

“12 月 11 日中午开始联络证券公司。12 日飞赴上海，当天晚间与海通证券沟通至深夜。13 日上午与国泰君安会晤，中午赶赴沈阳与申银万国交流。14 日返回凌钢。15 日汇报工作并敲定保荐机构。16 日海通证券项目人员抵达凌钢随即开始尽职调查、起草路演推荐资料、沟通发行方案。19 日四家投资者到达凌钢。20～21 日投资者现场调研。22 日早上紧急停牌，正式启动非公开发行工作……”作为事件亲历者，公司董事会秘书办公室主任王宝杰对那段时间与总会计师、董事会秘书何志国共同经历的紧张与忙碌记忆犹新。他说，从那时开始，他的工作形成了三种常态：在途办公成常态、熬夜办公成常态、连续奔波成常态。

布局谋篇　打响融资大战役

从 12 月 22 日紧急停牌那一刻起，凌钢股票非公开发行工作就将自己的后路彻底堵死。因为公司的非公开发行正赶上停牌制度改革，改革后不能无限期随意停牌，尤其是非公开发行。按照新规，凌钢股票的复盘时间最晚为 2015 年 2 月 3 日，如果超期，非公开发行工作将至少中断 3 个月以上，时间上我们等不起。一场“只许成功，不能失败”的攻坚战从那一刻正式打响。

有限的时间对公司与投资者沟通谈判，确定发行对象提出了很大的挑战，但凌钢人在困难面前从未退缩过。在短短的 43 天时间里，在董事长张振勇的领导下，副总经理文广，总会计师、董事会秘书何志国多次飞赴北京、上海向投资者推荐路演，并组织董秘办、财务部、公司办、生产安全部等相关部门协同配合，接待投资者调研十几批次。但受钢铁行业现状影响，在方案确定之初争取到的多家投资者纷纷选择了放弃，被迫重新进行认购对象遴选。

在最后的十几天时间里，他们通过讲凌钢的优势，讲凌钢的文化，讲凌钢的未来发展，用真诚和信誉打动了投资者。最终，公司确定了华富基金、宏运资本和广发基金三名认购对象，而广发基金的认购合同等材料是在公司披露发行方案的最后一刻才提供过来的，再晚一天，本次的发行工作将被至少推迟 3 个月以上，惊险和压力不言而喻。

在发行方案过会几天后，证监会的政策又有了新的调整，这种三年期定价定增的融资方式已经被叫停，是凌钢的果断决策和及时出击，抓住了这个稍纵即逝、极其难得的历史机遇。能够成功抢到这张末班车的站台票，离不开省市领导和相关单位的大力支持。这一期间，朝阳市副市长武永存就多次在张振勇等人的陪同下与省国资委进行沟通。

市场争锋 展示企业大手笔

从2015年2月1日，公司第六届董事会第三次会议审议通过了非公开发行股票方案；到3月6日，公司2015年第一次临时股东大会审议通过了非公开发行股票事项；再到3月10日，向证监会报送申报材料；3月17日，收到证监会出具的《中国证监会行政许可申请受理通知书》；5月21日，收到证监会出具的《中国证监会行政许可项目审查反馈意见通知书》；6月19日，向证监会报送反馈意见回复……

时间终于来到2015年9月16日，中国证监会发行审核委员会对凌钢股份非公开发行股票的申请进行了审核。根据审核结果，凌钢股份非公开发行股票申请获得审核通过。“之前的再多辛苦在那一刻全都化成了欣慰，本来以为最难的一关都熬过来了，后面就一帆风顺了，可好事多磨……”董事会秘书办公室主任王宝杰讲起后来的事仍然心有余悸。

9月16日审核通过，可受股灾影响，证监会的批文迟迟不能下发，直到10月28日，才收到证监会《关于核准凌源钢铁股份有限公司非公开发行股票的批复》。凌钢随即开始督促各认购对象缴款。由于当前钢铁板块的生产经营全线陷落，凌钢股份公司在去年已经亏损的基础上今年又连续亏损，市场对凌钢股份的全年业绩和可能被ST产生了严重关切，甚至是担忧；还有前期发生的罕见股灾，股市波动剧烈，凌钢股票价格长时间在发行价格以下徘徊，使众多的投资者望而却步；加上国家对金融市场和股市的进一步规范等。

多重因素的叠加，使得三家战略投资者对凌钢股份增发的认识、自身筹资渠道和筹资能力都发生了巨大变化。在缴纳认购资金时一拖再拖，经过大量艰苦卓绝的工作，华富基金资金在11月13日到位，宏运资本资金在11月24日到位。11月27日早晨，本次非公开发行的保荐机构海通证券股票紧急临时停牌，为避免对本次非公开发行造成影响，公司在其发布被中国证监会立案调查消息前及时决策确定发行方案和日程，并于当日向中国证监会进行了发行方案的报备，发行方案一经报备，便无法更改，必须不折不扣地执行了。直到12月4日，在规定的最后时限，广发基金资金才到位。

志壮功成 凌钢精神大集结

回眸过去这300多个日日夜夜，经过凌钢人的积极努力和艰苦付出，到12月4日，一次性募集资金20亿元已全部到账。至此，这项工作获得了圆满成功。这对于凌钢战胜当前困难、走出困境、实现扭亏为盈具有不可替代的重要作用。

这次融资是凌钢在企业生死存亡的紧要关头，抢抓难得历史机遇，靠自身实力募集到的一笔无比珍贵的“救命钱”，将大大优化凌钢的资产负债结构，大幅降低企业财务费用和经营成本，彻底缓解流动资金压力，为生产经营提供了坚实的保障。

此次非公开发行股票的成功，在凌钢发展史上具有里程碑意义。特别是将募集资金全部用于偿还银行贷款，目前在钢铁行业是唯一一家，也进一步提升了企业整体形象，这将为凌钢全面贯彻落实中共中央、国务院《关于深化国有企业改革的指导意见》，进一步深化改革创新，加快转型升级，形成股权结构多元化，发展混合所有制经济注入新的活力。对于公司后续发展，促进多元产业协同，推进钢铁主业“普转特”，加快朝柴发动机、天翼国基、浪马轮胎等非钢产业发展，早日把凌钢建设成为最具竞争力的大型综合性企业集团，必将带来意义深远的重大影响。

此次发行是在钢铁市场形势异常严峻，企业运行十分艰难，股市经历了前所未有的剧烈动荡、融资政策多次调整等极其不利的大环境下完成的。在整个发行过程中，无不凝聚了凌钢人忠诚企业、无私奉献的爱企情怀，彰显了滚石上山、爬坡过坎的奋斗精神，体现了攻坚克难、决战到底的顽强斗志，再一次丰富和升华了“自强、诚信、求实、创新”凌钢精神内涵，这是凌钢继三期技改后又一笔宝贵精神财富。进一步提振了广大干部职工战胜困难、走出困境、实现扭亏为盈的信心。

众心凝聚　期盼未来大发展

回首往昔，从5年间累计投资超百亿，连续实施两次大规模技改工程，抢抓机遇实现“一厂变三厂”，使凌钢成功跻身中国钢铁30强；到全面深化集团化体制改革，激发企业内在动力和活力，成功绘就钢铁主业与非钢产业两翼齐飞的恢弘蓝图；再到大力推进技术进步和管理创新，狠抓节能减排，使构建资源节约型、环境友好型企业的步伐越加铿锵……每到关键节点，凌钢总能在大竞争、大调整中实现大跨越、大发展，这其中彰显着决策层的胸怀、胆识和智慧，更闪现着广大干部职工创新意识、创业情怀和创造精神的光芒。

纵观此次股票非公开发行全过程，从发行决策、方案设计、认购对象遴选、通过证监会审核，直到最后的资金落实到位，可以说是一个时间紧迫、任务繁重、不确定因素甚多、不测事件频发、关隘重重、险象环生的艰难过程。如果在哪一项工作上稍有放松和延误，在遇到的困难面前没有应对措施，在哪一个环节上出现一招不慎，都可能会导致发行工作前功尽弃。参与这项工作的凌钢公司领导和相关部门人员以高超的智慧、顽强的作风和忠诚凌钢的敬业精神，大胆探索、不畏艰辛、迎难而上、闯关夺隘，做了大量艰苦细致、卓有成效的工作。特别是在几个重要节点上，不分昼夜、殚精竭虑、准确出击、及时到位，圆满地实现了20亿元全额发行的目标，完成了一项几乎不可能完成的任务。

股票非公开发行的圆满成功，让正在“寒冬”中奋战的凌钢人感受到了些许“暖阳”。但此刻寒冬依旧，决不能对凛冽的“钢铁寒风”存有丝毫疏忽与怠慢，要明白春暖花开是等不来的，唯有万众一心、众志成城，在“寒冬”中强筋健骨，才有机会搏击于未来！

（作者现为凌钢电视台记者）

成长纪事

凌钢建厂初期的土烧结

“七五”时期的高炉现场

20 世纪 80 年代的高炉

凌钢早期使用的蒸汽机车

技改施工

高炉吊装集气管

高炉操控室已经完全实现操控自动化

三期技改建成的 2300m³ 高炉

1989年,建设中的第二炼钢厂

20t转炉炉壳运抵施工现场

20世纪90年代末期炼钢转炉

电炉铸锭

120t 大转炉

炼钢车间

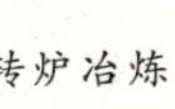

转炉冶炼

小热带生产线

原第一轧钢厂 400/250 轧机

焦炉生产

检修作业

混料场堆取料机

20世纪90年代初的钢管厂，现已搬迁到北票工业园区

钢管打压

连续棒材生产线

小圆型钢

高线吐丝机

污水沉淀池

1996 年 9 月，中宽带生产线全线过钢

国内第一条中宽热带生产线

1996 年，凌钢轧出国内第一卷中宽带

八机八流方坯连铸机

制氧机

热力发电

1997 年,凌钢开展“外学邯钢,内学炼铁”活动,成为辽宁省工业企业管理的典型

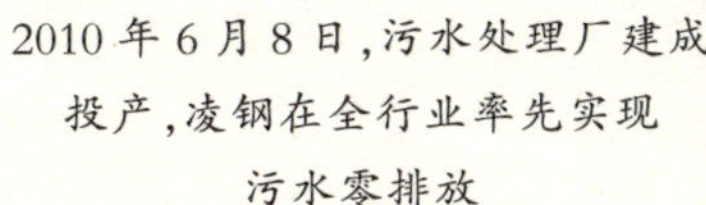

2010 年 6 月 8 日,污水处理厂建成投产,凌钢在全行业率先实现污水零排放

凌钢办公区夜景

承前启后的“老一炼”

曹凤友

“老一炼”（原炼钢车间、第一炼钢厂）始建于1966年5月，1967年10月1日电炉建成投产。当时，正值“文化大革命”高潮时期，生产组织处于混乱状态，由于设备和操作等多种原因，开炉后只试产了16炉钢，全都不合格，就停产闹革命了。

1968年8月17日，在军管会的主持下，1号电炉恢复生产，炼出第一炉合格的45号钢，这也是凌钢历史上的第一炉合格钢，当年共产钢锭2853t。2号电炉是1973年10月开工建设，1975年5月24日建成。3号电炉则是在1990年9月4t转炉拆除后为了增加钢产量建设的。1973年7月1日“老一炼”4t转炉开工建设，1980年6月28日才正式生产，1990年3月关闭。3座电炉于1999年8月关闭，至此“老一炼”共生存了33年，累计生产钢锭206万吨，为凌钢的发展和国民经济建设做出了重要贡献，“老一炼”的历史也是我国钢铁工业发展的一个缩影。

初识“老一炼”

1982年8月，我由钢校毕业分配来到凌钢。那时，“老一炼”生产属于恢复时期，两台5t电炉和一台4t转炉生产，生产品种以普碳钢为主，车间生产各工序衔接紧密，我以技术员身份到炉前班组实习锻炼。由于我在校学的是炼钢，实习是在重庆特钢30t电炉车间，所炼钢种以不锈钢等特钢为主。来到“老一炼”5t电炉实习，钢种为普钢，没有任何陌生感，很快就对工艺、设备、材料、操作等熟练掌握，半年以后到了技术组。当我行走在宽阔整洁的马路上，居住在有序管理的独身宿舍，每月能保证33元的工资，6个月后还有奖金，我感到很是欣慰。在当时的社会经济条件大背景下，凌钢的待遇算是不错了。在一次车间大会上，车间主任李士俊一句话让我记忆深刻：“只要大伙好好干，完成生产任务，年末奖金能保证买半扇猪肉。”当时的一盘肉菜为两角钱。可惜，由于我入厂时间短未能拿到。

当时正是凌钢清除极“左”思潮和无政府主义影响，全面进行企业整顿时期，墙上贴满了“三满”“八不准”等制度，安全岗位责任制、技术操作规程装订成册，车间还经常组织工人学习考试，建立了较为有效的管理秩序和工作秩序，生产经营出现了新的转机，“老一炼”也逐渐走向了正规。

发展和鼎盛时期

1978 年，十一届三中全会之后，凌钢的生产形势发生了根本性的变化，“老一炼”电炉炼钢生产也有了明显进步。1979 年 3 月 18 日，炼铁车间 2 号高炉大修投产后，保证了铁水供应，使两座电炉全部实现铁水热装。铁水热装和炉内吹氧缩短了冶炼时间、提高了产量、降低了消耗和成本，冶炼时间由 4 小时 49 分降低到 4 小时 27 分，但由于电炉能力小，全年产钢也只有 3 万 ~4 万吨。1980 年 4t 转炉投入之后，“老一炼”进入快速发展时期，终于在我入厂的 1982 年生产了 7.3 万吨钢，这是用了 14 年时间才达到了设计能力（材 5 万吨、钢 7 万吨、铁 10 万吨），凌钢也从根本上扭转了连续多年的亏损局面，“老一炼”从此进入了发展时期。

1980 年，4t 小转炉恢复生产，冶炼沸腾钢获得成功，当年生产转炉钢锭 14027t；1981 年 6 月，为了解决高炉与转炉之间铁水供应矛盾，投入了一台 160t 混铁炉，转炉日产量提高 20t，10t 钢水包采用配合式滑动水口工艺取代了塞棒获得成功，吨钢降低费用 1.30 元。另外，对除尘系统改造，将烟道、烟罩的原板块式水冷结构改为板块溢流式水冷结构，降低了循环水的压力，减少了漏水。1982 年 5 月，转炉扩容改造，直径由 2240mm 扩大到 2446mm，炉容由 4t 增加到 5t，改造后单炉平均产量增加 1.2t，全年增产钢 1.1 万吨。1983 年 12 月，转炉炉龄第一次突破 200 次大关。次年 1 月，转炉氧枪喷头单孔改为三孔螺旋喷头，减少了喷溅，提高了金属收得率，分别缩短待渣时间 2 ~ 3min，吹炼时间 4 ~ 6min，单炉产量由扩容后的平均 6.043t 扩大到 9.205t。同年 8 月 19 日，4t 转炉开始应用顶底复合吹炼新工艺。1986 年，首次应用微机处理生产调度工作。1988 年 3 月 29 日，《中国冶金报》刊登了 1987 年全国地方骨干钢铁企业转炉评比结果，凌钢的 4t 转炉获一等炉称号。同年，转炉钢产量超过 120000t，达到 120376t。1989 年，一炼钢厂荣获冶金部 1989 年度转炉炼钢竞赛红旗单位称号，转炉钢产量达到历史纪录的 132017t，再加上当年电炉钢产量 55405t，创造了“老一炼”的历史顶峰年，产钢 18.7 万吨。

1990 年 3 月 1 日，4t 转炉停产退役，投产服役 10 年，累计冶炼钢 72.4 万吨，利用系数居全国同行业第一。为此宋士田经理题写了牌匾“功勋炉”；4t 转炉停产后，为凌钢还做了最后一次贡献，炉体设备卖给了广东阳春钢铁厂，160t 小混铁炉卖给了黑龙江龙江钢铁厂，在 4t 转炉的铸锭位置当年又建设了第三座电炉。

4t 转炉停产退役和凌钢“七五”改扩建 20t 转炉的投产，标志着“老一炼”

的辉煌已过，终究会被更先进的二炼钢取代，至此步入了承前启后的最后10年。

最后10年

尽管“老一炼”的生产已远超7万吨的设计能力，但是已不再有大的发展空间。此时，正值国家经济进入突飞猛进时期，用钢量大增，在强手如林的竞争中凌钢不发展就意味着死路一条。1985年8月7日，国家计委以计原［1985］1178号文件，批准了凌钢“七五”改扩建规划。从1986年6月20日开始，凌钢“七五”改扩建工程17项工程之一的20t转炉和小方坯连铸机在“老一炼”北侧的500m处开工建设。“老一炼”仍然担负着凌钢“七五”改扩建时期的主要生产任务。三年后的1989年10月25日，20t转炉建成投产，1990年正式投入生产。此时，“老一炼”也随着凌源钢铁公司的成立升级为第一炼钢厂，靠着仅有的3台电炉和第二炼钢厂的两座20t转炉，共同承担起凌钢20世纪90年代生产任务，也就是“老一炼”的最后时期。

1991年，“老一炼”因电力紧张只剩下两座电炉生产，全年完成钢产量5.6万吨，我作为技术组仅有的两名技术员之一（另一人为吴占富），在负责工艺的同时，不放松质量，成立的公司级“炉前操作控制点”制度和考核并举，有效降低了硫、磷化学成分超标次数，钢锭综合合格率完成99.36%；当年和吴占富一起还推广应用了18t钢水包上采用铝镁碳钢包砖代替黏土砖砌筑，将包龄由20次提高到54次，实现效益6.5万元，获得公司“四新技术”奖励；还推广应用了钨铼快速微型热电偶测温，测成率为98%，使高低温钢的比率由20%下降到5%。1991年初，外出安阳考察，发现安阳钢厂钢锭表面异常光滑。原来安阳钢厂使用的是新开发的一种钢锭保护浇铸材料“复合型保护渣”，我便向同学要了几袋背回，偷摸试验，效果立显。于是，向厂领导汇报并得到了领导大力支持。7月份进行批量试验，钢锭表面质量大幅提高；9月份正式应用生产。从此河南西峡优质保护渣进入凌钢直至今日。现在想起来都是技术消息闭塞所致，如果不去安阳钢厂出差还不知要走多少弯路。

和凌钢目前大型化、自动化的装备相比，5t电炉属于20世纪50年代初期的仿苏设备，陈旧落后，无除尘，除加料和出钢外，全部是人工操作，炉门、炉盖圈和电极孔圈采用水冷，炉盖采用300mm厚度的高铝砖砌筑，劳动强度、作业环境和安全性能很差。1992年10月11日，因吹氧气切割废钢方法不当造成一天内发生两次大沸腾事故，崩塌炉盖，10t耐火砖落入熔池，经再装料加热到一定温度使砖、钢分离后人工用木耙子扒出，劳动强度可想而知。

1992年，“老一炼”被列为凌钢劳动工资制度综合配套改革试点单位。在公司指导组的帮助下，炼钢厂制订详细的改革方案。对41个工种岗位进行了岗位测评，为建立岗位技能工资制创造了条件；在定岗定员，优化组合中，减员30人，撤销合并班组7个，421名职工率先与公司签订了劳动合同。在改革推动下，“老一炼”职工积极性空前高涨，采取成本分解，分口管理，与经济责任制挂钩等措施，全面开展班组经济核算，加强生产调度指挥，全年共生产合格钢锭82885t，是电炉投产以来历史最好水平，为凌钢当年完成35万吨钢大目标实现“一厂变三厂”的梦想做出了巨大贡献。

1993年，为凌钢攀登上年产钢50万吨大台阶，“老一炼”相继3次调整了产量指标，广泛开展劳动竞赛，调整分配政策，发挥经济杠杆作用。1993年4月16日，厂长王志新在第二炼钢厂召开的现场会上做了发言“远学鞍钢，近学连铸，争取全年拿下11万吨电炉钢”，果然当年生产钢锭11.68万吨，比1992年多产钢3.40万吨，创出电炉钢产量的历史最高纪录。同时，吨钢铁水消耗130kg，位居全国同类电炉第6位。1995年，炉龄达到52次，比上年提高8次；吨钢模耗18.71kg，比上年降低2.59kg；吨钢电极消耗7.2kg，比上年降低1.2kg。

1996～1997年，出于对总体经济效益的考虑，公司对“老一炼”实行限产，职工多次放假，70%开工资，电炉生产面临严峻考验。1996年初，公司推行模拟市场核算、实行成本否决新机制，对分厂的经济责任制考核由过去以考核产量为主变为以考核利润为主，让分厂推墙入海直接与市场见面，一炼钢更加不适应，电炉炼钢几乎是炼一吨亏一吨。按照成本否决机制，职工得不到奖金，生产每况愈下。在困境中，寻找品种钢开发出路，1996年开发了品种钢20号管坯钢，1997年10月28日由我起草的硅锰、硅铬弹簧钢技术操作规程付诸实施，进入到硅铬弹簧钢开发阶段。进入1998年，受东南亚金融危机波及影响，钢价猛跌，“老一炼”勉强恢复了一台电炉生产，公司没有下达生产计划，全部为临时性指示，我几乎每个月都要报生产材料计划。1998年2月，60Si2Mn冶炼了55炉927t、60Si2CrA冶炼了22炉341t，由于工艺上增加了铁合金烘烤、钢包底吹氩和喂线脱氧技术，再加上规程严格执行，领导重视，使得产品化学成分全都合格，低倍检测除头段坯有部分夹杂、皮下气泡外其他均符合标准要求，合格率完成96.9%；当年生产的其他品种钢20号管坯钢完成99.25%，45号、65Mn完成99.66%，品种钢的生产也为“老一炼”争得了生存时间。虽然Si、Mn弹簧钢冶炼成功，但一轧开坯问题无法解决。1998年7月21日，沈阳铁道弹簧钢厂240t 60方坯存在折叠、边裂缺欠，经宋继宗、王运琪现场确认完全属轧钢问题，由高益荣签字的处理报告赔偿用户1.5万元，扣一轧7000元，扣一炼1000元，质检处长、一轧站、轧钢乙班、技术处长各30元。为稳定职工，建立厂长接待日，做好职工思想政治工作，让职工充分认识到指标在我心中，消耗在我手中的道理；在成本核算上，建立成本指标分解考核图板，采取三级核算并与责任制直接挂钩方式，把各项消耗指标按工段、科室层层分解，具体落实到班组及职工个人头上；狠抓修旧利废和小改小革活动，全年修旧利废共节约价值 24 万元，1996 年全年降低成本 42 万元。1998 年，实现超创利润 230 万元。但由于规模小、装备差，这些都不能从根本上解决“老一炼”存在的根本性的问题。

回味“老一炼”

1999 年 8 月 6 日，“老一炼”停产，职工先放假，后采取了突击性考试，按成绩优先分配到凌钢其他单位工作。回顾历史，作为“老一炼”的一员，我为这个集体感到光荣而自豪，几代“老一炼”人励精图治，把小电炉、小转炉做到了极致。光阴荏苒，岁月如梭，“老一炼”停产关闭已过去了 18 个年头，绝大部分工友都已经退休，当时的青工被分配到各生产单位，经过了“老一炼”那段艰苦卓绝的锻炼，现在大都成了生产和业务骨干。

从我 1982 年参加工作算起至 1999 年 8 月“老一炼”停产关闭走完了它 18 年的光辉岁月，我把最为宝贵的青春时光奉献给了“老一炼”。在“老一炼”生存的 33 年时间里，无数“老一炼”人用巨笔谱写了一幅感天动地、气势恢弘的雄伟画卷，做出了无愧于时代的巨大贡献，他们是凌钢历史的创造者，是凌钢实现梦想的功臣，没有几代“老一炼”人当年流血流汗、励精图治、艰苦奋斗、无私奉献，就不会有今天生机勃发、欣欣向荣的凌钢！

历史不会忘记，曾经为凌钢发展做出巨大贡献的“老一炼”人！

（作者现为凌钢原料厂技术科科长）

高炉作证

曹盛亭 口述 王洪波 整理

1982年9月份，凌钢技校毕业的我被分配到凌钢炼铁车间，从那时起我就成为了凌钢大军中的一分子。今天屈指算来，已是34个春秋，因为一直身处炼铁一线，我见证了凌钢炼铁的发展历程。今天回首那激情岁月，火红时代，不由感慨万千，现将点点滴滴与大家分享。

百立方米高炉的人与事

1982年9月份，我被分配到当时还是炼铁车间的1号高炉工段当炉前工。当时的车间书记叫白玉生，全车间有两座100m^3高炉，分别叫1号高炉和2号高炉。1号高炉是1982年1月份刚刚完成大修改造，炉型由瘦长型改为矮胖型，已更适合球团矿冶炼。风口也由6个增加到8个，炉体框架结构、炉顶使用旋转布料器、槽下筛分、称量、卷扬等都进行了系统改造更新，可以说是新项目。没有想到的是，就是在这个新项目上，我一干就是13个年头。

1984年7月份，我从炉前工岗位转向了瓦斯工岗位，直到1986年10月干上炉前技师，1988年3月干上运转段长半年后，回到1号高炉当段长，直到1995年。13年间，我从一名炉前工成长为段长，凌钢炼铁的百立方米高炉也发生了巨大变化。

两座100m^3高炉在经过1982年改造后，1983年达到了设计能力，高炉利用系数2.137t/(m^3·d)，入炉焦比达到了600kg/t，当年在全国小高炉竞赛评比中获得了第一名。这让当时的凌钢人兴奋了好一阵儿，也把目光投向了更先进技术的应用。1984年12月，由包钢设计院和凌钢联合设计2号高炉引进两项先进技术，一是干式煤气净化布袋除尘技术，淘汰了文氏管水洗煤气除尘；二是顶燃式热风炉技术淘汰拷贝式热风炉。前者每年节约工业用水100t，后者使热风炉蓄热面积提高了30%，风温可提高至900℃以上，降低焦比达到了50kg/t，顶燃式热风炉技术填补了省内热风炉技术的空白。到1987年，两座100m^3高炉生铁产量达到了142443t，实际生产水平比设计能力提高了42%。

岁月轮回，随着发展的车轮前行，凌钢两座百立方米高炉在自己的运行轨迹上完成了使命。原1号100m^3高炉在1995年11月停炉后被拆除淘汰，服役23年，由新1号380m^3高炉取代。原2号100m^3高炉在2003年2月停炉后被拆除淘汰，服役34年，由新2号420m^{3}高炉取代，两座高炉可以说是凌钢炼铁发展壮大的“头号功臣”，在炼铁版图上开疆辟土，呈现出了肱股之力。

在百立方米高炉时代，炼铁车间机构在1988年发生了实质性转变。1988年3月，朝阳批准组成凌源钢铁公司，由此炼铁车间变为炼铁厂，时任厂长于春恩，书记是如今的集团公司党委书记郝志强。

300m^{3}高炉的变迁岁月

随着工艺设备的改装换代，青年人才在凌钢炼铁战线上不断涌现，有学历、有能力的管理人才逐渐走上高炉管理岗位。我在1号高炉拆除后，开始到2号高炉担任炉前技师一职，用当时时髦的话和领导谈心的话说，给年青一代提供展示才能的天地，也是为炼铁的持续发展着想，让更多的年轻人担当主角。当时，作为一批奋战在一线的“老八路”都主动让贤，分别走上了炉长、技师岗位，成为辅佐青年才俊的智囊。接下来的工作岁月，才是激情岁月的真正开始，因为凌钢高炉开始了前所未有的嬗变历程。

1986年10月15日，凌钢“七五”规划重点新建扩能工程炼铁3号300m^{3}高炉开工建设，工程由鞍山钢铁设计院设计，冶金工业部第三冶金建设公司施工建设。1988年3月7日竣工投产，建设工期16个月，1992年实现达产，此时炼铁系统铁能力形成了35万吨/年。在这座高炉上，计算机和液压技术在当时的凌钢及炼铁史上第一次开发应用。随后在2002年的大修改造中，3号高炉炉容增加了30m^3，采用了水冷炉底和中碳莫来石刚玉砖，炉缸陶瓷杯结构综合炉底技术，炉身采用乌克兰技术。计算机等自动化程控系统进行升级改造，采用美国莫利康公司昆腾系列产品，淘汰了PC-584和升级后的PC-594，热风炉由锥-球型内燃式改造为旋流顶燃式，引进了承钢热风炉先进技术，微机自控操作。也正是这次改造，让凌钢第一座300m^{3}高炉的产能释放得淋漓尽致，系数由3t/(m^3·d)提高到4t/(m^3·d)，这是一个不小的跨越。这也为2007年扩容为750m^{3}高炉写下了精彩的伏笔。

而在接下来的凌钢“八五”、“九五”、“十五”规划重点工程的名册上，依次有了4号380m^{3}高炉、新1号380m^{3}高炉和新2号420m^{3}高炉的相继诞生。一系列先进技术在这三座高炉上均有体现。

4号380m^{3}高炉，于1993年6月开工建设，1995年3月开炉生产，高炉采用了钟式炉顶，本钢液压传动技术专利，工装自动化水平比3号高炉有了进一步提高。配有三座内燃式改造式热风炉，设计风温1000℃。新1号380m^{3}高炉，于1999年9月在原1号100m^{3}高炉的旧址基础上开工建设，2001年1月6日开炉投产，设计年产铁28.3万吨。首次使用无料钟炉顶先进技术在这座高炉上有了体现。新2号高炉420m^{3}高炉，于2003年3月，在原2号100m^{3}高炉的旧址基础上开工建设，2003年8月31日竣工投产，当年10月即达产。在这座高炉上，不仅采用了无料钟串罐炉顶PW紧凑型卢森堡—沃尔特公司专利技术，在炉渣处理上，采用了唐山嘉恒粒化专利技术，实现计算机程控操作一体化。同时配有三座旋流顶燃式球式热风炉，设计风温达到1150℃，这些先进技术的采用，让凌钢的炼铁技术不断飞跃。

1080m^{3}高炉的首秀T型台

迈上千立方米高炉的大台阶，一直是凌钢人的梦想，更是每个从事炼铁事业的人的梦想，2008年，正是圆梦之年。正值凌钢二期技改。

作为多年工作在一线的炉前技师，我有幸参与到凌钢第一座千立方米高炉的建设和炉前管理中。4号1080m^{3}高炉是在原4号高炉旧址基础上开工建设，2008年12月8日竣工投产。在随后2009年、2010年的产能释放中，4号高炉拔得头筹，利用系数全国同类型高炉排位前三以内。

随着炼铁理念的不断提升，在驾驭高炉上，以炼铁厂厂长全守军为首的管理团队，努力研究凌钢高炉在不同原燃料条件下的运行特点，总结、提炼了“精确判断、精准调剂、精细管控、精密组织”的“四精”操作理念，形成更先进、更完备的“以合理的高炉炉型为基础、以强化原燃料管控为保障、以适合的上下部调剂为手段”的科学操作体系。在高炉操作制度上向大矿批迈进，4号高炉达到35t。同时优化多环布料矩阵实现了质的跨越，2010年1号、3号、4号高炉均由4环布料增加到5环布料，毋庸置疑，凌钢炼铁进入了发展的快车道。

2300m^{3}高炉的磅礴崛起

说起彰显大气之作，凌钢三期技改可谓巨笔绘就，成就了凌钢发展史上最辉煌的一页。2300m^{3}高炉在2012年终于昂然矗立，成为凌钢最明显的地标建筑。

“2012年，精心组织、有序推进，克服了施工环境复杂、立体交叉作业难度大等重重困难，2300m^{3}高炉工程提前竣工投产，使高炉提前18天开炉出铁。2300m^{3}高炉投产仅20天，在无富氧的情况下，平均日产即跃上4500t”，这段话，或许别人现在读起来像是说着他人的故事，可我却不这样认为，想到2012年建设2300m^{3}高炉的日子，我总是有些感慨。无论是在建设中间，还是在投产达产过程中，说每个人都心掬炭火一点也不为过。不计付出，热情高涨，集聚于一处的智慧与力量在大熔炉里交集。在优化投资，建设经济工程上，前期对高炉设计图纸充分消化，缜密研究，取消了入炉矿槽前烧结矿分级筛分、高炉煤气放散点火装置等项目，节约资金就达到了650万元。在设备订货过程中，通过考察调研，选择了性价比合理设备，同比投资又节约了2000万元。在超前介入，协同作战上，抽调精兵强将全力参与技改，成立了由工艺、设备、仪表等12名专业技术人员组成的攻关组，为项目筹建提供组织保障。在严格把关，铸就精品上，65人的检质队伍日夜坚守一线，使2300m^3高炉钢结构万余吨的工程量，每道工序的施工质量都达到了规范，符合设计工艺要求。

在凌钢三期技改工程竣工庆祝大会上，董事长张振勇的讲话，我很赞同。他说，三期技改工程的建成投产，不仅为凌钢增强企业竞争力奠定了坚实的物质基础，也为我们应对当前困难的经济形势增添了强大的精神动力。同时更培养锻炼了一大批技术和管理人才。

激情岁月，火红时代，带给我们的不仅是感叹，更多的还是我们今天依然毫不懈怠勇往直前的强大动力，这与一辈又一辈凌钢人的精神积淀紧密相连。当我们缅怀历史的时候，更要向这条历史长河投去我们敬仰的目光。

（口述人现为凌钢第一炼铁厂3号高炉炉前技师）

说说当年的“连铸精神”

黄明福

值此凌钢建厂50周年，连铸投产26年之际，采摘点滴花束，献给为连铸发展事业做出贡献的炼钢人。

背　　景

1989年10月25日，第二炼钢厂20t转炉投产后，生产模式两座转炉对应模铸。即用钢锭模具将钢水浇铸成钢锭，来消化转炉生产的钢水。在这种条件下，被称为千军万马走独木桥。

那时钢锭浇注工艺简单，劳动强度大、工作环境差。全部是人工操作。一是铸锭盘，二是铸锭模。就是操作工操作场地。蹲在铸锭盘上进行铺砖抹泥。脚底与盘面接触烫得直冒烟。

他们一个班下来，累得像一团泥，身上穿的工作服、裤子被汗渍侵蚀、高温烤得硬邦邦的，往地上一戳都能立在地上。上衣后面被汗渍浸透成一幅图案。

落后的模铸工艺，必将制约转炉钢水消化，也为炼钢的发展提出新的要求。

连铸精神的产生

1990年2月，衡阳制造的150mm×150mm小方坯连铸机在凌钢落户，当时在全国是第二家。凌钢走在全国同行业、规模相当企业的前列。

连铸机生产线于1990年2月开始筹建，9月初土建、设备安装完毕，进入设备调试，生产热试阶段。

新的设备，先进的工艺。第二炼钢厂新组建的队伍承担了如此重任。

采访昔日的工长赵建忠回忆说：这支队伍是由1987年、1990年两批凌钢技校毕业生，及在生产岗位抽调7名生产骨干组成。平均年龄不足23岁。我是1987年凌钢技校毕业生，共有6人分配到连铸。在一炼钢实习一年，后来我们6人与7名生产骨干，一行13人到青岛、上海五厂短期培训实习。返回后，就成了连铸热试的排头兵。1990年技校毕业生，毕业后直接分配到第二炼钢厂连铸岗位上。

找到几位资深拉钢工老工长刘照清、王超、赵建忠聊天时，他们是这样描述当时热试情景的：参加热试时，我们外出培训的 13 人为主操作手。是否成功，心里没底。

当时主管连铸技术的闫清军鼓励我们：连铸是现代化炼钢生产的发展方向。在一定意义上讲，连铸水平代表炼钢生产水平，使连铸成为一支最璀璨的花朵。连铸生产是一项全新的技术。我们一无经验，二无技术，让我们凌钢这台连铸机，经过我们自己的手拉出钢坯来。

在技术人员的指导及段长王春福组织下，经过多方准备，四机四流 150mm × 150mm 小方坯连铸机，于 1990 年 9 月 4 日开始第一次热试。连铸机拉出第一根方坯，是张忠友在第四流执机完成的。但是，未能拉出四流钢坯。第一次热试失败。

接下来从 9 月 5 日到 16 日，相继进行 9 次热试，均未能拉出四流方坯。连续失败，对我们打击很大，我们为热试成功，守在连铸机旁，5 天未回家。饿了，面包就榨菜，泡碗方便面；渴了，喝口凉水；困了，靠在椅子上打个盹。即使回到家里，也睡不上安稳觉，只要接到通知，立即赶到班上。

热试 9 炉没有成功。公司领导非常重视，天天守在现场，坐镇助威。每次的热试结束后，由热试小组组织召开现场分析会。公司领导及相关工程技术及管理人员参加，会上查找问题，分析原因，制定解决问题的办法。

请　　战

在热试第 9 炉失败后的现场分析会上，与会人员个个心里都是沉甸甸的。面对诸多制约热试的问题不能解决，是否热试继续还是停止。有人提出质疑，靠这批年轻人拉钢能成功吗？甚至提出请外援来厂指导。最后，分析会形成两种意见，一是热试暂停，继续查找原因，等待热试；二是公司派人到上钢五厂请人，当日就出发。

当时，我们听到这个消息，第一个反应是不同意请人，我们能行。

因为面对每一次热试，我们都做了充分的准备，认真去操作。面对每一次的不成功，我们都很心细地、耐心地回忆热试的过程，在哪儿出了问题？如何解决？不断总结，不断提高。从中摸索一些经验，吸取一些教训。操作更加成熟，坚定了成功信心。

在厂领导组织我们生产骨干与技术人员一起梳理热试中出现的问题当中，发现集中问题在不下流方面。而制约不下流的原因，重点怀疑中间罐的烘烤温度不均匀，有可能问题就出在耐火材料和下水口的烘烤温度上。我们又联想到烘烤使用的煤气质量不好、杂质多，影响到烘烤效果。

最后，我们为解决这个问题，提出了以煤气烘烤为主，加入木材烘烤为辅的方案。我们几位生产骨干和技术人员一致请战，再让我们试产一炉吧。请战得到厂领导的认可和支持。

厂长也向公司领导表态，先不请外援，再试一炉钢水。我们第二炼钢厂有决心完成热试任务。

最后一搏

连铸人与工程技术人员一起，再次做了充分的准备，同时与外厂的兄弟单位用电话进行咨询和交流。把诸多问题的解决落在实处，比如：耐材的使用，中间罐烘烤温度、钢水温度，钢坯拉速等。调度指令，一包钢水用天车吊运过来，坐在连铸机大包转台上，段长王春福一声令下：“开浇”。在连铸平台上，早已等得不耐烦的拉钢工们，立即行动起来。他们在班长带动下，有条不紊地操作。四流钢坯犹如四条火龙，顺利通过拉矫机，经过机械剪，只听“咔嚓、咔嚓”连续响声，钢坯被切成定尺长。切成段的数根钢坯“咕咚、咕咚”奔向冷床。经过大包开浇—中间罐拉钢—拉矫机—机械剪—冷床的几个程序，顺利完成。成功了！

此时，连铸平台上下欢呼一片，连铸人之间互相拥抱。除了欢呼外，参加热试的人们流下了激动的泪水。“我们没有给凌钢人丢脸”。

当时时间是 1990 年 9 月 17 日 17 点 30 分，热试成功。这一次第二炼钢厂没有辜负公司领导及广大职工的希望。

第二炼钢厂四机四流小方坯连铸机终于热试成功，拉出四流钢坯，计 17 根方坯（150mm × 150mm、定尺 3.2m），计 19.8t。从此改变了炼钢下道工序只有模铸没有连铸的生产方式。却破解了一道生产难题。

体　　会

有人采访赵建忠、王超、刘照清问：“当时热试成功后，你们的要求是什么?”他们的回答出人意料:“心踏实了，可以松口气了。回家睡觉，睡到自然醒。”

谈到事后体会时，张中友的说法可谓是情景再现：

一年来，上班等于上战场。连铸机平台就是战场，拉钢就是战斗。吃了不少苦，受了很多累，确实很不容易。也许这是别人所体会不到的。如果想在连铸工段找一个身上没有受过伤的人，太难了。可以说，我们都是伤痕累累，加班加点已经成为自然了。

是啊。昔日年轻气盛，初生牛犊小伙子。为连铸事业的成功、发展，他们不言败，不服输。敢做前人没有做过的事情。创业，就要付出，不讲价钱，不计报酬。顽强拼搏，无私奉献。如今，他们已经步入中年。回忆往事，感慨万千。

连铸精神的形成

连铸热试期间发生可圈可点、可歌可泣的故事，被炼钢人几经传颂，赞赞不休。当时，第二炼钢厂工会主席白福军在总结连铸会战期间的连铸热试工作时，将其归纳为“争气、拼搏、奉献”的连铸精神。即不言败不服输的争气精神，敢打拼不畏惧的拼搏精神，不计较得与失的奉献精神。

1994 年，公司把连铸精神定为凌钢的企业精神。

连铸工艺的投入使用，为凌钢在炼钢系统上填补了一项空白，解放铸锭，在今后的生产中，提高金属收得率，节约能耗，提高铸坯质量等综合指标必将迈上一个新的台阶。

当时公司党委副书记苑成德为连铸精神题词：

可贵者胆，所求者魂，二炼职工再展雄威。
争气之曲，奉献之歌，连铸精神又结硕果。

2000 年，转炉炼钢厂使用十年之久的模铸工艺功成身退，使转炉炼钢厂生产告别模铸时代，实现了全连铸。

（作者现为凌钢优特钢事业部办公室副主任）

回顾光辉历程　见证炼钢风采

吴旭峰

27 年，在历史的长河中仅仅是弹指的瞬间；27 年，在浩瀚的宇宙万物进化中更是显得微不足道。然而，对于正在日渐发展壮大的凌钢炼钢来说，从“七五”技改至今的 27 年，则是经历了一个由幼稚到成熟、弱小到强大的蜕变过程，这是一段彩虹般的年华，它承载着炼钢和曾经为之奋斗的所有炼钢人无限的激情和绚丽的梦想。我有幸参与其中，见证了炼钢披荆斩棘、勇攀高峰的发展历程，感慨万千！

1989 年，正是凌钢“七五”技改工程时期，转炉炼钢厂也就是原来的第二炼钢厂是“七五”技改工程中投资最多、规模最大的项目。其中，包括两座 20t 转炉、600t 混铁炉、半径 6m 四机四流连铸机、转炉采用顶底复合吹炼等 12 项新技术。我是那年的 7 月末毕业被分配到转炉炼钢厂的。10 月 25 日，2 号转炉建成投产。在此期间，因为工程已进入了收尾阶段，所以当时的大学毕业生提前进入工作岗位，厂内也只有 300 多人，大部分人员还在外面培训。随着 9 月中旬接到 10 月份投产的要求，全公司抽调人员陆陆续续进入二炼钢，采取不分甲方乙方全公司大会战的方式，各分厂设备厂长亲自带队各负其责、不分昼夜、协调作战，终于在 10 月 25 日 19 点整随着一声礼炮的轰鸣，转炉热试开始。时任厂长刘士杰亲自指挥，炉长法来明摇炉，段长杨树林炼钢，仅仅 10 分钟的吹炼，2 号炉第一炉钢水一次试浇成功。完成技改任务的同时保证了公司整体工程的进度，保证了冬季到来之前投入生产。

1990 年，我有幸见证了炼钢精神诞生的全过程。连铸机生产线 MYF-604 型四机四流小方坯连铸机于 2 月开始筹建，9 月初土建、设备安装完毕，进入设备调试，生产热试阶段。那时的凌钢，对于连铸工艺没有任何经验，炼钢职工在没有外聘专家的指导下，仅靠着平均年龄在 23 岁的连铸操作工的摸索，克服重重困难、破解一道道难题自己搞热试。饿了，面包就榨菜，泡碗方便面；渴了，喝口凉水；困了，靠在椅子上打个盹。经过多方准备，9 月 4 日开始第一次热试。连铸机拉出第一根方坯，但是未能拉出四流钢坯，第一次热试失败；接下来从 9 月 5 日到 16 日，相继进行 9 次热试，均未能拉出四流方坯。时任厂长丁礼常对此非常重视，天天守在现场，坐镇助威。每次的热试结束后，他都会参加由热试小组组织召开的现场分析会，查找问题，分析原因，制定解决问题的办法。9 月 17 日 17 点 30 分，厂长丁礼常下令“开浇”，随着段长王春福一声令下，四流钢坯犹如四条火龙，顺利经过大包开浇、中间罐拉钢、拉矫机、机械剪、冷床的几个程序，非常顺利完成。连铸平台上下欢呼一片，连铸人互相拥抱，参加热试的人员，眼里流下了激动的泪水。连铸工艺的投入使用，不仅为凌钢在炼钢系统上填补了一项空白，更增长了转炉炼钢的效益。连铸热试工作期间，“争气、拼搏、奉献”的精神，成为了炼钢标志性的连铸精神。

1991 年，连铸工序采取加烘烤器、中间罐采用铝镁浇注料捣固代替黏土砖砌筑、钢包吹氩等技术，全面提高了连铸坯的质量，合格率达 99.42%，成为生产的一大亮点。当时，经理宋士田在连铸投产一周年时亲笔题词“壮我凌钢志，扬我凌钢威”。

随着中宽带轧机的引进，根据市场需要炼钢工艺要投入与中宽带厂配套的板坯原料。于是，1994 年 7 月 1 日炼钢厂承担 1 号板坯设备安装任务。在无任何安装整体设备的经验下，我和 7 名技术人员、20 多名技术工人组成了安装队伍，靠着翻阅安装标准和查阅设备图纸及技术参数，制定出了板坯连铸机安装方案。经过加班加点在 5 个半月的净工期时间内，优质高效的完成安装。1995 年 6 月 2 日是中国人传统的节日——端午节，也是板坯连铸机热试的日子，时任厂长陈玉清亲自督战。从早 7 点开始，所有安装人员就处于紧张的备战阶段，工程技术人员和工人仔细的对设备做最后的检查。8 点半煤气烘烤器点火，13 点 20 分火切机准备就绪，18 点 06 分脱引锭启动，板坯连铸机热试现场一片寂静，随着红亮的板坯缓缓滑动而出，现场沸腾了，大家或拥抱、或流泪、或鼓掌、或欢呼，用不同的表达方式迎接这次由凌钢人第一次，也是唯一一次独立承担完成的整套设备安装任务。并实现了一夜连续 23 炉的优异成绩，标准着炼钢具备 50 万吨以上的生产能力。

1998 年，3 号转炉投产，炼钢形成了“三吹二”工艺流程和年产 100 万吨钢生产能力，自此电炉炼钢画上了一个圆满的句号，同时生产组织也转入以连铸为中心。当时，我就任连铸维修段长。那时，1 号方坯铸机进行过多次改造扩大产能，但为了提产增效，当年对其进行了提高拉速改造，改造全部由连铸维修工段自行承担，我同工友们连续奋战三天三夜，圆满完成热试任务，拉坯速度由原来的 1.2 ~ 1.4m/min 提高到 2.2 ~ 2.4m/min，增产 30 万吨。在这 3 天里，我又切身地体会到了连铸“争气、拼搏、奉献”的精神。1999 年底，为了适应中宽带产能的增加和开发新品种的需要，时任厂长孙铁茂提出百分之百连铸。随着 2000 年第二台 40 万吨立弯式机型板坯连铸机建成投产，炼钢方坯和板坯连铸机配套，实现了炼钢系统全连铸。

炼钢设备能力和工艺技术在不断的提高。2001 ~ 2004 年，转炉炼钢实现了从 100 万吨钢到 200 万吨钢的历史性跨越，成为了增长速度最快的 3 年。在这3年里，随着钢铁生产进入高效益时期，2号板坯、2号高效方坯、LF炉、CaS炉、1号脱硫站相继投产。而2003年又是实现年产200万吨钢的关键之年。期间，对3座20t转炉进行扩容改建到35t、除尘系统也同时移地改造。当时，任职点检长兼连铸作业长的我参与了方板坯增速改造。那段时间全体人员轮流值班，手机24小时处于开机状态，所有人员全身心的投入到工作中去，发现情况第一时间处理，在紧张有序的安排部署下，提前3天完成200万吨生产任务。还记得第二天清早，所有工程技术人员及生产骨干站在办公楼前的广场，天空飘着雪花，当苑成德副书记宣读完贺信、颁发完奖励，所有人都激动不已。闫清军厂长和苑成德紧紧拥抱在一起，眼含热泪久久不分。仅用三年的时间成功实现100万吨钢到200万吨钢的意义确实非凡，这是所有凌钢人奋斗了整整38年才取得的成绩，凌钢从年产钢50万吨提高到100万吨，从年产钢100万吨提高到200万吨，一次次改写着历史，这是凌钢人用坚强不息的斗志和毅力创造的宝贵经验和财富。

2007年，这一年是凌钢迎战金融危机，步入发展快车道重要的转折之年，凌钢也迎来了年产钢350万吨的大技改。

当时的凌钢还是个年产200万吨级的企业。尽管经营业绩不错，但总体规模和部分装备水平处于国家产业政策淘汰落后的边缘。凌钢新一任领导班子认为，要加快发展求生存，大规模改造迫在眉睫。经过一个月紧锣密鼓的论证，2007年9月，凌钢启动了350万吨钢改造工程，确保在2008年底前全面竣工投产。那是一段不寻常的经历，凌钢人从来没有搞过这么大工程，“开弓没有回头箭”，必须背水一战、决战决胜。

此次技改工期紧、任务重、难度之大前所未有。炼钢厂快速行动，于2007年11月初进行全面部署，成立千人项目部投入紧张筹备工作。12月底，闫厂长亲自带队到中冶京诚进行交流。我们承包了京诚一个会议室，白天与厂家进行技术交流，晚上总结当天技术交流设计审查会议纪要，并准备第二天技术交流将要提出的问题，仅用了13天就完成了所有的技术交流工作。2008年4月5日，连铸保安水塔成功爆破，标志着新建双流板坯连铸和原2号方坯连铸机水处理过渡完成，连铸区域桩基由此进入了施工阶段。施工过程中，项目部每天召开施工进度会，副总经理卢亚东每天在施工现场并都参加夜间工程例会，参与讨论施工落实安装进度问题，项目部人员24小时进行轮流值班。随着厂房土建施工拉开序幕，项目部人员24小时现场指导、监督施工，职工更是夜以继日奋斗在现场。历时8个半月艰苦鏖战，12月12日15时29分，120t转炉开始吹炼，16时48分，双流板坯连铸机开始拉钢。至此，生产全线贯通。时任股份公司副总经理、转炉炼钢厂厂长闫清军亲自指挥第一炉钢的冶炼，从吹炼到拉钢承上启下，一气呵成，所有人为投产如此之顺利而欢欣鼓舞。350

万吨钢技改工程标志性“旗舰”——120t 转炉及连铸大修改造工程宣告竣工，顺利投产。同期，刚刚入厂没有任何经验的 2007 年毕业生和技校生承担起了大转炉达产工作。面对一罐到底、顶底复吹、干法除尘等新工艺、新设备，他们边摸索、边学习，打破常规，克服了生产环境艰苦、工艺流程复杂、技术难度较大等诸多困难条件，凭借勤奋、科学、严谨的工作作风，实现了 3 个月迅速达产，创造了国内达产的先进水平。

350 万吨钢改造完成后，靠对标挖潜、产品结构优化和资源开发，凌钢的经营状况在省内和钢铁行业内都迈入前列，职工精神面貌焕然一新。但这还只是一场大规模技术改造的演练，又一场大决战即将来临。

2011 年 5 月，凌钢决定启动三期技改工程。炼钢厂迅速召开动员大会，号召大家从大局出发，举全厂力量为技改工程提供一切保障。抽调 7 人在 7 天的时间里，辗转 10 个城市赶赴 6 个钢厂、4 个设计院进行考察调研，白天在厂家研究工作，晚上在车上休息，用最短的时间完成考察任务，并确定了 KR 法取代复合喷吹脱硫工艺、大方坯取代方坯圆坯兼顾设计方案及副枪采用国产化技术等一系列方案；成立项目科，缜密思考、反复论证，优化总体部署，做到生产工序顺畅、设备选型合理、投资可控，确保工艺技术先进、成熟、可靠、有明显效益，确保工程装备水平达到国内同类型先进；优化合理施工方案，按工期节点采取倒推法制定工程网络施工计划，合理安排施工力量，协助安装单位组织设备到货，为安装单位提供快捷安装方案，结合施工进度随时组织专业会协调解决安装难点；并按周计划实施，每日召开工程例会确保施工按期完成。自 2011 年 10 月工程开工以来，新区炼钢工程建设，我们自己唱主角，从设计、设备选型、技术审查，到施工建设，全面管理和掌控；所有参建单位和参建人员抢工期、保质量，夜以继日，努力拼搏，每个人都忘却了“小我”，拥抱“大我”，持之以恒地激情工作，克服了工期任务紧、施工难度大等重重困难，历经 11 个月的艰苦奋战，比计划工期提前近一个月竣工投产。在非专业领域里创下了一个了不起的纪录，充分体现了全体参战人员迎难而上、敢打硬仗的拼搏精神和艰苦奋斗、团结协作的优良传统，再一次展现了技改工程的凌钢速度。

9 月 18 日下午 16 时 08 分，凌钢 600 万吨钢技改工程的关键项目 120t 转炉倾动翻转，火红的钢水从炉内喷薄而出，宣告了 3 号 120t 转炉提前竣工投产。17 时 08 分，八流铸坯顺利通过拉矫机，走上连铸辊道，八机八流小方坯顺利投产。项目的建成投产，标志着凌钢从此具备 600 万吨钢生产能力，一举跨入全国大型钢铁企业行列，对于凌钢进一步优化产品结构、提升产品市场竞争力具有十分重要的意义。闫厂长感慨道：“这是名副其实的大炼钢，真正的大转炉，在加上智能炼钢等新工艺，我们和大钢厂差什么！”

我经历并见证了炼钢技改的发展历程，也在技改的过程中成长并成熟，这条路上有坚持、有泪水、有笑声、有鼓励、有失败、有成功，但最为重要的是这里有一种“争气、拼搏、奉献”的精神，它鼓励着炼钢这艘钢铁战舰劈波斩浪高速前行，也鼓励着我们每一位炼钢人，勇敢的把握自己的未来，为凌钢美好的明天而努力奋斗。

（作者现为凌钢第一炼钢厂副厂长）

北大荒的变迁

刘海明

北大荒这个名字对于中国人来讲并不陌生，可凌钢的“北大荒”你们知道吗？我告诉大家：“北大荒”就是现在原料厂的中和料场，就是20世纪80~90年代凌钢人对这个地方的称呼。当年的“北大荒”真的是很荒凉，蒿草蓬乱，垃圾成堆，野兔出没，人迹罕至；风天满身土，雨天满脚泥。1999年以后这里发生了翻天覆地的变化。

为配合公司200万吨钢的建设，公司决定在“北大荒”建设为烧结机配套的中和料场，并于1999年3月破土动工。2000年11月，一次料场及主体输送线完工；2001年1月，汽车受矿系统负荷试车，给烧结供料，临时系统进行拆除，一次料场堆取料机负荷试车。5月，二次料场堆取料机负荷试车。6月18日，中和料场的火车受矿槽开始送料，整个中和料场全部进入负荷试车阶段。6月24日，正式为烧结机供应混匀料。

中和料场设计年吞吐量为180万吨，冬季储料量为45万吨。其中，一次料场储料量为18.5万吨，二次料场的储料量为26.5万吨。因置场不能满足吞吐量的需要，先后两次扩建，2003年8月，一次料场向北扩建150m。土建部分由朝阳一建四分公司、凌钢修建公司和凌北工程公司3个单位分标段施工；设备安装由凌钢修建公司施工。同时9Z、10Z、3Z2皮带电机的电缆分别加长150m，电机容量分别由75kW、75kW、55kW增至110kW、110kW、75kW，解决了一次料场储料少、运输不平衡的问题。2004年3月份，二次料场进行扩建，向北延长50m。一、二次料场扩建共征地4.6528公顷。6月，中和料场二次料场扩建工程完工，基本上满足了公司200万吨钢产量的需求。

2004年春季，在公司总体安排下，“四合一”混料场由东门搬迁到一次料场西侧。该方案设计是通过1条地下皮带与汽车受矿槽L1皮带对接，缩短了工艺流程，杜绝了“四合一”的二次倒运，当年就为公司节约了200多万元的倒运费，按现在四合一的产量每年节省倒运费450万元以上。

2004年3月，北门大垛矿粉向北迁移，二次料场向北延长50m。土建部分由朝阳一建四分公司施工，设备安装由凌钢修建公司施工，大机供电仍为卷盘式。使2个料条每个混匀矿堆储量达8万吨，满足了烧结机的需求。至2006年12月，混匀矿的生产达250万吨，合格率达到94%，一级品率达到69%，质量达到了先进料场的水平，为高炉生产的稳产提供了最佳原料。

中和料场投产之初职工都是从其他单位抽调的，虽然去唐钢进行了产前培训，毕竟没有工作经验。领导就安排我组织中和料场的调试、验收试车及生产运行组织工作。40多天在中和料场组织生产运行，每天回家都得凌晨1点以后，一边熟悉各流程，一边组织生产运行，通过厂领导带领全体员工的共同努力，中和料场生产运行步入正轨。

中和料场生产运行最难的是冬季生产。2004年，在原土窑东侧建设了1座解冻库。解冻库利用烧结机尾气余热解冻车厢，库内温度可达110℃，一次解冻9节车厢。基本解决了冬季火车受卸矿粉冻块多无法正常排料的难题。年末，原料厂在二次料场料堆底部四周3m范围内铺设地热管道，降低了取料机的斗轮取料时的负荷，使冬季生产取得了较好效果。2005年12月，对二次料场2个料条底部四周分别实施了地热改造工程，解决了冬季混匀料生产、输送难的问题。

2006年以后，中和料场混匀料产量逐年提高。特别是2010年以后，原料人通过优化生产组织，优化排料管理，产能大幅提高，混匀料年产350万吨以上。凌钢三期技改投产后，凌钢的产能达到600万吨钢的能力，烧结机产能不断增加，而为之配套的中和料场既没有扩建也没有资金投入，原料人在领导班子的正确领导下，发扬“混匀就是效益、凝聚就是力量”的精神，一直迎难而上。2013年，混匀矿产量接近430万吨、2014年达到439万吨的好成绩，实现了产能最大化，给1号、2号烧结机提供了优质的混匀料。这在同行业同等装备条件下是绝无仅有的，此产量在国内钢铁企业的中和料场完全是超一流水平。凭借原料厂领导及管理人员的精细组织，使中和料场产能比设计能力提高了2.4倍，为公司发展做出了突出的贡献。

昔日的“北大荒”真的变成了“北大仓”，已经成为1号、2号烧结机的混匀料供给基地。

（作者现为凌钢原料厂调度长）

廿四载人生路　无悔青春献焦炉

丁铁学

凌钢焦化厂现有焦炉3座，分别是建于1994年的30孔AG40-90型焦炉，建于2000年的42孔AG40-96型焦炉，建于2009年的50孔AG40-96型焦炉。我有幸亲身参与了这3座焦炉的全部施工建设。

近来，我时常会站在焦炉前发阵儿呆！我看着焦炉操作工人忙碌的身影，看着四大车隆隆驶过，看着红焦罐被提升到高高的干吸炉顶，不觉间我的思绪就会穿越到24年前。

那一年我高中毕业，被凌钢技校录取了，学习焦炉工艺专业。1993年8月技校毕业后，我被分配到焦化厂焦炉，从事机侧出炉工作。这一干就是24年。24年不算太长，但却承载了我人生中最好的青春年华！

当年，我怀着当一名凌钢工人的无比自豪、无比激动的心情来到焦化厂。记得当时的焦化厂厂长是陈洪文，副厂长兼书记是于健，还有副厂长连启泰、王殿昌。我下厂第二天就被分配到焦炉机侧当出炉工。当时，人事员姓谭，教我出炉操作的师傅，叫宋春生。那时倒班不是四班三倒，而是三班倒，每周轮回一次，上零点班一上就是一周，非常辛苦。那时的焦炉是两座66型25孔焦炉，是1969年开始筹建，分别于1970年8月16日和1971年4月1日投产，2000年被淘汰。为区别朝阳焦化厂，当时我们焦化厂被称为第一焦化厂。当时，两座66型焦炉年产冶金焦炭10万吨。它是1966年鞍山焦耐设计研究院研究设计的新型66-1型小焦炉。1969年开始筹建，曾是凌钢建设最快的项目。

我那时在机侧出炉，不像现在是用推焦车自动摘紧炉门。上岗第一天，我师傅给我一个长1.7m左右的大扳手，手把手教我怎样松紧炉门、清扫炉框。一天下来，把我累得肩酸胳膊疼。不过还好，当时我年轻身体好，从小种地干农活，没几天就适应了。就是上零点班不行，倒紧班困得受不了，一下班就睡觉，连饭都懒得吃。1994年4月份，我从机侧出炉被调到焦炉调温班，负责焦炉铁件管理工作。我的新师傅叫段辅民，是一位曾经参加过自卫反击战的退伍老兵。从焦炉调温班开始到现在为止，在过去的22年间，我从一名焦炉调温工逐步成长为焦炉作业区作业长。在这期间，我们焦化厂焦炉发生了巨大变化。

AG40-92型30孔焦炉的开工建设投产。现在还在正常生产运行的3号焦炉是“八五”时期建设的。1992年7月，辽宁省计委以［1992］73号文件批复了关于凌源钢铁公司30孔凌-92型焦炉可行性研究报告，在“八五”期间先建一座 30 孔复热式焦炉，预留第二座焦炉，新焦炉炭化室高 4.03m、长 13.59m。设计每炉出焦 12.5t，结焦时间为 19 小时，一期规模为年产焦炭 15 万吨，预计投资为 6517 万元。1993 年 4 月 5 日，AG40-92 型焦炉开工建设，同年与焦炉配套的备煤、回收及辅助设施建设也全面开工。1994 年 4 月 5 日，焦炉筑炉，同年 12 月 4 日出第一炉焦炭。这标志着凌钢由小焦炉生产进入大焦炉生产时期。在 AG40-92 型 30 孔焦炉开工建设时，现场总指挥是李建国。我当时和段师傅负责焦炉铁件安装检查调整。记得 30 孔焦炉砌炉用砖膨胀率非常大。在焦炉烘炉热态时，焦炉纵横拉条膨胀非常大，钢柱曲度变化也非常大。当时，总指挥李建国告诉我们，焦炉将来寿命长短和烘炉铁件调整关系非常紧密。调整好了，焦炉就能超设计寿命使用。调整不好，焦炉达不到设计寿命，甚至使用几年就不能用了。我当时非常重视总指挥的话。天天用板尺精确测量弹簧的自由高度及弹簧的压缩进尺，并且及时调整钢柱曲度。护炉铁件每天都检查上账，对炉墙及膨胀情况也都仔细观察记录。那时，我都不知为此加了多少班。我只记得从开工到投产，我没休过班，不过那时不给加班费，全是奉献。

AG40-92 型焦炉从投产后到 2000 年共进行了 4 次较大规模的技术改造，使生产工艺和设备更加完善。1996 年 8 月 25 日，改烧高炉煤气改造。改造主要是由烧焦炉煤气改造成烧高炉煤气，同时混入 7% 的焦炉煤气。改造前由我和调火班职工们对 64 个加减旋塞进行研磨打压。当时，参加研磨打压的有我、佟瑞斌、冯云舒、张巨强、段辅民等人。经过 25 天奋战，将 64 个加减旋塞全都研磨打压合格，高炉煤气改烧一次成功，保证了焦炉温度均匀稳定，使可调节性及高向加热均匀得到改善，大大提高了焦炭质量。1999 年 5 月，我们对 30 孔焦炉炉头进行了保温改造。采用硅酸铝耐热纤维毡对蓄热室封墙表面保温。封墙表面温度由原来 100℃降到 50℃以下，解决了焦炉炉头温度偏低，升温困难等问题。

转瞬间，我参加工作 6 年过去了。时光来到 1999 年 6 月，公司决定在原来预留 30 孔焦炉基础上续建 42 孔 AG40-96 型焦炉。设计总炉孔数达到 72 孔。焦炭产量达到 40 万吨。新建 AG40-96 型焦炉与一期建设的 AG40-92 型焦炉在同一中心线上，向北延伸 59.9m，两座焦炉同用一座煤塔、烟囱。焦炉为双连火道，废气循环，下喷复热式。属原鞍-71 型焦炉改进型。到 1999 年，我已从工人成长为一名调温班长。并且被安排到 42 孔焦炉施工建设项目部做质检和铁件管理工作。42 孔焦炉总指挥是现任厂长董新民。记得当时因 42 孔焦炉地基不达标，凌钢首次使用了“强夯法”加固处理。2000 年 3 月 26 日焦炉开始筑炉，6 月 28 日开始铁件安装，7 月 3 日点火烘炉，9 月 12 日出第一炉焦炭。我记得那天是中秋节。那一天，天格外的蓝，随着鞭炮齐鸣声响，上午 10 点 58 分，第一炉焦炭被缓缓推出，标志着焦化厂年生产能力达到 40 万吨。从此凌钢焦化厂进入了国内大型焦化厂行列。

参加了两次焦炉的开工建设、投产、达产。使我对焦炉从原来头脑中只有抽象的平面图到实际的、具体的立体图型转变。焦炉的每一块砖型，每一个部位结构，每一个关键的结点，我都了如指掌。这为我后来成为公司首批焦炉调温工技师打下了坚实的实践基础。也正因为如此，我在对焦炉十分了解的基础上，对焦炉的管理更科学了。2001 年 9 月，中国炼焦行业协会对全国焦炉进行行业鉴定，凌钢 30 孔和 42 孔焦炉被评为一级焦炉，11 月授予一级焦炉称号。同年焦炭产量达到 41.28 万吨，超过了设计能力。到 2009 年为止，始终保持这个水平。

历史的车轮不断向前。随着凌钢不断的发展壮大，凌钢也由当初只有 10 万吨的钢铁厂变为有着 600 万吨产能的集团公司。为适应炼铁高炉的需要，2009 年凌钢决定新建 AG40-96 型 50 孔焦炉。时任焦化厂厂长的冯亚军立即组织召开全体技术骨干会议成立 50 孔焦炉筹建项目并亲任总指挥。现任厂长董新民任副总指挥兼任负责筑炉等工作。这项工作中，我担任了筑炉总检质组长，负责砌炉铁件安装、烘炉热态、开工等工作。经过精心组织，有序推进，克服了施工与原系统生产交叉，不能影响原系统正常生产等重重困难，50 孔新焦炉终于在 2009 年 11 月 16 日顺利出焦。使焦炭年生产能力达到 70 万吨。回顾工程建设的日日夜夜，我感慨万千，做工程不容易，做精品工程更不容易！无论是工程建设期间还是到生产过程中，我看到了所有技术人员匆忙的身影，看到工程项目部通宵不熄的灯光，看到了冯亚军、董新民、王国风等工程项目负责人员日渐消瘦的身躯和满头黑发里忽然增多的白发，我曾感慨：凌钢有幸，凌钢有这样的有能力、甘于奉献的人。AG40-96 型 50 孔焦炉与 30 孔和 42 孔焦炉的工艺上有了很大的进步。这主要是体现在新焦炉从设计到施工更加强调了环保理念。新焦炉利用了高压氨水负压无烟装煤。同时将装煤时逸散的烟气由装煤车上的捕集装备捕集起来，送入除尘干管除尘地面站，在除尘地面站由大型脉冲布袋式除尘系统除尘，其除尘效率达到99.9%。此外，焦炉推焦时产生的烟尘由吸气罩捕集，经过集尘器送入干式除尘地面站经大型脉冲袋式除尘器除尘，排放的烟气经 20m 高的排气筒排放。在工程建设过程中，董事长张振勇特别关心工程进度，并多次特别强调随着焦炉炉体投产除尘环保等项目必须同时投产。环保是以后钢铁企业生死存亡的关键。从现在越来越严的环保形势来看，张振勇董事长的理念是多么的富有远见！

随着焦化行业的不断进步和节能环保的形势的压力越来越大，干熄焦——这项焦炭熄焦新工艺不断的发展成熟，这项工艺不仅解决了原熄焦过程中排出大量有害气体的问题，还将原来浪费的红焦的热能转化为电能，同时提高了焦炭质量，降低了配煤成本。焦化厂干熄焦项目 2014 年正月开工建设，2014 年 11 月正式投产。此项目是由凌钢首次以“借鸡生蛋”模式由山钢院承建，即由山钢院先期垫资建设投产后从收益中分期还款。由于该项目的投产不仅给我们渡过钢铁严冬带来了温暖，还让我们从该工程建设中看到了凌钢人的拼搏奉献勇战严冬的勇气和智慧。

2015年12月20日，焦化1号、2号等烟道余热项目投产运行，焦化节能环保再上新台阶！

思绪的翅膀又慢慢带我回到眼前现实。看到眼前已历经24载风雨的焦炉，看到它仍挺拔的身躯，看到推焦时那红红的焦炭，我知道，24年了，30孔焦炉疲惫了，它有些老了，快到寿命终结的时候了！但我的内心在不停地呼喊：不能让它老，我要让它焕发第二次青春，让它继续为我们战钢铁寒冬增添助力！现在我们已经找到并已运用了一种新的护炉技术——陶瓷焊补！现在施工人员正夜以继日的忙碌……！

我们在努力——为焦炉焕发第二次青春！

我们在努力——为凌钢战胜钢铁寒冬，扭亏为盈！

我们在努力——为凌钢更加美好的未来！

（作者现为凌钢焦化厂炼焦作业区作业长）

那些年，我们一起走过

侯　宏

1993年，我从鞍山钢铁学院毕业后分配到凌钢设计院，1996年调试期间因工作需要调入当时的中宽带厂。从基层技术员、工段技术主管、作业长，一步步成长为公司中层管理人员，亲身经历了中宽带发展历程，感慨万千。

中宽热带轧机是凌钢"八五"期间，为调整产品结构，省冶金厅与冶金工业部及国家计委多次沟通引进的德国二手设备，批准项目投资4900万元。自1991年2月始，期间的项目立项、出国考察、艰苦谈判、协议签订、设备拆迁、海关办理、国内外运输等各方面工作历尽坎坷……到1992年6月，全部设备共计7204t、1943箱安全运抵凌钢。同年，中宽带筹建处及中宽带厂行政组织正式成立。由马鞍山钢铁设计院、北京自动化研究院对工艺和设备进行修配改和相关设计，三冶公司负责安装施工。与此同时，从全公司各部门和分厂抽出技术和业务骨干，为建设和安装轧机进行系列准备。

翻译资料，测绘设备，消化图纸，反复论证，成了当时的常态工作……由于此生产线为国内第一条中宽带生产线，国内无经验借鉴，设备到厂后的一段时间里争论不断，停滞不前……1993年先后有技术和操作人员到北京自动化院、攀枝花钢铁公司等进行两个多月的培训、实习，期间编写了各种操作规程、技术规程、设备手册……进入1995年，才陆续进行设备拆箱、清点、整理并逐步安装。

时间到了1996年5月，中宽带设备安装调试进入全面冲刺阶段，"决战100天的大会战"拉开了序幕，全公司各方面力量都凝聚在中宽带安装调试的主战场。7~8月份，设备转入单体试车和联动试车阶段，8月23日加热炉开始点火；9月1日开始组织热试，9月5日粗轧开始过钢，9月21日粗轧试轧成功；9月22日，精轧过钢，卷取机成功卷出第一卷规格为6.0mm×550mm Q235的中宽热带，标志着"中国热轧中宽带的第一卷"的诞生。此年恰逢凌钢建厂30周年，中宽带的投产向凌钢厂庆30周年献了一份厚礼！

5年多的沉淀，2000多个日夜的期盼，终于尘埃落定。期间的过程可以说是艰难重重……说到这里，特在此向为中宽带筹建投产而艰辛付出的老一代凌钢人致以崇高的敬意，他们是宋士田、金国钧、高益荣、于连德、孟克良、赵国安、王金国、丁永生、张宗广、郭桐松等。

好事多磨。时间到了1997年，中宽带生产线处于边调试，边生产状态。在近两年多时间里，只生产了7万多吨！生产和质量严重不稳定，事故、废钢居高不下，成本居高，问题不断，产品处于严重亏损状态……“曾几何时，厂房被笼罩成一种凄凉，沉默的轧线，黯然失色的牌坊，都透着无奈和忧伤。那时，辛酸伴我们很长、很长……”这首诗是宽带职工对当时宽带生产线真实的描述。那时，全公司对中宽带有句调侃：“一天开出一台桑塔纳。”意思是说每天中宽带亏损额就可以购买一台桑塔纳汽车。你可知道那时全公司最好的唯一轿车就是桑塔纳啊！当时的价值是 20 多万元。决策难定之时，偏偏又雪上加霜。1998 年 2 月 27 日，中宽带钢加热炉引风机室发生爆炸事故，厂长兼书记郭桐松、副书记韩平在事故中不幸罹难。哀哉，痛哉！……我亲历了这段日子，回想起那时候的滋味，说不完的心酸和悲痛……

1999 年始，新组建的领导班子在沈洵的带领下，开始大刀阔斧进行管理和生产组织的变革，提出了“提产量、降成本、增效益”的总体方针，同时组织各项技术和生产攻关。在管理上，全力推行模拟市场、成本否决、日清日结新机制，产量和质量陆续得到稳步提升。到 2000 年，中宽带首次突破 30 万吨，生产进入快速提升阶段。2002 年突破 70 万吨，2004 年突破 90 万吨，2006 年、2007 年产量突破 110 万吨。几年时间里，由一天亏损一台“桑塔纳”，到成为凌钢集团的“生命线”；将一个专家建议放弃的生产线，打造成国内同行业的一个品牌；把一个曾令工人垂头丧气、想方设法离开的工厂，一跃成为凌钢的盈利大户。当时的宽带厂也成为凌钢的形象工厂，国内同行业的龙头。质量、品种、规格全方位得到提升。可以说这几年是宽带厂最为辉煌的几年，上级各级领导来凌钢视察必到中宽带，他们有李克强、闻世震、吴溪淳等。也正是那几年，不仅产品产量上了大台阶，同时也奠定了中宽带生产品种钢的基础。2002 年开发 195LD、Q345B、45 优质碳素结构钢产品，产量达到 10752t；2003 年开发 Q345B、Q390B 等优质碳素结构钢、低合金结构钢、管线钢三大系列 9 种产品，产量 3.5 万吨；2004 年开发生产石油、天然气输送管用 S290 新产品。尤其 2005 ~2007 年，新品种开发进入高峰期。2005 年生产品种钢 19 个钢种近 40 万吨，初步形成了以 195LD、20、45、S240、S290、Q345B、SPA-H 等为代表的品种钢生产系列。其中，包含 16MnL、SPA-H 等高技术含量、高附加值产品。2006 年、2007 年低合金 Q345B、中高碳 45 和冷轧料 195LD 进入大批量生产阶段，实现了品种钢产量比例的最大化，2006 年、2007 年生产品种钢超 40 万吨。

2008 ~2012 年，受钢铁寒冬和市场影响，加上国产化同类机组大量投产和同质化的竞争，中宽带产量开始下滑，冷轧品种也因质量等问题逐渐淡出市场。企业在降本增效、节支降耗中艰难求生存。尤其在 2011 年，受市场影响和条件变化，公司在 9 月份将轧材系统整合，高线和宽带合并为第二轧钢厂，次年宽带机组生产组织由四班变三班，一直延续到 2012 年末。2012 年总产量仅为 43 万吨。在那段艰难的时期，中宽带人顶着市场和思想的双重压力，沉淀力量，厚积薄发，再一次捍卫了中宽带的历史性地位，又一次迎来了新的转机。

2013 年至今，中宽带又迈入到新的历史时期。连续 3 年产量突破 110 万吨，即使在钢铁“寒冬”之际，宽带产品的比较效益也相对明显，品种和质量也大幅提升，得到市场认可。2014 年产量创 118.7 万吨，成材率达到 98.23% 的历史最高水平。2015 年始，在钢铁业结构转型过程中，在武钢专家的指导下，新一轮品种开发工作正有序推进，职工的观念、生产理念和产品质量也有了质的飞跃。2015 年品种钢完成 36.5 万吨。新开发了以 L415 为代表的石油天然管线系列；15CrMo 锅炉用钢，38MnB5 结构用钢等，08AL 冷轧冲压用钢，中高碳冷轧系列用钢，汽车大梁钢 510L 等。2016 年开始，“钢王”9SiCr 顺利开发成功，标志着宽带机组新品种开发进入新的飞跃。

宽带的变迁和进步离不开所有职工的辛勤付出，离不开公司各级领导的决策支持以及历届厂领导班子的苦心经营。宽带机组从筹建到今天已过去了 25 个年头，历任班子到我这里已是第五届，宽带的每一次历程，都有他们的汗水与心血。让我们记住他们的名字郭桐松（1992 ~ 1998 年）、沈洵（1998 ~ 2006 年）、席应信（2007 ~ 2008 年）、卢焕民（2008 ~ 2013 年）、侯宏（2013 年至今）。这里我想重点说的是如果没有技术的进步、设备的升级、管理的升华、文化的传承、人才的培养、职工的坚守，这条引进的老机组不可能重新焕发新的生机与活力！

宽带机组引进后，技术进步的步伐从未停止。2000 年 3 月，热卷箱、R2、飞剪区域“三电”改造，大大降低了区域故障率，为轧制薄规格产品奠定了坚实的设备基础；2001 年 7 月，层流冷却系统改造，产品质量提升得到了保障；2003 年，精轧机组电气、AGC 系统和换辊系统改造，提高了机组的轧制能力和控制稳定性，降低了工人劳动强度，提高了作业率，提高了厚度控制精度；2005 年 6 月，新建 2 号蓄热式步进加热炉，为产量提高和新品种开发创造条件；尤其是 2008 年投资 1.8 亿元的生产线再一次升级改造（主要是粗轧牌坊和 E1 改造，卷曲机升级改造等）是中宽带生产线历年来最大一次改造。改造后，设备自动化程度和设备精度，以及产品质量有了较大提升。此次改造为宽带的可持续发展打下了坚实基础。这里值得一提的是，2003 年、2008 年两次大的技术改造正好赶上“非典”和“汶川地震”，那时疫区和震区有我厂多名人员在监制设备和参加培训，但并没有因为疫情和地震耽误改造的工期。2015 年在钢铁非常不景气的情况下，公司决策轧线全面实施二级改造，新增机器人自动喷号，在没耽误生产的前提下，实现了自动设定轧钢，完成了宽带 20 余年手动轧钢的历史，为宽带的转型升级和品质提升再创有利条件。

企业的良性发展离不开技术进步，更离不开管理和文化的沉淀，离不开人才的培养！中宽带厂在实践中创造出了独具特色的企业文化理念，特别是沈洵当厂长的那些年，确立的文化理念早已经在宽带人的心中扎根，这对凌钢企业文化理念的形成做出了一定的贡献。2000 年前后，沈洵就提出要“打造一流中宽带龙头企业”的企业远景，以此为指引，逐渐形成了“以人为本、创新无限”为核心理念的企业文化体系。比如“艰苦创业，拼搏奉献，团结进取，永争一流”的企业精神；“成为宽带人感到无比自豪，愿与企业同呼吸共命运，为她的发展而勤奋工作”的从业理念；“自我否定，不断完善，以人为本，追求卓越”的管理理念；“你我的品质代表宽带的品质，你我的行为代表宽带的理念，你我的奋斗代表凌钢的未来”的行为理念；“素质高低使用不同，管理好坏待遇不同，技能强弱岗位不同，贡献大小薪酬不同，把合适的人放在适合的岗位上”的用人理念；以及“八小时工作，二十四小时责任”的责任观；“用户满意，就是标准”的质量观；“创造市场，满足用户需求”的市场观等……这些文化理念的浓缩决不是什么豪言壮语，它是宽带历尽风雨的真实写照，来源于实实在在的企业提炼。正是这些文化和管理的沉淀，才不断推进职工奋进和企业可持续发展。这里还值得一提的是，宽带的变迁给凌钢乃至全国同类生产线培养了大量的技术和管理人才。有人戏称“宽带是凌钢乃至国内中宽带的黄埔”。像凌钢目前中层干部中，席应信、杨树新、陈继东，郝彦军、侯宏、刘伟，许马岩、金波、艾玉忠等同志都在是中宽带的磨砺中成长起来的代表。

2013 年 5 月，公司派我担任二轧厂厂长，我深深地感到这是公司领导对我的信任，深感责任重大。上任伊始，我便全身心投入到工作中，紧紧围绕公司“深化对标挖潜、降本增效”工作要求，克服岗位人员紧缺、坯料不足，机组停产、待产等不利因素，提出了“以效率为中心，以质量为保障，以品种、结构为依托，以用户需求为标准，以精细管理和创新为手段，以企业文化为指引”的工作思路，全方位全面安全经营生产。宽带机组连续 3 年产量突破 110 万吨，品种结构各方面取得了较大突破；高线机组也以月产 6.2 万吨高产创历史最好水平，并陆续实现高线品种的突破。几年来，我们眼睛向内，责任制考核模拟民营机制，突出责任落实、效率提升、自然降本增效。以“提高作业率、提升效率、增强执行力、释放生产力”为重点，加强“问题”的落实与管控，向深化管理、向高效要效益；向人力资源、管理实绩要效益，向市场和质量要效益；向技术进步和管理创新要效益，更是向企业文化要效益。3 年来，节支降耗取得较为满意的成果。进入 2016，全厂职工也信心百倍，决心为凌钢建厂 50 周年献上一份更浓重的厚礼！

回首往事，一切都犹如投影机，一幕幕珍贵的瞬间都在脑海里映出。那一刻曾经的难忘、最珍惜的难忘，清晰如初。触及到我心中最柔软的角落，勾起我无限的回忆……一路走来深一脚浅一脚的坑坑洼洼……这一切的一切，也让我成长。

（作者现为凌钢第二轧钢厂厂长）

燃烧激情结出富矿

王冰岩

1991 年 8 月份，我以一个毕业生身份被分配到刚成立不久的烧结厂，从那时起就开始了我漫长的职业生涯。25 年过去了，我一直工作在铁前系统，从一个普通毕业生成长为凌钢的中层管理人员，期间耳闻目睹了“七五”到“十二五”30 年的发展历程。置身其中对烧结球团大小事情尤为深刻，记其一二，与大家分享。

1991 年 7 月份，24m^{2}烧结机建成投产，烧结厂才是真正意义上的烧结厂，之前叫竖炉车间。时任烧结厂厂长李树国、副书记杨宝君、生产厂长苏志远、技术副厂长孙铁茂、工会主席马占民。烧结厂作为二级分厂也是公司体制下的标配，管理科室有工艺组，组长王志起；设备组，组长刘贵良；办公室，主任张绍波；管理组，组长李文龙，同时人事、工资、奖金、资材领入与消耗的职能也在其中。同年 9 月来了一位设备厂长齐显占，是我的领头上司。我的工种是备件员，跟着一位叫孙健军的师傅跑备件，其实就是跟着装卸车。

当时，烧结厂主要生产线是一台 24m^{2}烧结机及两座 8m^{2}竖炉，年产 30 万吨烧结矿及 80 万吨球团矿。在钢铁生产的链条上，烧结矿和球团矿统称为人造富矿，是钢铁冶金必需的原料，“让高炉吃饱吃好”是当时烧结厂最流行口号。

24m^{2}烧结机整个工艺是当时最先进最流行的主流配置，从配料开始依次是一次混合、二次混合、烧结机、单辊破碎、热矿筛分、带式冷却，最后进入整粒四次筛分；配料之前有熔剂及燃料制备。主要装备有 24m^{2}烧结机、单齿辊破碎机、1545 热矿筛、带式冷却机、对辊破碎机、固定筛、四台椭圆振动筛。烧结机头配有多管除尘器、三台环境除尘为电除尘，分别为 30m^{2}用于机尾、40m^{2}用于熔剂燃料制备、60m^{2}用于成品转运系统。

1993 年，公司又启动了第二套烧结机建设计划。第二套烧结机布置在 24m^{2}烧结机西侧预留位置上，预留的是 24m^{2}烧结机，但由于烧结矿紧张，就通过中心距不变、台车加宽的方法建设了 34m^{2}烧结机，又配套一台 55m^{2}电除尘器。1998 年，国内的小烧结机基本就没有了，时任烧结厂厂长张顺义提议把两台烧结面积加起来就叫做 58m^{2}烧结机。由此 58m^{2}烧结机的说法便广为流传。

凌钢史上第一台烧结机是现任集团公司党委书记郝志强带领刘立辉、付士奎、宋权宝、吴阳等一班人马于当初筹建的，也是“七五”期间站台票末班车的丰硕成果。

$58m^2$烧结机在凌钢历史上存在了 20 年（1991～2011 年），为凌钢的生产起到里程碑的作用。$24m^2$烧结机的投产实现了凌钢土烧到机制烧结矿的历史，是凌钢冶铁工艺的一次革命，同时为凌钢培养了大量的烧结管理人员和工程技术人员。历任段长有魏建华、胡长仁、丛子义、张文国、李树凤、朱兴益、刘宝林。

1999 年为配合 1 号高炉扩容改造，凌钢决定在现 2 号烧结机位置建设一台 $52m^2$烧结机。$52m^2$烧结机沿用 $58m^2$ 主流工艺外，增加小球烧结工艺并简化了四次成品筛分为一筛多段筛分工艺，与 $58m^2$烧结机相比增加球盘制粒工艺，在一混及二混之间增加四台 ϕ600mm 造球盘，制粒的工艺目的是增加透气性。随着大量外矿涌入，小球烧结工艺逐渐淘汰。此生产线由鞍钢设计院设计，自动化水平明显优于 $58m^2$系统，基本实现无钮操作。主体装备烧结机、单齿辊破碎机、热矿筛、带式冷却机、直线分段筛；机头采用 $100m^2$ 电除尘、环境除尘也采用了电除尘。该生产线 2000 年元月 11 日投产，直到 2011 年被现有 2 号 $180m^2$烧结机取替。$52m^2$烧结机是我公司转型升级大型化过渡机型，也为我公司烧结装备大型化提供了必要技术储备。与 $58m^2$烧结机相比，机头电除尘替代多管除尘，除尘效率由 85% 提高到 98% 以上，大大稳定主抽风机运行，为我公司后来的烧结机建设积累宝贵经验。该项目的项目经理王金国、副经理张顺义。在 $52m^2$烧结机服役的 10 年中历任段长有侯秀山、张文国、孙绍清、李树田。

$52m^2$烧结机投产后由小球工艺带来负面作用逐渐显现，尤其在冬季，四台球盘产生大量的水蒸气，使整个厂房能见度不足一米，冷凝水使整个厂房一直处于下雨状态，电气设备故障、事故频发，使新建的烧结机达产达效十分困难。当时，我是设备组副组长，主管机械。厂长张顺义带领我及修建部的工程师付长友去有小球烧结工艺的酒钢去考察学习，这也是我平生第一次坐上飞机。通过考察对比基本结论，第一酒钢是两条线，厂房较大，散发快；第二酒钢厂房密封性好，抑制蒸汽产生。张顺义厂长提出降低温差强化排放思路，在工程实施上我们用了 8 台暖风机直吹球盘表面，球盘正上方增设捕集罩通向厂房外，该难题得到了彻底解决。当年为鼓励工程技术人员立足岗位建功立业，凌钢实施科技贡献奖办法，我也因此获得二等奖荣誉。

2002 年，公司决定 2 号高炉由 $100m^3$ 升级为 $450m^3$，要建配套一台 $75m^2$烧结机。该项目作为四大技改项目之一，选址于 $58m^2$烧结机东侧，$75m^2$烧结机采用短流程取消热矿筛分工艺，采用椭圆等厚振动筛一次完成成品与铺底料分级。主体设备 $75m^2$烧结机、单齿辊破碎机、带式冷却剂、椭圆等候振动筛。机头采用多管除尘器，环境除尘为电除尘。该烧结机已经服役 13 年（2003～2016 年），在装备水平上机头除尘由多管升级为电除尘，机尾除尘由电除尘升级为布袋除尘，2015 年初又增加干法脱硫。$75m^2$烧结机属于中小型烧结机，就目前从生产利用系数及环保排放上看指标也处于国内较好水平。

该项目经理为张顺义，中国十三冶建公司承揽建设安装工程。在建设期间恰逢全国非典疫情，人员进出都受到严格限制，五六月份正是建设高峰期，施工队伍的人员组织十分困难，新到的人员要先进行发热体检，体温稍有异常就要隔离观察两星期。争取劳动力、稳定施工队伍情绪就成项目部的一大任务。当年端午节时，项目经理张顺义带领烧结厂管理人员到十三冶指挥部驻地（现分局机械厂附近）送粽子和鸡蛋慰问职工干部和工程管理人员。现在回头看，项目部也是蛮拼的。该项目也按要求完成了公司技改任务。历任 $75m^2$ 烧结机段长是刘杰、李树风、刘宝林、崔海龙。

2007 年，凌钢以 3 号高炉改造为标志完成了一期技改。

2008 年，凌钢迎来了二期技改。此时，烧结厂与炼铁厂已是合并为炼铁厂的第三年。凌钢炼铁厂的 4 号炉由 $380m^3$ 升级为 $1080m^3$。在焦化厂北部拟建一台 $240m^2$ 烧结机，也称做 1 号烧结机。1 号烧结机在主机配置上采用双烟道、双主抽风机，采用环冷鼓风冷却工艺，在筛分上采用集中环保筛分。主体装备烧结机、单齿辊、环冷机、一次混合机、制粒机、环保型棒条筛，机头、机尾采用电除尘。2011 年又增加双碱法湿式脱硫装置。

集团公司指定由我担任 $240m^2$ 烧结机项目经理，负责联系、协调相关工作。当时，正是我国钢铁发展的快速膨胀期，设计院的设计工作太满，施工图纸供应进度跟不上现场的施工进度。作为项目经理催图成了一个阶段性的重要任务。记得有一次我在鞍山催图的日子里，接到卢总电话，说张振勇董事长要请我们工作人员吃饭，北方设计院的有关领导也在。当时，我想这是领导在为我们工作铺路啊！心里十分温暖，图纸供应也因此加快了不少。我也深深认识到，在我们身后是董事长、是凌钢集团。

1 号烧结机于 2008 年末终于迎来投产时刻，我就与筹备组朱兴益商量买点鞭炮庆祝一下，还担心领导不同意。我就决定自己到鞭炮店去买，每盘 55 元，共四盘 220 元。我想 $240m^2$ 烧结机每平方米 1 元凑整，我就跟鞭炮点老板说“给你 240，别磨叽。”在场的人都愣了，和我一起来的工作人员明白我用意后，都会心地笑了。今天回忆起来，大家还津津乐道。

为缓解凌钢人造富矿的紧缺问题，2015 年第二炼铁厂马晓勇厂长提出烧结机实施扩容改造，由 $240m^2$ 升至 $264m^2$，共投资 1000 万元，相当于用 1000 万元建了一台 $24m^2$ 烧结机，改造投产后单日增产量 800t。同时，将机尾电除尘改造为布袋除尘，现在 1 号烧结机生产指标及排放指标在国内同类机型比较均在前 10 水平。历任段长有朱兴益、王忠宝、刘宝林。

2011 年 9 月，2 号烧结机在 $52m^2$ 烧结机位置诞生，面积 $180m^2$，属于大中型烧结机，主流配置与 1 号烧结机相似。运行、生产、排放也与 1 号烧结机相当，历任段长有刘宝林、陈忠海。

竖炉建成于1975年，共两座$8m^2$竖炉。主体工艺为配料、混料、造球、筛分、焙烧。竖炉总体配置有（除炉本体之外）两个卧式燃烧室、一台辊式卸料器，炉内重要配置为大、小水梁及导风墙。凌钢导风墙是拥有自主知识产权的专利技术。在20世纪80年代，凌钢竖炉导风墙技术曾走出国门，受到美国人青睐，曾任凌钢竖炉车间主任的高禹丰也曾因此名噪一时。凌钢的竖炉也曾给凌钢带来骄傲，在80~90年代凌钢因竖炉球的指标排在全国前列，在行业内部曾任球团协会协调组长单位。几十年来竖炉在我凌钢人手里发生了翻天覆地的变化，原建的旋风除尘被电除尘取缔，告别了职工一下班只有牙是白的历史。在烟气处理方面，于2015年又增设干法脱硫，混料工艺也由原来的筒式混料改为强制混料。如今的竖炉在凌钢几代烧结人的努力下各方面都一直向前走。2007年在两座竖炉的东侧又建成了一座$10m^2$竖炉，主体工艺与传统工艺相似，建设目的满足凌钢日益增加铁产量。

时间到了2012年，凌钢技改进入了第三期，实现600万吨钢产能，使凌钢跻身全国大型钢铁企业。在这个背景下200万吨球团生产线也应运而生，我又一次担任了项目经理。200万吨球团由中冶北方设计，是目前国内的主流配置，$4m \times 38m$链箅机、$\phi 6.1m \times 38m$回转窑、$60m^2$环冷机组成链回环核心设备。配备设施有R24强力混合机、9台$\phi 6m$造球盘、$255m^2$电除尘器及$6000m^2$环境布袋除尘器。又于2015年干法烟气脱硫建成并投产。回转窑建设历时8个月，于当年10月5日投产。200万吨球在凌钢落成虽然时间不长，凌钢人很快熟悉并掌握了该生产线特性。投产3年来产量逐渐上升，目前已超过200万吨产能。

中国钢铁业的腾飞催生了人造富矿技术发展。凌钢烧结生产从土烧经历了$24m^2$小型烧结机到大型化的$264m^2$，球团从$8m^2$竖炉到年产200万吨链回环工艺。如今，凌钢的烧结球团生产也是高产、低耗、达标排放，为大型化后的高炉生产提供着优质原料。

回首往事，历历在目；感怀今昔，情不自禁。凌钢已经走过辉煌50年，这25年有我参与，荣幸之至。

（作者现为凌钢第二炼铁厂副厂长）

回顾发展历程　感悟多彩人生

陈　华

1986年凌钢面向社会招工，我有幸参加了那次的招工考试，记得那次考试的地点是在凌源市回民小学。当得知我在近千名考生中，以前21名的成绩被录取，并即将成为一名凌钢职工的时候，我激动得一夜未眠。如果说我18岁参军为人生的第一个起点，那么我25岁被录用为凌钢一名职工就是我人生的第二个转折点。从此我就开始接受凌钢这座大熔炉的锻炼和考验。

1986年8月，我和近300名被录用的职工一起分配到当时的三轧车间，当上了一名普通的轧钢工。记得当时的车间主任是刘现成，副主任是凌志和，工会主席姓郝，人们都叫他郝主席。当时三轧车间有4个轧机段，一个退火段，一个天车段和一个维修段。全车间人员有600人，轧机四段为新组建工段，设备为四辊轧机和十八辊轧机及三连轧机组。较一、二、三工段的二辊轧机先进得多。老式酸洗厂房低矮，没有通风设备，每天酸雾缭绕，气味刺鼻，用两套扒皮机和两个大酸槽子进行筐式酸洗生产用料。退火设备为老式煤气发生炉，职工每天每班挥锹填煤近两吨，以保证退火生产顺行。元剪机组负责成品剪切和打包工作，每一盘料都要靠人工搬上搬下，折腾几个来回才能进入下一道工序，职工劳动强度非常大。当时，我被分配到二段轧机岗位。那时候是三班倒，每周轮回一次，上零点班一上就是一周非常辛苦，二辊轧机生产全靠人工搬料喂料。换轧辊和连接轴套时，一根轧辊重达100多斤，一个连接轴套重达80多斤，全靠人工进行装卸，换一套轧辊下来弄得满身油污，满头大汗。这样的条件对其他城里孩子来说，是非常辛苦、劳累的，但是对于我一个出生在农村、每天面朝黄土背朝天的山里娃来说算不了什么，苦点累点脏点都无所谓，我工作起来有使不完的力气。记得有几次上零点班，工长有事，轧机班长因故也没到岗，我就主动地组织班组人员把轧机开动起来，班组成员之间那种团队精神使我非常感动。说起团队精神，我想起来在1987年初夏的一天，早上刚刚接班，时任段长的张景祥匆匆忙忙地来到了轧机岗位，要组织人员为修建部一名姓魏的职工献血。一方有难八方支援。据说这个人伤势非常严重，腿部大出血，生命危在旦夕，建平血库A型血告急，所以在全公司各分厂组织人员为伤者献血。我当过兵知道自己是A型血，马上报名参加献血救人。我们一行18人到凌钢医院以后，都要逐一进行血型化验。当时我跑到大夫面前说：“我当过兵，我是A型血，不用化验，救人要紧，马上抽我的！”200毫升血液及时输入到伤者的体内。一个微不足道的举动，为挽救生命赢得了宝贵的时间；一个微不足道的举动，彰显了凌钢大家庭的团队精神。

到了 1988 年，三轧车间更名为冷轧带钢厂，二段和三段机组因凌钢设备改造进行了关闭拆除。就剩下了一段和四段两个主体生产工段，人员也由 600 人减到了 400 人。我的第二任厂长为姜荣，副厂长魏文秀，副书记翟凤奎。同年，因为我工作表现突出被厂提拔为一段副段长党支部书记，我和段长崔卫国一道努力工作，在产品产量、质量上，实现了日日有突破，月月有提高。也就是那一年，我成为了来冷带厂 300 名新职工中唯一一个涨 8% 浮动工资和 3% 固定工资的人。

随着冷带用户的不断增加，对不同品种、规格、型号及退火工艺有了更高的要求。冷带厂不断改进生产工艺，把规范职工的操作水平和提高产品质量意识放到了第一位，结合二炼钢“争气、拼搏、奉献”的凌钢精神，提出了冷带厂“开拓、求实、奉献”的冷带精神。正是在这种精神的鼓舞下，冷带产品产量由每月的 3000t 提高到 4000t。与此同时，根据用户需求，增设了 9 台光亮退火炉，并对筐式酸洗改造成连续酸洗，对老式黑退火炉 ϕ600mm 小罐退火改造为 1. 15m 的大罐退火，并接上了煤气管道。结束了职工们用大板锹上煤的历史，大大地减轻了劳动强度。

到了 1997 年，冷带市场形势急转直下，用户锐减，销售低迷。第三任厂长王晓东、副厂长陈学林、工会主席时恩带领职工从降本增效、内部挖潜做起，号召职工从节约每一滴水、每一度电做起，全力抗击市场寒冬。但 1998 年 5 月，一段轧机生产还是被迫全线停产，人员被分配到其他分厂。我被分配到调度室担任调度工作。这时冷带厂就剩下四段一个主体生产段了，月产量也相应地减到 2300t 左右，人员不到 300 人。这期间我的工作也不断的调动，曾担任过值班调度、纵剪班长、厂政工干事等职。2001 年 11 月 23 日，冷带厂最终因市场原因全线停产，人员待岗。公司为了解决职工再分配问题，在 2002 年 3 月份提出冷带厂实行承包运营机制，并在冷带厂职工代表大会予以通过。同时，选举产生了冷带厂总承包人王彦彬为厂长，陈学林为副厂长，时恩为工会主席。当时，因停产放假的冷带厂职工对冷带发展形势都不看好，纷纷要求调离到其他分厂工作。为留住人才，我曾多次和王厂长一起到职工家中一个人一个人的做思想工作，讲形势、谈前景、话未来，留人留心。4 月 18 日，轧机正式启动，冷带厂重新恢复生产，但留下的人情绪不稳，思想波动较大，当时又是执行两班倒，人员非常紧张。那时担任调度长的我，既要协调指挥生产，又要做好职工的思想政治工作。在天车工紧张的情况下，学会了开天车，曾多次白班连四点的连续工作，那一年我拿到了天车操作证。冷带生产出的产品运输入库等全靠叉车倒运，因叉车司机缺乏，我又学会了开叉车，协助倒运入库等工作，那一年我拿到了特殊车辆驾驶证。当时的冷带市场非常好，每月产量在 3000t 以上，还供不应求。冷带厂从此起死复生。职工收入也相应的得到了提高，就这样实行承包机制整整干了 4 个年头。到了2006年11月，因中宽冷带厂的成立，小冷带四辊轧机彻底的停了下来，并进行了整体的拆除外卖处理。正式职工全部分配到新上的中宽冷带机组，新成立的中宽冷带领导班子，由席应信任厂长、郝彦军为生产副厂长，刘伟为设备副厂长。新建的中宽冷带厂房全部为钢结构，高大宽敞明亮。酸洗设备为自动化程度较高的连续酸洗线，班产量在200t以上。轧机是两台，一重生产的可逆式轧机，设计生产能力为1.5万吨。相应配套的有平整机组、纵剪机组和18座光亮退火炉台，整个中宽冷带设备全部实现自动化。职工操作现场环境整洁，所有厂房均为彩涂地面，光亮照人。不夸张的说，掉地上一根针都能看得见。因新上设备，先后派出50多人到外地学习两个月，在掌握了一定操作技能之后，被分配到各个岗位。产品产量也从每月的4500t一跃攀升到1.2万吨，产品出口韩国、马来西亚、越南、老挝、中国香港等多个国家和地区。2011年5月，因凌钢三期技改整体用地需要，冷带厂全部设备整体拆除，人员全部分配到公司各分厂部室。我本人也被分到了动力厂，又到现在的科技质量部工作。

从入厂就分配到冷带厂，一路走过25个春夏秋冬，对冷带厂的一点一滴，一草一木都情有独钟，是酸洗蒸汽的味道熏陶出我勤于奉献、甘于吃苦的个性；是轧机的轰鸣声振奋了我工作的热情和忠诚凌钢爱岗敬业的精神；是纵剪机组分毫不差的剪切精度造就了我精益求精、遵章守纪、严于律己的品格；是光亮退火炉的烈焰燃烧了我的青春，历练了我的岁月留痕。

（作者现为科技质量部工会干事）

求变图强说轧钢

——说说轧钢这些年的事

赵景仁

凌钢建厂50周年了，人们会很自然地回忆起过去的峥嵘岁月。我着手写点轧钢变化方面的事。从5个方面说说近30年轧钢发生的巨大变化。

“形”的变化

“形”，说的是产品形状、尺寸的变化。

1983年，我参加工作的时候，凌钢的主打产品只有小型圆钢、热轧窄带钢、小规格焊管。有冷轧带钢是1987年的事了。中宽热轧带钢是1992年3月筹建，1996年9月1日开始热试，这些都是后期的事了。更不用说1997年9月24日凌钢兼并锦西钢管。2008年建2号棒材，2009年焊管搬迁北票，原址建了高线。2011年建4号棒、5号棒材生产线。

单说生产螺纹钢，那是1987年的事。还记得当年4月份，牛总（当时是一轧的厂长）派我参加冶金工业部组织的螺纹钢认证，我是华东片认证组成员，为凌钢认证提供第一手材料。凌钢是同年首批获得螺纹钢生产许可证的企业之一。

第一支螺纹钢就诞生在不起眼的400/250机组。随后1号、2号、5号机组生产螺纹钢，因此螺纹钢的生产规格从ϕ10～50mm全部都能生产。

再说圆钢，凌钢是从生产圆钢起家的，从建厂就生产圆钢，以小规格ϕ12～20mm为主，6m定尺，端头涂上红油漆。就是当时所说的红头圆钢，在市场上很有名气，很受欢迎。中型（现在3号棒材的位置）当时生产圆钢ϕ50～85mm，以管坯为主，有少量的45号钢，自从2011年投产大棒（4号棒材）、小棒（5号棒材）以后，圆钢就从ϕ12～260mm成系列化。

说到高线机组是2010年建成，生产ϕ10～16mm盘螺和ϕ6.5～16mm盘圆，主要是根据用户要求在购买螺纹和圆钢的同时配备一些盘螺和盘圆。

2004年中型机组改造，取消了小热带机组，从此轧钢不再生产小热带。

关于中宽热轧带钢，是1989年从德国引进设备移植到凌钢，规格以2.5mm×750mm代表尺寸。

锦管是凌钢与锦西钢管生产合作的产物，后期结合的时间不长，锦管就不再生产了。

以上形状尺寸的变化是市场要求变化的结果，凌钢根据市场变化及时调整了产品尺寸规格定位。轧钢方面表现出的变化是急促的、多样的、频繁的。因此，有人说轧钢逢修必改，五年一小改，十年一大改，指的就是产品的形状、尺寸的变化。

“量”的变化

“量”说的是产能的变化。

刚到凌钢时有“五七十”的说法，年产铁 5 万吨，钢 7 万吨，材 10 万吨，现在生产到 500 万吨钢，呈 50 倍的增长级，轧钢产量的变化也是随着凌钢的产能扩大而增加的，高炉容积和转炉能力的加大势必需要改造旧有轧机机组，增加机组的生产能力，新设 2 号、3 号、4 号、5 号轧机机组。以 400/250 机组为例，说明产能的变化，这个机组年产 16 万吨是最好状态，这个产能仅是 2 号棒机组两个月的产量。2 号棒材是 2008 年投产的项目，那时钢铁正处于需求旺盛时期，这个机组产量从设计 90 万吨，2014 年产量达到 118 万吨。

1 号棒经过 14 年改造，增加了小规格生产能力，日产从 2400t 增加到 2700t，提高了创效水平。

量的提升，反应出国家基础建设速度加快，GDP 以 10% 以上的增速，有钢铁增产的功劳。

量的提升不仅是凌钢一家之功，全国上马的棒线、材线不计其数，受经济下滑的影响，量的提升带来价格的下降。摆在凌钢面前的课题是如何保持品种的产量，多生产附加值高的产品，如特殊需求圆钢、重点工程圆钢、小规格比较效益好的钢材产量。

“质”的变化

“质”是质量的变化。

总的说，轧钢的产品质量是逐年提高的，随着工艺装备水平的提升，产品质量也随着上升到一个或几个等级，上个月去天津、江苏考察市场，用户对凌钢产品的评价是竖大拇指的。说凌钢的钢材保材质，是大厂生产的，我听到后很欣慰。这些用户是做冷加工的，主要采购我们的圆钢做冷拔、冷加工料，是与那些小厂不保材质、不保性能做对比的。

螺纹钢的质量在业内也是受好评的，我们公司打出了不穿水、不生锈的承诺，这确实是真话。我们以每吨多加 50 元的合金为代价生产螺纹钢，就是保我们在重要工程上的使用，保我们的品牌质量。在负偏差轧制上，我们也控制在合理的区间，虽然成材率受到一定损失，但我们是为了性能不出边缘，保证质量声誉。

龙煤集团购买我们的锚杆料，对我公司钢材品质高度认可，称赞我们是国营质量，是上市公司水平。

但我们在追求高端产品上，还要有艰难的路要走。尤其是精轧螺纹等品种钢上，从成分上控制水平还要加强，工装上还有改进空间，特钢质量还有待保证稳定。

“工装”的变化

“工装”说的是工艺装备的改进及更新换代。

这些年，公司在轧钢的投入上是很大的，轧钢的装备达到全国同类企业的先进行列。我们较早地淘汰了小型横列式轧机，更换成短应力轧机，实现了全连轧微张力控制，精整逐步取消了手工打包，实现了自动打捆。加热系统从最初烧煤、烧煤粉、烧油，改进为烧煤气，并实现全蓄热，节约了消耗，改善了燃料条件，净化了环境。

“工欲善其事，必先利其器”。老百姓说，“手巧不如家什妙”，说的就是这个道理。不断地跟进工艺装备先进水平，才能保证凌钢青春永驻。

“意识”的变化

随着钢铁产能的过剩，市场下滑压力的加大，轧钢人的生产经营意识也会随着市场发生变化。

过去只顾生产可以不问市场，你让我生产什么我就生产什么。现在不同了，轧钢厂也要走向市场，了解市场上需求什么，什么产品附加值高，我们的成本是否有优势，我们的工装水平是否有优势，还需要全面测算，然后进行试制。投放市场，进行用户跟踪反馈，一个产品没有几个回合跟进，不可能全部掌握情况。还要投入精力、物力，让用户认可，非要做出真功夫不可。

为此，我厂自己拥有工艺研发队伍（技术科人员兼），产品销售队伍（办公室兼），经常到市场上去，经常到用户那里去。轧钢必须有成本意识，每个产品的成本指标要精算到个位数。轧钢必须有质量、品牌意识，给用户的产品就是优质的，是有品质的。树立全心全意为用户服务的理念，用户的满意就是我们的追求，没有用户就没有饭吃。轧钢成为产研销一套产业链。但我们的研发仅仅是初步阶段，手段与开发水平还处于初级阶段，销售管理还需规范有序，有很多还在学习过程中。

以上从5个侧面浅略地描述了凌钢近30年的变化，是希望与轧钢的同行们互动一下，增强热爱凌钢的情怀。5个方面的变化，如凌钢这块热土上五束香艳的花朵，亲自采摘，作为献给凌钢50周年庆祝的贺礼。

（作者现为凌钢第一轧钢厂厂长）

三十载春秋为热电

彭洪志

历史是一面鲜亮的镜子，展示过往的足迹，昭示发展的未来。

我于1986年9月调入凌钢工作。如今30年过去了，凌钢在发展壮大，热电厂也在同步发展。身临期间，往事历历在目，感慨无限。

同其他生产厂相同，最初的热电厂规模小的可怜，甚至说还谈不上是一个“车间”。从1966年建厂，一直到20世纪80年代，凌钢只有4台10t/h低温低压蒸汽锅炉，地址在现第一炼铁厂4号高炉区域。由动力车间管理，主要是保证凌钢生产生活供热。

凌钢热电厂始建于1988年9月，属企业自备电厂。筹建热电建设领导小组，领导小组由宋加功、刘吉仲、彭洪志、米熙侠4人组成。隶属动力厂管理，同年完成项目设计、预可研工作。电厂初期设计由杭州电力设计院承担，施工单位朝阳第一建筑公司。电厂初期设计规模为四炉、三机。即WC235/39—5型链条炉4台，设计燃料为燃煤锅炉、煤种为平庄褐煤。6-35/10-1型6000MW发电机组两台，β3-35/3型背压汽轮发电机一台。设计总装机容量15MW。热电厂即发电又供热，发电并入国家电网，电量并网不上网，企业自用，并给企业自身提供保安电力。提高了企业用电的可靠性。供热给企业生产、家庭生活采暖所用。满足厂内生产办公，东西家属区生活采暖需求。

凌钢热电厂的发展史，是凌钢发展史的缩影。

1989年3月，热电厂工程土建动工。为保证项目投产后能顺利达产达效，于1989年10月，由凌源向东刀尔登电厂调入管理人员两名、操作工人30人。1990年1月，热电厂由动力厂分离，正式成立凌钢热电厂，厂长由彭景阳担任。1号、2号锅炉，于1990年1月完成安装，通过减温减压器，向公司生产生活供热。1991年4月，2号C6-35/10-1型6000kW抽凝机组并网发电。1992年4月，2号、4号锅炉投产，6月由热电厂自行安装的B3/35/3型3000kW背压汽轮发电机组投产。1994年1月由热电厂安装的C6/3.43/0.981型抽泣式汽轮发电机组投产。至此，凌钢实现电厂初期设计规模，四台锅炉、三机总装机容量为15MW的发电能量。

1996~2001年，随着凌钢生产规模扩大，生产产能增加，高炉副产品煤气量增加，热电厂对现有4台35t/h中温中压锅炉进行增容改造。改造工程由武汉恒力承担，设计施工总承包。将原35t/h纯燃煤锅炉改为40t/h，煤和煤气混烧锅炉。1号、2号锅炉最大可掺烧高炉煤气30%，3号、4号锅炉最大可掺烧高炉煤气70%。减少了煤气放散，为企业增加了经济效益。锅炉改造同时，对机炉控制系流进行改造。将原来机炉人工操作改为自动控制远程操作。电器保护、机组励磁控制系统由手动并网操作，改为自动保护控制系流，自动化水平提高，将原生产定员减少50%。为热电厂后来规模扩大、增产扩容打下了坚实的基础。2003~2007年，随着凌钢产能增加，高炉煤气富余量增加，截至2007年8月，将4台煤和煤气混烧锅炉改为纯烧高炉煤气锅炉，消耗了大量富余煤气，从此结束了锅炉烧煤的历史，为公司减少了采购资金，同时大大降低了工人的劳动强度，减少了设备维护量，节约了维修费用，为凌钢减员降本增效做出了贡献!

2008年之后，随着凌钢350万吨钢，特别是600万吨钢产能的形成，热电厂驶入了发展的快车道。利用大高炉所产生的高炉煤气发电，正式列入企业发展的蓝图。也因此，企业自发电能力得到快速提升，动力厂成为企业挖潜增效的生力军。

2008~2010年，动力厂新上两台75t/h纯烧高炉煤气中温中压锅炉，配两台12MW汽轮发电机组。2008年11月，4号12MW汽轮发电机组并网发电，2010年10月7号12MW汽轮发电机组并网发电。2013年上两台110t/h次高压锅炉，配套两台25MW汽轮发电机组，于2013年10投产并网发电。动力厂的发展，一年跨越一个大台阶。

回顾动力厂的发展路程，离不开凌钢发展的强大牵引力。

应用新技术提高企业自发电比例，降低企业成本，是动力厂发展的一大特色。随着凌钢产能的增加，高炉炉容的增加，炼铁高炉顶压，产生的煤气温度相应增加。如何利用炼铁高炉顶压，煤气压力温度发电实现能量回收，为企业创效。2008年，动力厂采用当时国内新技术实现TRT发电，为企业降本创效。2008年，3号高炉6000kWTRT机组发电，2009年4号高炉9000kWTRT并网发电，2012年11月，5号1500kWTRT发电机组并网发电。

2011年，凌钢首次应用烧结余热发电技术。这项技术是利用炼铁厂180m^2、240m^{2}烧结机产生的高温烟气，通过余热锅炉产生蒸汽带动汽轮发电机组发电。余热锅炉排出的低温烟气去给烧结机助燃，发电又降低了烧结机的煤耗，是个节能环保的好项目。在180m^{2}烧结机处安装一台20.53t/h、6t/h双气包双压锅炉，在240m^{2}烧结机处安装一台23.26t/h、5t/h双气包双压锅炉，配套一台9kW汽轮发电机组。工程于2011年12月投产并网发电。

应用干熄焦发电新技术。凌钢干熄焦发电工程，由山东冶金设计院设计施工总承包项目。安装一台QCB5/980-55.6-9.81/540余热回收锅炉，锅炉设计压力为高温高压锅炉，配套一台12MW汽轮发电机组，于2014年12月竣工投产并网发电。截至2014年，凌钢热电厂总装机发电容量为143MW，企业自发电比率冬季25%，夏季40%，雄踞辽西企业最大自备发电厂之首。

“十二五”期间，是凌钢热电厂发展最快的5年。凌钢响应国家大力倡导清洁能源的号召，集中精力推动节能减排，提高能源利用率，促进企业转型升级。在现有的煤气数量的情况下，淘汰落后产能，将提高企业自发电能力，作为降本增效、走出困境的重大举措，先后上马8台发电机组。

期间，最有代表性的当属2015年投产的两台国内新研发的大型发电机组。凌钢2014年末完成预可研，上国内由东方汽轮机厂新研发成功投入市场的超高温、超高压汽轮发电机组，淘汰1号、2号、3号3台6MW的中温中压耗能高的发电设备。建设规模为1×265t/h高温超高压煤气锅炉，中间一次在热凝气式80MW汽轮发电机组一台，1×220t/h高温超高压煤气锅炉，中间一次在热凝气式65MW汽轮发电机组一台。80MW汽轮发电机组于2015年9月投产，65MW汽轮发电机组于2015年11月投产。建设一台1×15MW饱和蒸汽汽轮发电机组，利用凌钢各轧钢加热炉、竖炉、转炉所产生的余热低温蒸汽进行发电，淘汰原有6台700MW螺杆低压发电机组。

2015年11月，15MW饱和蒸汽汽轮发电机组并网发电。两台超高温高压汽轮发电机组投产后，是淘汰耗能高机组提效的2倍，15MW饱和蒸汽汽轮发电是淘汰螺杆发电效率3倍，现凌钢热电厂日发电量可达440万千瓦·时，自发电比例可达70%，凌钢总耗电量70%，由凌钢热电厂自发电供给，为企业走出困境做出了巨大贡献。

（作者现为凌钢动力厂副厂长）

制氧变化那些事儿

杨明利

我作为一名凌钢职工感到无比自豪。因为，我是伴随着凌钢发展壮大成长起来的一名职工。

1987 年我参加工作来到氧气厂（当时叫制氧车间）。从学校来到工厂，对所看到的人、事、机器感到亲切和好奇。

车间领导们与我们的搭话总是那样的和蔼可亲，谈话、聊天每句都充盈着满满的正能量，能从他们脸上看到对凌钢美好发展前景的信心和喜悦。时至今日，我们大凌钢为当年的论点提供了论据，制氧机由小到大的发展变化也正是凌钢发展壮大过程的见证。

第一天进入制氧车间大门，映入我眼帘的是不在同一轴线上的四栋蓝色房子。后询问老师傅得知，这四栋房子最南端的是 1500m^3/h 制氧机厂房、充瓶间，中央的是 150m^3/h 制氧机厂房、北端的是小办公楼。入厂后在安全员和人事员的带领下进入两栋制氧机厂房参观，150m^3/h 制氧机厂房内，一字排开的是两套杭州制氧机厂生产的 KFS-860-1 小型高压制氧机，能耗高、安全性差。1500m^3/h 制氧机厂房内装有一套 1972 年进口的日本神户制钢所生产的制氧机一套，与之配套的两台 4B43F 氧气压缩机和一台空压机在二楼整齐地排列着。该制氧机属于全低压板式切换流程，与高压制氧机相比能耗较低，仪表控制系统比较先进完备，仪表大多是气动仪表。制氧机的核心部分也就是精馏系统，其设备全部安装在冷箱内，从外面看就是一个高高的大铁箱子，箱体外安装着无数大小阀门。后来厂级安全教育后我就下到班组，和师傅们一起操作这个神奇的“大铁箱子”。每小时分别有 1500m^3的氧气和氮气从这个大铁箱子生产出来。

1988 年 3 月，我们迎来了 3200m^3/h 制氧机的开工建设。这套制氧机氧、氮生产能力比 1500m^3/h 制氧机增加了一倍多，还能提取稀有气体氩气。空气预冷系统采用换热效率较高的喷雾冷却塔，仪控系统中温度测量采用数显表，流量测量采用压力温度补偿，还在一些关键的测控点选用了电Ⅲ型仪表。使测量精度有了较大提高。

当时，所有制氧人都希望自己能亲自操作这套制氧机。作为我们入厂不足一年的年轻人，当然不会放过这样的机会，工作中积极主动，资料、图纸不离手，每个人都处处表现自己。后来，经过多次理论和实际考试，一部分职工如愿以偿地被选到 3200m^3/h 机组。这个制氧机组经过一年零 8 个月的建设安装，于 1989

年10月竣工投产。

随着凌钢“九五”项目的开工建设，6000m^3/h制氧机组于1996年开始筹建。当时，已成为一名助工的我也参与其中。

此套制氧机是杭氧生产的第六代空分产品，当时工艺性能还是比较先进的，利用透平增压膨胀机、分子筛流程，仪控采用DCS。经过紧张的建设，于1997年10月达产。那时由于大型施工机械较少，有些土建施工如工控基础破桩几乎都是用人工，所以工程进度较慢。

2001年，我已是一名工程师，这一年也正是凌钢“十五”工程项目的开局之年。我记得当时跟同学通电话总喜欢提到10000m^3/h制氧机，那时的“万立”制氧机也算是大型空分设备了。更值得一提的虽是外压缩流程，但在一些系统中得到升级，分子筛系统采用双层床，透平增压机达到节能目的，空分塔采用填料塔，为使运行更加安全可靠，空压机选用德国阿塔特拉斯的产品，粗氩泵选用了美国布朗ACD进口泵。还配备了后备系统，当制氧机出现故障时可直接将储罐200m^3的液氧加压汽化后供给用户保障生产。

2008年，我和所有凌钢人一样，怀着一种喜悦的心情迎来了凌钢二期技改，20000m^3/h制氧机随之诞生。它改变了以往的外压缩流程，采用了内压缩流程，这使得制氧机运行的安全性得到了提高，液体产量有所增加。为保证生产的安全稳定，在设备成套时空压机、增压机选用美国库柏的产品，膨胀机和液体泵也全部选用进口设备。从生产能力上看，凌钢制氧机又迈进了“两万”等级的行列。对制氧人来说这是一个新流程，所有操作人员都渴望操作这个内压缩设备。经选拔，部分人员进入20000m^3/h机组，这一年我作为主管生产技术的一名副厂长，全程负责工艺技术和自动化控制方面的工作。回想起从安装到调试及生产所发生的一个个小插曲，至今历历在目，有苦有乐。经过20000m^3/h制氧项目部全体人员的斗酷暑、战严寒的努力，终于在2008年12月11日投产。

时间进入2011年，集团公司开启了“十二五”结构调整技术改造项目决战之年，全力以赴向600万吨钢产能前进。

30000m^3/h制氧机是凌钢“十二五”工程项目之一。当时，我被任命为该项目部经理，既抓生产，又负责30000m^3/h制氧机组施工建设。从2011年6月份启动项目设计，截至2013年12月26日全线投产达产。在18个月内完成制氧机的初设、设备选型、安装调试、投产运行、达产达效等任务。

30000m^3/h制氧机也是一套内压缩流程设备，空分塔由国内技术水平领先的杭氧生产。主要和重点设备选用进口。如空压机、增压机采用德国阿特拉斯压缩机；液体泵、膨胀机为法国低温之星；部分关键控制阀门采用德国费舍尔；DCS采用日本横河CS3000。

30000m^3/h制氧机可以说是名副其实的大型制氧机了，氧、氮生产能力分别达到 30000m^3/h 和 60000m^3/h。对于这个大“家伙”我们项目部一点不敢懈怠。现在想起所做的工作就像是昨天刚刚发生过，从设计方案的审查到设备选型、技术协议的签订、在到施工方案的优化无处不凝聚着项目部每个人的辛勤汗水。各专业提出合理设计方案 93 项，查阅图纸发现错误 200 余处，施工中进行 27 项技术改善。在施工中采取盯防办法，隐蔽工程没人确认不能进行下道工序等，以此来保证施工质量以及日后的安全生产。当时，由于空分和压缩机主操作人员严重紧缺，我们采取“一老带三新”的办法培养人才。在设备试车阶段，我还有些担心，事实证明他们成功了。

30000m^3/h 制氧机从 2012 年 12 月 13 日开始，正式开始单体试车。12 月 24 日，整个 30000m^3/h 制氧机的联动试车开始。随着机器的相继启动，于 12 月 27 日 30000m^3/h 制氧机一次联动试车成功，达产达效。经过 3 年多的运行没有出现任何问题。我可以自豪地说，我们汗水没有白流，辛勤的付出，换来了 30000m^3/h 制氧机的精品工程，值了！

如今，每天除早会前必去的各机组主控室了解生产情况外，我更喜欢每天抽空在厂内走走看看，每到一处自豪感都会油然而生。厂区面积变大了、设备先进了、花草更美了，伟岸挺拔的空分塔在蓝天的映衬下是那样的高大。我更喜欢到球罐区走走，虽然这是一个重大危险源区域，但我没有一丝畏惧，而是对这些球罐总有一种亲切感，120m^3、200m^3、400m^3、650m^3、1000m^3 这些大小不一、错落有致的球罐见证了凌钢的发展壮大。

近年来，凌钢的发展又遇钢铁“寒冬”。在这样的困难面前，全公司上到领导、下至每名职工都在努力工作战“寒冬”，我作为一名企业职工，又是一厂之长，更应以“独行不愧影、独寝不愧衾”的理念自觉工作，待到“春暖花开”时再续写回忆。

（作者现为凌钢氧气厂厂长）

为了铁水奔流

——记建设300m^3高炉的日日夜夜

刘中校

岁月之树增添了一周新的年轮。

公元1988年3月6日，330m^3高炉炉台上，几十把火炬点燃起凌钢金橘色的憧憬。炉膛里燃起了熊熊烈火。

3月7日下午2点30分，300m^3高炉第一炉铁水像火龙喷涌而出。这奔流的铁水，是凌钢人积聚了几年之久的“内力”在此刻迸发出来。凌钢又一项重大工程问世了！全厂的生产节奏变得更加明快起来。为了这一天的到来，多少凌钢人超负荷运行，多少工程技术人员为之努力，为之奋斗！

为扬起“龙头”赢得时间

300m^3高炉是凌钢“七五”改扩建的龙头项目，投资4300万元。为这座巨龙早日扬起头，厂长宋士田提出：在一年之内要使300m^3高炉竖立在辽西的大地上。

不影响生产，为了赢得时间。

指挥部深入调查研究，决定将铁水运输线改接到铁路运输环线上。铁运部的职工冒着刺骨的寒风，努力奋战，线路很快接通了，缓解了运输紧张的局面。

按设计院的设计要求，300m^3高炉基础应该新建。这样不仅延误工期，而且投资也高。指挥部面对这一问题，果断决策，利用原高炉基础。为了保证质量，指挥部的土建人员到资料库查出了1958年新生钢铁厂建厂时的资料、图纸和当时的施工记录。凭着第一手资料，争得设计院的同意，利用了原255m^3高炉基础。这项决策不仅为高炉建设赢得了时间，也节约了大量资金。

兵马未动粮草先行

搞工业建设历来都是“兵马未动，粮草先行”。设备、材料供应尤为重要。

虽然商品经济决定了买方市场，但仍有许多设备、材料在市场上紧缺。土建工程刚刚拉开序幕，新组建的“七五”材料处仅有8人，就遇上螺纹钢告急！接着水泥也告急！严峻的是锦西、抚顺两个水泥厂双双停产。材料处领导急工程之所急，冒着料峭的春寒，来到河北省，硬是从小寺沟抠出 400 多吨螺纹钢，又在东电三公司借来 60t 水泥，解决了燃眉之急。

经过他们的努力，1987 年购进钢材 24000t、水泥 19000t、木材 3200m^3……

设备处去年共签订合同 298 份，机械设备 2987 台（套），电气设备 1112 台（套）……

他们踏破铁鞋，走遍国内 18 个省市，光申请进口高炉微机一项，公章盖了 10 个，往返北京、沈阳不知多少趟。希望在汗水中。终于进口了美国微机一套。这一年，从处长到计划员、采购员平均每人出差 208 天。

300m^3高炉主体设备，是通过国家机械委成套局以指令性计划安排齐齐哈尔第一机械制造厂加工制造的。我厂这台设备是这个厂家生产的第 12 台。前 11 台的制造周期都在 18 个月以上。怎么办？18 个月我们等不起。设备处领导多次去厂家催货，先后 5 人 16 次到这个厂家。宋厂长也亲自到厂家看货。处里派孙超凡一住就是 5 个多月。每天不是待在旅馆里，而是天天跟班检查质量。有时跟着一起干，有时跟班到深夜。孙超凡的工作精神，感动了“上帝”。这个厂的田厂长说：“凌钢的进度，我们一定不能拖。”凌钢人就是这样赢得了厂家的尊重和信任。6 个月多一点，全部交货，创造了国内高炉设备制造的最快纪录。

希望就蕴藏在如雨的汗水中

300m^3高炉工地上的凌钢人，他们都尽力去履行各自的职责。

韩先哲、蒲杰、彭伟……是凌钢自己培养起来的电大毕业生。在高炉建设过程中，他们用实际劳动填写了人生价值的档案。他们盛夏顶酷暑，严冬冒风雪，在质量管理上，坚持原则，一丝不苟。

去年 10 月份，在验收辗泥机时，机械运转不正常，虽经各方面多次研究也没有解决，蒲杰、崔洪成主动请战，他俩干了两天一宿，终于解决了这一难题。炉顶大小料盅不同步，给操作带来困难。蒲杰细心观察，用学过的知识结合工作实际，加个限位托，又一个难点被攻破了。

家住农村的宋振元、杜文，自己没时间回去种地，只好把土地让给亲属种。他们就这样荒了自己的地，种了凌钢的“田”。

主任工程师韩国良，是 1987 年初从湖南省益阳市调到凌钢的。他工作认真负责，在水冲渣栈桥施工中，发现施工队没按要求绑轧钢筋，晚上浇注了混凝土。第二天韩国良发现后，迫使施工队返工。大家说：就应该多调一些这样的工程技术人才。

工程质量是生命，把好质量关是百年大计。“七五”施工人员认真负责，一丝不苟。热风炉筑炉时，他们发现基础与炉体有空隙，施工员轮流值班检查，不合格推倒重砌，有位老技工说：这样返工，一点进度没有，我们交代不了。他们就是这样铁着脸认真管理，使铸炉质量达到了较高的水平。设备处的张艳涛、孟繁祥急工程之所急，在现场建设安装中，有时为了一个备件连饭都顾不上吃。在工地上，建设者们做出了自我牺牲，有的人一再推迟婚期，有的家里有事顾不得管，有的孩子病了也不能去护理……总之，在工地上忘我工作，感人事迹不胜枚举。

承受压力做出牺牲

2 月 6 日，炼铁车间主任于春恩向全体职工宣布了“三条指令”，一是春节期间要抓好安全生产；二是两座百米高炉要创历史最好水平；三是春节不放假，全力以赴接收 300m^{3}高炉。

2 月 9 日，车间召开全体党员大会，支部书记郝志强要求党员带头，坚守岗位，要以党员的模范行为做好群众的工作。

2 月 20 日，车间工会主席李刚带领 3 名职工为家住农村的职工送年货。

车间上下处在一级“备战”的状态。

邵敏是炼铁车间一名普通党员，家住建昌老达杖子乡。2 月 20 日，他随车回家送年货，到家不到 5 分钟就要上车回厂。当时邵敏的爱人握着李刚的手说：“老邵已经 4 个多月没回家了，孩子大人都盼他回来过个团圆年，没想到还没待上 5 分钟就走。人家过年都往家里走，你们可好，到了家门口却要往回走，哪怕吃顿饭，住一宿再走也行啊！”面对这位情理通达的农村大嫂，说什么？她的要求并不过分。当汽车驶出村口，她还站在那里望着……

党员韩树山家住喀左县农村，爱人身体有病，3 个孩子尚未成年。这个家他不回去年可怎么过。腊月二十八他回家安排一下，过年的当天就返回了车间。在这些党员身上，我们看到了什么呢？他们那颗心，通红、火热、赤诚。

从 2 月 6 日开始，炼铁车间就进入非常时期，打破 8 小时工作制。车间设 13 张床，主任、工程技术人员不准回家，吃住在车间。

李祖清的弟弟从沈阳来凌钢，在家里都没见到当主任的哥哥；安武生的内弟来凌钢开会，见到这位姐夫瘦得都有点不敢相认；300m^{3}高炉第一任炉长康虎明为了组织生产，孩子寄放在邻居家没时间照顾；张顺义已经几天没睡上一个好觉，手碰破了，也坚持不下火线；梁成、赵友宽家里有事也不离开高炉一步；崔洪成有病，爱人把药送到车间……

经过努力，2 月份炼铁车间生产传来捷报，生铁月产创历史最高纪录。

3 月份生产不好。2 号炉风温原来 900 多度，降到 400 多度。为了保竖炉生产，他们考虑到没有球团矿，300m^{3}高炉建成也无法正常生产。这样，产量低了，焦比增加了，奖金减少了，车间领导的压力大了。尽管这样，在采访时，于主任对我说：“为了新高炉的投产，我们愿意承受压力和做出牺牲。”

生命，在奋斗中延伸

300m^{3}高炉新增设计项目比较多。设计处20多人去年完成设计任务44项，人均完成产值29.83万元。远远超出了定额。

每当万籁寂静的夜晚，设计处的灯光闪闪。他们仅用半个月的时间就完成300m^{3}高炉6号、7号、8号皮带通廊和6号、8号、9号转运站的设计任务。去年8月份还主动承担高炉外线电缆、水蒸气、压缩空气、氮、氧管络和两个水井的设计任务。

在高炉验收试产的关键时刻，厂长调动了全厂技术精英，分兵把关。他们不愧是凌钢技术上的中坚力量，每到关键时刻，他们总是身先士卒，冲锋在前。

建设者的自我牺牲精神，在高炉工地上到处可见。春节后的第一天，厂长宋士田、党委书记崔洪林、老书记鲍文显等厂领导和全体中层干部一同到300m^{3}高炉工地，向战斗在工地上的建设者拜年问候。副厂长张学卿一边抓生产，还经常到300m^{3}高炉工地。有时出差归来，先不回家，直接到高炉工地察看。指挥部副总指挥于连德、李元习坚持现场办公，随时解决施工中发现的问题。高炉工地副总指挥金国钧几个月来，拿着诊断书不休息。副总指挥张衍荣也带病坚持在工地上。年过60岁的副总工程师易克把全部精力都倾注在高炉的建设上。副总工程师范广权为高炉投产做出了贡献。人称“龙王爷”的唐佐卿工程师在水源极困难的情况下，绞尽脑汁，提出办法，保证了高炉用水。电气尾工比较多，验收比较复杂，副总动力师周立光、副总设计师赵国安、工程师周歧、彭景阳、陈凤翔日夜坚守岗位，为高炉验收留下了辛勤的汗水。仪表工程师董家祥带病坚持工作，把住仪表验收关。验收人员严格认真地检查验收每台设备……

300m^{3}高炉建设中，机修、动力、工程队、计控处、制氧车间、汽运部、铁运部、福利处等单位发扬了大协作的精神，为工程的顺利进行发挥了重要的作用。这些单位的可歌可泣的事迹是今后应该大力宣传的。

充满希望的理想在呼唤

不到一年的时间，雄伟壮观的300m^{3}高炉矗立起来了，高炉的建成投产，给辽西这片贫瘠苏醒了的土地带来勃勃生机。沉睡了几千年的矿山沸腾了。凌钢拿出5000万元扶持朝阳5个矿山并带动了全区23个矿点。两万多农民从此找到了脱贫的出路。当然，凌钢的发展也经历了许多风风雨雨，交了“学费”，付出了代价。

当我们为高炉剪彩高唱凯歌的时候，也没忘记为凌钢建设做出贡献的鞍钢设计院和冶金工业部第三冶建公司的同志付出的艰辛的劳动。还有那些默默工作的无名英雄。

凌钢的“七五”工程。有如椭圆形的跑道，到了终点，又是起点。更艰巨、更光荣的任务还在后头。充满希望的理想在呼唤。

建设者们征鞍未下，风尘未落，又投入了新的建设。

（作者为原《凌钢报》总编辑）

我与日清日结的情缘

马兴义

“日清日结”作为影响了凌钢两代人的一种管理创新方法运行至今，在凌钢发展史上是具有划时代意义的。值此凌钢建厂50周年之际，我作为日清日结的直接参与者和执行者，应公司之约，把我亲历的“日清日结”写出来与大家共同分享。

源于学邯钢模拟市场核算

为了加强成本管理，1993年初，在财务处主导下，推出了限额领料、内部钱票等一系列管理措施，控制各单位成本和支出。1993年5月，公司调整部分机关处室领导任职。丁智敏接替耿志任企管处处长，同时将原经济责任制考核职责及人员由综合计划处划入企管处，由公司党委副书记、副经理苑成德主管。我作为企管处的职能人员也从此开始接触经济责任制考核工作。1993年3月，国家经贸委向全国推广邯钢“模拟市场考核实行成本否决”的经验。当时，还是计划经济与市场经济相互交叉时期，邯钢经验并没有引起多数企业的重视。对于凌钢来说，1993年、1994年正是历史发展的高峰期，随着凌钢“八五”改扩建工程的相继竣工和投产，生产规模不断扩大。到了1995年，市场经济威力开始显现，钢材价格急剧回落，经济效益大幅下滑，公司也强烈意识到加强内部管理对于做大做强企业的重要性。学邯钢迫在眉睫。按着公司要求，1996年凌钢经济责任制要全面学习邯钢经验，实行模拟市场核算，成本否决新机制。

实行模拟市场核算是企业核算制度和考核制度的一项重大改革。要从根本上改变原有核算模式和考核模式。这两个根本改变牵涉两个重要管理部门。一个是财务处。模拟成本核算，首先要改变原材料、产成品的不变价格为市场价格。为此，公司成立了价格委员会，调整了316种原材料价格和56种半成品、产成品模拟市场价格。其次是财务处要在原有成本核算、报表之外再建立一套单独的核算报表体系。另一个是企管处，主要是把财务提供的成本模拟核算指标与公司年度计划制定的生产经营目标结合在一起，计算出各生产单位计划利润指标和超创利润指标，并对这些利润指标进行对比分析、考核，拿出具体的考核办法和实施方案。方案的制定错综复杂，各种数据数以千计。1995年10月，我和卜大为、王泽旭等有关人员在苑成德、丁智敏带领下，以凌钢宾馆小会议室作为临时工作地点，成立模拟市场核算测算小组。

这次测算主要是在财务模拟市场核算的基础上，利用成本、产量的平均指标、先进平均指标、历史最好指标分别测算出计划利润指标、超创利润指标，再结合现状及公司年度生产经营计划、目标，分析、测算出各生产单位考核指标和机关的支出指标，制定出相关激励政策。在计划利润、超创利润的设计计算中，我曾在公司班子会的黑板上，就计算方法、计算过程、计算公式做过详细演示。这项工作持续近两个多月才完成并得到班子成员的认可。最后形成了 1996 年度《模拟市场核算成本否决》经济责任制。并于同年 3 月下发。这次经济责任制改革为凌钢日后深化模拟市场核算、推行日清日结奠定了坚实的基础。我也在 1996 年被公司机关评为仅有的 3 个劳动模范之一。1997 年初，我被提拔为企管处副处长，负责经济责任制制定考核工作。

出于炼铁厂 4 号高炉

1996 年，一季度凌钢以 1756 万元的亏损额，成为全省的亏损大户。为此，凌钢再次提出大力开展学邯钢活动，提出了“市场经济靠自己”，“自己的梦自己圆”的自我拯救措施。同年 4 月，高益荣接替宋士田担任凌钢公司经理。上任伊始，高益荣就带领公司 22 名处室主要领导和部分管理人员到邯钢，学习邯钢经验。我就是其中一员。车队从早 6 点出发，到达邯钢已经是夜间 9 点 30 分。没来得及休息，高益荣马上布置明天的学习重点和要求。他说，我们这次学习要带着问题学，真学、实学、学深、学透。邯钢归来后，公司对学邯钢提出了学邯钢要“精神实质不走样，具体办法有创新，学创结合，重在创新”的总体工作思路。学邯钢的任务就落在了企管处身上。苑成德带领我们经过多次研究确定了“千斤重担大家挑，人人肩上有指标”的总体方针。具体措施就是，公司的指标要分解到分厂，分厂的指标要分解到工段、班组。同时，要建立分厂、工段、班组三级核算组织、核算员、核算台账。企管处按照统一模式制定核算板并实行统一管理。

1997 年 3 月，炼铁厂 4 号高炉工段在班组核算中，摸索出了核算结果当天上核算板，月末累计计算，按核算结果计算当月奖金的核算考核办法，简称“日清月结”，这就是“日清日结”的雏形。同年 5 月，炼铁厂会计于晓峰在工作汇报中谈到了炼铁厂 4 号高炉在班组核算中出现的日清月结情况，我当时觉得非常惊奇，马上意识到这是我们在班组核算中出现的一朵奇葩，也是模拟市场核算中不可多得的典型教材。要认真总结并赋予更全面的释义和内涵，尽快向全公司推广。

成于管理实践与创新

炼铁厂4号高炉的经验出现以后，我经过一段时间的调查和思考，决定将“日清日结”赋予新的内涵进行推广。“日清”的基本内涵是：一清是要清楚自己承担啥指标，即干什么；二清是知道自己怎样干，才能完成这个指标，即怎么干；三清是要知道自己当天的投入产出结果并能根据结果计算出当日的奖金。将“月结”改为“日结”。并赋予“日结”新的内涵：一是月结是模拟核算的结果，这是第一层含义叫结果，也是最直接含义；第二层是结论。结论是对结果而言，就是如何评价这个结果。我们得对结果进行分析，得出我们想要的东西，这就是结论，这是我赋予日结的第二层含义；第三是解决。有了第二层结论，也就是对当天工作结果的评价。评价的过程也是分析对照检查的过程，完成的或超额完成的要分析原因继续保持；未完成的要找出原因和解决办法。就是发现问题和解决问题，这是关键的节点，也是我们的目的。在这里我用了一个同音字“解”，就是“解决”，这是我赋予日结的第三层含义。关于解决问题的办法，我当时提出三条建议：一是自己能办的，马上办；二是能够协调办的主动办；三是不能协调的汇报领导催着办。这就是我对于当时日清日结内涵的释义。我的这个释义得到了苑书记的肯定，并决定在适当时机召开公司会议在全公司推广炼铁的做法和日清日结管理法。

1997年7月，公司在炼铁厂召开模拟市场核算，推行日清日结现场会。会上，炼铁厂会计于晓峰及4号炉炉长介绍了他们的做法和体会。公司领导苑成德做了总结讲话，提出“外学邯钢，内学炼铁”的号召，要求各生产单位学习炼铁的经验和做法，推进日清日结向纵深发展。通过学邯钢模拟市场核算，开展日清日结活动，1997年在原材料价格持续上涨，铁路运输紧张，资金周转十分困难的情况下，销售收入和利税分别比上年增长6.13%和5.15%。

1996年，凌钢学邯钢实行模拟市场核算当年扭亏为盈的成功做法引起省冶金厅的高度重视，随后不断有省市领导和相关企业到凌钢考察学习。1997年4月，辽宁省冶金厅在凌钢召开全省冶金系统学邯钢经验交流会。全省13个市冶金局、31家冶金企业及省冶金厅、省经贸委领导参加了会议。这次会议以后，凌钢的学邯钢模拟市场核算在国企改革攻坚中取得的显著成效得到省委、省政府的高度重视。7月份，国务院副总理朱镕基到辽宁考察国企改革脱困情况，听了高益荣经理学邯钢抓管理转机制增效益汇报后，给予高度评价和赞扬，并对凌钢股票上市工作给予支持。随后，省委省政府针对辽宁国企改革脱困状况提出了“远学邯钢、近学凌钢”的号召。

1998年10月，为进一步加快推进日清日结的步伐，公司在热电厂召开第二次推广炼铁厂日清日结经验交流会。会上，冷带厂、热电厂、白云石车间分别在会上介绍了他们学邯钢、学炼铁做法和体会。当时被称为："冷"、"热"、"白"。此后学邯钢、学炼铁活动在公司全面推开。12月，由苑书记和我策划，卜大为执笔的"实行'按质论价、按利计奖'为核心的整体优化核算方法，全面提高企业经济效益"获国家企业管理创新成果二等奖银奖，这也是凌钢建厂40年来唯一一项国家级奖项。

1999年，在国内企业管理界出现了一个新的以"三位一体"、"日清日高"为管理模式的典型"海尔经验"。凌钢的领导也去海尔学习了海尔经验。在一次公司汇报会上，我参加并详细听取了汇报。当时，有领导提出海尔的经验对我们有哪些可以学习借鉴的东西，企管处要认真考虑。经过我认真思考后认为：每一个企业的历史、环境、人员素质、企业文化大不相同，都有自己的特殊性。在管理模式上，不能朝令夕改、人云亦云，必须坚持自我，借鉴他人，与时俱进。我的主体思路是：我们已经有了日清日结在成功运行，而且我认为海尔的"日清日高"，也只是理论上的提法，要想做到每人每天都把指标提高一点，不符合事物发展逻辑。而且，我们的日清日结的内涵是海尔所不及的。但是，海尔的一些管理理念还是给了我一定的启示。我的思路是，在学海尔的问题上，不学日清日高，坚持日清日结，并把班组核算推广到机关。

如何把模拟市场核算的做法由分厂拓展到机关，如何把每一个人的工作职责用制度规范起来并发挥作用？一时间以什么为核心，以什么做载体，以什么形式执行，成为我思考的主题。经过一段时间的学习和探索，年底由我执笔起草了《"日清日结"管理法实施细则》，共6章24条，对日清日结进行了较为全面的要求和规范。经过两年的试运行发现，核算并不是每一个人岗位职责的全部内容，仍有一些工作游离于考核之外，机关人员通过核算结果考核评价工作的优劣，难以与现实工作接轨。2002年，在原有《实施细则》的基础上，我又进行修改和完善，起草了《凌源钢铁集团有限责任公司"日清日结"实施细则》。修订后的《实施细则》，继续坚持以利润为中心，实行模拟市场核算成本否决的基本模式，增加了以岗位责任指标为考核重点，以通用指标为辅助考核指标的职工"日清日结卡"。并以指标分解图、核算板、核算台账、日清日结卡为运行载体，通过每人每天对日清日结卡的填报、分析、反馈、检查、整改，实现对企业生产经营的全员参与、全过程控制、全方位管理。这次修订应该说是在日清日结运行5年的基础上的一次理论和实践上的升华，也是对我从事管理工作的一次全面总结。日清日结在邯钢经验、海尔经验风靡一时的年代，坚持自我，辛勤耕耘，收获了成功与自信，我的人生价值也得到社会的认可。

2002年1月12日，我收到了第一届亚洲博鳌论坛的邀请函。同年7月，我又收到马来西亚一家公司邀请。此后2003年和2005年根据每年的运行情况，我又分别做过部分修订和完善，直到内退。

2016 年是凌钢建厂 50 周年，也是我离开日清日结工作 10 周年。今天，回顾 10 年来我亲历的日清日结，仍然心潮澎湃，感慨颇多，仿佛又回到了那个伏案凝思的年代。日清日结与我可谓“十年磨一剑”，也是我生命长河中一朵晶莹的浪花。从 1997 年主管经济责任制到 2006 年内退，10 年间部门名称从企管处到计划管理部，更换了 6 任领导，但是我的工作始终未变。稳定专一的工作，成就了我，也成就了日清日结。感谢凌钢让我与日清日结结缘；感谢那些与我共同奋斗的领导与同事；感谢十年来一直与我密切合作的财务处林学敏处长。关注凌钢，热爱凌钢，愿日清日结在后来人手中发扬光大，路越走越长，吾心慰矣！

（作者为原凌钢企管处副处长）

凌钢三次下岗分流与富余人员安置

邓桂峰

凌钢下岗分流与安置富余人员是在1997～2002年进行的，当时我任人力资源部副部长，全程参与了《方案》的制定和具体操作工作。在凌钢厂庆50周年之际，应公司党委工作部要求，我简单谈谈凌钢三次下岗分流与富余人员安置的历史。

当时的历史背景是，1997～1999年，按照党的十六大“减人增效、下岗分流、实施再就业工程和国企三年脱困”的要求，凌钢进行了三次下岗分流改革，三次下岗分流共减员4667人，减员比例为31%。通过下岗分流和安置富余人员，凌钢劳动组织结构、岗位人员素质结构得到进一步优化，职工的竞争意识得到普遍提高，促进了劳动生产率的大幅度提高。

第一次下岗分流与富余人员安置：1997年7月29日～10月底，凌钢进行了第一次大规模下岗分流。在学习先进企业经验、分析企业现状的基础上，凌钢以冶金工业部人事司1993年颁布的《冶金劳动定员定额标准》为依据，对凌钢2607个岗位、208个工种、134个工段、857个班组进行了劳动力测算和核定工作，编制了《凌源钢铁公司生产操作人员定员定额标准》，成立了凌钢劳务市场，配备了12名管理人员，为接收培训安置下岗人员做了准备。

1997年7月29日，凌钢召开职代会团组长会议，讨论通过了《凌钢精简安置富余人员实施方案》。本次精简企业富余人员制定了四条基本原则：定员定编先进合理，精干高效；积极稳妥，确保生产工作的正常进行；精简安置与竞争上岗、优化组合相结合；管理人员和操作人员同步精简。公司减员指标为管理人员和操作人员各精简10.6%，预计减员1500人左右，减员方法是按定员标准实行层层聘任、竞争上岗、优化组合，未被聘任组合的人员实行下岗分流。凌钢对富余人员提供了10条安置渠道：顶替缺员；顶替顶岗临时工；顶替计划外用工；内部退休、退养；停薪留职，期限为5年；女职工休长假；因工致残人员安置；长病调入劳务市场管理；长学管理；精神病人员离岗休息。

为了完成精简任务，公司还制定了一些激励政策。从1997年8月13日下发《凌钢待岗人员安置办法》到8月26日，21天内共减员1715人。其中，操作人员减员1462人、占12.24%，管理人员减员253人、占12%，超过了公司规定的减员指标。劳务市场人员由原来的183人增加到803人。1997年9月，对410名有竞争能力上岗的人员，分7个班进行了培训；10月在工人文化宫召开劳务市场信息发布会，补充岗位缺员安置224人、充实新项目安置35人、劳务输出安置82人。

第二次下岗分流与富余人员安置：1998年6月23日~7月23日，凌钢进行了第二次大规模下岗分流，也是凌钢历史上规模最大的一次减员。本次下岗分流从方案的制定到宣传动员、组织实施到善后处理，工作做得认真扎实、积极稳妥。按照中共中央和国务院《关于切实做好国有企业下岗职工基本生活保障和再就业工作的通知》精神，公司在劳务市场的基础上成立了再就业服务中心，使下岗再就业工作规范运行，成立了实业公司，并本着“先挖渠、后放水”的原则，从每个分厂抽调1~2个再就业带头人共18人，在下岗前先到实业公司组织再就业工作，做到了凡是愿意再就业的下岗职工都可以再就业。本次下岗职工再就业安置工作，按企业内部安置、社会分流和政策性安置3个方面进行，公司开辟了15条安置渠道，给予了更多更优惠的鼓励和扶持政策；对分流下岗人员再就业，坚持扶上马、送一程，做到无情下岗、有情安置。

本次公司减员指标：操作人员是满负荷生产单位减员12%、辅助生产单位减员15%、限产单位减员20%、处室总体减员30%；管理人员是生产和辅助单位小机关总体减员23%、公司职能处室管理、技术人员总体减员25%。最终减员结果是全公司共减员2136人，减员比例达到17.6%。其中，管理人员减员368人、占18.5%，操作人员1768人、占17.6%。通过办理内退、休长假等政策性安置和顶替临时工、大集体工、劳务工等分流806人，实际到再就业中心1330人。

第三次下岗分流与富余人员安置：1999年10月，凌钢进行了第三次大规模下岗分流，到10月底共减员816人。本次减员增效、下岗分流是在1997年、1998年连续两年减员基础上进行的一次大规模减员，本次减员目标是在1998年减员基础上再减员10%~12%，这也是省、市要求的目标。

经过前两次减员，这次减员下岗难度较大，为此公司采取了三项硬性措施：

一是调整岗位职数，压缩定员。主要有六项措施：凡因技术进步和工艺改变的岗位实行撤岗或并岗；工作任务不满负荷，工时利用率不足70%的，撤销班次或实行弹性工作制；生产操作人员实行操修合一制；检修人员实行多技能作业；看管性岗位实行兼、并岗，弹性工作制；后勤人员实行三班倒工资包干办法。

二是政策性减员。主要有六项政策：距法定退休不足5年的实行内退，副处级干部实行提前3年内退；女职工休长假，女职工怀孕6个月至小孩满4周岁期间，调入再就业中心休长假；长病管理，职工患病或因公负伤在12个月内，病假累计超过6个月的，调入再就业中心管理；对因公致残经鉴定1~4级的办理内退，不同意内退，又不能顶岗的仍按工伤处理；经鉴定为精神病人员回家休息；停薪留职，再就业中心人员可以办理停薪留职。

三是提高下岗和内退人员待遇。从 1999 年 7 月 1 日，下岗职工基本生活费标准由原来的每人每月 180 元提高到 240 元，养老保险、失业保险和医疗保险的缴费标准同步提高。在提高离退休人员基本养老金的同时，内退人员每人每月增加 30 元的退休金。

（作者现为凌钢人力资源部部长）

一个凌钢人在四川地震灾区的故事

张凤阳

历史将永远牢记这个时刻——

2008年5月12日14时28分。一场强震撼动中国、震惊世界，数万生命顷刻陨落。

历史将永远铭记这个坐标——

北纬31°，东经103.4°。四川汶川，血泪之地，生民之痛，国家之难。

突如其来的灾难，将数万人的笑脸骤然定格在“5月12日14时28分”。震中四川汶川，破坏情况相当严重。陕西、甘肃、重庆等周边地区不同程度受灾，十几个省市有震感。

当我们密切关注着震中以及受灾地区不断传出的信息时，中宽带钢厂厂长卢焕民却总是在不停地拨打着一个电话号码。每一次拨打都企盼着一个熟悉的声音传过来，然而每一次拨打都是失望。电话不通，卢焕民就通过网络搜索有关“四川德阳”的新闻。整整一下午，卢焕民总是心神不宁，除了关注地震的有关新闻，就是不停的拨打电话。晚上9点钟，当卢焕民再一次拨打那个熟悉的电话号码时，电话通了，他抑制不住内心的激动，静静地等候一个声音传过来。

“卢厂长，请放心，我没事!”

听到这报平安的话语，卢焕民悬了一下午的心终于可以撂了下来。

接电话的是谁?为什么令卢焕民如此担心?他又和这场大地震有什么联系呢?

总有一种责任冲锋在前，总有一种使命义无反顾——灾难来临，不同的人有不同的抉择，但是有一个凌钢人却毅然决然地选择留下，坚守岗位。

这就是魏潭英。

魏潭英是中宽带钢厂一名普通的技术人员。此次是受厂里委派到坐落在四川德阳的中国二重集团监制中宽带生产线改造所需的设备。

中宽带生产线改造是今年公司的一项重要工程之一。改造后，其装备水平将全部实现了国产化，改造所需的设备要求技术含量、精度都非常高，投资额将达1.4亿元，中宽带改造能否按期完成事关凌钢总体经济效益。设备能早一天到货，凌钢就早一天见效益。从去年开始，魏潭英就驻守德阳负责设备监制。今年春节刚过，魏潭英又奔赴二重，开始了这不同寻常的设备监制之旅。近3个月的时间，他没有回来过一次，总是通过电话和厂里联系。

“如果不在这盯着，就无法保证按期完工。”这是魏潭英向厂领导汇报时说的最多的一句话。

5 月 12 日是魏潭英这一生都无法忘记的日子。下午 2 点 20 分左右，魏潭英和平时一样离开住所到二重生产协作部去落实轧机牌坊制作事宜。这是一个看起来和以往没有任何不同的午后，然而令魏潭英以及所有人无法预料的是，一场惨烈的大灾难正一步一步的向人们逼近。就在魏潭英即将到达二重生产协作部的时候，地震发生了。一瞬间地动山摇，走在路上的魏潭英只感觉周围楼房在晃动，路灯在摇摆，地面在颤动。他的第一反应是：地震了！

室内的人都从各种建筑物里跑了出来。马路上人山人海，每个人都是一脸的焦虑和恐惧，人们想到的第一件事，都想和亲人通个电话。但是，此时手机网络瘫痪，无法正常通话。尽管如此，但每个人都存有一次幻想，不断地摁着电话号码。

此时此刻，魏潭英深知厂领导现在一定也是焦急万分，迫切地想知道自己的现状。于是，他到处寻找联系方式。可是通信设施受损情况远远超出了他的想象，他只能无奈地等待。不断发生的余震使魏潭英和当地所有人一样，不敢进屋休息。

晚上 9 点左右，虽然信号时断时续，但勉强可以通话了，这时第一个电话迅速地打了进来。魏潭英一看，是厂长卢焕民的电话。当卢厂长充满关切的话语响起，魏潭英激动地热泪盈眶，几个小时的无助和恐惧消失了。电话中卢焕民叮嘱魏潭英，一定要注意安全，保护好自己，如果二重不能正常生产就立即回来。厂领导的话令魏潭英感动，他请厂领导放心，至于是否回凌钢，还要看二重的受灾情况再定。

夜幕降临，震后第一个难熬之夜让魏潭英刻骨铭心。余震不断，加之又下起了倾盆大雨，人们只能寻找比较空旷而且能避雨的地方栖身。不知道这个夜晚还会发生什么，内心的恐惧和恶劣的条件使魏潭英几乎是一夜没有合眼。

天亮后，魏潭英第一个赶到二重的生产车间，发现情况比预想的好很多。于是他下决心留下来，一方面要帮助二重抗震救灾，一方面也是尽己所能帮助二重尽快恢复生产，使凌钢的设备尽快投入加工，把地震造成的损失降低到最低限度。选择留下是需要勇气的。因为，当人们意识到这场灾难如此大的时候，驻守二重监制设备的人员包括一些外国人几乎全部撤离，热闹的工厂冷清了许多，而魏潭英却凭着他一颗忠诚企业的热心不但没走，而且投入到了一场新的战斗中。

总有一种信念自强不息，总有一种精神诚信铸就——凭借着忠诚凌钢的信念，秉承着与合作伙伴共患难的精神，一个凌钢人在灾区第一线竖起了属于凌钢的坐标。

魏潭英 2006 年毕业于辽宁科技大学，老家在甘肃省白银市，因为通过了解知道凌钢的企业现状和发展方向，他果断地选择了凌钢，他感觉从自己专业的角度，凌钢这片沃土会更好的锻炼自己、发展自己。入厂之初，同大多数毕业生一样，魏潭英被分到了检修中心集中实习。从炼铁、炼钢到轧材，魏潭英在不同的岗位丰富着自己，将自己所学的专业同生产实际成功地进行着对接。正是因了这份坚守和执着，实习期满后，魏潭英的综合成绩在100多名实习大学生中排名第一，赢得了广泛的赞誉，顺利地分配到中宽带钢厂成为一名设备管理人员。进入中宽带钢厂，魏潭英就投入到了中宽带改造工程之中。从2007年年末开始，他就独自一人进驻中国二重集团监制设备制造。地震发生后，由于魏潭英及时和公司沟通，使公司领导了解到了二重的一些具体情况，为决策提供了参考。

5月14日，地震发生的第三天，集团公司总经理张振勇决定立即向二重发慰问电，表示凌钢将全力支持二重抗震救灾。与此同时，集团公司党委、集团公司在全公司范围内掀起了“凌钢职工、心系灾区、众志成城、抗震救灾”的热潮。而远在德阳的魏潭英得知公司向灾区捐款的消息，立即委托同事替自己捐了100元钱。

大地震改变了以往的生活节奏。在震后的日子里，魏潭英晚上住在广场的帐篷里，白天去二重厂内了解厂房和设备的损坏程度以及恢复生产的进程。没有人告诉他该做什么，凭着一种责任感，魏潭英知道只要设备没有下线，自己绝不能离开岗位。他能够把握自己，以平常的心态在地震影响下依旧能继续工作。

魏潭英在灾区坚守工作一线的事迹让全体凌钢人感到自豪和感动。集团公司总经理张振勇要求有关部门要时刻关注魏潭英的安全，随时与他保持联系。副总经理王彦廷、设备材料部部长张艳涛、中宽带钢厂厂长卢焕民几乎是每天一个电话，再三叮嘱魏潭英妥善解决好自己的安全、吃住问题。每当关心的话语通过电话传过来，魏潭英真切的感受着凌钢这个大家庭的温暖。

这份关怀和关注，为魏潭英注入了更加饱满的工作热情，他以忘我的工作为二重、为灾区传递着凌钢人的祝福。

正是由于魏潭英的留守，有关二重的信息源源不断的传回凌钢，为公司决策起到了重要的参考作用。

5月19日，他详细的传回了德阳市的受灾情况及二重生产情况，他写道“二重目前虽已正常上班，但依旧处于一边试生产一边将地震影响后的各种隐患逐一排查和解决的过程中，预计得到5月26日生产才能得到基本顺利”。

通过魏潭英传递过来的信息，凌钢总经理张振勇了解到了二重面临的困境，经过公司班子会研究决定，提前支付1000万元货款，帮助二重渡过难关。同时发去了一封慰问函：

“5·12”特大地震灾害，给灾区人民包括贵公司带来了巨大的损失和无尽的痛苦。全国人民发扬万众一心、众志成城的民族精神，一方有难，八方支援，纷纷伸出援助之手，救同胞于危难。为表达我们对灾区人民的一份深情厚谊，凌钢集团公司及职工已经向四川省红十字会定向捐款300万元。

为进一步表达凌钢对贵公司的合作情谊，送去一点支持的力量，公司决定将正在合作的中宽热带轧机设备未来的提货款、调试款1000万元提前支付，以解目前贵公司抗震救灾之急。同时，祝愿贵公司在公司领导班子的正确领导下，在全体员工共同努力下，以不屈的精神和顽强的斗志，努力开展自救，早日恢复生产。

我们既是真诚的合作伙伴，更是你们坚强的大后方。我们愿与你们心手相连，共渡难关！

接到慰问函，二重集团从公司领导到普通员工都非常感动，这是患难与共的真情流露，这是凌钢诚信经营的集中体现。于是一份饱含二重感激之情的回函被传回了凌钢：

在中国二重因四川汶川发生8级特大地震而蒙受较大经济损失的危难时期，贵公司发来了慰问电给予我们鼓励，还提前支付1000万元货款，这使全体二重人备受感动。在此，谨向贵公司给予中国二重的关心关爱和大力支持表示衷心的感谢！有了你们的关注和鼓励、帮助和支持，进一步增强了我们战胜困难、渡过难关的信心和决心。我们将加倍努力工作，以实际行动报答你们的恩情。

真情在字里行间流淌，友谊在灾难袭来时更显珍贵。

总有一种真情无限深沉，总有一种默契心手相牵——凌钢与二重合作是初次，然而凌钢人留给二重的印象却最深，是患难中熔铸的真情让彼此风雨同舟。

很多单位的设备监制人员或自行撤离，或被召回，魏潭英却非常坦然、非常镇定地坚守自己的工作岗位，履行着一名设备监制人员应有的职责。

虽然受到强烈地震的影响，但二重人是坚强的、坚毅的，同时也是坚定的，他们提出了“抗震救灾，恢复生产，务求必胜”这12个字方针。看到凌钢的设备监制人员如此敬业，看到凌钢这个企业如此诚信，二重从上到下形成了必保凌钢项目的共识，只要能生产就要全力以赴赶制凌钢的设备。

5月30日，受总经理张振勇委托，副总经理王彦廷和设备备件部部长张艳涛代表凌钢集团亲自到达二重表示慰问，并且再一次表达凌钢人对二重的关爱，一次性为二重捐款100万元，用以帮助二重尽快恢复生产。二重的总经理石柯、副总经理胡伟怀着感激之情郑重地接受了凌钢的一片爱心。看到两家企业的老总紧紧握在一起的手，魏潭英心里充满无限的安慰。当合作伙伴遇到不可逆转的自然灾害时，凌钢所表现出的诚信感人至深，二重在安排生产计划时要求各个部门不惜一切代价，全力以赴保证凌钢的项目，回报凌钢的恩情。

灾难见真情。凌钢和二重因合作而相识，因一场突降的灾难而心手相牵。魏潭英用一份坚守为凌钢决战 350 万吨钢写下了一个完美注解。当魏潭英看到副总经理王彦廷和张艳涛部长时心情是激动的，没有更多的语言表达，透过紧握的双手，魏潭英的心中油然而生出了作为一名凌钢人的自豪。

王彦廷在了解了魏潭英工作生活状况后，嘱咐他要尽自己最大努力支持二重，帮助二重。虽身处异地但是要保持凌钢人的工作作风，展现凌钢的企业精神。因为魏潭英的执着坚守，凌钢和二重从简单的合作关系到建立起磨难同担的深厚友谊。

大灾有大爱，患难见真情。举世震惊的大地震让山河改道、生灵涂炭，然而中华民族的意志却无法撼动。在灾难面前，魏潭英展示着凌钢人的风采，这是凌钢企业文化凝结出的硕果，这是凌钢企业精神的展现。在决战 350 万吨钢的大战役中，我们看到很多像魏潭英一样的技改人冲锋在一线，他们夜以继日，他们兢兢业业，他们用自己的付出诠释忠诚凌钢的深刻内涵。有这样的群体，凌钢必将在未来的征程上，攻无不克，战无不胜！

（作者现为凌钢党委工作部副部长）

凌钢铁路的变迁与发展

王占杰

1980年7月份，我从冶金工业部鞍山冶金运输学校毕业，被分配到凌源钢铁厂。8月1日到厂里报到，由于我学的是蒸汽机车专业，厂里安排我去铁路运输部门火车队工作，接待我的是火车队的书记生瑞义（生书记是一名转业军人）队长崔连科二位领导。

火车队单位不大，除两位领导以外，办公室的人员主要有人事员、会计、保管员、材料员、技术组组长和一名铁路线路业务主管，下面有运转工段和检修工段两个工段，单位人员100多人。据说，我们这个单位是1980年3月份与汽车运输分开，分别成立了汽车队、火车队（准确名称为凌源钢铁厂铁路运输队），是车间性质的二级单位。我们这个单位主要负责厂区铁路运输，铁路到发的货物去凌源东站取送。另外，就是厂内铁水运输及原材料和半成品的倒运。那时年运量不大，大约有80万~90万吨，现在月运量是110万~150万吨，已经不可同日而语了。据老师傅们说建厂初期到发货要用我们的机车去凌源站取送车，那时还没有凌源东站，只是在凌源东站的位置铺一条岔线进出厂区，后来生产规模扩大，才建了凌源东站。我入厂时有蒸汽机车5台，铁路线13.6km，28辆过轨自备车；1984年又购入5辆C62A型敞车，其中4辆粘油罐车，外销煤焦油运输，其余为敞车，外销水渣运输。另外，还有4辆60t平车，8辆60t自翻车以及7辆35t铁水车。5台机车中有4台是铁道部唐山机车工厂生产的，其中SY0072、0073号机车1968年制造，1969年到凌钢，1970年运用。还有一台日本造的DB_2 91机车（比上游机车小，水柜与车头是一体的），我入厂后时间不长因功率小而停用了。这两台1968年制造的机车应该说见证了凌钢的发展，其中一台0072号现在就停放在公司南门外的草坪处。如今，能够见证凌钢发展的工业遗存现在已经不多了，应该保存好。另外一台0724号机车是1980年8月从保国铁矿调入凌钢的，和我同月入厂；再一台就是1096号机车，1976年唐山机车工厂制造。老师傅们说，那年唐山大地震，我们这台机车地震前就从唐山机车工厂发出来了，地震那天机车已经到了叶柏寿站，距到家不远了。否则，这台机车可能就到不了我们工厂了。现在这台机车在停用以后，公司应沈阳铁路局之邀于2009年6月15日送去了沈局蒸汽机车展览馆，这台机车也见证了凌钢的发展，也有了比较好的归宿。

机车是铁路运输的主要牵引动力设备。公司“七五”改扩建工程开工建设后，1987 年从铁道部铜陵机车工厂购买 1 台上游 1708 号蒸汽机车，1988 年 2 月 17 日到厂。机车到厂的那天正是大年初一，去提车押运的是司机长郭占林等 3 人，因为是冬季，一路押运非常辛苦。

随着“七五”改扩建工程项目的陆续达产，运输压力比较大，5 台机车已满足不了运输生产需要。1993 年又从元宝山发电厂购买了 1386、1387 号蒸汽机车，这两台机车是 1985 年唐山机车工厂制造的，该厂转型换内燃机车，将蒸汽机车淘汰，我公司由于资金比较紧张等原因，才将这两台旧机车买来，以解决生产急需。随着公司的生产能力不断扩大，对铁路运输的需要也逐年增加，我们现有的机车已不适应这种需要了。于是，公司于 2006 年从沈阳铁路局购买了 1026、1033、1040 号 3 台旧 DF_5 型调车机，这 3 台机车是 1988 年 10 月 ~1989 年 2 月期间铁道部青岛四方机车工厂生产的，经过锦州机务段叶柏寿运用车间的修理和整备后于 2006 年 5 月 30 日到凌钢，6 月 2 日开始运用。3 台内燃机车的到来，结束了凌钢铁路运输牵引动力蒸汽机车时代，开启了内燃机车时代。虽然是旧机车，但是对于我们运输人来说也是新设备。正是这 3 台旧内燃机车为我单位机车乘务员转型起到很大作用。机车运用期间，在叶柏寿运用车间的司机跟班带领下，我们的人员在短时间内掌握了机车操纵、机车日常运用基本知识和常见故障的判断及处理。通过对 3 台旧机车的日常发生故障的处理，锻炼了乘务员、检修人员和设备管理人员，为以后全面内燃化打下了坚实的基础。

2007 年，公司决定从大连机车工厂购买 3 台 GKD_1A 型工矿企业用的小型内燃机车，用于铁水运输。2008 年 2 月 19 日 0150、0151 号机车到凌钢，4 月 6 日 0152 号机车到凌钢，并分别于 2 月 28 日、4 月 7 日开始运用。2008 年，公司又从沈阳铁路局购买了 1032、1157 号旧 DF_5 型内燃机车，分别于 8 月和 9 月到凌钢，并开始运用。至此，凌钢铁路运输基本上实现了牵引动力内燃化，只留下 0724、1708 号 2 台蒸汽机车作为备用，这期间的旧 DF_5 机车先后有 2 台进行中修，中修后 2010 年 5 月 19 日 0724 号机车停用，12 月 19 日 1708 号机车备用。2011 年 7 月 2 日，公司从沈阳铁路局购入 1246 号旧 DF_5 型机车，7 月 18 日开始运用，使内燃机车总数达到 9 台。从 2011 年 7 月 18 日 1246 号机车运用开始，蒸汽机车 1708 号正式停用，凌钢的蒸汽机车全部停用退出历史舞台。由于运用和检修等方面的原因，蒸汽机车锅炉爆炸事故在铁路运输史上时有发生，我们这些机车从运用到淘汰在这长达 40 多年的时间里实现了安全运用，没有发生锅炉爆炸等恶性事故，这对运输人来说实属不易。这 7 台蒸汽机车中的 0073、1386、1387 号于 2009 年 4 月份送废钢料场交废钢，另外 2 台 0724、1708 号在机车整备院停放，随着时间推移，这两台机车可能会成为古董，应该还有收藏价值吧。

随着 2011 年 7 月 18 日 1246 号内燃机车的运用，最后两台蒸汽机车的停止使用，我公司铁路运输牵引动力全部内燃化，这是运输人多年追求的愿望。公司从2006年开始陆续购入内燃机车，在公司领导的重视和关心下，我们的愿望终于实现了，这更加激发了我们运输人对凌钢的热爱、对凌钢的忠诚。同时，对于蒸汽机车退出历史舞台，又有一种不舍之情。毕竟自己学习了两年半蒸汽机车专业，来到凌钢又从事这个专业，与这些机车风风雨雨一起走过30多年，对这些机车感情非常深，一台蒸汽机车可以使用40年，我们这些机车有的运用接近40年，有的没有到使用寿命，就被技术进步所淘汰。值得欣慰的是，公司决定在南门草坪处展放一台蒸汽机车，又送沈局展览馆一台，使这些机车在退役之后还能发挥余热。每当看到草坪处的0072号蒸汽机车，都会让人回想起过去不平凡的年代。

我是“文化大革命”结束后1977年恢复高考第一批考上大中专的毕业生。随着“文革”的结束，拨乱反正，以经济建设为中心，大力发展生产，一切都步入正轨，我们凌钢也是同样，生产经营形势逐步好转。我在运转工段实习不到2个月，领导就调我到火车队技术组工作，组长赵士荣五十七八岁，负责全面工作；工务主管胡维凡也有五十四五岁。在机关里我是小字辈，最年轻的一个。到技术组安排我负责固定资产管理，机车、车辆的检修工作，与国铁机车、车辆、车务（车站）、工务等部门的业务联系工作。铁路备件（机车、车辆、铁路线路、铁路信号等专用备件）计划及其他材料计划的提报。

我到技术组后，第一件对外业务就是10月份去铁道部太原机车工厂签订1096号机车的大修合同，是1981年的计划。那时是计划经济，火车头属于部控设备，年底报下年度大中修计划到冶金工业部，全国各行业再报到铁道部，由铁道部统一平衡安排检修。当时，承担厂矿企业上游型蒸汽机车的大修工厂主要是太原、唐山、柳州的机车工厂。9月份铁道部下发文件公布各企业机车安排的承修工厂，再由行业主管工业部转发铁道部安排的计划，按要求到承修工厂签订合同。由于计划经济，价格是统一价，上游机车大修一台3.6万元，双方不到10分钟将合同签订完，只是机车入厂的时间安排上有不同意见。经过协商，1096号机车安排在1981年8月份大修，以往机车入厂都安排在年初或者年底的冬季，主要是先保证国家铁路的机车大修。随后就是陆续与铁路部门签订年度过轨自备车的大中小修合同，去锦州铁路局签订下年度自备车过轨合同、车站的安全协议等。当时的水渣外销主要靠我们的过轨自备车，29辆敞车（1984年增加5辆）向外发运，提高车辆运用效率是当时的主要工作之一。每辆过轨自备车每3个月做一次定期检修，即3次小修、一次中修或大修，小修和中修在叶柏寿车辆段或锦州车辆段，大修要去沈阳机车车辆工厂；33辆过轨自备车平均每月检修10辆次左右，车辆不能及时检修，就会影响水渣及煤焦油的外销。那时公路运输的水渣比较少，主要是用拖拉机向周边的水泥厂运送。后来由于受产量增加、销售不畅等影响，在公司南门厂区内设置了水渣场并堆成水渣山。

为保证车辆及时检修，我经常往返于凌源东、叶柏寿之间与铁路部门协调自备车检修及回送，有的自备车发出后不能及时回送，滞留在收货人所在地车站。记得我到技术组不久就统计落实每辆自备车状况，其中查到有几辆车发出去一直没有回来，与销售科联系说发往锦西了，我去锦西车站找到了这几辆车，但车辆检修周期已过，车站不给办理回送手续，当时找锦西站的铁路列检，请他们帮忙对车辆进行检查后才办理托运回送厂里。1979 年，我厂从齐齐哈尔车辆厂购入 5 辆 C62M 型敞车。到厂后由于轴颈拉伤，不能运用，据说与厂家协调多次也没有结果，一直在那停用。我到技术组后了解这一情况，就向领导建议利用中修（中修已过期）的时机对车辆进行检修，使这 5 辆敞车恢复运用，得到了领导的同意，1981 年初与叶柏寿车辆段协调，对这 5 辆车进行了中修，车辆投入运用，保证了水渣外销的用车。去外地找自备车也是经常的事，我曾去过锦州、沈阳、北京东、盘锦、阜新、锦西等地，由于国民经济的飞速发展，铁路提速，新型货车投入运用，我们这些自备车也因车型陈旧陆续被淘汰了，最后只剩下 6 辆焦油罐车（其中，有 2 辆车是从朝焦调入的）和 1996 年购买的 2 辆粗苯车在国铁上运用，由于市场和运输条件的变化，到了 2004 年这几辆车也停止在国铁上运行，退出了历史舞台。

安全生产是永恒的主题。我到火车队报到第二天，单位领导就安排我去护理工伤事故的付铁华。他工伤痊愈后住在厂里的招待所，由单位安排人员进行护理，在护理中得知他是在 1979 年的一次调车作业中不幸压掉了双腿，年仅二十五六岁。他的不幸给我留下了难以忘记的印象，一个年轻的小伙，没了双腿，残疾将伴随他今后的人生，为之惋惜之余，也体会到了安全生产的重要性。我参加工作不久的 1982 年 4 月又发生了调车员王海廷在去水渣线取车时，线路一侧堆放的杂物刮到机车车梯子，将其从机车的车梯子上弹下来，被卷到机车气缸下方而亡。这些事故的发生，说明那时的管理制度不健全、管理不到位，铁路沿线随意堆放杂物、造成侵限而发生的事故。护理了几天工伤职工后，领导安排我到运转工段实习。记得当时去的是 0072 号机车，司机马伯良，这位师傅技术上有一套，爱较真，执行制度一丝不苟，脾气比较倔。但在实习过程中和以后的工作中，我从他身上学到了不少知识，尤其是书本上没有的知识。当时单位这些从事铁路运输生产的人员，一部分是支援“三线”建设时从铁路调过来的，有阜新机务段、叶柏寿机务段、阜新车辆段、铁路工务和车务部门的人员，还有从本钢调来的张喜主任（当时是维修工段段长）；另外一部分人员是转业兵和新入厂的下乡青年。这些铁路调过来的人员是生产的主力，他们的技术水平都比较高。当时 5 台机车 3 台运用，厂内 2 座高炉 1 台机车作业，厂外 2 台机车作业，这 2 台机车除正常作业外，其中还要有 1 台机车与劳改分局第三劳改支队（现在的三监狱）的机车轮流去凌源东站取送车作业（两个单位，一家去一天车站作业），另外的2台机车备用、替换机车检修和故障时的生产用车，那台$DB_2$91机车只有其他机车大中修时才使用。根据规定，蒸汽机车每运用1个月（30天左右）就要进行洗修（定期小修）。那时我们检修能力不足，没有相关的设备和厂房，自己做不了洗修，机车运用1个月左右就要到叶柏寿机务段去做洗修，每次机车洗修要用3~5天的时间，去叶柏寿要办理过轨检查、办理托运等手续才能在国铁上运行。直到1986年前后，在张喜主任的主导下才开始进行自己简易洗修。蒸汽机车就是一个移动的锅炉，机车洗修主要是清洗机车锅炉内的水垢。当时用的是硬水，对锅炉影响很大。后来改为动力厂的软水，机车去厂内上软水。检修锅炉承受高压的部件，由于没有一定的检修设备，又是露天洗修，到了冬天还不能落火洗修，机车检修的质量也比较差，锅炉发生裂纹、受压部件泄漏等故障时常发生。尤其是机车的安全阀、汽笛，蒸汽塔主阀等蒸汽部件的状态好坏，直接影响着机车的安全运行；机车锅炉因检修、操作使用不当就会发生锅炉爆炸，所以当时也承受着很大风险。随着我们自己洗修机车的成功，结束了机车洗修去叶柏寿机务段的历史，也节约了机车检修费用，缩短了检修时间。到了“七五”期间，公司改扩建时建了机车架修库，机车洗修条件得到了改善，后来又购买了机车制动机试验台和落轮机等设备，检修能力提高，检修质量也得到了提高。随着运量的增加，机车运用率提高，机车检修的频次及故障也开始增加。如何提高机车洗修质量，及时处理机车故障，保证运输生产，是设备管理的主要任务。一是准备机车检修的备件，保证机车洗修及日常故障处理；二是提高机车检修水平，保证检修质量。为此，根据日常检修情况，了解机车检修中所需要的备件并及时提报备件计划。另外，了解机车检修所采用的新材料，如当时承受高温高压的部件采用四氟件，各机车检修单位都在采用。掌握这一信息后，我们也采用了这一新材料，如机车洗炉堵垫、各种止伐垫、汽室尾杆套等，提高了检修质量。另外一部分件不好采购，主要是检修需要的量不大，就根据我厂机修、铸造能力，在厂内解决。如当时铸造机车锅炉的炉箅子、车架平、斜铁、一些铸铁套、铜套等，有的套根据需要出图在厂内铸造并进行加工，机修车间加工机车的伐杆、伐体轮、伐十字头、滑板、平斜铁等部件，解决了机车检修中的问题，同时也节省了资金，缩短了检修时间。

机车除洗修外，每运用1年要进行架修（中修）、3年进行厂修（大修）。那时架修在沈局大虎山机务段，后来安排到阜新机务段。记得1982年8月份0072号机车在大虎山机务段做架修，检修过程中发现机车伐杆有裂纹不能用了。由于我们的机车和铁路的机车型号不一样，他们没有上游机车的伐杆备件，需要将我们的备件送往大虎山机务段。领导安排我去送备件，一根机车伐杆重约35kg、长1.65m，我一个人扛着伐杆坐火车去大虎山送备件，上下火车，在锦州站倒车到大虎山站，下车后又扛到机务段。那时，没有汽车能将备件送去。由于备件比较重，我个子矮，一路上下车倒车也比较费劲，但是没有怨言。随着改革开放的深入，铁路部门也进行改革，而且铁路运输牵引动力向内燃、电力机车方向发展，蒸汽机车逐步被淘汰，铁路的机车工厂不再承修路外企业的蒸汽机车。1986 年，铁道部最后一次安排路外企业的机车大修计划，承修厂是铁道部批复的沈局苏家屯机车工厂、锦州 701 机车工厂，两家都是大集体工厂，价格为铁道部指导价。后来由沈局和辽、吉两省的物价局共同发文公布机车车辆各修程的检修价格，机车大中修开始市场化，企业自己根据情况选择厂家，一时间全国各企业的蒸汽机车云集东北沈阳和锦州两地进行大修。我们当年的两台机车大修被安排到锦州 701 机车工厂大修，由于管理和技术水平等原因，我们的这两台机车检修时间都比较长，每台机车都检修 3 ~4 个月，质量也非常差。到 1988 年我们的机车大修就到苏家屯机车工厂去大修，苏家屯的检修质量要比锦州的好，时间也短。但随着时间的推移，两家由于管理等方面原因，检修质量也时而好坏交替。我们最后一台厂修机车是 1096 号，2007 年 11 月在锦州 701 机车工厂；最后一台架修机车是 1708 号，2008 年 1 月在锦州 701 机车工厂。

短暂的实习很快结束了，使我从学校到工厂，从学习的蒸汽机车专业到真正的铁路运输生产实际，对企业的铁路运输有了一定的认识和了解。机车专业只是铁路运输组成的一个方面，它涉及的不仅仅是机车，还有铁路车辆及特种车辆如自翻车、铁水车等，铁路线路、铁路信号、行车组织等专业，这些专业有机结合才是一个完整的铁路运输体系。到机关技术组工作后，随着对所负责的工作逐步了解和掌握，自己已能尽快适应新的工作了。那时机关没有大学毕业生，原来一名唐山铁道学院毕业的工农兵大学生也在 1979 年调回铁路部门。检修工段有 2 名我们学校毕业的学兄，而且也是学蒸汽机车专业的，一位是 1975 年毕业的张建荣，1987 年被提为运输部副主任；另一位是 1976 年毕业的王宝，后来是技术科科长。两人都是“文革”期间上大中专的工农兵学员，他们两人当时在检修工段工作，后来由于工作需要机关缺人，又陆续到了机关工作。1983 年，又分来一名我们母校的毕业生刘学军，也是学的蒸汽机车专业。由于铁路线路专业缺人管理，队里安排他负责铁路线路设备管理。1998 年，他又被调到了销售公司工作。那时的大中专毕业生由国家统一分配，铁路院校的毕业生都在铁路系统内分配，很少有人到路外企业的，尤其是地处偏僻的小钢厂，一直没有铁路院校的大学生来工作。直到 1991 年分来了一名北方交通大学毕业的大学生刘志勇才有了改观。2000 年，他被提为运输部副主任；2004 年年初，崔连科主任退休，刘志勇任运输部主任。

机关的工作虽然不是那么忙，由于自己所学的专业与实际工作差别很大（虽然专业对口），深感其他各专业知识的不足。为了更好的适应工作需要和不辜负领导的希望，我利用公出的机会，到新华书店和中国铁道出版社发行部及一些地方的发行分部购买铁路专业的相关技术书籍学习，以提高自己的技术水平和业务能力。同时，也认真向老师傅们学习和请教，提高自己解决实际问题的能力。1983 年 6 月下旬的一天，由 1 号高炉送往炼钢车间的铁水车在运行中发生了车轴断裂事故，这次事故的发生对厂里的生产造成了一定影响。其主要原因是车辆长时间运用一直未做大中修，轴身裂纹不能发现所致。事故发生后，经过自己对两年多铁路运输设备管理及检修中存在的问题的分析，于 8 月初向队领导提出“关于设备方面存在问题的报告”，得到领导的同意报到厂机动科，并同意在下一年度安排 2 辆铁水车、3 辆自翻车（主要是翻铁和水渣）、4 辆过自备车及 750 米线路、1 组道岔的大修项目。根据外销水渣情况，我又提出购买 10 辆敞车的报告，经领导批准于 1984 年购买了 5 辆敞车，使铁路运输设备纳入到厂里的正常检修管理范围，增加了资金投入，保证了生产。1986 年，技术组的两任组长赵世荣、胡维凡先后退休，领导让我担任技术组组长。那时当组长没有什么待遇，但是工作要肯干，敢于负责任，要解决运输生产中的实际问题。

随着生产形势的好转，现有的铁水车给生产带来了很大影响，7 辆铁水车由于断轴、跑铁烧坏轮对等，只有 3 辆铁水车能够正常运用。1985 年 3 月向厂里机动科打报告购买轮对总成，解决铁水车不足问题。当时，我们用的是 35t 铁水车，车轮直径比铁路标准车轮小 200mm，为 640mm 的小车轮，是 1973 年和 1975 年大连冶金车辆厂生产制造的，都是滑动轴承，运用中经常发生轴颈后轴肩拉伤不能使用。后来与铁路叶柏寿车辆段联系，用他们的车轮专用车床进行加工，解决了轴颈磨损后不能使用问题。但随着轴颈的多次加工，直径变小到限不能使用，车轴报废。后来，又联系铁路苏家屯车辆段到车轮厂换轴。随着车轴的加工，轴颈发生变化，轴瓦也需要重新挂合金。开始我们检修工段挂不了瓦，要去叶柏寿车辆段挂瓦，后来铁路淘汰了滑动轴承，改为滚动轴承，不再挂瓦了。组织检修工段人员就自己挂瓦，解决了车辆轴瓦挂瓦问题。那时不仅仅是铁水车轴瓦、机车轴瓦、平车及自翻车轴瓦，有问题都需要重新挂合金。为解决加工轴瓦问题，我们又购买了轴瓦加工专用设备旋瓦机，解决了机车车辆轮轴的检修问题，保证机车、车辆的运用。“七五”改扩建后，又陆续购买了 5 辆 35t 铁水车，4 辆 65t 铁水车，5 辆 $11m^3$ 渣罐车。1995 年，65t 铁水车开始运用。随着技术进步，铁水车的轴承也由滑动轴承改为锥套配合的滚动轴承，以及后来的直轴装配，提高了车辆技术性能。2005 年，公司对铸铁机进行改造，铁水铸块用 65t 铁水车，35t 铁水车淘汰不再使用。随着 4 号炉的建设以及高炉改为水冲渣，渣罐车也被淘汰不再使用。

1983 年企业整顿，提升管理水平，扭亏增盈是当时的主要任务，自己积极参加企业整顿活动，制定相关的企业管理制度等。1985 年，厂里提出进行“七五”改扩建，生产能力由当时的“五七十”达到 30 万吨钢的生产能力，即一厂变三厂。当时，除厂内的高炉、炼钢、轧钢的生产线等上项目外，铁路改造也是“七五”改扩建的主要项目。这个项目涉及国铁凌源东站的改造，锦承线的运能、劳改分局三监狱的铁路线，占用他们的地方，主要是现在三监狱对面路东原来的医院要拆除建铁路。铁路改造项目委托沈阳铁路局锦州铁路勘测设计所进行初步设计，1986 年 5 月份，初步设计方案设计完，由凌钢和劳改分局三监狱进行讨论。初步方案是：国铁凌源东站设计为 10 股道，要占用凌钢的原有铁路位置；凌钢与三监狱共用一个编组站 7 股道，要占用三监狱的铁路线和医院。厂里组织方案讨论，当时我参加了方案讨论会议，并对方案提出了异问。主要是两家共用一个编组站，生产不好组织，双方都有机车，安全也是问题。而且，我们进出厂区没有平行进路，影响作业效率。三监狱方面提出凌钢编组站不需要建这么大规模，要保留三监狱的医院不被占用，双方分歧比较大。最后，省里组织一次方案论证会议，会上我将凌钢的改扩建后铁路运输需求情况做了说明，会议通过了这一改造方案。后来锦州设计所的一名姓文的工程师又拿出来一个新的方案，这一新的方案经过研究优于原方案。一是将三监狱的既有线路得以保留（分别去八间房汽车制造厂和发电厂方向）；二是编组站线路条数由 7 条增加到 10 条（其中预留 1 条，双方谁需要谁先建），三监狱 3 条线路，同时国铁凌源东站也预留 1 条线路，编组站的线路虽然长度缩短，但线路条数增加，有利于生产组织。同时对这一方案也提出在编组站的东端要有平行进路，进出厂区互不影响，西端与三监狱线路为平行进路，提高作业效率，我们的机车检修库和三监狱的机车库由东端进出改为从西端进出，方便机车出入库和调车作业。最后这一方案厂里同意我们的意见，并与三监狱协商后形成了现在的编组站。

这次改造后我们厂外铁路线由原来的 3 条增加到 6 条，运输条件得到了很大的改观。1993 年，随着生产发展，我们将预留的那条铁路线也铺上了，提高了编组站的编解能力。这次改造我们的信号设备与国铁凌源东站同时采用当时比较先进的信号制式，6502 大站电气集中控制，取消了人工搬道岔，提高了运输效率及安全性能。“七五”期间站场改造为凌钢今后的发展铁路运输方面打下了坚实的基础，凌钢由“七五”期间的 30 万吨钢到 350 万吨钢铁路编组站起到了非常大的作用。铁路运输量也是连年递增，由 20 世纪 80 年代初的不足 100 万吨，到了三期技改前的 2011 年年运量达到了 1420 万吨。

“七五”改扩建工程的编组站项目及厂内高炉、炼钢、轧钢等项目都是在保证对生产影响最小的条件下进行的。编组站项目 1991 年 9 月 15 日开始形成新的编组站，并开通部分线路保证运输生产，原来的线路拆除，进行凌源东站改造施工。部分线路的开通使用，但铁路信号还未开通，在过渡期还需要人工搬道岔。在新的编组站东西两端设置 2 个搬道房，控制 7 组道岔，使用新编组站 3、4、5 道，开通厂区方向和车站方向，根据施工的过渡方案，制定具体的作业办法，保证站场施工阶段的运输生产。凌钢编组站线路及三监狱线路改造工程竣工于1992年1月8日正式移交给凌钢及三监狱，并在公司招待所与建设方锦州铁路分局举行交接仪式。厂内铁水运输从1号、2号炉将铁水送到炼钢车间原为一条2km左右的环线，施工期间铁路线在炼钢车间处被工程项目占用，拆除了部分线路。为了保证炼钢的生产，当时在炼钢车间厂房外建了1条人字形铁路，因曲线半径小我们的机车不能转线，将铁水送到炼钢车间只能送到人字形的线路尽头线处，公司利用一台旧军用汽车改造成在铁路线上运行的汽车，将火车送来的铁水罐送到炼钢车间，保证了生产正常进行和工程的施工。

铁道线路是铁路运输的基础。建厂初期，我们的铁路线路仅10km，钢轨是从国铁换下来的旧轨，有50kg、43kg及日本侵略中国时制造的40kg钢轨，道岔也是国铁换下来的8号、9号、11号等非标道岔。在入厂后的几年内，随着生产的发展，铁路运输不适应钢铁生产需要，厂里也陆续铺了几条铁路线，如当时铺的焦化线、250线、轧钢线和热电线等。那时，队里组织机关人员和维修工段的人员（机车车辆维修和线路维修人员）参加，抬钢轨、水泥枕、木枕，运碴石等，使线路提前铺通保证生产。随着公司“七五”、“八五”改扩建，除厂外编组站改造外，厂内也增加了很多与生产相关的铁路，有铁区（包括炼钢）、原料区、轧材区等线路，逐步采用50kg钢轨，道岔采用50kg 9号和50kg 7号标准道岔，淘汰非标道岔，保证了钢铁生产。2000年，公司将劳改分局三监狱的部分厂区买过来，同时将他们的大部分铁路线一同买过来，这部分线路与我们既有线路形成了一个完整的编组站，公司铁路线路总长度达到20km。2002年又对从三监狱购入的铁路进行改造，增加了西端的平行进路，并改造为6502电气集中控制，使编组站的能力得到提高，适应了公司350万吨钢的需要。1998年，公司对南门公路进行拓宽，铁路道口也随之加宽，原有的手动铁路道口栏杆也改为电动栏杆。由于厂区铁路与公路的交叉不是垂直的，使得道口宽度增加，道口杆也随着加长，先后对公司南门外的厂2、厂3、厂4线道口，厂内炼铁4号炉道口、中宽带道口等进行了改造，最长的栏杆长度达到18m，解决了公路拓宽后的道口安全问题。随着生产的发展，为保证道口安全，以后又陆续增加了道口报警设备、安全警示牌、道口照明等，一些道口改为铝合金道口杆，提高了道口安全性。随着铁路运输的发展，2000年调车作业采用平面无线调车设备，调车作业人员不再使用传统的信号旗、信号灯，而且调车人员与司机和值班员之间进行三方无线通信联系，发出调车作业指示信号进行作业，改善了作业条件。2007年，对炼铁站进行微机联锁改造，使单一的手搬道岔改为信号员点鼠标进行道岔转换排列进路。以后陆续对编组站（原为6502大站电气集中控制）、厂内的其他手搬道岔都改为集中控制的微机联锁信号设备，提高了作业效率和安全性能，减轻了调车人员的劳动强度，三期技改项目新建的3个站也都采用了微机联锁信号设备。三期技改工程新建了原料站、工厂站、新炼铁站等 3 个站，新铺线路 20km，新建铁路大桥 1 座、涵洞 1 座，使凌钢铁路线总长度达到 50km。新购置内燃机车 6 台，其中 4 台 DF_5B、2 台 GKD_1A，机车总台数达到 15 台，运输能力得到了很大提高，尤其是工厂站和原料站的建设，保证了到发货的铁路运输，在国铁凌源东站能力不足的情况下起到了积极作用，月到货最高达到 1 万余车，发货近 6000 车，年运量最高达到 1855 万吨，铁路运输能力的提高有效地保证了公司的钢铁生产。

自 1980 年参加工作以来，我有幸能够参加公司“七五”、“八五”一直到三期技改工程有关铁路方面的建设，锻炼了自己，使自己学到了很多知识，在工程建设中提出和解决了一些工程中的问题，对保证工程项目的顺利建成投入使用，做出了自己的贡献。随着时间的推移，自己由刚参加工作时的一个小伙子步入了即将退休之年，经历了凌钢由一个名不见经传的小钢厂发展到今天 600 万吨钢的大企业，这正是由几代凌钢领导和职工的努力才得以变为现实，祝凌钢今后发展的更强大。

（作者现为凌钢运输部副主任）

我伴安全同行

张凤信

我是1983年8月12日毕业后被分配到凌钢的，曾参加了凌钢建厂20年、30年、40年庆祝活动，现在又迎来了建厂50年。33年的工作历程，使我见证了凌钢的发展，由小到大，由弱到强；由“五七十”的生产能力，实现了跨越式的发展，实现了从量到质的根本性转变，装备水平大幅度提升，成本、品牌、资源、节能减排等优势充分显现，市场竞争能力、创效能力和综合实力进一步增强。

凌钢年产钢能力达到600万吨，跨入全国大型钢铁联合企业的行列，成为具有竞争力的精品棒线材基地。作为凌钢的一名职工，我感到无比的骄傲和自豪。同时，我也见证了凌钢的安全发展，由20世纪八九十年代计划经济时期的粗放型管理，到现在21世纪市场经济时期的现代“严细实”管理，使凌钢的安全工作发生了质的变化。在庆祝凌钢建厂50周年之际，回首从事安全工作25年的历程，感慨万千。是呀，人生有几个25年，这25年，我把自己的青春和年华无私地奉献给了凌钢的安全工作；这25年，没有惊天动地的壮举，但却为了凌钢的发展和职工的安全健康默默无闻、脚踏实地、兢兢业业地工作着。就让我们穿越时空的隧道，追寻我们所走过的艰难历程，寻找伴安全同行的影子和走过的足迹……

一个电话，一纸调令，给了我机遇，调整了我的工作岗位，改变了我的人生，从此与安全管理结缘，伴安全工作同行。

“叮铃铃、叮铃铃……”，1991年8月中旬的一天上午安环处处长的曲春基处长把我叫到了办公室，开门见山地问：“安环处现在缺人，你愿意来吗?”我爽快地回答：“我愿意。”曲处长说：“那好，我立马派人去组织部办理调令手续。”

我离开了曲处长的办公室，我想，为什么要调我来安环处呢？为什么有三位同志推荐我呢？往事历历在目。我是1983年8月以优异的成绩毕业于辽宁省冶金地质学校，不到20岁的我被辽宁省冶金工业厅直接分配到凌钢工作，经安全等教育培训后，被分配到科研设计室搞总图运输工作，当时，正赶上凌钢“七五”改扩建工程项目设计工作，我先后到鞍山、马鞍山设计院同设计大师们共同完成了“七五”改扩建工程项目图纸设计工作。在此之际，二炼钢厂房施工，一炼钢正常生产，原来运铁水的铁路环线需要拆除，需要重新设计铁路线将铁水倒运一炼钢，受地理环境所限，困难重重。我多次到现场进行勘察，又向鞍山、马鞍山搞总图运输专业的老前辈王工等请教，并查阅大量铁路运输设计资料。最后，设计出标准轨50m小半径折返线铁水运输线路，保证了二炼钢正式开工，也保证了一炼钢正常生产，这项设计填补了国内铁水运输小半径曲线设计的空白，获得了公司领导的嘉奖。

1989年4月份因工作需要，我调到修建部测量班工作。原来1990年我在《凌钢报》上发表了我的处女作——报告文学《当代大学生的风采》，整整刊登了一个版面，是公司领导苑成德写的编者按。怪不得曲处长找到了我。

第二天，调令真的下来了。一纸调令，改变了我的一生，时年28岁的我，从此与安全管理结缘，伴安全工作同行。报到后，我跟着师傅们到各分厂生产现场熟悉安全工作，并参与安全检查。1991年10月份，安全环保处人员已配齐，时机已成熟，进行了机构设置，成立了三科一站，即：安全管理科、安全监察科、安全教育科、环境监测站。我被分配到管理科，从事安全管理监督员工作，负责安全管理、安全规程审批、安全规章制度建立和修订、班组安全建设、事故调查和处理等工作。工作初期，各方面还不协调，安全知识比较匮乏，对安全管理工作还不适应，我就虚心向处里的各位师傅和同事们请教学习，到基层生产岗位去找工人师傅了解安全情况，向各基层单位安全管理人员请教，并借来各单位各岗位安全技术操作规程，到公司科技图书室借来安全书籍进行学习。一边工作一边学习，通过近半年的学习，懂得了安全工作的重要意义，掌握了安全管理的相关知识，领会了安全管理的方法和技巧。能独立进行工作，圆满完成领导交办的各项任务。

凌钢安全工作的发展与变革

20世纪90年代，凌钢紧紧围绕着公司领导发布的《关于加强安全生产的八条指令》和《关于进一步强化安全生产的指令》开展工作。贯彻落实“严抓细管，标准作业，突出青工，注重行为”的安全工作指导方针，各级领导在安全生产工作中，坚持“贯彻安全生产党政工团齐抓共管的原则，贯彻安全标准化作业，把安全生产的重心放在班组和工段的原则，贯彻安全生产从严管理，依法管理的原则，贯彻带着感情抓安全的原则，贯彻以新工人安全管理为重点的原则”的五项原则，严格执行“安全生产目标管理责任制度，安全生产专业管理责任制度，安全生产单元作业责任制度，安全指标否决制度，安全奖励基金制度，安全监察、违章罚款制度，安全举报制度，工程项目施工方案审批制度，新工人岗位培训制度，安全例会制度”的十项基本制度。在职工中倡导安全管理工作“十不准”，即：未经安全教育不准上岗工作，未穿戴劳保用品不准上岗作业，未系安全带者不准高空作业，严格执行规程不准违章作业，坚守工作岗位不准离岗、睡岗，在班前和岗位上不准饮酒、打闹，机械电气设备不准乱动乱摸，易燃易爆区域不准点火吸烟，高空多层作业不准向下扔物，氧气瓶乙炔瓶不准沾油、火、碰撞。每年召开的第一个大型工作会议，就是安全生产工作会议，主管经理作安全工作报告，认真总结去年的安全生产工作的经验和教训，全面部署当年的安全生产工作任务，公司总经理对安全生产工作做重要讲话，并与各单位行政一把手签订安全目标管理责任状；每周四召开的公司调度会，首先强调安全工作，每月定期召开各单位主管领导和安全管理人员参加的安全例会，通报当月安全生产情况，布置下月安全生产工作要点。以纠正人的不安全行为和治理物的不安全状态为目的，开展各项专项和综合安全大检查；以人为本，以提高职工的安全意识和素质为目的，开展职工安全教育和培训工作。

但是，安全管理还是受计划经济安全管理模式的影响，安全管理比较粗放，安全管理方法比较简单，职工的安全意识还不高，工伤事故没有得到有效控制。1991~2000年，十年间，凌钢发生工亡事故20起死亡21人，平均1年发生工亡事故2起2人次。尤其是1991年、1992年、1994年、1996年这4年共发生工亡事故13起，占20世纪90年代工亡总数的65%，是工亡事故多发期。

第一次参加工亡事故调查

1991年12月15日，早晨7点多钟，凌钢来电话：“一轧出事了，马上到班上来。”我马上骑着自行车奔向一轧厂，与事故调查组成员一道共同勘察事故现场、调查取证，听取当事人、知情人、见证人的陈述，详细做笔录，认真分析事故发生的原因和责任，协助处理善后工作，并整理资料，撰写职工工亡报告和处理决定。

这起事故发生的主要原因就是轧机操纵工曹某某操作时，严重违反了第一轧钢厂《安全技术操作规程》中关于开坯机组轧钢工第九条“轧机运转时禁止换到卫，禁止用手、脚触及转动部件”规定，不停机违章作业，是事故发生的主要原因。

这起事故是我从事安全工作经历到的第一起死亡事故，给我的印象非常深刻。那种生死离别、肝肠寸断、白发人送黑发人的场景，至今历历在目。我认识到：安全生产贯穿于人们的生产劳动的全过程，是一个永恒的主题，是一项艰巨的任务，不认真去抓、去管，事故还会发生。我暗下决心，要始终贯彻和落实“安全第一，预防为主”的安全生产方针，把安全工作、保护职工的安全和健康、保证公司安全生产的正常进行作为自己的神圣职责，对安全工作要认真负责，敢抓敢管，勇于探索，为凌钢的发展和腾飞保驾护航。从此，养成了工作务实、求真，雷厉风行，敢抓敢管，严肃认真的工作作风。

原中宽热轧带钢厂“2·27”爆炸事故

1998年2月26日20时45分，中宽带钢厂加热炉鼓风机因故障停机，致使加热炉停炉，当班调度立即用电话通知值班和在家休息的有关领导，并组织人员进行处理。21时55分，检查发现风机电机线圈短路，请示有关领导后，更换新电机。27日6时55分，电机安装完毕，开始启动鼓风机，7时05分，助燃风管道一声响，将加热炉助燃风管道防爆铝板崩开，立即停鼓风机。7时25分，助燃风管道又一声巨响，气流将鼓风机壳鼓开个口子。27日早上班后，中宽带钢厂有关领导，赶到鼓风机室进行察看，研究检修方案，并通知调度与燃气厂联系关闭眼镜阀，切断煤气8时30分左右，煤气主管道眼镜阀关闭，同时用氮气吹扫煤气管道。9时05分，助燃风管道又一声巨响，巨大气流将鼓风机室墙推倒，屋顶塌落，将正在室内研究方案的领导和几名工人砸在里面。事故发生后，公司领导、有关部门和人员立即组织抢救，将伤员送往凌钢总医院抢救。

此次事故共造成9人受到不同程度伤害。其中，厂长、副书记2人立即被送往凌钢医院，但经全力抢救无效死亡。

这起事故是凌钢自建厂以来，受伤害人数最多、损失最重、教训最深、影响最广的一次事故。

进入21世纪，凌钢的安全工作在主管领导郝志强副总经理的带领下，发生了“质”的变化，将安全系统工程和现代科学管理方法以及国内外先进的安全管理方法融入到凌钢的安全管理工作中，尤其是公司董事长、总经理张振勇同志任凌钢安全委员会主任以来，坚持“以人为本、安全发展”，坚持贯彻和落实“安全第一，预防为主，综合治理”的安全生产方针，严格执行《安全生产法》等国家法律法规、标准和条例，牢固树立红线意识和底线思维，落实“党政同责，一岗双责，齐抓共管”的责任体系，强化和落实企业主体责任，建立了以安全生产责任制为核心的63个安全管理规章制度和各岗位安全技术操作规程，靠制度去管理，做到了有章可循、有法可依。凌钢的安全理念已初步建立，安全文化已初步形成，安全工作思路更加明晰，形成了具有凌钢特色的安全管理模式，公司各单位紧紧围绕着“素养安全”、“本质安全”两条主线和“安全第一，生命至上”、“安全在我手中，命运由我主宰”的安全理念开展安全工作，取得了显著成绩，职工的安全意识、安全素质和自我保护能力大大增强，职工伤亡事故大幅度下降。各级安全管理人员从“坚持科学发展，构建和谐凌钢”的高度，以人为本抓安全，要在全公司范围内营造“珍爱生命、关注安全，关心人、帮助人，给人的安全生产创造条件”的良好安全氛围；形成“人与人之间要互相帮助、互相保护，隐患能及时治理，设备能减少故障，生产能避免事故，个人身体状况、精神状态、自我防护能力都能适应岗位安全要求”的安全管理局面。

在国家倡导和谐发展、安全发展的大环境下，凌钢也进入了“转型升级”、改革发展的关键时期，搞好安全生产工作尤为重要。

多年来，公司领导非常重视安全工作，始终把安全工作当作第一要务来抓。有些职工认为安全管理有些严，但严格管理是安全发展的必然，体现了“以人为本”的理念，也符合了“严是爱，松是害”的哲理。如果放松了安全管理，我们就是失职，就是犯罪，就是对职工的不负责任。

愚者用鲜血换取教训，智者用教训防止事故。希望每一位职工都有一个健全的体魄，都有一个幸福而温馨的家庭，为了凌钢做大、做强、做久，为了我们美好的明天，让我们大家都来关注安全，珍爱生命。

你们的安全和健康，不仅有亲人牵挂着，还有党和政府关怀着，党和政府用法规制度保护你们，同时监管监督着你们所在的单位和部门善待和保障你们。然而，仅有这些还是不够的。事实证明，不少事故是因个人的一时疏忽、麻痹大意或者违章盲目蛮干而酿成惨祸。这就需要你们自我保护，能够时时、事事、处处保护自己。要实现自我保护，就要常想想自己肩负的责任和亲人的期盼，知道上班工作挣钱的目的和意义，知道事故对自己的伤害、对亲人的伤害、对社会的伤害，谨记一旦发生事故，会痛苦终身，甚至妻离子散；要常想想自己的操作是否符合规程的要求，看看自己的作业场所和环境是否存在危险危害，看看工作的条件是否牢固和是否有安全保护，谨记一时放松要求，可能酿成大错；要常想想身边的工友和兄弟、姐妹，看看他们的操作是否符合安全要求，看看是否落实安全措施，谨记相互提醒可能化险为夷。

上班之前，你们也要想想自己是否超负荷劳动，看看自己的身体状况能否适宜今天的工作。另外，工作之余，要多学学安全技术知识和法律法规，用知识来保护自身的安全。

安全管理涉及企业的人、机、法、料、环诸要素和生产、加工、搬运、储存各个环节，同时也涉及每一位在岗职工，安全管理工作是企业所有管理工作中的重要组成部分，是企业快速、高效、有序、安全发展的前提。

企业发生生产安全事故，受伤害的不仅仅是职工本人，同时可能影响到家庭和亲属，给企业和社会也带来了沉重的负担。

因此，保证安全生产是广大职工共同的责任和义务，安全与经济、安全与发展、安全与形象密切相关，搞好安全生产意义非常重大。我们真诚地呼唤你“遵章守纪，保障安全”让你记住任何地方都有危险，让你时刻把安全牢记在心里，融化在血液中，落实在行动上，请你记住：用鲜血和生命换来的规程再不能用鲜血和生命去验证。只要我们严守规程，按章操作，事故肯定会远离我们，在我们中间就不会发生那一幕幕惨痛的悲剧，在我们的生活中、在我们的家庭里，就会多一份母亲的欣慰、情侣的甜蜜和孩子的欢笑。

工友们，安全是永恒的。因为，只有安全才能保证我们人间的美好，为了美好的明天，为了凌钢又好又快地发展，让我们时刻牢记“安全在我手中，命运由我主宰”！

（作者现为凌钢生产安全部安全监察科主管）

三十三载风雨路

高德明

1983年，铁岭技校毕业的我被分配到二轧车间，从此接受凌钢这座大熔炉的锻炼和考验，屈指算来已有33个年头。可以说我见证了凌钢二轧车间到凌钢股份北票钢管有限公司的整个发展历程。

1983年9月，我和铁岭技校毕业的28名学生被分配到二轧车间，当了一名普通的轧机调整工。记得当时的车间主任是李卫国，副主任是丁永生，工会主席是张献楼。当时的二轧车间只有2套机组，1号管工段和2号管工段。

1985年10月份组建了3号管工段，设备为ϕ76机组，比1号和2号管工段设备先进的多。当时，1号管和2号管工段厂房低矮，四面透风，且厂房内没有暖气。冬天生产时，轧机辊道不能停，否则整条生产线就转不起来。全班人员得用大锤逐个辊道去砸，一砸就是两三个小时，一天生产不了几个小时。当时生产用的原料为凌钢热带生产的小热带，料长30m左右，且头尾宽窄不均匀，生产起来费时费力，劳动强度极大。在当时班组团队精神的鼓励下，让我有种工作起来有使不完的劲的感觉。记得有几次工长及班长有事不能够到岗位上班，我们调整工主动组织班组人员把轧机开动起来，加班完成了班组生产任务，当下班时虽然很累很累，但心里感觉很自豪。

到了1992年，2号管工段整体拆除，建了新的2号管工段，厂房宽大，密封性好。设备轧机由以前的单半径孔型成型改成双半径孔型成型，改造以后，轧机生产更稳定，产品质量大幅度提高。以前是2套机组平均月产量为3000t，改造后3套机组平均月产量超过10000t。1993年，3套机组完成年产量13.5万吨，职工人数增加到600多人。

2001年增加了50机组和219机组。50机组建立在2号管厂房侧面，利用以前小热带破旧的厂房，采购安装了219机组，产品规格增加到16种，由外径21.3～114.3mm扩展到外径21.3～219.1mm。我也被任命为1号、219、50机组段长。在此期间我两次被评为公司劳动模范。

到2005年，219机组厂房新增加一套加热、热减径机组，将生产的钢管经过热处理，性能达到无缝钢管要求，可以替代无缝钢管使用，销售价格大幅度提高，每吨差价达到600～700元/t，为凌钢创造了可观的经济效益。

2009年，因公司发展需要，钢管厂整体搬迁至北票市冶金工业园区，我们一行100余名老职工又积极投身钢管公司的二次创业之中。建成后，一部分原钢管厂职工回到了大公司，我们近 50 名老职工选择了留下。

经过 7 个年头的共同奋斗，凌钢钢管现已迈入现代化的中型规模钢管制造企业。公司配备了 80、114 热轧无缝钢管机组；426、630 及 1420 螺旋焊管机组；50、76、114 ×4.0、114 ×8.0、219、355 直缝焊管机组；750、1200、2200 纵剪机组及热张力减径机组等钢管制造设备和热镀锌、热扩、网架构件制作、三层 PE 防腐等生产线，与之相配套先进的实验、检验设备和公辅设施。产品包括 ϕ51 ~159mm、壁厚为 3.5 ~ 10mm 的热轧无缝钢管；ϕ219 ~ 1820mm、壁厚为 3.5 ~20mm 的螺旋焊接钢管；ϕ17 ~355mm、壁厚为 0.8 ~16mm 的直缝焊管。产品广泛应用于石油天然气输送用管、石油套管、油管、低压流体输送用管、结构用管、锅炉用管等。

现在我担任直缝车间主任一职。作为钢管老人，我见证了她这 33 年的发展变化，领导班子一届一届接力前行，企业各方面得到长足发展，面貌发生了翻天覆地的变化。当然，钢管公司的发展变化远不止上述方面的事情，我只不过是从大海中撷几朵浪花而已。我相信在凌钢钢管这片热土上，发展的浪潮会一浪高过一浪，发展前景会更加广阔。

（作者现为凌钢北票钢管公司二车间主任）

我把污水变清泉

张建辉

我是2008年7月来到凌钢的一名大学毕业生。那时候，我一个人背着个旅行包第一次跨入了这个陌生的城市，孤独茫然环绕着我。但凌钢的接待工作做得很到位，第一时间被安排在了独身公寓，我也是在那时候第一次从心底里认可了它。经过半个月的安全培训，我被分到了凌钢动力厂这个大家庭。工厂安排了一位师傅带我熟悉工作环境和各种大小型设备，给我讲安全注意事项。从校园到职场，对于一切都很陌生的我，在这里我感受到了家一样的温暖，亲人一般的关怀。

那个时候，师傅带着我去连铸泵房、循环泵站、水源地、空压站、污水处理站等熟悉工艺设备，认识我的一些前辈，我也是在那时第一次认识了凌钢的污水处理。那时候它还很弱小，只有1座配水池、2座平流池和3台高速过滤器，回收处理能力只有400m³/h的水量，只是给厂区冲渣使用。

2009年，凌钢从200万吨钢跨入了350万吨钢规模，而为了解决凌钢水资源缺乏，降低对地下水的消耗，缓解当地生产生活等方面的水资源供求矛盾，凌钢污水深度处理工程也应运而生。随着污水回用领域的扩展，对水质提出了更高的要求，水质标准的日益严格推动了污水回用技术的发展。将外排污水处理后回用，为凌钢生产开辟第二水源，是实现企业可持续发展的重要途径。

凌钢在陆续上马余热蒸汽发电、高炉TRT发电、钢渣零排放等节能减排项目后，又于2010年1月开工建设污水深度处理工程。我此时也被调到了污水处理，参与项目的前期的调研、设计和施工建设。为了能使设备早日达产达效，领导和职工从上到下，都铆足了干劲儿，冲锋在第一线，同厂家的工程师交流学习，每天开完工程会都要到凌晨1点。经过大家的共同努力，终于在2010年6月顺利投产。看着大家脸上绽放着胜利的笑容，我打心眼儿里感到高兴。

工程总投资7000多万元，回收全公司的生产和生活污水，污水总处理能力800m³/h，其中外送软化水560m³/h，并入公司软化水管网，外送工业净水120m³/h，并入工业净水管网，外送浓水120m³/h，主要用于冲渣、加湿、焖渣等。从完全回收到处理后外送，这样就使污水在凌钢的管道内进行闭路循环，使凌钢彻底实现污水零排放，使之在同行业中提高了竞争力和知名度。

该工程采用“双膜法”水处理工艺，即超滤+反渗透。超滤良好的产水水质大大改善了下游反渗透的工作情况，作为高级预处理设备，确保反渗透设备的长期安全连续运行。“双膜法”水处理工艺在凌钢的安家落户，展现了凌钢的高层领导在环保产业的投入力度之大和打造企业循环经济的信心之强。

2012 年，国家钢铁形势险峻，凌钢也面临着不进则退的危险，为了使凌钢尽快完成向 600 万钢产钢能力的跨越，根据“十二五”发展的需要，2012 年 3 月凌钢又开工建设了污水深度处理二期工程，同年 8 月建成投产。总投资 1.2 亿元，工程规模与一期工程相同。经过一期工程运行管理经验的积累，勤奋好学的凌钢人，在二期工程开始时，无论从设计到施工，就充分吸取了一期的经验，使二期工程从投产到现在一直平稳运行，为凌钢的生产奠定了坚实的基础。

工程建设时，公司领导班子和技术骨干针对凌钢综合排放废水水质的现状，在前处理单元增加曝气除油设施，降低回收污水中 60% ~70% 的油含量；加设调节池缓冲整个污水回收系统高峰与低谷时的水量变化，使水处理系统进水趋于稳定；澄清池及其加药系统、化学清洗系统增加备用系统，完善一期的不足，确保了无论是事故状态或设备检修，都能使污水深度处理连续稳定制水；与一期工程的老区系统连接，实现新老区的水资源共享。这一项项、一条条，无不代表着我们凌钢人的智慧，众人拾柴火焰高，我们是一个团队，一个集体，我们苦过、累过，但我能感觉到大家都享受着这一过程，享受集体协作带来的快乐氛围，也享受着获得收获的幸福。

水，是生命之源，也是企业发展的命脉。随着水资源供求矛盾的加剧和水环境保护要求的日趋严格，污水回用的重要性更加凸显。凌钢集团公司的高层领导高瞻远瞩，以打造资源节约型和环境友好型企业为己任，响应国家节水、治污、水资源利用的政策号召，使得凌钢污水深度处理两期工程的顺利建成投产。污水零排放在凌钢的实现，也使凌钢在节能环保的问题上走在了同行业的前列。

从 2010 年 6 月始，截至 2015 年 12 月末，凌钢污水处理共回收处理污水 3449.1 万立方米，外送软化水 2483.1 万立方米，外送净水 222.8 万立方米，外送浓水 789.9 万立方米，吨钢耗新水由原来的 3.3 降到现在的 1.7。这成绩的取得来之不易，蕴含着公司各级领导的正确指挥，同时也包含着我们所有污水处理职工的辛勤汗水。水是企业发展的源动力，污水回用技术在凌钢的应用，对于有效利用水资源，降低产品的新鲜水消耗，改善当地水环境、保护地下水资源具有非常重要和深远意义。

通过凌钢人的不断努力，开拓创新，我们已经连续 5 年实现污水零排放。回顾整个凌钢污水处理的发展历程，从无到有，从浅入深，看着它，就像自己的孩子在慢慢的成长，不断发展壮大，我为能在凌钢污水处理工作感到无比的骄傲和深深地自豪。这不仅仅是国家发展的需要，也是凌钢的自我蜕变，而我也见证着凌钢这一辉煌的发展史。为了实现我们共同的开创新时代的梦想，我们要秉着“自强诚信求实创新”的凌钢精神，在自己的岗位上挥洒着我们的青春和汗水，努力在凌钢蜕变的过程中书写新时代的华章！

（作者现为凌钢动力厂污水处理中心技术员）

琢白玉捧怒放钢花

董智勇

“琢白玉捧怒放钢花”是集团公司党委书记郝志强在2014年对石灰生产的精准点评。如今的石灰块大、灰白、活性度高，真正是钢的味精，铁的调和剂，现在石灰生产现场干净、整洁、无尘、无灰，真正是清洁生产、绿色生产，但回想过去的发展历程，其艰辛程度令人难忘。

我是1995年5月4日到原料厂工作，当时简陋的小平房破烂不堪，晴天一身灰，雨天一身泥，7座土窑浓烟滚滚，两座$80m^3$竖窑窑顶扬尘对空直接排放。

据老职工讲土窑是20世纪60年代建设的，当时就和农村的土窑一样，破烂成堆，烟尘四起，平地灰没脚，洼地腿粘泥。现场人员复杂，多为老弱病残及各单位富余人员，人员素质参差不齐，思想波动大，管理难度大，人称凌钢的“劳改单位”。然而，经过几任领导班子的共同努力，不断升级改造，尤其是“七五”改扩建后，原料厂彻底改变了落后的面貌，多次荣获公司先进单位，做到了“创新标青史，登梯铸丰碑”。

在厂庆50周年之际，我回想起了原料厂石灰生产的发展历程。从土窑到$80m^3$竖窑的大修改造，再到$200m^3$矩形竖窑的新技术应用，乃至麦尔兹竖窑的建成投产，每一步都深深凝聚着凌钢人的辛勤与汗水。

1988年，凌钢在“七五”改扩建中配套建设两座$80m^3$气烧石灰竖窑，总投资1500万元，1992年6月投产，设计年产冶金石灰4.5万吨，分别供给转炉炼钢厂37500t、烧结厂7500t，石灰的活性度为282，出灰温度在150℃以下，各项指标均超过当时国家一级冶金石灰标准。但是因产量不足，土窑仍在运行。

2004年实现了筛下碎石的再利用，烧结直接回吃，变废为宝；2007年$80m^3$竖窑实施了无水冷炉顶的改进，2008年引进炉衬喷涂新工艺，延长炉衬使用寿命3年，节约大修费用100多万元，其深化模拟市场，实施成本管控，与冷带、热电组成“冷、热、白”经验成为全公司学习的典范。

“九五”期间，转炉钢的年生产能力达到100万吨，同时新建一台$52m^2$烧结机，用灰量也相应增加。为解决炼钢和烧结用灰量不足和石灰质量问题，又建设$200m^3$石灰竖窑两座，工程计划投资3200万元，2000年10月破土动工，2001年9月17日建成投产；同年12月，$200m^3$竖窑日产300t，达到了设计能力。$200m^3$竖窑断面呈矩形，设计年生产能力10万吨，分别供给炼钢8.5万吨、烧结1.5万吨，石灰活性度258~280，生过烧率小于20%。2004年8月投资198万元对

两座 $200m^3$ 竖窑预热除尘系统进行技术改造，由单预热改成双预热，增加重力沉降室和激波清灰装置，自行设计风冷十字梁，使用寿命延长两倍，空气预热温度达到 150～160℃，煤气预热温度达到 120～130℃，热耗降低 0.5GJ/t 灰。到 2005 年 9 月，4 座竖窑基本满足炼钢生产，土窑全部退出历史的舞台，原址由原料厂开发为绿地，真可谓昔日烟尘地一夜变绿洲。

从 2008 年开始进入了石灰生产的快车道，这一年，钢产量剧增，石灰在炼钢中的作用急剧凸显，公司上下转观念，打造石灰精品，上最先进石灰窑的想法油然而生，此时恰逢启动 350 万吨钢技改项目。经过详细论证和窑型对比，第一座 600t/d 麦窑就这样诞生了，设计投资 9000 万元，年产灰 19 万吨，酌减小于 5%，活性度可达 330 以上。2009 年 2 月投产后石灰质量大幅提高。但是新的问题接踵而至，喷枪使用寿命只有 3 个月，金属软管频繁烧损，循环通道经常堵塞，卸料阀泄漏严重等。针对这些问题，原料人对症下药、全面攻坚、逐个击破，到 2014 年喷枪使用寿命突破 16 个月，2016 年突破 21 个月。特别是 2015 年 1 号麦窑大修，在没有请外国专家的情况下，自行完成了技术指导工作，大修工期提前 5 天，完美收官。

2 号麦窑可称窑中精品，凌钢宣传材料中写到“完美在麦窑”。2012 年三期技改工程的号角刚刚吹响，2 号 600t/d 麦窑建设如期进行。她与 1 号麦窑相比彰显三大特点：一是投资少，见效快，投资仅 6500 万元，部分设备国产化，较 1 号麦窑降低 2500 万元，并且实现当月达产达效。二是喷枪冷却风机加大一倍并且一开一备，提高了冷却效果。三是烟气除尘实现离线清灰，经济运行，原料除尘与冷却风释放阀巧妙相连，可消除噪声。目前，2 号麦窑运行稳定，日产可达 550t，酌减 2% 以内，喷枪使用寿命 2014 年达到 17 个月，预计 2016 年可达 24 个月。如今两座麦窑亭亭玉立，真可谓是“双子座、姊妹花”，让炼钢全部吃上“细粮”。

2015 年 10 月份 4 座高污染、高能耗、高成本竖窑，永久性停产，结束了超期服役的历史，竖窑作业区迅速承接了料场外委输送作业区，从烧窑人转变为料场工。但人们将永远铭记曾经为原料厂做出卓越贡献的“功勋窑”。

时间一分一秒的推移，项目一个又一个的延续。见证历史，开创未来，我们信心满怀；回顾过去，续写新篇，我们奋力前行；让我们携手同心，共同憧憬原料厂美好的明天。

（作者为原料厂麦尔兹窑作业区作业长）

剥离辅业子公司改制

邓桂峰

凌钢剥离辅子公司业改制工作是在2002~2006年进行的。当时，我任人力资源部副部长，全程参与了改制工作并主要负责人员安置方面的工作。

改制历程：1998年4月~2003年末，凌钢集团公司按照建立现代企业制度和精干主体、剥离辅业要求，对保国、朝焦、汽运、建安、机制、生活、监理、设计、宾馆等9个辅助性单位予以分离重组，成立9个集团公司全资子公司，实行自主经营、独立核算、自负盈亏。当时，9个辅业性子公司总资产35795万元、净资产18844万元、负债16951万元，职工3275人。

1998年8月11日，凌钢集团以（1998）8号文件，组建凌钢集团实业有限责任公司。实业公司是专门为安置凌钢下岗职工就业而成立的公司。2002年3月1日，凌钢根据国家和省市政府下岗职工生活费向失业保险并轨的要求，用3个月的时间办理了下岗职工解除劳动关系手续。当时，经济补偿金标准以职工本人解除劳动合同前12个月的平均工资计算，本人月平均工资高于企业平均工资1008元的按实际工资水平计算，但高于3倍平均工资的按平均工资3倍计算；本人月工资低于1008元的按1008元计算经济补偿金。为稳妥操作解决并轨职工的再就业问题，在办理并轨手续的同时将实业公司改制为钢达公司，职工自愿选择与改制后的新公司签订劳动合同，并按0.7∶1的优惠比例用经济补偿金入股，也可选择自谋职业。实现了下岗职工并轨、企业改制与再就业有机结合稳妥过渡。

在借鉴凌钢实业公司成功改制经验基础上，2002年凌钢开始着手对辅业性子公司改制进行调查和分析，起草了《凌钢集团公司主辅分离辅业制方案》。2003年上半年，制定了辅业性子公司改制的股本设置、人员安置及债权债务的处理方法，测算了各子公司的改制费用，并针对一些敏感问题编写了主辅分离、辅业改制知识问答的小册子，为辅业性子公司改制做了大量的前期准备工作和舆论宣传。

2004年7月初~2005年4月底，集团公司制定《凌钢集团公司分离辅业改制实施方案》和《凌钢集团公司子公司改制职工分离安置方案》，正式确定了对汽运公司、建安公司、机制公司、生活服务公司4个全资子公司实施整体改制。

2005年5月26日~2006年3月16日，朝阳市政府分阶段以下发文件形式批准凌钢集团公司辅业性子公司改制。随后这几家辅业性子公司依据集团公司方案分别制定了本单位的《改制实施方案》和《改制职工分流安置方案》，并召开职代会或职工大会，共有1389名职工与凌钢解除了劳动关系，发放经济补偿金，有的与新公司签订劳动合同、有的选择了自谋职业。

2005年6月3日，建安公司（294人）、汽运公司（358人）、机制公司（314人，其中管理29人、操作296人）完成改制工作，7月9日完成新公司注册，属于员工持股的股份制企业；2005年11月2日，朝阳市企改办批准生活服务公司（241人）改制，12月7日完成新公司注册，同属员工持股的股份制企业；2006年3月16日，朝阳市政府批准凌钢职工医院（182人，其中医护152人、管理11人、操作19人）改制，4月6日完成新医院注册，属民营为主的股份制医院。截至2006年4月底，这几家辅业性子公司与凌钢集团解除了隶属关系，成为独立的社会经济实体，凌钢辅业性子公司改制工作顺利完成。

改制方式：辅业性子公司改制实行整体改制、带资分流、员工持股、内需扶持。整体改制就是对子公司的产权制度、组织结构、用工制度等进行全面改制；带资分流是指凌钢集团公司与改制公司职工解除劳动关系，集团公司以改制公司的国有净资产支付职工经济补偿金等改制费用，实现带资分流；员工持股是指经营管理者和职工出资入股，成为具有股东身份的改制公司员工；内需扶持是指集团公司根据内部市场的需求，在一段时间内、在平等竞争的市场机制下，优先选择或使用改制后公司的产品及提供的服务。

改制基本做法：改制公司职工要与凌钢解除劳动关系，凌钢以改制公司的存量净资产支付职工经济补偿金。经济补偿金标准是职工解除劳动合同前12个月的月平均工资。其中，职工月平均工资低于企业月平均工资（1708元）的按企业月平均工资计发；职工月平均工资超过企业月平均工资3倍以上的，按不高于企业月平均工资的3倍计发。职工与集团公司解除劳动关系后，按照自愿的原则与改制后的公司签订不少于3年的劳动合同，成为新公司的职工，实现职工身份的转换。鼓励员工出资入股，特别是鼓励经营管理者加大持股比例，转换企业投资主体。

（作者现为凌钢人力资源部部长）

创业者之歌

徐　杰

写在前面

写 20t 转炉出钢这个题材的人很多。这些作者从不同角度叙述了二炼施工现场，会战之中的动人事迹。提笔之前，心情矛盾：写吧，“七五”指挥部 3 年苦战，遇到了多少坎坷，经历了多少磨难，简直是一部创业史诗，唯恐拙笔难书；不写吧，几年来与“七五”指挥部的同志朝夕为伍，那些带有闪光点的凡人小事，一件件、一桩桩又时时震撼着我的心，总是一股难以抑制的激情在心头冲撞。于是，我不加任何粉饰地写下这样几个片断，谨献给为凌钢的振兴、发展做出卓越贡献的“七五”创业者。

文艺界有句俗话：“台上三分钟，台下千日功”。是指舞台上演员们短短几分钟精湛的表演来自成千上万次的苦练。炼钢也与之同理。从兑铁水、吹氧到浇铸全过程，仅仅 30 多分钟，那出钢的场面红火、气派、壮观。不仅受到镁光灯、摄像机的青睐，而且还可以任诗人、作家们尽情地去联想、描绘。而这一神圣的时刻，到底倾注了创业者多少心血和汗水，只有亲身经历的人感受最深，难怪出钢的那一时刻，“七五”系统的人一个个都眼窝子发热，激动得说不出话来。

遥遥征程足下始

搞工程难。第一次搞投资上亿元的工程更难。凌钢投资 8000 万元的一期工程干了 10 年，ϕ400/250 轧机留下了“八年抗战”的后话。20t 转炉工程，遥遥工期知何日？有这种想法的人恐怕不是笔者虚构。

“七五”指挥部下属 5 个处的人员来自公司各厂，是真正的精兵强将、生产骨干，但对斟酌建设的程序、管理特点却很茫然。这些人能行吗？有人暗地里摇头。

搞基建，兵马未到，设计先行。1984 年，经理宋士田和几位总工、总设计师千里迢迢赶到马鞍山，敲开了设计院的大门。打那之后，设计处的工程师们跑了多少趟马院，谁也记不清。二炼的图纸 14 万张，都经设计处发放。这还不算，复印、晒图、发设计变更单的数量更是惊人，算一算，可以拉上几十汽车。

据了解，同类企业设计人员的编制都比凌钢多：少者 84 人，多者 100 多人，而我们设计处工程技术人员只有 26 人。除了为设计院提供各专业需要的技术参数之外，还承担了二炼工程的所有外部管线设计，就靠这些人拳打脚踢，成了二炼工程的开路先锋。用张宗广处长的话说，设计处是“一仆二主”，肩挑两副重担。基建得上去，生产技术改造也不能丢。老张几次问宋经理：“为啥老让我干?”宋经理说：“因为你们干得快”。还说什么呢！头拱地也得干！

图纸来了，要开工了，材料、设备往哪放？总不能全放在露天地儿。自己动手拆旧房，用旧砖瓦盖库房，一年之内材料库、设备库平地建起，改扩建的架势拉开了。

凌钢的“北大荒”从沉睡中惊醒，打桩机以它铿锵有力的节奏敲打着这块荒废了许久如今却充满希望的土地。这复杂的地质结构说不上什么时候桩子被砸断就废了，3m、4m、5m，打桩机带着一股倔劲，一股“七五”人不听邪的劲儿顶牛似的往地里钻，180 个日日夜夜，500 根混凝土桩子砸进地下 13m，20t 转炉工程迈出了艰难的第一步。

铁鞋踏破千里行

在建筑面积 40000m^2 的二炼厂房里，有这样几个数字令人咋舌：消耗钢材 14000t、木材 3000m^3、水泥 20000t、全部设备总重 4000t，总计 800 台（套）。3 年来，搞材料的、跑设备的燕子衔泥似的往家折腾，其中的甘苦用材料处长韩英军的话说是小孩没娘——说来话长。

列车，南来北往。在改革、开放、搞活的年代里，绵延的铁轨承受着巨大的压力。经商的、旅游的、探亲的，不论什么季节，不管是不是节假日，车厢成了人口密度之最。汗酸、脚臭、吵架声、小孩的哭声搅在一起，让人心烦意乱。

采购员们熟视无睹，仿佛入无人之境，挤个地方就能迷糊一觉，站着也睡得挺香。饿了，泡上一袋方便面；渴了，喝几口凉水。说晓行夜宿、饥餐渴饮那是他们的奢望，而不舍昼夜、废寝忘食倒更加贴切。没有生活规律，没有星期假日。材料处、设备处的头头都敢夸这个海口：“我这些人，让他今晚上走，他就不会明早走，哪怕刚下火车还没回家，让他立即出发也没二话”。处长们对我说了这样几件小事：

二炼急需 10 个电磁阀，材料处送料员马西珍奉命去上海提货。去上海这是头一次，哪个初到上海的人不想看看外滩，逛逛南京路，可老马担心误了施工，只在上海住了一宿，就冒雨背着 30 多公斤重的阀门赶回了凌钢，往返 6 天，有 5 天 5 夜是在火车上度过的。

挤。有缝挤，没缝也要挤。列车严重超载。王永伟想拿缸子喝水，兜子被挤出了窗外，赔上一件新买的“大地”牌风雨衣还好说，他担心兜子里会不会装着合同章。火车到站，他和贾志挤了下去，沿着铁路往回找，一直找到半夜，风衣丢了认倒霉，合同章没在里面他长松了一口气。

中秋节，设备处给每人分了 2 斤月饼。当千家万户亲人团聚共赏明月的时候，设备处仍有 6 名同志远在千里之外；在家的人忙的也没顾上这事儿，月饼受到了冷落。一个多月之后才发现已经风干了，王金国处长说到这里露出了一丝歉意。

供货批量大，订货周期短，施工现场拼命催，这是搞物资供应最挠头的事。接到命令，先是电话、电报联系，（一年之中这笔费用就“海了”）接着就撒下人马四面八方找货源。大到几十万的设备，小到几角钱的零件。别看它小，不值几个银子，工程缺了它就得停工，你照样得满世界找。

货源找到了，往家运更是一道难关。能整车发的就整车发，不能整车发的派汽车拉，去人背。加料系统的汽缸订货在烟台，发整车重量不够，发快件还超重。设备处李玉好话说了一火车，人家才同意把已经装好的汽缸拆成零件发回。

手里有钱还好办，没钱还想订货、发货，就使工作难度增加了几倍甚至几十倍。原来一个电话、一封电报就能解决的问题，现在不行，设备厂家是不见兔子不撒鹰，没钱就别想提货。设备预付款从 10% 涨到 50%，本来就十分紧张的资金花起来更得慎重了。万一给了钱订不上货怎么办？订了货发不出来又怎么办？艰难的处境使他们多思多想，变得聪明起来。他们怀揣支票，登门到制造厂家，直到亲眼看着设备运到火车站，装上货车才掏出支票，这也叫不见兔子不撒鹰。

二炼的设备投资高达 4000 多万元，设备厂家北到齐齐哈尔，南到广州，东到上海，西至重庆，遍布全国十几个省市。一台一台往回发，一件一件往回催。设计错了，可以出设计变更，随之修改计划。订货错了，再让厂家改就不知要费多少周折，变更单、计划单到了设备处就没了时间，工程不容空儿，缺一个开关也不能调试，那焦急的心情无法形容。在外面催货的外协员变成了设备厂家的工作人员，常常是亲自去当搬运工。

“跑材料的思想经常处于紧张状态很难松弛下来。”副处长贾志眉头皱成了重重的“川”字，坦诚地对我说：“这话不假，材料处最多时一天之内接材料计划 12 份，电缆，玻璃，油毡，五花八门，哪份儿计划都比鸡毛信还急。一个减压阀把制造厂家追的坐飞机上广州去背，一台半截车一年到头不着家，四天时间就跑一趟上海。还有一些材料时间性特别强，3200m^3/h 制氧机需要的珠光砂，工业水需要的盐酸、液体碱，早运来不行，晚了更不行，必须随要随到。1200m^3 珠光砂，偏赶上车队汽车年检，你说不急死人？”韩英军说：“干这行工作，心里总没底，可没底也不能趴下不干，想尽一切办法也得挺下来，不管怎么说，没让施工单位因为材料、设备打停工报告，没影响工程，心里就蛮高兴了。”

“过路财神”无安宁

会议室里，处长们眉头紧锁，满脸焦躁不安的情绪。“我还是那句话，有钱，咱们研究怎么花；没钱，开会也开不出钞票来。齐处长，你说这月能拨多少钱吧。”性格直爽的王金国说话大嗓门，向来是快刀切萝卜——嘎巴溜脆。“于经理，无论如何再给我 10 万、20 万的，机电二类材料真弄不进来呀！”贾志苦着脸几乎是在哀求。“工程进度款多少也得撒点芝麻盐，‘朝一建’发不出工资了。”计划处长张佩文一副无可奈何的表情。和每次会议一样，最终在钱上打转转，“巧媳妇难做无米之炊，没钱怎么保工期？”“谁不干这活儿，不知这活儿的难处，没辙了。”七嘴八舌理不出头绪。副经理于连德说：“欠账的，能缓就缓、能拖就拖，现有的资金集中保二炼，各处按这个原则去办。”财务处长齐颖嘴上不说，心里急得火烧火燎。还没散会，烟灰缸里扔满了烟蒂。

1989 年，国家应拨贷款 2000 万元，省内贷款 3000 万元，因种种原因，贷款迟迟拨不下来。5 月份，绝大部分工程处于等米下锅的停摆状态，施工单位频频告急。北京三里河，国家计委投资司办公室里，齐颖向司长恳切说明凌钢的难处。司长表示理解，但拨款程序改不了。经办部门就有国家计委原材料公司、投资司、国家财政部、国家建设总行、辽宁省计经委、省建设银行……别说办事，找个人也得半天。

国庆前夕，国家机关里活动众多，你着急人家也没闲着。整个旅馆就齐颖一个旅客，“你不走，我们也没法放假”，服务员面露难色。晚上，齐颖躺在床上翻来覆去睡不着：这糟心的 2000 万啊！能马上到手让我磕头也认了。

求人办事，谈话也得讲点艺术，总不能开口就问：“我们的资金什么时候拨？”得先唠点圈外的话。什么本届足球大赛谁能夺魁，市场物价涨幅趋缓，什么辽西地区的风土人情，平时广泛涉猎的知识，如今信手拈来，和北京人天南海北“侃大山”。一来二去混熟了，有的还攀上了沈阳老乡，越谈越投机，到关键口还真能告诉实底：“凌钢这笔款还差 × × 一道手续，赶紧去催吧。”

沈阳军区司令部的门槛几乎让财物处会计吴春青踏平了。因为，辽宁省投资公司就在院内。他少则一月一次，多则一月三次，只要接到电话或者估计快分指标的消息，背上兜子登车就走。好几次都是早上到沈阳，当天拿到指标晚上连夜往回返。至于挤汽车、挤火车和采购员一样，成了家常便饭，跑沈阳比上“凌点”的次数还多。小吴这个人不善辞令，但心里有数，办事稳妥。前些日子，处长把他带病工作的秘密透露给记者，他有点不高兴，他喜欢默默地工作，扎扎实实地干点实事。

财务处算上处长才 7 人，除两名长期在外跑资金的，家里的工作量可想而知。只要早上7点半一开门，办公室就像股票市场一样吵吵嚷嚷。对账的，结算工程款的，报销的，进进出出，络绎不绝。每个人桌上的料单、账本都堆成一座小山，算盘子拨的啪啪响，掌管4亿投资的过路财神，哪一笔不得经过他们的手？“这活一天到晚忙不出个头”。“谁说不累那是唱高调。”累极了也发上几句牢骚，可活还照样不少干。来办事的人说上一句。“你们真辛苦啊！”他们就知足：“我们不需要别的，只要有人理解。累死也认。”从早到晚，除了上厕所几乎全是不抬头的记账打算盘。我敢说，去过财务处的人都相信这话不夸张，没有一点水分。

呕心沥血建丰功

和王金国打过交道的人都知道他脾气暴，说话斩钉截铁。可提起施工员，他却感慨万分，用一种很少听到的语气说：“真该写写这些施工员。”

提起设备处施工员宁永清，不论三冶、氧气厂还是本处官兵全都服气。3200m^3制氧机安装，小宁成了挑大梁的权威人物，提出的问题头头是道，拿出的措施切实可行。三冶是走南闯北见过世面的队伍，你没点真本事，他能听你指挥？小宁却取得了三冶的绝对信任，他说这活咋干，三冶就咋干，三冶承认宁工有水平。

当今社会，独生子女是小皇帝。幼儿园、小学校门前，常常听到家长们一遍遍叮嘱孩子：“妈妈不来接你，千万别乱走，小心让车碰着。”可怜天下父母心。小宁也有一个宝贝儿子，大眼睛，双眼皮，虎头虎脑十分逗人喜爱，去年不知什么原因患了视网膜脱落，一只眼睛失明了。今年9月份，听说昆明有个老医生能治这病，全家人火急火燎地让小宁带孩子前去投医。当时，制氧机正处在调试高潮，能否试产成功和二炼息息相关。小宁却说说什么也不能在这关键时刻扔下工作。连续一个月，他天天忙到后半夜，根本顾不上孩子的病，任孩子的奶奶、姥姥怎么和他说好话，妻子怎么流泪。他只说：“慢性病，不差这几天。”其实，做一个父亲哪有不疼儿子的？他心里更急，嗓子哑了说不出话，多半为了制氧机，其中也含着一个不合格父亲的内疚。

隐蔽工程的质量靠什么做保证？全靠施工员的责任心。埋入地下的钢筋、水泥基础、管路出了问题你上哪查去？戈瑞清就有这股劲儿，你中午干活，我中午不吃饭也在现场看着；你干到半夜，我也跟到半夜；几个地方同时干，人手不够我就来回跑。这么说吧，不达到规范要求，你就是说出大天来也别想让我签字验收。老戈的作法不是如今时兴的那个新词儿“短期行为”，他的功绩在于抓住了工程的百年大计，让施工质量经得住历史的考验。

400m^3氧气球罐是二炼送氧的卡脖子工程。经理宋士田下了死命令：按期送氧一天都不能拖！计划工程处副处长李彦然像颗钉子被钉在球罐上，处长当起了施工员。探伤、退火、除锈、防腐、工序复杂，工艺要求严格，不允许有半点误差。

48mm 厚钢板制成的、工作压力为 40kg 的球罐用 X 射线探伤来验证焊接质量是否合格，整个球罐 260 张片子得拍半个月，时间来不及。用 γ 射线拍片，28 小时就可拍完。据说这种射线辐射到人体要杀伤大量白血球，严重的导致白血病。为抢工期，李彦然连夜去朝阳市劳动局、公安局请示批准，由省劳动局检测中心用 γ 射线拍片。射线员们穿上防护服被摇进了球罐，李彦然和施工员们却不能躲到安全距离的 100m 之外，他们得帮助人家贴片子。我问李彦然："杀伤白血球呢？你们想过吗？""杀伤就杀伤吧，咱不能躲呀。"我以为李彦然能说上几句慷慨激昂的话，他却说的很平淡。

整个球罐采用四氧化碳脱脂，这活更难。在半径 20m 的范围内形成一个无氧区，既有毒，又使人窒息，呛的鼻涕、眼泪一齐流，实在坚持不住了，就跑出 50m 之外喘口气。30 多个昼夜，李彦然始终守在球罐，困急了，倒在平台上或者工棚里睡一会儿，没喝减肥茶体重就掉了 14 斤，直到 10 月 19 日球罐利利索索交工了，一颗悬着的心才落了底。

在二炼现场，找韩先哲的人最多。三冶人找，小包工队的找，咱们自家人也找。主管二炼的施工组长恨不能生出三头六臂，总觉得时间不够用，设计变更，现场签证样样都得表态拿主意，要办的事情太多，家住农村的父亲病重，来信催他回去，他对弟弟说："你替我回去看看爹，告诉老人家我这里实在离不开，干了 3 年了，到出钢的关键口怎能走呢？"有一天在二炼开会，我离韩先哲很近，发现他的白衬衣领子已经变成了黑的，脸色灰锵锵的，说话气喘吁吁，我问他："怎么样，吃不消了吧？"他说："腿跑细了，还没少挨搂。"后来听王处长说韩先哲的体重掉了 20 斤。

基本建设，是一个系统工程。计划，预算，保管，描图，几乎每一个专业，每个人都能写出一部动人的故事，我不可能一一描绘。不过写与不写无关紧要，因为高炉、转炉在十里钢城拔地而起，这本身就是一座座不朽的丰碑，还用得着多说吗？

二炼工程，作为一场惊心动魄的战斗已经载入了凌钢的历史。出钢之后，我曾经问过"七五"的人："三年苦战，作何感想呢？"回答不尽相同：

"如果说是为了'四化'，好像有点冠冕堂皇，老板有句话叫作为了凌钢的子孙后代。咱听了心里挺热乎，经理也是快退的人了，他图个啥？凭啥争了'七五'又争宽带？不这么干，奖金不也是一分不少吗？就冲这，咱也得拼命干。"

这些人就这么实在，没有一句豪言壮语。我了解他们，他们是普通的党员，普通的群众，工作中他们发过牢骚，有过争吵，甚至经常吵得面红耳赤。但是，瑕不掩瑜，况且，就在第一炉钢水喷涌而出的时候，这一切误解就已经雪释冰消。我并不因为他们没有惊天动地的事迹而感到失望，我不想拔高，只是把“七五”的凡人小事写出来，让读者自己去体会，去回味，去思索。

“七五”未了“八五”又至。经理宋士田说了：“中宽热带项目已经批给凌钢，“七五”的人要接着干“八五”。征衣未解，又跨战马，创业者的歌没有休止符!”

（作者原为凌钢公司办秘书）

高炉壮歌

——1995 年 380m^3 炼铁高炉建成投产纪实

郑高晖

塞外，大辽西。俯首丘陵，见凌水汤汤，一种亘古的姿势。

这块曾经创造了灿烂文化的热土，积淀了文明，也积淀了丰收的底蕴，而今又在市场经济的大潮中感受岁月的荏苒与巨变。凌钢就是在这片厚土悠远的社会演绎中，凭借敏锐的现代意识甩开沉重的翅膀，崛起和腾飞的。曾几何时，一路为这块土地的新生呐喊并歌唱。

炉火正旺。作为国有大型企业，作为以改革而闻名遐迩的大家族，凌钢犹如一颗耀眼的明珠镶嵌在朝阳的版图上，它举足轻重的地位，决定它每一次跨越都备受瞩目。

“七五”风云中，凌钢曾舞起 300m^3 高炉这个龙头，靠着一种精神登上了洒满阳光的台阶。有人描述：“1988 年 3 月 6 日。十几个熊熊火把点燃了凌钢橘红色的憧憬。”当年 4 月 16 日，副省长闻世震，冶金工业部副部长徐大铨专程赴凌钢参加了投产剪彩仪式。他们记住了凌钢人的奉献，也无不关注着这个山沟“金凤凰”更雄伟的翱翔。

这是钢城历史的难忘一幕。虽然太阳每天都是新的，但是历史作为一种特殊的语言，它声声呼唤参与—进取—发展。于是，16000 名职工踏着坚实的脚步走向了明天。

“神女应无恙，当惊世界殊。”如今，焦点又一次在方兴未艾的“八五”扩建大业中汇结。

掠过昨天的星辰，今天又扬帆起航。

上篇　巨炉巍百尺　情教细语传

把机遇留住。

想当年开拓者以一座孤零的小高炉为圆心，以 7 万吨铁为半径，圆红红的钢铁之梦时，动力是勇气与胆略。跋涉过艰难的历程后，那块荒凉的庄稼地已经是富庶的钢城了，试想在这期间他们捕捉了多少次发展的机遇！是一个个并不缥缈的梦想激励着这群实干家去工作，于是方圆十里有了拔地而起的建筑群。1993 岁尾，“七五”金黄的秋天莅临，50 万吨钢瓜熟蒂落。但又有谁注意到，公司决策层早在20世纪80年代末就已经酝酿了一个更大的规划：投身“八五”建设，以60万吨铁、70万吨钢为目标，把凌钢前进的轨迹画得更大更圆。

这将又是一次崭新的飞跃，又是一个时代机遇的把握。

心愿与追求

1993年12月，以副总工程师王明玉为首的4人技术小组离开公司外出，穿梭于本钢一铁、北台钢铁总厂、通钢等单位考察调研，为炼铁厂4号高炉“修形定身”。4号高炉属大修技措项目，是3号高炉移地改造后“脱胎换骨”的新面孔。在项目建设上，凌钢一向以稳健、务实而著称，这次也毫不例外。考察小组归来后，宋经理两次听取他们的工作汇报，他形象地提出：“我们不搞锦上添花，但求年轻力壮。”实用、可靠便成为工程立项的指导思想。经过反复探讨，技术人员对本钢一铁的380m^{3}高炉“情有独钟”：一是由于它性能稳定，该厂两座同类型高炉平均年产生铁高达61万吨，可谓身亏力不薄；二是占地面积不大，小巧玲珑，符合公司炼铁厂现场的实际情况。

在380m^{3}高炉炉型得到普遍认可后，王总几次北上，开始为项目设计奔忙，最后与本钢设计院一拍即合。他突出强调的设计原则还是“安全、稳妥、节约”，并一再要求设计院务必在1个月之内拿出初步设计方案尽早施工。为节省投资又锻炼人才，他将热风炉和干式布袋除尘工艺部分设计又反承包下来，进而从100万元设计费中又赚回了15万元。

1994年3月10日，项目设计审查会如期在公司召开。共同的利益和事业心使凌钢的科技工作者与设计院的同行达成了默契的统一。即保持国内原有380m^{3}高炉的优良特性，同时又去粗取精，把炼铁设备工艺新成果加以消化，使新工艺在流程和装备水平上处于国内中型高炉的先进水平。

纵观占地面积9659m^{2}的高炉系统，星罗棋布，布局紧凑。在除尘系统、上料转运系统、电磁站等环绕下，高炉本体点缀其中，颇具美感。掀开设计方案，可以得到下列满意的数据，年产生铁27万~30万吨、煤气6.8亿立方米，利用系数2.0，吨铁入炉焦比590kg；从专家和操作工的口中还可以了解到，这座高炉是现代冶金技术与智慧的载体，它采用平稳、高效的液压驱动方式，特别是本钢设计院专利浮动调心式双液压缸和料钟升降装置的运用使炉身标高下降，结构更趋合理，投资减少。炉身铝炭砖综合砌筑可延续其渣化过程，双排管鹅头式冷却壁苦具匠心，霍戈文式热风炉与煤气系统干式布袋除尘珠联璧合，蓄面达103m^2/m^3，风温1050~1100℃……有人形容炼铁4号高炉是“钟天地之灵秀，集众美于一身”的科技杰作。

“感时思报国，拔剑起蒿莱”。凌钢领导人为让钢铁之树常青，以科学的思维思谋勾勒它春天的来临，凌钢的科技工作用热情与知识描绘了它春天的色彩。同样，新建高炉即将来临的春天的暖流充满“八五”；建设者每个昼夜，牵动着他们再展宏图的心。

投入与执著

千里征途，从头做起。

著名数学家华罗庚很早举过喝茶的例子：是先准备好水杯茶叶再点炉烧水，还是边烧水，在烧水过程里准备茶杯、茶叶？答案自然是后者，这就是人们常说的统筹方法。在380m^3 高炉筹建工作的安排上，无不体现了这一高效优化的科学规律。

设计审查刚结束，公司立即组织“八五”各处室和相关单位，成立了“高炉基建指挥部”，明确职责，全盘启动。土建施工选择以本钢修建公司为主的6家施工队伍，以求形成分兵把守、整体攻关的立体交叉模式；设备安装处的同志建立备品档案，制定现场服务计划；材料处的同志又一次抛家舍业，为购得质优价廉的材料处心积虑；财务处清审核算，千方百计筹措资金……

4月，各路人马云集凌钢，为380m^3 高炉奠基。高级建筑师、公司副总工张衍荣，一位备受尊敬的长者，不顾年老多病，再一次出现在他撒满汗水的工地上。在《设计方案》上有这样一行文字说明：“本设计未考虑全厂区铁路运输的作业程序”。作为土建专家的他对脚下的土地是非常熟悉的，心中不免有丝忧虑；一则1958年“大跃进”，这里曾竖起3座13m^3 的小高炉；风剥石蚀，如今地下情况不清楚；再则工地所在铁路干线是炼铁厂现用3座高炉铁水外运的必经之路，生产决不能中断。不怕麻烦，不倚不靠。没多久，身经百战的张总和计划工程处、设计院切入实际地部署了相应对策：对铁路干线局部调整，改变运输格局，合理利用每寸土地，以连锁线为依托，使用交叉渡线作业；对现场，找原始资料，见缝插针；以混凝土灌注桩取代深掘施工和爆炸方式，既处理了地下障碍物，又使地下管网改路的可能性降到了最低限度。他无懈可击的确凿证据和因地制宜的举措，令公司内外专家无不佩服他的干练与博学。

张总自然忘不了乍冷尚冻的工地那热火朝天的沸腾场景；忘不了施工员出色的协调，20天就夯实26个灌注桩的奋战情形；忘不了在炉台与铁路仅距3m的情况下，毅然采取简单维护方式叫施工单位工程师无法置信的情形，那是他多少次计算后才决定的啊！就这样，工程走过了春，走过了夏，走过了秋，走过了冬。在恶劣的环境下，有很多人得了关节炎、风湿病，但谁也没有喊过一声累，叫过一声苦，他们在默默为工程奉献自己的一切。

宋振元，被人誉为计划工程处“肩挑两座炉子的科长”。30孔焦炉施工征衣未解，又一头扎进高炉工地。施工中，他根据库存钢材规格情况及高炉钢甲、热风炉钢甲工艺设计要求，重新进行排版，从而加快了工程进度，降低了基建投资70万元；在审批施工方案中，他将理论与实际相结合，提高施工的可操作性，又节约资金40万元；在二总变通往380m^{3}高炉风机的高压电缆工程中，他亲身制定桥架加固方案，又为公司挽回20万元的损失。宋振元家住郊区，要考大学的孩子需要他辅导，多病的妻子需要他照顾。但他说他是党员，就图个奉献，图个实干。跟他有同样经历的赵海龙，也是土生土长、从工人成长起来的优秀施工员。他心直口快，不讲人情，只认质量，有十头牛也拉不回来的“拧”劲。

心系高炉，同宋振元、赵海龙一样，他的伙伴杜文、于相、张贺林、霍德增、吴晓英等在现场施工中，一丝不苟地发挥着质量监督、督促进度的职责。他们共同的夙愿是：保证质量，降低造价，加快速度，消灭隐患。在工程例会上，他们时常面对面与施工单位严正交涉，甚至大动肝火，返工、罚款似乎有些不近人情，因为彼此双方“低头不见抬头见”的，但为了凌钢的事业，他们别无选择，他们的确是“辛勤耕耘的人们”。

海源于溪水，山耸于土石。无数个细小的零部件组合成了30多米高的庞大炉体。这座现代化高炉钢材用量6700t、水泥1450t，木材近1000m^3、耐火材料7500t。这些让人感叹的大数字，无时无刻不与材料处工作人员漫漫采购旅程的艰辛联系在一起。于海波处长介绍手下精兵强将的酸甜苦辣时，称为“一个材料就是一个故事”。

59岁的主任工程师王树萱与朴实无华的耐火砖息息相关。她在骨折情况下，忍着剧痛拄起拐杖辗转中原各地，为高炉订购耐火材料，11天后才到医院做简单治疗的真实情节，早已熟为人知。而刘绍文东奔西走，更没延误一个阀门的供应。

钢材计划员苑志强身兼采购员、提货员两职，一年大部分时间风餐露宿在外。为了几百千克的原壁管，他走沈阳、去大连、访金州，经10多次反复，最后终于在山东筑城找到了材料的“娘家”。他和所有的“八五”物资采购员一样，只认正牌企业的优质产品，不理冒牌企业的诱人招牌。在他们心中有一架天平，是公私分明的座右铭时刻告诫他们，摆正个人与事业的关系。

材料处的同志为采购红外线测温仪最远到了云南，他们身在常州和无锡却无暇欣赏江南水乡的秀丽，为了“拱”来紧缺的原材料他们广交朋友，交真朋友，建立良好的供需关系，有时不惜自己掏腰包。为了不耽误工期，两位处长一位在现场参加施工，一位在家坐镇，一发现急需零件，一个电话沟通后，待命的采购员便马上启程。

材料处的司机曾一周内往返沈阳3趟，5天内从大连港两运物资。时间久了，愣是跑废了一台车。

材料质量决定着一代高炉炉龄的长短。在这个问题上他们毫不含糊。锦西一家联合轧钢厂直径28mm螺纹钢有少量“U”弯断裂，他们发现后立即责令厂家退货、更新。该厂的厂长、销售科长是材料处的老朋友，希望他们“高抬贵手”。但材料处的领导严肃地告诉他们：“现在小伤感情，是为了今后不损大局利益，必须按照‘三包’原则办事，其他的没有商量……”

献身高炉，建设者从来没有考虑过自己的成败得失，他们的认识是：高炉是我们凌钢的，而我们是凌钢的一份子，建设自己的企业责无旁贷。

付出与创造

高炉作证。

这座高炉镌刻着多少奉献者的情怀，又铭记了多少个不眠的日日夜夜啊！它跨越22个月的建设历程，就如同它后来烘炉每天温度上升的曲线一样，每安装完一个设备，每上升一米高度都留下炽烈灼人的热度，似乎符合一位哲人的话：“赋予的越多，自己越富有。”设备安装处副处长聂思纲，魁梧的身体在鏖战中没有累倒，等他看到第一炉铁水后却被感冒送进了医院。炼铁厂高级工程师张顺义，为设计干式布袋除尘系统，熬得视力下降到1.0，但依然可以连续干上几个通宵。正是高炉建设的需要，使他们得以能全身心地去实现自己的人生价值。

马振东、聂思纲、张彦涛所在的设备安装处是机电、仪表设备的订购、进货和施工任务的主要承担者。1994年8月，高炉主体设备开始全面安装，在5个月的短暂时间内，将装备水平要求十分严格的高炉“打扮”起来，对他们的确是一种考验。但他们遵循的原则是设备要精，价格要廉，送货要快，施工要优。

380m^{3}高炉有4000多吨重的设备，价值4400万元。为了不影响工期，该处60多岁的采购员常振国在沈阳催货一待就是3个月。马振东处长为了高炉9层冷却软水箱的早日制作，先后3次与厂家交涉。10多名施工员白天在现场进行设备管理，晚上又要轮流在工地上值班，工作十分辛苦。

扎实、勤快、肯干是设备安装处全体人员的特点，回顾他们的工作，不难发现，机动灵活地处理突发问题是设备安装处的经常事。液压站880mm以上的阀门因设计异议无法安装到位，但重新组织货源周期长，他们就临时请来公司冷带厂的技术人员做改制处理，两天就大功告成，节省了大量费用。高炉急用880块衬板，到外地采购得不偿失，本地厂家又无力生产。他们就四面查询，向朝重求援，结果事半功倍地解决了。

争分夺秒是设备安装处工作的固有节奏。鼓风机、卷扬系统订、送、运抵现场均未超过20天，速度之快令人叹服。10个20m高、重23t除尘箱底的安装，按常规少说半个月，恰巧又赶上阴雨连绵的9月，再加上场地狭窄，作业难度很大。为了高炉的早日建成，为了减少不必要的浪费，他们采取了连续安装法，箱底一运到现场马上起吊。在马振东、聂思纲等人的出色指挥下，仅用5天半的时间，工程就画上了个圆满的大句号。

技高胆大是设备安装处贯穿始终的具体表现。1250m^3/h风机是公司最大的电机设备，在本钢修建公司安装过程中，以安装科科长、技术大拿韩先哲为首的技术组，严把质量关，精心编排了试车方案。韩先哲心里最清楚，如果送电调试的一刹那出现半点闪失，半个凌钢的生产就可能因电源短路而陷入全面瘫痪。公司领导的心悬着，本钢修建公司施工人员的心悬着。当时，现场气氛压抑，当副经理金国钧看到设备安装处人员胸有成竹，遂镇定下令："送电！"鼓风机威武地旋转起来。在祝贺胜利时，马振东、聂思纲、韩先哲、张艳涛等人却背过脸去，狠狠地抹了一把汗。金副经理后来动情地告诉记者，张艳涛爱人受伤去热水汤治疗，为了高炉，他不能尽丈夫的责任；韩先哲身分几处，极度疲劳，一坐上凳子，就鼾声四起……

闯过五关还要斩六将。主卷扬齿轮加工精度不够又未经过跑合实验，因而振动超标。工程师杨柱山和技术人员一起摸爬滚打近两个月，直至与原料系统联网解决问题后才松了一口气。不善言辞的孙文早精益求精，带头进行整流变电改造。心细如丝的蔡玉强重新修补液压设计，在长达6000m的配水管铺设中，坚持用氩弧焊代替套焊，避免截流，延长使用寿命。还有仪表施工的夏耕立、管机械的刘俊祥等，他们个个恪尽职守，兢兢业业，以主人的姿态，为380m^3高炉建设发光增彩。

高炉建设是一个整体团结合作的战斗。为保高炉，未雨绸缪，全力以赴，成为公司有关单位的共识。去年6月初，计控处由一名副处长带队，每天加班加点进行仪表仪器的安装、找正、调试，为以后正常生产提供了重要保障。修建部随叫随到，在热风炉漏气急需灌浆的紧要关头，他们一天一夜硬给拼了下来。运输部瞄准时机，在火车运输间隙中抢铺路轨1.53km，快捷高效。铸造厂积极为380m^3高炉生产急需的出渣槽，仅用16天就完成86块近70t的铸件任务。机修厂两天两夜没停机，加工人员是在机台上度过新春佳节的，他们以最快速度加工出4套管道盲板，而后的超长备件——脚螺栓也是他们的功劳。尤其值得一提的是，今年2月17日氧气厂接到为高炉架设氧气管道任务后，40多名职工分两班马不停蹄连续作业。氧气管道从新煤气加热站到高炉全程足有500m，并横跨多条铁路，在高空作业没有架设位置的情况下，制氧人爬到直径只有500mm的管道夹缝中进行焊接，经过酸洗脱脂检查，整个管道没有一处泄露。一次送氧成功。

虽然远离高炉建设工地，但"八五"财务处的同志天天核计着工程的每项支出。这项工程虽有1.6亿元人民币作坚强后盾，但钱是凌钢人自己的，锱铢必吝。在高炉建设的冲刺阶段，该处减少中间环节，全力倾斜，采取先拨资金后补手续的方法，当好家理好财。要知道，他们“财神爷”的日子在行业资金十分困难的阴影中其实并不好过啊！

当你知道这些幕后新闻时，你可能觉得我们的身边人是那么的平凡而又伟大！在高炉炉顶我想应该树起一面旗帜，书上两个字：致敬！

记者初识张顺义是在初冬一个天气很好的早晨。他刚刚参加完高炉工程例会，又被几个人围着交换着意见，一副风尘仆仆的样子。这位1982年东北大学炼铁专业的高材生，就是$380m^3$高炉关键部位——干式布袋除尘系统的设计者。

吃苦耐劳的性格和渊博的专业知识，使张顺义变得勤于思考，勤于钻研。有人统计过他为$380m^3$高炉出差不下40次，十有八九是为了他魂系梦绕的除尘工艺设计。一般项目设计，只有《设计手册》程序安排得周密，《设备规范》条款制定得清晰合理，运作起来才能轻车熟路，他点灯熬油，一气呵成。设计方案专家评价是：“准备充分，实用合理。”张顺义时常像欣赏艺术品一样看着自己的心血结晶。同时，油然而生出无限的感慨：当初，压力容器的设计、制造必须持有专业准可证，主管机构才肯放行，为了高炉自己再次进了考场，终于取得了资格认证。板块焊接、下料计算、管道结构的张力、应力、强度计算。那些干枯无味的数字统核，无止无休的数据校正，整整耗掉自己一个月的精力，可一想到高炉的明天，一切付出便也心甘情愿了。

在张顺义的办公室和家里，堆满了《干式布袋除尘与球式热风炉技术》、《干式布袋除尘技术应用》、《干法除尘系统设计研究》、《干式除尘系统设备》等专业书。结合理论联系实际，他大胆采用伴热保温间接取代温度控制装置新工艺，节约计划资金支出35万元，并将热风炉煤气平均提高了3%，吨铁降低焦比2.3kg。以此推算，$380m^3$高炉每年节约焦炭640t，创间接经济效益就有26万元。

设计院主任工程师刘超平时审慎小心，可他却冒着风险把热风炉工艺设计包揽下来。

他自有一番苦衷。设计上经验少，资料少，人手少，里里外外就他一个人；生活上婚姻的变故，瞅着年少的孩子，既有感情的痛楚，又有思想上的困惑；作为一心学以致用的科技工作者，在矛盾交织中，他选择了自己珍爱的事业。

一年多时间里，刘超用70张甲图纸、400套自然张垒出了高炉热风炉明朗的轮廓。1994年3月9日，他一天没动地方，连夜准备设计条件，最后实在支持不住昏昏睡去了。早晨一起来，面对小山似的演算纸，他继续奋战。“在热风炉工艺上不墨守成规，要建立凌钢的自身风格”是刘超的追求。在设计上，他突出体现的是“用密封性强，耐温程度高的曲柄阀淘汰传统的大铜阀。”增加密封钢板，攻克燃烧室与蓄热室隔墙短路的使用通病，将冷风直接从烟道导管送入炉内，以保持高炉的应力强度。今年1月10日下午，原冶金工业部生产司司长邱宣恺，公司领导宋士田、高益荣、于连德、金国钧分别点燃了3座热风炉，证实了炉体的可靠性和实用性，这无疑也是在褒扬它的设计者成功的创作手笔。

3月11日下午4时，热风炉经受严峻考验的时刻到来。停止混合煤气输送，引入高炉煤气。通俗地讲，一旦判断或操作失误，苦心经营的热风炉将发生剧烈爆炸，所有已经取得的胜利成果，会毁于一旦。

引高炉煤气一次告捷。

刘超再也抑制不住喜悦的情绪，唯一的愿望是想放一串响响的鞭炮，喝上辣辣的一顿酒。工程总指挥金国钧副经理欣然应允，并举杯同贺。那夜，把酒临风，他们喝得那么的痛快！

铁流无言。丈量这块并不很大的高炉工地，总有一种激动，一股力量。工地似乎在诉说一部创业史，它包容了很多很深沉的东西，归根到底，还是团结拼搏精神与爱岗敬业行动的合二为一。“歌要齐声和，情教细语传”。建设者风风火火的足迹，踏来了机器的沸腾轰鸣和赤腾铁水的喷涌而出。更踏响了凌钢的咫尺的希望。

下篇　炉火照天地　红星乱紫烟

唐李白在《秋浦歌》之十四中感喟道：“炉火照天地，红星乱紫烟。赧郎明月夜，歌曲动寒川。”诗仙传神地描绘了当时冶炼金属的绚丽景象，也无不生动地表现了冶炼工人辛勤劳作的情形。句子朗朗上口，流芳百世，可日更月移，流年似水，年轮碾过史海钩沉，一推就是一千多年。

公元1970年，凌钢的第一炉铁水在众人呵护下，百炼成钢。斗转星移，一晃仿佛还在昨天的炼铁，3号高炉也超时服役达到了整整7个年景，“廉颇老矣”。开始由“壮汉”走向一代炉龄的耄耋之年，和1号高炉一起需要特护了。

增铁的目的是为了增钢，铁与钢一脉相连，构成了凌钢产值效益的命脉。380m^{3}高炉的建设立志欲坚也欲锐，成功在久也在速。为此，宋经理、高书记屡次提到：“要把铁系统特别是4号高炉顺利建成投产并达产，作为工作组织的重中之重来抓。”牵一发而动全身，紧迫感和使命感叫公司上下，把关键的一招棋压在380m^{3}高炉上。

决策与远虑

众志成城。

古语云“谋事在人，成事在天”。作为“八五”工程总负责人之一的于连德副经理深谙这个道理。在高炉建设工地的每个角落都能见到他的身影，或抽着烟深思，或帮助现场人员出谋划策。他是个“设备通”，同时又是个平易和气的人，乐于采纳每个人的合理化建议。

于副经理年龄偏大，累出的腰伤经常要他与药打交道。可他的生活中没有星期天、节假日和8小时以外的宽松。他身体力行，亲临现场指挥调度，每时每刻都放不下这座关系凌钢千秋大业的高炉。

1994年6月，在“七五”期间与高炉结下深厚感情的金国钧副经理受职不久，便出任380m^{3}高炉工程的掌舵人。在此后的9个月里，他全权主管高炉建设各项事宜。很难用几句话来准确恰当地说出他在工作中所起的作用。我们既不能过分夸大某个人的功劳，但也不得不承认，一个集体良好和谐氛围的创造与部门负责人的领导艺术和魅力有着直接关系。向他求证此事，他只是说细腻入微和科学求实。但这简简单单的两条背后，一定会是无数一点一滴扎实具体的努力。

金副经理把380m^{3}高炉的施工要求概括得精炼又近乎刻薄：在最短的时间内，以最快的速度和最少的投入，建成质量最优的高炉。大前提是：实事求是。

金副经理十分推崇工程计划管理机制。每项工作开始前，他都要亲自和有关人员拟定“施工进度安排”，可操作性强，目的是以日计划保周计划，以周计划保月计划，相互制约，相互衔接。每天早晨7点30分开始的半小时工程例会雷打不动，会议主题也相当明确，“制定计划、检查落实、追查原因”。会上，他对计划未完成或完成不好的单位和个人公开处理，并且规定不能延误下一个计划的执行。这个循序渐进的招法使得高炉建设条理分明，各方面积极性得以充分挖掘。今天回头看来，计划管理提纲挈领工程始终，是高炉建设取得胜利的一大“法宝”。

380m^{3}高炉工程作为系统庞大的省重点建设项目，决策者权威的领导手段与偏侧把握，无一不关系到高炉的前途命运。金副经理稳稳抓住工程建设中的“脊梁”项目和质量管理这两个高炉的“生命线”，挥师征战。1250m^3/h风机是高炉的“心脏”，为了选择一个放心的施工队伍，他整整考核了一个多月，后来就连安装用的水泥型号他也亲自认定。对风、水、电、气等动力源及液压系统、计算机系统等中心部位更是认真核对不打折扣。他请原设计处副处长肖春出马担纲，请卓有建树的技术人员参与攻关。金副经理率先垂范，带头执行部颁工程验收标准，铁面无私。高炉的施工队伍大都领教过他的厉害。砌筑热风炉时打碎一块平板砖罚了500元；皮带口黏合不好，发现一处扣掉500元！斩钉截铁，没有半点含糊，给建设者树起了一面严格施工的镜子。

千方百计节约资金，是金副经理孜孜以求的目标之一。冲渣槽的铸石衬板试车时被水冲了个“一干二净”，一丢就是24万元。本钢设计院方面坚持既定方案不变，但时间延缓50天。他听完火了，“采用铸石本来就是设计失误，又拖得那么久，不行！我拍板，我们凌钢自己干，但凌钢24万元不能打水漂，必须赔偿。”第二天，炼铁厂就把设计变更图交给了铸造厂，用铸铁板铸钢取而代之，既保证了工期又纠正了设计差错，还挽回了巨额损失，一举三得。

高炉建设过程上克难制难、灵活果断的做法，表明公司决策层对工程整体规划有着深层认识。在工程如火如荼展开之时，作为 380m³高炉未来主人的炼铁厂怦然心动，“与建设者同步，与工程风雨同舟”的构想，也显示了该厂领导班子颇有见的的前瞻远虑。

今非昔比。现在炼铁厂厂长安武生可以放手率领全厂 1200 名职工发展凌钢的炼铁事业。但同该厂生产的、荣获国家方圆标志认证的“华凌”牌铸造生铁相反，他的工作经历却鲜为人知。大学毕业后，他从最基层的炉前工干起，炉长、技术组长、车间副主任，一步一个脚印地前进，参加了 1 号、2 号高炉各两次大修改造的重新开炉，300m³高炉的建成投产，他曾是主要参与者之一。丰富的阅历使他这个知识型厂长多了几分精明，更为成熟和老练。1 号高炉开炉的几波几折，300m³高炉开炉条件的先天不足，使他悟出一条道理，观望等待只会痛失良机，及早参与百益而无一弊。因为，380m³高炉最终将由炼铁人自己来操作维护。

生产者参与建设——后来各种信息反馈证明这是一条非常明智的抉择。

当时，炼铁厂形势不容乐观。但他们依然响亮地提出“生产建设两手抓，两手都要硬”的口号。1994 年 6 月初即成立了产前准备小组，熟悉图纸，协助检质，开始在高炉工地上安营扎寨。安武生顾及全面，李祖清偏重电气、设备，张顺义负责工艺，王茂权现场管理，张志安后勤保卫，“铁段长”康虎明负责外出人员培训，以技术见长的王锡全、张宏、孟繁增等人的全力投入更是有备而来。在这里，我们有必要提到炼铁厂副厂长张绍荣。为了 380m³高炉，他独自肩起炼铁现行生产、设备领导的重任，默默耕耘，众口皆碑。

安武生坐在特殊的位置上，深知自己在 380m³高炉建设上扮演的角色决不仅仅是接收单位的头头。他要平衡与施工单位的关系，又要考虑炼铁厂的切身利益。既要有机地掌握参与决策的分寸，又要鼓舞炼铁厂介入人员的情绪。他既要关注现在，又要着眼于将来。因此，他经常参加工程例会了解情况，做到心中有数。在指导部下工作时，又要做望、闻、问、切的思想医生，为职工解愁分忧。

380m³高炉建成投产的意义人所共知。它一旦落成就标志着公司年产 70 万吨钢规模的基础框架业已敲定，其副产品煤气可保证 650mm 轧机和热电厂扩大再生产的需要。小而言之，以后 380m³高炉可成为公司最大的生铁生产基地，同时大量新设备、新技术的应用，不亚于炼铁工艺由传统方式向现代科技转变的一次革命。在安武生头脑中有一个固有等式：先进的高炉炉体 + 稳定优质的原材料知识武装起来的工人 = 量多质高的产品。等式的左边，高炉炉体是冶炼新技术的载体无需多虑，有 30 孔新焦炉作原材料供应的后盾毫无问题，而最关键最主要的

“人”的因素是在炼铁厂的内部。

化被动为主动，以“人”为本。在纷繁复杂的高炉产前准备中，炼铁人成功地扼住了要害，从而漂亮地完成了工作的最佳组合。

实施与风险

“问渠哪得清如许，为有源头活水来。”

早在产前准备组成立以前，副厂长李祖清就开始为380m³高炉计算机系统、液压电器系统招兵买马，物色人选了。他查阅了全厂青年职工的档案，经过认真筛选，终于在文化水平较高的技校生和高中生中选拔出20名程序员和10多名电工。高炉重要岗位人员的配制工作简直像一次临敌前的排兵布阵，李祖清用心良苦，费尽脑筋用意何在？因为，380m³高炉过程控制首次采用世界著名的IBM公司A-B型微机系统，其功能先进，但编排复杂，控制困难，要求操作工必须具有良好的反应判断能力和相应的BASIC语言水准。连程序编制单位专业工程师都感到陌生的新型机种，对那些平时连摸都没摸过键盘的生手来说是多么的艰难、而不知所措啊！第一堂课“卷扬机系统程序”下来，旁听的李副厂长看到学员个个目瞪口呆，就猜到是对专业性特强的英文索引、英文代号组成的“菜单”，“丈二和尚摸不着头脑”，吃不消。通病就用土验方，李副厂长叫大家死记硬背，将英文标记与汉语意义一一对号入座，又请求辅导老师深入浅出，讲与练相结合，反复强化记忆。9月，当他们得知首钢自动化院的一位专家来公司办事，大喜过望。电气组长王锡全不知去了多少趟宾馆，说了多少好话恳求对方传授技术。苦心人，天不负。专家最后终于被炼铁人好客爱学的热情所感动，破例抽出时间为学员们“指点迷津”。

文如其人。380m³高炉段长康虎明虎背熊腰，的确像条钢铁汉子。意味深长的是，他是在3号高炉炉况最好的时候退下来，奉命组建一支高炉“新军”的。他愉快地接受了委任。在采访时，他说他外培工人4个月里坐够了火车，住够了旅馆。去本钢一铁学艺，到唐钢炉前取经，可他们脑海中记忆最深的却是江西之行。

江西新余钢铁责任有限公司是国内唯一应用A-B型微机进行高炉生产过程控制的厂家。炼铁厂对这条消息如获至宝，决定派康虎明带领6名青工前往学习。初来乍到，双手空空，在北京中转时他们巧遇了公司领导郭洪儒。了解详情后，郭洪儒马上奔回冶金工业部地方钢铁司，开出了一张介绍信，权当过关通行的“身份证”。

10月的江西秋高气爽。康虎明把介绍信递上去，从对方的表情变化上就知道了潜台词：不想接待。既来之则安之。他先安排同事在距厂区五六里地的便宜旅馆住下，自己则开始一系列的“外交游说”。精诚所至，金石为开。新钢教委培训处终于同意接纳这些来自北国的求教者。但主管计算机的机动科却谨慎小心，严格控制机器使用范围，只解惑，不授业。6个炼铁学员横下一条心，不取得真经不回家。徐志远白天寸步不离操作人员左右，模仿他们的一举一动；晚上揣摸思考，整理笔记，用顽强的毅力“偷”得了一套硬本领，并以点代面做好伙伴们的传、帮、带。

10多天后，炼铁人终于得到一次实践演练的机会。只见他们娴熟地发出各种指令，各种生产网纹、梯形图便逐一呈现在屏幕上。他们流利地辨别着各类网络图像。第二天，再次上机时，他们发现重要资料均被密码锁死，但康虎明等人却心花怒放。

不虚此行！他们凭着“别人行我也行”的劲头学习到了先进技术，又用自身的一言一行在外树起了凌钢人的良好形象。“千淘万漉虽辛苦，吹尽寒沙始到金”。不难想象，380m^{3}高炉顺利开炉生产的背后是一代炼铁人奉献的火热青春。

寒暑易节，银装素裹。在年味日渐浓烈的1994年岁尾，工程建设一路欢歌，交替重叠，织成一支朝气蓬勃的晨曲交响。380m^{3}高炉如一株拔节的新苗，亭亭玉立于钢城土地上，开始出芽抽穗了。

高炉工程即将竣工，又一个紧张、热烈、急促的旋律开始了。热风炉烘炉—高炉烘炉—装料投产，这三大生产前最艰难、最危险、最集中的工作又摆上每个人的日程。

使用高炉煤气烘烤热风炉天经地义，可380m^{3}高炉一旦采用这个方案，无疑是对本来就供应紧张的高炉煤气一次雪上加霜，直接后果是烧结厂、白云石车间、热电厂停产12天。白白丢掉12天需要多少代价？这是一个让人心痛的数字啊！当代美国著名诗人弗洛斯特写过一首名诗，他说在金色的秋林里有两条道路，他选择了其中人迹稀少的一条走下去，如果选择另一条路景色兴许会全然不同。诗人在这里运用了一个意味深长的象征，它隐喻在碰到问题时的重大择断。为了凌钢的整个利益，高炉基建指挥部全部倾向了高焦混合煤气烘炉这一万全方案。懂得一点常识的人都知道这个最有效方案，其不尽如人意的方面是把发生爆炸的可能性提高了6倍！虽然这个使人提心吊胆的尝试曾给高炉工程带来意想不到的风险与磨难，但它不失为最佳的决定。

热风炉在混合煤气烘烤下平安地度过了18天。1月29日（甲戌年腊月二十九），凌钢人沉浸在节日的气氛中，张罗着年货，布置着房屋。19点45分，几声爆响使许多人放下手中的活计，奔向厂区。正在现场值班的张顺义凭直觉预感到：混合煤气出事了。他和“八五”同志立即通知停止煤气输入并撤掉了明火，把惊恐万分的工人集中到调度室，叫他们不得随意走动。自己和康虎明却不顾众人的一再阻拦，直奔炉台，查出原因：放散管“打枪”。稍候，他迅速告知有关领导并布置抢修准备工作。20 点 40 分，Dg900 管道再次发生爆炸，其配堵板被震裂。在最危险的时候，张学卿、金国钧两位副经理闻讯赶到现场。他们镇定自若地指挥，原因剖析使得人们变得临危不乱，按部就班地投入突发问题处理之中，化险为夷。

事故发生后，段长任自廷带着炼铁厂维修段大部分同志冲锋陷阵在一线。从大年三十儿开始，这支素质过硬的突击队伍活跃起来。更换阀门，安装盲板，焊接封闭，一直忙到正月初六。别人合家团圆，共享天伦之乐，他们却披星戴月，与高炉为伴。虽然远离温馨的亲情，但这群钢铁之子用自己青铜般的手臂架起了一座撼动人心的精神丰碑！他们的事迹很琐细，很平实；却由衷的感人肺腑。任自廷，好一个“兵头将尾”！他的维修工不愧是精兵壮勇！

在 380m^{3}高炉工程上，建设者与生产者合作，实干与创新结合，才使得它在荆棘丛生的施工日子里，柳暗花明，海阔天空。

凝聚与辉煌

辞旧迎新。

进入 1995 年，380m^{3}高炉工程节奏越来越快，时间变得愈发珍贵。积力之所举，无不胜；而众智之所为，无不成。380m^{3}高炉吸引了许多创业者摩拳擦掌，跃跃欲试。

建设者与生产者携手同行，鼓桴相应。金国钧副经理在多次肯定“八五”各处室工作的同时，也对超前准备的炼铁厂大加赞赏，“他们班子团结，干群作风硬朗，职工素质较高。”

俗话说：“编筐编篓全在收口。”但炼铁厂在接收高炉的人员安排上，却一反常规。副厂长李祖清主张横向联合，除专门岗位外，其他部位均由原有 3 座高炉同岗位人员兼任。这一做法改变已往条条框框的区域分割，不再“当局者迷，旁观者清”，从而提高了劳动效率，发挥了专业工种的优势。优化组合，各领风骚，在工程收尾冲刺的日日夜夜里，以王锡全、杨炳福、郭雨春、栾辛、孟繁增等代表的炼铁厂主力精英们，尽显英雄本色。

王锡全面对的是九大系统线路繁杂的电器设备布置。电火无情，一个小小的隐患就可能酿成无法弥补的损失。针对设计与施工中暴露出的问题，采取了积极的补救措施。对高压设备与开关柜的连接进行了重新紧固，并对两个高压配电室、两个低压配电室、4 台变压器、11 个电磁站所有的螺丝进行了检查，对所有存在问题的开关都进行了调整或更换。由于他出色的工作，380m^{3}开炉后没有一次因电器故障而休风。

主动请缨的栾辛不辱使命。A-B 型计算机系统和德国的 AEG 全数控系统都属国内的先进设备，这给维修人员出了一个大难题。他克服了文化水平低的局限，虚心学习，基本上掌握了各系统的特点。在配合本钢修建公司的调试过程中，他积极提出自己的主张和见解，参与探尺定位研究，历时五天一挥而就。对槽下68台（套）重要电机重设的接地网络，原料运料皮带的改造，液压炮控制方式的革新，他更是冲锋在前。为了确保主卷电机的正常运行，他还加装了冷却报警装置。特别是他凭着非凡的毅力与决心，对AEG的各种原始数据进行了归纳整理，为炼铁生产留下了极为宝贵的数据。

设备组长杨炳福，打破施工单位对部分资料的封锁，深入现场，利用手头的图纸和技术手册编写教案，对17个工种的职工进行岗前培训，使职工们在学习中对理性掌握设备技术性能到感性认识达到了一体化，各有所成，各有所长。

在380m^{3}高炉验收过程中，他率领技术骨干提出了120多项设备上的问题，并及时与“八五”指挥部沟通，全都做了妥善处理，为建成高质的高炉立下汗马功劳。

电工工段郭雨春严查细管，功不可没。电工段65%的工人是新鲜“血液”，无形中加重了老郭的工作负荷，既要考虑好这部分人的安全和技术提高，又要做好380m^{3}高炉的产前准备。他对全段的每名同志进行了排队，以新老搭配，共同提高的原则，将高炉的电器设备分片包干。鉴于300m^{3}高炉开炉的经验和教训，他对于多发性和重点设备追踪调试，不怕吃苦受累，连续半个多月吃住在现场，以高度的责任感和对工作的高度责任心，为380m^{3}高炉的投产做出了突出的贡献。

“兵马未动，粮草先行”。原料段长孟繁增担子不轻。他接到原料皮带运输系统的交接任务时，施工单位人员都已回家过年。为了赢得时间，孟繁增指挥职工马上进入岗位，完成自行接收。他们边上料边调试，进行皮带调整，处理了挡皮又更换了托辊架。在处理8号转运站落料中，连续工作两天两夜，直到2月7日球团的8个料仓全部上满，焦、矿皮带处于正常运转状态为止。

没有宣扬，没有索要，一如平常。这些普普通通的同志，用忘我的工作把人格的力量尽情挥洒，让人钦佩，让人折服。为高炉呕心沥血，他们是强者。他们奉献之后留下的却是无私的奉献。

安武生为380m^{3}高炉茶饭不想。没有规律的休息，使这条铁汉身体状况越来越糟。在患病期间，他每天一输完液就往班上赶，一待就是一个昼夜。在开炉前他又染上了重感冒，浑身无力，就吃止痛片顶着；嗓子哑了，就含两片“草珊瑚”。他也是常人，他说他也困，但想到尚未到达终点的高炉工程却又睡不着。李祖清在高炉收尾时，得知一个不幸的消息，远在沈阳的母亲脑血栓病危。慈母危难，当紧随身边，全心相报，这是人之常情。他几次想开口请假，但看到于、金两位副经理都带病工作，欲言又止。忠孝不能两全，春节期间他叫妻子到母亲床前代为照料，自己却靠一箱“康师傅”填饱肚子继续工作。初一晚上他高烧40℃，可硬撑着工作，坚持不去医院，因为他实在放心不下他主管的电气和设备。王锡全即便在春节，也只是抽空回家吃了一顿饭，而后又匆匆赶回了现场。但在工作业余，他授课却高达150节以上。栾辛关节炎复发，当时不敢走动，领导下令叫他休息，可他硬是咬牙挺了过来。杨炳福工作连轴转，不知道哪天是礼拜日。郭雨春、孟繁增、吴中喜一心扑在工作上，淡忘了家庭、妻子、儿女……

“我们是党员”——一个多么响亮的回答！榜样的力量是无穷的，他们不愧为工程的“中流砥柱”！

进入2月中下旬，高炉施工亮起了倒计时的牌子，群情振奋，向工程发起最后决战。在高炉工地，从上到下都是麻利的对话，没有啰唆的叙述和太极拳般的推来挡去，齐心协力和一针见血是工作的鲜明特色，该谁完成的任务，都被一丝不苟地盯住，有的准备都似接力赛跑一样紧锣密鼓，往来传递着。

催人奋进的3月，耸入云天的高炉，涂满建设者的意志，生产者的士气，那是任何困难无法阻挡的奉献的源泉，那是凝聚与奋飞的新的潮流……380m^3高炉主管工程师孟宪馥，眼睛布满血丝，头脑处于高度的工作状态之中。“缜密、精确”，他反反复复叮嘱自己。炉料的确定，配料的综合计算，是成功开炉的要素，不可有丝毫纰漏。他闷在屋里整整推敲一个昼夜，五易其稿，直到天边露出鱼肚白。但他知道，现在尚为时过早，笑在最后方笑得最好。

原料工段的同志们早早地把焦炭、干渣、锰矿、石灰石按要求运抵到位，他们要亲眼看看这些精加细选的“贡粮”是如何熔炼成朝思暮想的生铁的。

各就各位，专司其职。开炉方案上，炼铁厂把整个工作分成21个系统，后面标明责任者，明文规定：各系统的第一位置人员对相应系统负责，不得有误。

单体试车结束了，微机程序编录结束了，所有的仪表开始投入运行了，准备就绪！人们纷纷涌向高炉。于、金两位副经理健步来到上料运转平台，安武生不动声色地坐在主控室里，张顺义加紧与各部门联络，所有的人都在祈盼、祝愿：380m^3高炉装料投产，一帆风顺！

3月6日17时50分，李祖清冷静地举起对话机：“上料！”顿时工地淹没在振聋发聩的机器振动声中。

那是让人刻骨铭心的五天六夜！在设备满负荷的状态下，主卷扬主令控制器3次发生故障，装料系统被迫多次停车，人们坏了查，查了换，宽衣解带终不悔！饿了，啃一块馒头就一口咸菜充饥；乏了，忙里抽闲，在工具箱上或水泥地上歇一会儿。

吴树忠，这位称量班的班长已经加班整整45天了，嗓子哑得说不出一句话来，走起路来像踩着棉花，没有一点力气。他是班里的“主心骨”不能倒下，他硬咬着牙顶着。厂领导的眼睛湿润了，心疼得拍着他的肩膀说：“开完炉一定好好睡一觉。”

除尘工段段长刘弟是回族，自己在现场顿顿与方便面结缘，但他自己却掏出200元钱给奋战的兄弟们买来飘着油香的饭菜。他是个工作狂，半个多月未回过家，妻子的商店因没人进货而关门。好多人劝他休息一下，他却说：“我即使回家了，心也在这里，还不如不回家愉快。”没有豪言壮语，一番实实在在的表现更让人为之动情！

人心齐，泰山移。一段小插曲过后，高炉装料试产过程归于风平浪静。10日6时26分，高炉点火。由于炉况处理得当，晚18时，高炉顺利出渣。炉前工们欢呼雀跃，因为他们创造了300m^{3}高炉级别开炉的历史纪录！

越是顺利越是要倍加小心。段长康虎明、技师王本刚手持着吹氧管，守在烟熏火烤的炉台上。20时28分，他们冲破渣口，任赤红奔腾的铁水喷涌而出！他们是播种者又是收获者，因而无比骄傲和自豪！

铁梦成真。380m^{3}高炉的试产成功如一声爆响春雷，给复苏的辽西大地一个惊喜！远在香江一岸，正与港商谈判的公司领导，手拿着报捷的传真电报更觉得扬眉吐气，信心十足！

钢筋铁骨，笑谈征程千般险；
忆往论今，漫道雄关从头越。

凌钢的3月，来自西西伯利亚的寒流，根本无法掩遮钢城人心中涌动的暖流；铿锵的鼓点溢满了两年的雨露，把铁花绽放的消息传向四面八方。

凌源钢铁公司：

欣闻你公司380m^{3}高炉竣工投产，特向你们并通过你们向凌钢全体干部职工表示热烈的祝贺，向参加此项目建设的同志们表示亲切的慰问！

此项目的竣工投产，标志着凌钢的生产规模、发展水平进入了一个新的阶段，标志着我市的钢铁工业迈上了一个新的台阶。希望你们再接再厉，乘势前进，在推进我市富民升位过程中，做出更大的贡献！

中共朝阳市委
1995年3月11日

望百尺高炉，灯火阑珊；思悠悠铁魂，心潮澎湃。380m^{3}高炉，天上的一线极光是炉前工撩拨的紫月亮吗？那滚流如缎定是凌钢绵延的憧憬，那耸耸于天的高炉定是凌钢飘舞的裙裾！听，有生命的炉水，不停地敲动炉体，响起和谐的清歌，走过去，我们提起来的是红红的天空。我们幻想涂满阳光的未来，凌钢会像一支词牌，一遍一遍吟诵塞外的丰腴。

是的，回望那金橘色的铁瀑，凌钢新一轮太阳正在升腾。我们不难想象，多次亲临公司并指示“要把争当我国中型钢厂的排头兵作为总目标”的闻世震省长，得知380m^3高炉建成投产的喜讯时，会是怎样的高兴啊！

士别三日，当刮目相看。

闻省长此时眼中的凌钢定是一幅风含情、水含笑、妖娆多娇卷帙浩繁的画篇！

前进，前进，再前进。

（作者为原《凌钢报》记者）

风雨同舟

中冶连铸施工建成的凌钢板坯连铸机

中冶京诚工程技术有限公司设计的
高线机组厂房外观

中国三冶集团有限公司施工的棒材生产线

河北安装公司拆除
凌钢原4号高炉

河北安装公司承建的4号高炉

蓝星环境工程有限公司负责施工的凌钢污水处理工程

2009年，山西地矿公司在凌钢桩基施工

由原凌钢修建部改制组建的凌源兴钢建筑安装有限责任公司

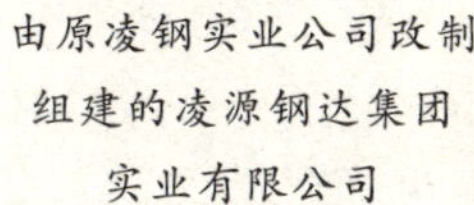

由原凌钢实业公司改制组建的凌源钢达集团实业有限公司

凌钢医院住院部，现在凌钢医院已经改制成为凌源钢城中心医院

凌钢支持凌源市的教育事业，
捐资助教仪式现场

凌钢连续 14 年帮扶的
凌源市牛营子乡

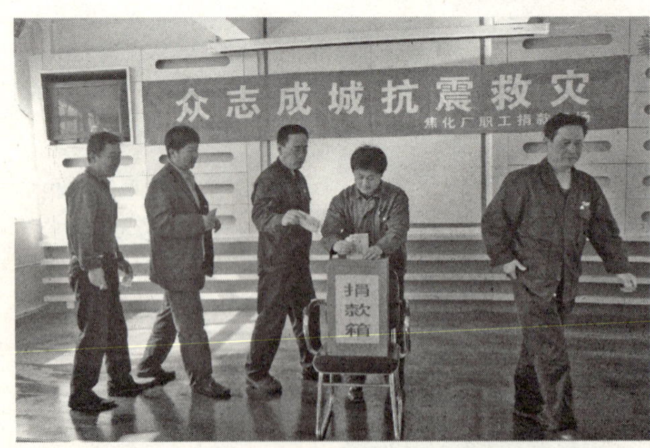

2008 年汶川地震后，凌钢职工积极
捐款，奉献爱心

汶川地震后，凌钢定向捐款建设的
“锦江凌钢红十字博爱小学”

凌钢连续多年扶贫帮困，
实施精准扶贫

1995 年，凌钢委托东北大学
培训的 60 名双学历大学生

鞍钢董事长刘玠来凌钢交流

辽宁科技大学校领导到凌钢参观

本钢集团董事、工会主席、技术学院董事长、院长杨成广与张振勇董事长亲切会谈

辽宁科技学院副校长丛树林与凌钢招聘负责同志交流

在凌钢这片热土上

辽宁科技大学

2011年8月18日，一个阳光灿烂的日子。辽宁科技大学（以下简称辽科大）党委书记杨路、校长孙秋柏率领全校中层干部60余人奔赴凌钢，亲身感受优秀校友、凌源钢铁集团董事长、总经理张振勇和党委书记郝志强带领的凌钢人创造的辉煌业绩。走在厂区宽敞的大道上，置身于火热的生产一线，从党委书记、校长到随行的普通干部，每个辽科大人的脸上都写满了自豪和骄傲——他们为优秀校友们取得的优异成绩点赞，为多年来学校人才培养取得的可喜成果点赞，为凌钢对冶金工业发展做出的突出贡献点赞。

辽科大——凌钢人才的摇篮

打开《凌钢宣传》，时时会被“凌钢人创造的奇迹”（朝阳市市长王明玉语）而感动和震撼！这是一群“一往无前、善打硬仗”的人，他们在贫瘠的辽西大地上创造着钢铁工业的奇迹。近年来，凌钢进行了两次脱胎换骨的大规模改造，实现了高速度、高质量发展。这个朝阳市最大的企业，五年时间，产能一厂变三厂，完成了装备大型化、工艺自动化、管理信息化、生产节能化，进入了中国钢铁工业的前30位。

火红的年代，火红的事业。在凌钢的近12000名职工中，有一大批优秀分子担纲挑大梁，成为凌钢各个领域的中坚力量。这批人有着一个共同的身份和名字——辽宁科技大学校友。仅从1999年到2016年，就有705名辽科大的优秀毕业生到凌钢就业，融入凌钢建设发展的洪流。几十年来，在凌钢这片热土上，几代辽科大毕业生在拼搏奋斗，实现着自己的人生价值。

一届一届辽科大毕业生能够顺利地到凌钢就业，这得益于董事长张振勇和党委书记郝志强。20世纪80年代初，他们从鞍山钢铁学院（辽科大前身）一毕业，就奔赴辽西，投身凌钢的建设事业，并将自己的青春和才智全部奉献给了凌钢。他们以自身的实际行动不仅为母校辽科大争了光，也实实在在地打动了凌钢。

正是因为他们打下的良好基础，在凌钢，“鞍山钢院的学生”已经成为品牌。上至企业领导班子成员，下至生产车间的班组长，凌钢人对辽科大毕业生抱有极大的信任和好感，对辽科大毕业生表现出的脚踏实地、吃苦耐劳、踏实肯干、奋发有为的优良品质交口称赞。多年来，凌钢始终面向辽科大敞开怀抱，欢迎更多的辽科大学子到企业发展。辽科大也真正成为名副其实的“凌钢人才的摇篮”。

每年，凌钢人力资源部领导都会亲自带队到辽科大招聘毕业生，一年至少来三次以上。即使在高校就业形势十分严峻、全国钢铁行业面临着去产能的巨大压力情况下，凌钢也会想方设法地为辽科大毕业生提供更多的工作岗位，仅2014年到2016年，就招聘辽科大毕业生200余人，是国内众多国有钢铁企业中接收辽科大毕业生最多的企业。

特别让辽科大人敬重和感动并念念不忘的是，凌钢招聘人员身上那股子务实肯干、高效敬业的精神。每次来辽科大招聘，为让毕业生们非常满意地加盟凌钢，他们总是不厌其烦地一遍遍宣讲凌钢的用人政策；为让更多的有意向毕业生如愿以偿，他们把在其他高校招聘的计划毅然转给辽科大；为把招聘工作做实做细，他们每天都工作到晚上10点多钟。他们把凌钢人特有的朴实作风带给了辽科大，鼓舞和感召着更多的优秀学子义无反顾地选择凌钢。

几十年来，辽科大为凌钢输送了一批批优秀学子，他们与凌钢一同成长、并肩前行，同甘共苦、共铸辉煌。无论是艰苦创业、举步维艰的时候，还是加快发展、“做强凌钢”的时期，他们都在！是他们用聪明才智和辛勤汗水支撑着凌钢的发展壮大，并在凌钢的历史上创造出一个又一个“奇迹”。正如张振勇董事长2011年8月18日在向到来的母校领导和老师们介绍凌钢业绩时说的那样：“30年来，是老钢院精神时刻激励着我们，扎根辽西，扎根凌钢，艰苦奋斗，奋发图强。我们不仅要打造全新的凌钢，也要为母校增光。”正是因为有着一大批优秀校友立志为中国钢铁工业的发展尽心竭力，不畏艰难，吃苦耐劳，踏实肯干，大有作为，辽科大“博学明德、经世致用”的校训才得以不断传承弘扬，“勤奋向上，求实创新”的校风才得以不断发扬光大。

凌钢——辽科大毕业生成长的沃土

凌钢位于辽宁省朝阳市的凌源市。凌源是个人杰地灵的地方，在这里，曾发掘出属于距今5500年至5000年前新石器时代晚期红山文化的牛河梁遗址。今天，在这片孕育着中华文明的大地上，一条大凌河浩浩荡荡、奔涌向前，一座现代化钢厂巍然矗立、光彩照人。在凌钢，几代辽科大人奋斗在各条战线上，他们为凌钢的发展做出巨大贡献，不仅被凌钢的历史所铭记、也被广大的凌钢人所称颂。

优质的钢材质地必须上乘，优秀的人才品质必须优良。1978年，恢复高考第二年，张振勇以高分考取鞍山钢铁学院（辽科大前身），成为焦化专业1978.1班的一员。求学四年，张振勇学习优秀，担任学生干部。1982年，他大学毕业，选择到凌钢工作。当时的凌钢，生产落后，人才匮乏，上上下下，求贤若渴。当听说鞍山钢院的大学生要来了，企业安排仅有的一部吉普车去车站接人。当年，张振勇和同学们面对凌钢的现状，也有过犹豫，也打过“退堂鼓”。但是，是老钢院人固有的责任感和使命感，使他们战胜自己，坚定地留了下来。张振勇从基层做起，担任生产现场技术员，崇尚实践，埋头苦干，同工人一起摸爬滚打，一步一个脚印，先后担任焦化厂厂长、副总经理、董事长、总经理，成为凌钢的掌门人，但本色不改。

“填补多项空白的革新者”王文军，1996 年毕业于鞍山钢院金属压力加工专业。大学毕业后，他就奋战在凌钢生产一线，将青春智慧奉献给凌钢轧钢技术革新和改造，曾多次获得凌钢科技贡献奖和“劳动模范”称号。他率队不断攀登技术革新高峰，在凌钢首条棒材连轧生产线的工艺设计上填补凌钢空白；组织指挥凌钢 1 号棒材、2 号棒材达产达效，技经指标和产量均达到同行业先进水平；组织指挥凌钢首条高线的产前准备、工艺设计和达产达效，再次填补凌钢空白；参加凌钢三期技改工程，负责工艺和设备的设计审查与交流、产前准备及达产达效等工作，填补凌钢大规格圆钢空白。在火红的炉台前、火热的轧机旁，他守候着日夜星辰，也守候着属于自己的那份责任。他说：“很幸运参加并见证了凌钢轧钢事业的发展，能够得到公司的肯定，作为一名技术人员，我感到非常幸福。”

“要干就干出个样子来！”这掷地有声的话语出自 1994 年毕业到凌钢工作的冯亚军之口。在校学习四年，冯亚军学习成绩始终专业排名第一。毕业时他坚持到基层、到最艰苦的地方锻炼自己，在凌源一干就是十几年。35 岁，他担任凌钢集团公司焦化厂厂长，成长为最年轻的正处级干部。在凌钢跨越式大发展进程中，他全身心投入到技改工程中，带领焦化厂大胆创新，战胜困难，取得了骄人业绩。

“凌钢让我的人生更精彩！”2007 年毕业于辽科大的路丰是个来自甘肃农村的小伙子，招聘会上如愿签约凌钢，他欣喜若狂。初到凌钢，感到凌钢是个朝气蓬勃的企业，他庆幸自己来到凌钢，并要通过努力找到属于自己的位置。炎炎盛夏里，工作服湿了干，干了湿，结上一层厚厚的汗碱；数九隆冬中，轧机上的冷却水经常把棉衣喷湿，穿着厚厚冰碴的棉裤，一个班顶下来，愣是把棉裤捂干了。2012 年 8 月，他被破格从一名调整工提拔为 1 号棒材工段段长，成为了一轧厂最年轻的段长，带领工人们为凌钢轧制最优质的产品。

还有很多很多这样的例子，不胜枚举。可以说，凌钢不仅成为辽科大广大毕业生首选的就业单位，而且也成为他们日后成长发展进步的一方沃土。在这里，一批批优秀人才在火红的事业中成长起来，脱颖而出，堪当大任，走上重要的管理和领导岗位。他们热爱凌钢，珍惜每一个发展的机会；他们注重实践，努力在实践中增长才干。是凌钢的好政策、好导向、好机制、好环境培养造就了他们，激发出他们为冶金行业发展争做贡献的热情和斗志。

校企合作——共育科技创新之花

办学 68 年，辽科大始终坚持“立足冶金，校企合作，注重实践，培养踏实肯干、适应发展的应用型高级专门人才”的办学特色，以宽口径、厚基础和强能力为着眼点，全面培养具有创新精神和实践能力的高素质人才。

学校坚持为冶金行业服务，大力推进校企合作、协同创新，实现产学研结合。学校鼓励教师到生产现场去，参与企业技术改造和科技创新。在与凌钢的合作中，化学工程学院副院长白金锋教授带着科研团队走在前列。

2007 年，凌钢还是个 200 万吨级的钢厂，尽管经营业绩不错，但总体规模和部分装备水平处于国家产业政策淘汰落后的边缘。以张振勇为首的凌钢新一任领导班子认为，要向加快发展求生存。2007 年 9 月，凌钢启动了 350 万吨钢改造工程，举全公司之力打好这场战役。到 2009 年初，凌钢 350 万吨钢技改工程的大幕刚刚落下，集团公司投入 2.8 亿元的焦化技改工程又拉开战幕。

事实上，白金锋教授带领的煤焦化团队一直关注凌钢的发展，并多次与团队教师深入凌钢生产现场解决实际问题。在得知凌钢需要进行生产扩产改造时，于 2008 年初组织团队成员到凌钢焦化厂和设计院进行对接，并多次将准备的技术改造方案与凌钢焦化厂、设计院和技改部进行交流，提出技术改造优化解决方案。最后，凌钢选定了白金锋教授团队的技改方案。“公司领导对白金锋教授设计的焦炉改造方案非常满意，计划在 9 个月内完成焦炉的技改工作”。方案解决了焦化厂厂区空间小，诸如煤场扩容改造难度大、焦炉需要按极限面积扩容、增加环保设计空间不足等问题，最后使凌钢成为单位厂区面积产钢量高的钢铁企业。

为做好这个校企合作项目，团队教师利用休息时间和课余时间经常奔赴凌钢，深入现场了解情况，并针对现场改造问题与企业领导和技术人员进行深入交流，使该项改造工程能够顺利实施，并与 2009 年底实现开工，为凌钢抢先占领市场，为辽西北地区经济发展以及自身竞争力夯实提供了重要基础。

徐君教授作为工程项目现场负责人，积极组织设计方案的讨论及现场施工事宜；奚白教授积极组织设计方案的讨论及参加现场施工事宜；钟祥云老师积极配合技术人员参加煤场扩容、炼焦炉改造等相关图纸的设计工作以及参加生产现场建设工作；张雅茹老师积极参加炼焦炉改造、煤气净化车间改造等相关图纸的设计工作，以及参加煤气净化生产现场的建设工作。

方案确定后，焦化技改工程即刻上马。当时，优秀校友、凌钢焦化厂厂长的冯亚军担任该工程项目经理。白金锋教授和自己的学生冯亚军联手组织该项目的实施。为落实凌钢提出的“在不影响现有焦炉正常生产的条件下进行改造，并使焦炭产量在原有基础上提高 75%”的要求，工程在原有生产线上进行。生产不能停，施工工期紧，场地极其狭窄。面对一系列困难，白教授、冯亚军带领技改团队迎难而上，殚精竭虑。

煤气风机不停，动火作业容易引起煤气着火爆炸，可为减少公司生产损失，冯亚军在前期充分考虑各种因素，制定了精细施工方案，使得电捕焦油器煤气管线改造在风机未停的情况下顺利展开。工程后期，他连续半个多月天天吃住在现场。在进入扒封墙的关键点时，三冶公司扒机侧封墙用了29个小时，他看到若焦侧还是这个速度，势必耽误四车联动试车时间，遂决定由焦化厂自行完成焦侧扒封墙的任务。扒开后，炉内热量大量外泻，温度高达650℃左右，人难以接近，即使有专业工具，也只能作业几分钟，就得换人，顶着滚滚热浪、粉尘，大家轮番上阵，用23个小时，就拿了下来，为四车联动调试赢得时间。

240多个夜以继日的艰苦鏖战，11月16日，新焦炉第一炉焦出炉，标志着2009年凌钢最大的技改项目——焦化工程整整提前一个月投产，按同型焦炉最快建设周期为16个月，冯亚军带领技改人员只用了8个月。焦炭产能由此增至70万吨，当时焦炭自给率达到50%，为凌钢的发展和壮大提供了强劲的动力源。

这次校企合作，锻炼了辽科大的专业老师，使他们积累了相当多来之不易的生产经验和技术资料，如现场工程建设理念引导老师们从设计建厂角度考虑相关工艺技术问题。这些也为辽科大煤化工专业建设奠定了工科应该具备的工程基础。

几年以后，回忆这次合作，白金锋教授仍然感慨："根据凌钢发展总体规划，在实现产业升级的同时，公司于2008年底要实现350万吨钢的发展目标。但与之配套的焦炭产能难以满足高炉用焦要求，为此公司决定将焦化改造升级工程作为公司发展的重点建设项目。预计该工程投产后，凌钢将达到350万吨的生产能力，并为公司未来市场发展带来显著的经济效益和社会效益。凌钢面对2008年的金融危机，逆势发展，以最低的生产技术改造成本实现了最大的生产效益，并在2010年钢铁产业回暖时获得了效益最大化。"

日出东方，海向五洲。百年树人，百炼成钢。今天，在高等教育滚滚向前的发展大潮中，辽科大犹如一座巨大的钢铁熔炉，冶炼人才，熔铸特色，为凌钢转型升级、为冶金工业发展、为东北老工业基地振兴、为经济社会进步提供更为坚实的人才智力支撑。

（作者为辽宁科技大学党委宣传部杜薇）

东大筑梦 凌源飞翔

东北大学

半个世纪前，苍茫的东北大地诞生了一个理想与信念并存、责任与诚信共生的钢铁巨人——凌源钢铁。她用其智慧与汗水浇灌着新中国的钢铁萌芽，推动并见证了我国钢铁事业的蓬勃发展，为东北老工业基地建设作出卓越贡献。同样是在白山黑水之间，与国家民族复兴战略同向同行的巍巍学府——东北大学，以其高度的历史使命感与社会责任感孕育着国之栋梁，为国家及地方经济发展提供人才支持，为我国新型工业发展注入无限科技动力。

同是植根于辽宁这片充满活力与希望的热土，凌钢与东大之间有着同宗同源的“血统”和与生俱来的“默契”。“自强、诚信、求实、创新”的凌钢精神鼓舞着一代又一代凌钢人克服困境、勇往直前；“自强不息，知行合一”的东大校训则激励着一批又一批莘莘学子投身报国、开拓创新。“激情工作，务实高效”的企业作风凸显着凌钢人的活力与才干；“踏实肯干，勇于担当”的工作态度则诠释了东大学子的求是与严谨。“精细管理，精益求精”的企业管理理念为凌钢的改革发展带来了更加广阔的空间；“学生为本，服务为先”的就业工作理念则为东大毕业生提供了施展才能宽广平台。共同的价值观念与发展理念使凌钢与东大在为国分忧、实干兴邦的实践过程中达成了精神上的高度统一。

同样是服务于国家新型工业发展战略，凌钢与东大之间又有着相似的发展印记和突出的工作业绩。从最初的“10 万吨铁、7 万吨钢、5 万吨材”，到如今的 600 万吨年产钢能力、中国企业 500 强、中国制造业企业 500 强企业；从产品种类单一到涵盖钢铁、资源、新材料、综合类四大业务板块，凌钢人用激情和梦想为我国钢铁产业的发展注入了强劲动力，为我国工业发展初期建设奠定了坚实基础，为近年来振兴东北建设提供了重要保障。从第一台自主设计小高炉到第一块超级钢炼制成功；从研制国内第一台模拟电子计算机到创办中国第一个大学科学园，再到孵化国内首家上市软件企业东软集团、建设大数据科技园，东大人用勤劳和智慧引领了新中国工业发展的整个领域，并在科技成果创新及转化上取得了巨大成就。不同的发展路径和行业特色从未影响凌钢与东大服务国家建设的整齐步伐。

进入 21 世纪，伴随着民族复兴和国家繁荣的时代浪潮，凌钢与东大也迎来了“合作共赢、互促互利”的偕同发展新时期。自 2005 年东北大学学生指导服务中心成立至今，东大与凌钢之间建立了深厚的友谊与合作桥梁，每年都组织举办校园宣讲会，并参加我校毕业生就业双向选择洽谈会。近年来，凌钢为东北大学冶金、采矿、勘探、机械、电子信息工程等60余名专业毕业生提供就业岗位，东大毕业生也在凌钢提供的广阔天地中尽情施展才能，其中不乏卢亚东、毛凤海、郭宝志、马晓勇、杨怀东、倪静峰、陈志芹、张宏……

未来，我们坚定东北大学与凌源钢铁的合作之路会越走越宽；未来，我们笃信会有越来越多的东大学子就凌钢之业；未来，我们祝愿东大人在凌钢也会更加繁星璀璨。东大与凌钢共同化为飞翔成功的双翼，铸就辉煌的未来！

风雨同舟几十载　携手共筑凌钢梦

辽宁科技学院

2016年是凌源钢铁集团有限责任公司建厂50周年。回眸历史，一代代凌钢人努力拼搏、锐意进取，将企业建设成以钢铁为主业，兼营新材料、新能源、矿产资源、金融、地产的大型国有企业集团。下辖凌钢股份（上市公司）和5个参股公司，受托管理朝阳龙山资产管理公司。公司现有资产总额270亿元，年产钢能力600万吨，在岗职工11500人，人均产钢500t。2014年产钢513.8万吨，实现营业收入272亿元，是中国企业500强、中国制造业企业500强之一。

辽宁科技学院坐落在辽宁省本溪高新技术产业开发区，是一所以工科为主、多学科发展的省属普通本科院校。学校的前身是始建于1948年的本溪冶金高等专科学校，隶属于原冶金工业部。曾先后经历了本溪工科职业学校、本溪煤铁公司工业专门学校、本溪钢铁工业学校、本溪钢铁学院、本溪钢铁学校等阶段。1997年被教育部确定为27所全国示范专科重点建设学校。2004年5月，经教育部批准，学校升格为本科院校，更名为辽宁科技学院。60多年来，学校共为国家培养各类人才9万余人，为冶金行业和地方经济社会发展做出了重要贡献，毕业生以专业基础扎实、实践应用能力强、吃苦耐劳、勤奋务实的职业素质立足企业与社会，表现出我校毕业生的特色。

学校在近70年的发展过程中，与凌钢集团建立了深厚的友谊，同时也得到了凌钢集团的大力支持与帮助，大批毕业生在企业的发展中找到了适合自己成长的空间与平台，也为企业的壮大贡献了辽科大学子的一份光和热。“自强、诚信、求实、创新”的企业精神，与“明道明德、求新求实”的校训有着异曲同工之妙，折射出凌钢与辽科大在育人方面的相似之处。正是基于此，校企间的交流与合作愈发紧密。凌钢集团曾多次热情接待辽科大的各类参观团、毕业生调研团、社会实践团、科技协同创新团等。积极为辽科大的发展搭建产、学、研平台。

最令辽科大感动的是，在2014年校园招聘活动中，凌钢集团于当年的10月21日受邀进校开展招聘，在当时经济环境已经不是很好的情况下，通过宣讲、面试等环节最终与75名毕业生达成就业意向。很多毕业生听说凌钢招聘，都早早就来到宣讲地点排长队等候。这足以说明集团对毕业生的吸引力之强，为辽科大的毕业生就业工作做出了巨大贡献。仅仅过去两个月，学校面对日趋严峻的就业形势和压力，再次向集团发出了邀请。这次邀请可谓是意义重大，因为按照常理，企业来校招聘都是一次性完成的，特别是像凌钢这样的大型国有企业。辽科大之所以突破常规的向凌钢发出邀请，一来是源自部分学生的强烈要求，二来是源自辽科大与凌钢集团多年的深厚友谊。最终凌钢集团再次录用了 16 名毕业生。成为当年辽科大签约最多的单位！几年来，凌钢集团已经成为辽科大每年毕业季首个来校开展专场校园招聘的单位！

校企合作育英才

辽宁冶金职业技术学院

辽宁冶金职业技术学院隶属本钢集团有限公司，是一所面向全国招生的全日制高等职业院校，是辽宁省唯一一所培养技师的国家级示范学校。学院秉持“人本、尚学、厚德、至精”的核心价值观，树立“德能并举、理实一体”的办学理念，坚定不移地走校企合作、产学研相结合的办学之路。学院以就业为导向，着眼冶金企业，大力开展校企合作，实行订单培养。积极探索和实践校企合作培养高技能人才的模式。坚持走出去、请进来，积极寻求与企业的紧密合作，密切关注企业对技术工人的需求，结合地方经济发展的需要设置专业，与企业建立紧密的伙伴关系。

凌源钢铁集团是以钢铁为主业，兼营新材料、新能源、矿产资源、金融、地产的大型国有企业集团。企业的发展离不开人才的引进。2008 年 5 月，学院与凌钢开始首次合作。8 年时间通过校园招聘、定向委培、自主就业等方式为凌钢输送了 1320 名合格的一线技术人才。目前，许多毕业生已经成为凌钢各个岗位的中间力量，校企之间建立了牢固的合作关系。

回顾与凌钢合作 8 年的历程，不仅见证了凌钢的飞速发展及对辽宁经济做出的巨大贡献，同时也见证到了凌钢人的敬业和务实精神。

领导重视，使校企合作顺利开展

2013 年年初，本钢集团董事、工会主席、技术学院董事长、院长杨成广到凌源钢铁集团走访考察，与凌钢张振勇董事长亲切会谈，双方就校企合作、订单培养进行了深层次的交流，达成了定向委培、订单培养的合作意向，正是由于双方领导的高度重视才成就了校企合作的辉煌。

优质的就业服务是校企合作成功的纽带

从 2008 年 5 月开始，凌钢通过校园招聘招录技师学院毕业生，从招聘信息的发布、宣传动员、报名、组织专场招聘会、配合企业面试考试、学生入职前教育、送学生到企业报到等，学院为企业招聘提供了全方位优质的服务。在招聘过程中，企业招聘人员和学院工作人员本着公开、公平、公正的原则，严格把关，通过面试、实习操作层层筛选。几年间，先后有 445 名优秀毕业生成功被凌钢录用，并逐渐成为凌钢集团一线生产的骨干力量。

优秀毕业生在企业迅速成长

学院领导对到企业工作的毕业生寄予了很高的希望，学院副院长林士祥、教务处处长曹洪利、招生就业处处长李伟多次到企业与优秀毕业生见面座谈。鼓励学生要坚持终身学习，尽快适应环境融入企业；要有抱负，坚持职业梦想，勇于承担责任；在工作中要注意安全，虚心学习，不断提高技能水平。

定向委培使校企合作再上新台阶

2011 年年初，校企双方达成了从凌源本地招生 900 人到辽宁冶金技师学院学习两年的合作意向。学院根据企业在发展中的用工需求，与企业达成协议，变企业招工为学院招生，学院和企业双方共同制定教学计划、课程设置、实训安排、毕业考核和毕业生的接收等学生学习和实习全过程。双方还协定，学生入校第二年到企业定向顶岗实习，由校企共对学生进行管理，使他们的专业和技术能够适应科技的进步和岗位新技术的需求，使学生能尽快地完成角色转变，提升技能，更好地适应企业生产需要。2013 年 7 月，879 名定向委培学生顺利完成学业，被分配到凌钢各个岗位，成为凌钢各生产战线的新生力量。

学院今后会不断深入教育教学改革、努力提高人才培养能力，努力践行“产教融合、校企合作”的人才培养模式，使学生们能够学到新颖、实用知识的同时也吸收企业的管理理念和企业文化，为企业提供适合企业需求的优质人才。

奋斗十八载　共筑凌钢梦

凌源钢达集团实业有限公司

光阴似箭、岁月如梭，今天我们迎来了凌钢建厂50年的华诞。50年，在历史的长河中只不过是沧海一粟。但是，50年的历程，对每个凌钢人来说，都是难忘的。50年，凌钢经历了时代的变迁和发展，借着改革开放的东风，不断走向辉煌。

今年，也是钢达人下岗再就业的18年。18年是一段历程，是一个台阶，是一本翻过的书卷。回顾过去的18年，我们在为钢达人走过的历程而感到自豪的同时，更多的是怀着一颗感恩的心，来共庆凌钢50年的华诞。在过去的18年，是钢达人创业—发展—壮大的18年。钢达集团实业有限责任公司是在20世纪90年代末、21世纪初，在国企体制改革，减员增效、下岗分流的背景下，以凌钢实业公司下岗职工为主体，通过并轨、改制而成立的股份制民营企业。18年来，钢达人发扬“艰苦奋斗、顽强拼搏、忠诚钢达、服务凌钢”的企业精神，紧紧依托凌钢、服务凌钢，走上了一条从无到有、从小到大的发展之路。到目前为止，钢达公司已经拥有耐火材料生产、仪器仪表制造、机电制造维修、劳务输出、建筑设备安装、矿产品深加工、钢结构加工、制作安装、房地产开发、商业贸易、物流公司、生活服务等产业，实现了由成立初期的短、平、快的劳动服务型的经营方式向资产管理型的多元化模式的转变；实现了单纯为了解决下岗职工就业和吃饭问题向建设企业文化和抓党建工作、全面发展的新局面。

公司现在拥有职工1800人，其中高级管理人员30人，高级专业技术人员30人；集团下设11个子公司，拥有固定资产1.2亿元。公司的冶金行业测温热电偶系列产品，被评为辽宁省、朝阳市名牌产品，不仅占领了省内市场和东北冶金行业市场，还远销到河北、内蒙古、天津等地，并且打入了东南亚的国际市场；修建设备安装有限公司，具有国家颁发的三级资质证书，承揽了凌钢、承钢、霸州钢铁公司，还有河北前进钢铁公司的设备维修、安装工程并长期负责设备维修包保工程，为企业的发展奠定了良好的基础。

钢达集团发展到今天，无时无刻离不开凌钢集团的扶植和支持，始终把服务凌钢作为企业生存和发展的第一要务，积极适应凌钢的管理模式，建立自己系统的管理模式，完善各项管制制度，同时克服部分作业区工作环境差、劳动强度高等诸多困难，全力做好各项工作。如今，劳动服务公司的9个生产作业区覆盖凌钢生产一线的大部分岗位；修建设备安装公司多年来与甲方单位密切合作，保证了凌钢生产设备完好率都达到了98%以上，设备事故持续多年为零，得到了凌钢发包单位的好评；四合一混料场、炉料服务站也都为凌钢提供了一流的服务，保质保量地满足了凌钢的生产需要。在服务凌钢的同时，钢达集团善于抢抓机遇，自身也在不断成长壮大，钢结构有限公司、房地产开发公司、矿产品精加工公司的相继成立，昭示着钢达公司多元化扩张的成长之旅是建设现代化企业的必由之路。

随着钢达集团的不断发展，公司把企业文化和党建工作纳入到了重要议程，为做好各项工作和提高企业发展后劲提供坚实的保障。2009年，投资550万元建设了2600m^{2}的职工培训中心，并配备学习、实习机械设备42台，实习场地14550m^2，对职工进行各种培训和辅导，主要包括：专业文化知识、科学技术、安全生产知识、技术操作技能、法制宣传教育等等。每年都要组织各项文体活动以及节日文艺演出，举办劳动技能大赛和岗位练兵；18年来，公司也注重加强党员的思想建设，用科学的理论指导实践，充分发挥党组织的战斗堡垒和党员队伍的先锋模范作用，加强党的组织建设和党员队伍建设，注重对一线业务骨干、专业技术人才、管理人员中要求入党的积极分子的培养。到目前为止，先后发展党员100多人，党员队伍由公司成立之初的76人增加到了200多人。通过企业文化建设和抓党建工作，员工的综合素质有了很大提升，凝聚力、向心力和集体荣誉感也大幅度提高；党员的队伍不断壮大，素质大幅度提升，战斗力不断增强，保证了集团公司的生产、建设稳步健康的发展。

在凌钢的大力支持扶植下，加之自身的努力，钢达公司迅速发展成为远近闻名，具有一定规模的民营企业和利税大户。先后被国务院授予“全国再就业先进单位”，被辽宁省政府授予“创业明星”，被统战部、省劳动和就业保障厅、省工商联授予“优秀民营企业”，被国家统计局、省体改委评为“信誉优秀企业”，被朝阳市政府授予“先锋企业”等荣誉称号。截至目前，集团共获得（凌源）市级以上荣誉称号40个，个人获得（凌源）市级以上荣誉称号28个；省市领导也多次到公司视察调研，就解决国企下岗职工再就业、企业发展等方面取得的成绩给予了高度的评价和肯定。

在解决了职工的吃饭和就业问题、继而又推进企业发展壮大后，公司也注重回报社会，组织了捐资助学活动20多次，慰问贫困员工活动30多次，支援部队建设10次，承建了凌源市政府解决民生工程的108户廉租房，建设规模5525m^2，有力地支持了社会公益事业。

在凌钢集团50年华诞之际，钢达人再一次把最真诚的祝福送给她。18年来，凌钢集团为公司提供了广阔的就业平台，并给予了大力的扶持，这是钢达人至亲的娘家，合作共赢、共同发展，服务凌钢是缘分，更是割舍不下、难以忘却的情怀。

回顾过去，公司每一位员工都有理由为凌钢50年的光辉历程而感到骄傲，为钢达18年来的艰苦创业、飞速发展而感到自豪。但是，18年来的积淀告诉我们：曾经的辉煌并不能代表未来的成功，未来的画卷需要我们自己用心勾勒，成竹在胸才能挥洒自如。未来的路上，困难和挑战还会有很多，钢达人坚信未来在以依托凌钢、服务凌钢的原则上仍将充满光明。

机遇与挑战并存，只有勇于面对挑战，敏锐地抓住机遇，才有可能突出重围，奔向胜利之路。只要继续发扬钢达人吃苦耐劳、勇于拼搏的精神，牢记历史使命，增强在逆境中奋斗拼搏的信心，增强不断创新和敢攀高峰的勇气，坚定必胜信念，就一定会战胜一切困难，取得更多、更大的成绩！在未来的日子里，我们依然会更坚定的行走在路上，我们依然会怀抱我们的梦想披荆斩棘，不论前方有多少坎坷和艰辛，我们都会与凌钢共渡难关，我们始终有理由相信在凌钢的强大支持下，在凌钢和钢达的共同努力下，更美好的风景一定在前方!!

最后，谨以一篇《满江红》恭贺凌钢50周年华诞：

钢铁巨人，屹立在，凌水之滨。
五十年，初衷不改，万象更新。
千锤万凿钢铁骨，百折不挠冰玉心。
半世纪，高炉生烈火，炼真金。
忆往昔，创业艰，看今朝，建功勋。
立宏图大志，一展怀襟。
敢做敢拼不畏难，为国为家为人民。

立诚信丰碑　展建安风采

——我与凌钢共同成长的峥嵘岁月

吴英奇

光阴荏苒，岁月如歌。转眼已是“十三五”规划的开局之年，更是新中国改革开放38周年。这一年，迎来了我们血浓与水的凌钢集团建厂50周年，也是我与凌钢结缘的第30个春秋。

缘分源于一份承诺

30年前，我还是凌源第一高中的一名高二学生，学校组织我们到凌钢参观学习。从凌钢教育处处长吕方的讲述中，我了解到：凌钢是在1966年国家建设“大小三线”的精神指示下，在家乡建设的一个钢铁厂。经过20多年的披荆斩棘，已经发展成为朝阳市举足轻重的钢铁企业，而且是辽宁省“先进单位”。这是我对凌钢的第一次正式接触，凌钢人锐意改革、艰苦奋斗的雄浑气魄，深深震撼了我们在场师生的心灵。我为凌钢骄傲！我要成为凌钢人！当时，我心里暗暗地许下了这一诺言。1992年7月，我从沈阳工业大学毕业，抱着为家乡建设出一份力的想法，来到凌源钢铁公司组织部报到。

凌钢非常重视后备人才的培养。我毕业的那年，被凌钢招至麾下的高校毕业生就有72人，是历年最多的。我记得，凌钢集团领导在凌钢宾馆食堂为我们举办了欢迎宴会。老领导吴志先副经理热情洋溢、慷慨激昂的致辞，金国钧部长语重心长、激人奋进的话语，依然历历在目。

成长，源于一份坚守

1992年下半年，是邓小平同志南巡讲话后的一个特殊时期，也是凌钢“八五”改扩建工程进入攻坚阶段的关键时期。当时，凌钢的奋斗目标是全年实现50万吨钢。在这种大干快上的干劲鼓舞下，刚到修建部工作的我不顾施工现场的艰苦、恶劣，遇到抢修任务就没日没夜地忙，修转炉、安管道，处处争先。我清楚地记得在烧结机竖炉施工时，一个班次下来，浑身上下都是灰，每天回家洗头都能洗出一捧灰来。就这样，我整整干了13个月焊工，与老工人师傅们结下了深厚的友谊，同时也积累了宝贵的基层工作经验。1993年8月，我被任命为施工员。修建部主任李彦然亲自点将，让我带队到北票建设加热炉。

到达北票施工现场，我才知道事情没有想象的那么简单。我的专业是焊接，而建设加热炉需要铆工、管工、测量、给排水、钢结构、送风系统等各领域的专业知识。虽说在校时掌握了一部分基础知识，但还是不够全面，心里没底。当时，我的第一想法是：要尽快掌握加热炉施工各项技术。第二天，我买来了相关工种的书籍，白天组织施工，晚上突击学习。功夫不负苦心人。1993 年 12 月 15 日，我带领施工队提前半个月完成了全部施工任务，受到了厂部领导的高度赞扬。从穿着半袖去征战，到穿着军大衣回来庆功，整整 4 个月的经历让我终身难忘。这也是我走上工程管理岗位后斩获的“第一桶金”。

1994 年，因在凌钢焦油库施工、高炉大修等工程项目中的出色表现，我参加了公司青年干部培训班。同年，光荣地加入了中国共产党。1996 年，我成为修建部有史以来最年轻的调度长。当年，我还被授予凌钢“十大杰出青年”荣誉称号。

1998 年，按照现代企业管理理念和“精干主体、剥离辅业”的目标要求，凌钢集团对修建公司予以剥离。修建公司更名为建安公司，成为凌钢的全资子公司，实行自主经营、独立核算、自负盈亏。这期间，凌钢集团处在从计划经济向市场经济转轨的改革与脱困时期。在建安公司，我一直主管生产工作。2000 年 7 月份，我被选为建安公司副经理。

2003 年，凌钢集团步入了“十五”规划跨越发展的快车道，先后上了“四大工程”，实施大规模的技术改造。当年，让我引以为自豪的，是凌钢 3 座转炉的扩容改造工程。为确保工期和工程质量，我把指挥部搬到了施工现场，与工人师傅们一道排兵布阵、并肩作战。期间，我们严格执行施工现场看管和项目工程指挥碰头会等制度，各项工程稳步推进，第一座转炉仅用了 10 天时间就完成了改造任务。3 座转炉用了 31 天 16 小时，比计划工期提前 13 天时间，打破了全国同行业的纪录，为凌钢赢得了千万元的效益。这一建设项目，创立了建安公司转炉扩容专业施工的优秀品牌。凌钢集团领导专门召开了庆功会，并将我们的先进事迹整版载在《凌钢报》上推广。

开拓，源于一份忠诚

2004 年 1 月，我被任命为建安公司经理。上任伊始，我大胆探索推行百元产值提奖和承包责任制等系列改革措施，公司焕发出勃勃生机。与此同时，按照朝阳市产改办与凌钢的要求，紧锣密鼓的着手进行股份制改革。2005 年 7 月 2 日，成立了凌源兴钢建筑安装有限责任公司。9 月 24 日，凌源市委、市政府领导和凌钢集团领导出席了公司挂牌仪式，当时的凌钢已经实现年产 200 万吨钢。仪式后，凌钢集团董事长张振勇多次鼓励我说：“小吴，你要做大做强兴钢啊！”我备受鼓舞，不断加快公司改革步伐，加大公司人才和技术力量储备。2008 年，凌钢实现年产 350 万吨钢目标。兴钢也组建了企业集团，获得辽宁省建设厅颁发的房屋建筑总承包二级资质证书。我也当选为凌源市第五届人大代表。

2010 年底，凌钢“十二五”重点工程 $180m^2$ 烧结机建设工程招标会议启动。经过精心准备，兴钢集团在与中国三冶、河北建筑安装公司、天津二十冶等企业的竞标中脱颖而出、顺利中标。当天，凌钢集团董事长张振勇严肃地对我讲：“小吴，你到底有没有把握？”那充满期待的眼神让我终生难忘。当时，我拍了胸脯保证：坚决完成任务。此后，我靠前指挥，从 2011 年的早春 3 月第一批土建施工队进入现场，到施工最紧张的夏秋时节，从主体框架完成、混合室厂房封顶，到环冷机的安装以及 L-6 通廊结构的建成，公司所属 100 多支施工队伍几乎全部参与了 $180m^2$ 烧结机工程的建设。历经 234 天的艰苦奋战，$180m^2$ 烧结机建设工程提前 25 天竣工，刷新了全国同类烧结机施工工期最短的纪录，施工质量刷新了同类烧结机最优佳绩。2011 年 11 月 1 日，凌钢集团党委书记郝志强带队和我一起参加了 $180m^2$ 烧结机工程竣工投产仪式。那一刻，我感到无上荣光，我更为我是凌钢人而骄傲。《凌钢宣传》刊出文章“永调雄昂添大歌”，记述了兴钢建设 $180m^2$ 烧结机全过程。

据统计，2008 年以来短短的 4 年时间，兴钢集团共完成工程合同 3000 余项，实现产值 7.7 亿元，上交税金 3150 万元。兴钢集团从一个默默无闻的小企业发展成为辽西地区建筑资质最多最全的企业，在凌钢集团改扩建和“十二五”结构调整工程和凌源市城市建设进程中，完成了一个个精品工程，也立下了一座座诚信丰碑。2008 ~2011 年，连续 4 年荣获朝阳市先锋企业称号，2010 年荣获辽宁省建筑业优秀企业称号，2012 年荣获辽宁省建筑业十强企业称号。我本人也先后获得凌源市人大代表、朝阳市党代表、辽宁省工商业联合会第十一届执行委员会执委、朝阳市十佳青年企业家、辽宁省建筑业优秀经理、朝阳市先进思想政治工作者和凌源市劳动模范等荣誉称号。2015 年 5 月，我喜获朝阳市委市政府颁发的“朝阳市建设者金质奖章”。

奉献，源于一份责任

位卑未敢忘忧国。我坚持以“诚信兴钢、和谐兴钢、责任兴钢”建设为载体，着力打造“自强、诚信、求实、创新”的企业文化精神，时刻不忘自己的社会责任。特别是 2008 年金融危机以来，全国企业发展形势很不乐观，纯建筑行业生存更加艰难。大学毕业生、无业和失业人员较多。为了肩负起推动社会进步、维护社会稳定的责任，我们相继安排 340 名大学生和大批下岗失业人员就业。同时，积极开展“送温暖、献爱心”、“捐资助学”、“扶贫帮困”等项活动，救助贫困学子60余人。

青山依旧，夕阳几度。不知多少次晚饭后，我独自一人驾车到凌钢厂区。无论是驻足在180m^2烧结机前，还是在通过绵延万米的高架通廊下，我体味到建设过程中的坎坷与艰辛，更多的是感慨与凌钢共同成长的峥嵘岁月。我亲眼目睹了凌钢从“八五”到“十二五”的发展变化，从一个小型钢铁厂成长为位列全国500强的钢铁集团的光辉历程。我也从一名学生成长为兴钢的领头人。我深深地知道，是凌钢的跨越发展成就了我和兴钢。在2016年凌钢建厂50周年之际，也迎来了我国“十三五”规划的开局之年，千言万语汇成一句话：“祝福祖国繁荣昌盛！祝福我们血浓于水的凌钢集团基业长青！”虽然，钢铁行业的冬天刚刚开始，但我坚信，凌钢在去产能、保增长等改革道路上会稳步前行，兴钢与凌钢的合作永远没有结束，兴钢梦、凌钢梦，共同汇聚成中华民族伟大复兴的中国梦，为了实现这个梦想，我们永远需要自强不息，上下求索！

（作者为凌源兴钢集团董事长、总经理、党委书记）

与凌钢一起富达

凌源钢富达集团有限责任公司

五十载栉风沐雨，半世纪壮阔发展，当历史的车轮驶进20世纪，凌钢迎来了自己的50华诞。几辈凌钢人用拼搏与奉献企业做大做强的“凌钢梦”化为现实在朝阳乃至辽西地区的经济社会发展进程中留下了浓墨重彩的一笔。钢富达与凌钢集团公司齐心协力、相濡以沫12年（2005年11月至今）的真实写照，正是双方满怀着雄心壮志共筑美好凌钢的钢铁一般的见证。

时光追溯到凌钢建厂初期，为使职工安心工作，凌钢厂内建了托儿所。受条件限制，当时设备简陋，托儿所在原焦化车间办公室旧址时，仅有80张床位，5名工作人员。伴随着凌钢的发展壮大，幼儿园也发生了翻天覆地的变化。到1953年，凌钢投资359万元在东区家属区建设东区幼儿园，建筑面积3856m^2，室内外设施齐全配套，同时不断增加专业幼师，加强幼儿园教育与管理，每班配有专业幼师和保育员。靠着凌钢的支持与自身的努力，钢富达幼儿园成功跻身朝阳市一级幼儿园行列，成为凌源地区幼儿园的一面旗帜。多年来，数以万计的“钢城宝宝”在这里快乐生活、茁壮成长，消除了凌钢职工的后顾之忧，为企业发展贡献了力量。

2005年11月，生活服务公司改制，幼儿园实行承包经营，企业福利幼儿园成为历史。但凌钢对幼儿园的关心从未停止，不仅对企业员工子女入园给予补助，每年儿童节公司工会等部门都会为幼儿园宝宝送来关怀。虽然在隶属关系发生了变化，但钢富达幼儿园服务凌钢职工的宗旨没有变，与凌钢多年建立的情谊没有减。

独身职工集体宿舍始建于1966年，共13栋平房，208个房间，主要集中在技校院和独身六栋房。1971年厂首先在独身院（当时称独身六栋房）建起2栋石头楼独身宿舍。1975年又建起6红砖楼独身宿舍，房间达472个，1900多个床位，独身职工1000多名。1983年，在企业整顿中，厂对独身宿舍进行了认真严格的整顿和治理，建立健全了各项规章制度，组织安排了管理人员，成立了独身办公室。1984年6月由企业为独身职工购买了8台彩色电视机，每栋楼一台。为增加服务项目，每栋楼舍一间储藏室，还为独身职工购买洗衣机一台，设洗衣房一间，还增设了理发、缝纫、物品储存、夜间叫班和家属临时探亲、接待等服务项目。同时，又开展“红旗楼”“红旗房间”竞赛活动，集体宿舍在旅馆化工作中取得了可喜成绩，年末被朝阳地区行政公署评为生活竞赛先进单位。1985

年，凌源钢铁厂独身宿舍牌匾正式在独身大门挂出。此时，厂对独身宿舍的建设和管理提出了更高的要求，加大了投入。1987 年为了加强独身宿舍的治安保卫工作，独身派出所挂牌成立。公安民警昼夜值班，随时处理院内各类治安事件，有力地促进了独身宿舍管理工作的顺利进行和健康发展，使独身大院成为和谐快乐的大家园。1988 年 4 月，凌源钢铁公司成立，凌钢的改扩建项目全面展开，招工人数不断增加，公司对独身集体宿舍的建设更为重视。经领导同意，在独身职工楼设置了家属探亲接待室，室内设施齐全，条件良好，满足了独身职工家属探亲的要求，深受欢迎。公司为解决独身职工住宿紧张的问题，于 1990 年建起了独身 9 栋楼，并投入使用。1988 年至 1994 年间是凌钢独身宿舍的鼎盛时期，住宿职工达独身职工历史之最。通过严格有序的管理、优质服务承载着凌钢对独身职工的关心和关怀。

现在大学生公寓的前身是 1998 年建造的独身楼，占地面积 6500m^2，建筑面积 11000m^2。当时独身楼未投入使用，因当时公司扩建项目繁多，各路建设大军进入凌钢，所以刚建好的独身楼由三冶和“朝建”使用，一直到 2001 年全部撤出。随着来凌钢工作的大学生数量逐年增多，集团公司以尊重知识、重视人才，文化留住人才、事业造就人才、待遇激励人才的理念为出发点，提供建功立业的平台，把原三冶、“朝建”使用的楼房改建成现代化的大学生公寓。2003 年，集团公司投资实施大修、装潢。经过装修改造的大学生公寓面貌焕然一新，风格时尚、条件优越。室内装有电话、电视、互联网设施。楼内有 12 个乒乓球活动室。室外院内草坪绿地、树木、花池、自行车棚、各种体育设施齐全，水泥地面、柏油路平坦笔直。

2005 年 11 月，钢富达公司承包经营大学生公寓。以服务凌钢为宗旨，不断在管理和服务上下工夫，争创一流的住宿标准。由专人负责清扫、门卫设有保安。室内外井井有条，布局合理，形成了一个集生活、学习、住宿、就餐、娱乐于一体的现代化生活场所，为来凌钢工作的大学生们营造了优雅、舒适的生活环境，受到凌钢公司领导的一致好评。

为适应快节奏的现代生活节拍，树立全新的就餐理念，保证职工岗位就餐绿色安全，凌钢集团决定在 2009 年冬季成立食堂。钢富达配餐应运而生。自成立之日起，我们本着绿色餐饮、安全卫生、服务凌钢、方便职工的经营理念，积极组织方案的实施，招聘人才，培训队伍，竭尽全力做好凌钢职工的配餐工作，将凌钢领导对广大职工的关怀通过我们的双手送到职工的心中。

在管理上，我们严于律己，时刻把食品安全工作放到首位。首先，在采购方面加强管理，通过由钢富达组织，多个部门共同参加的招标方式，挑选供货商。供货商必须要从事经营活动的相关证照（营业执照，组织机构代码证，税务登记证）、负责人身份证复印件必须提交给本公司档案。大米、面粉、菜油、调料、肉类五大宗食品供应商同时要具备国家规定的相关资质、证书（卫生许可证、生产经营许可证，食品流通许可证，产品质量监督检验报告、动物检疫合格证）。特别是蔬菜要求提供农残报告。同时，钢富达配餐配备农残检测设备，对采购的蔬菜进行抽检，出现问题及时调整，提高了蔬菜采购的安全性。其次，加强管理人员队伍建设，提高餐厅人员的素质和业务水平。对新入职的员工由办公室组织进行岗前教育培训、食品安全教育培训和设备操作安全培训。同时，组织管理人员分批到专门机构学习深造并到其他单位参观学习，借鉴好的经验为我所用。

在经营方面，我们设立一个配餐加工中心、4 个职工就餐餐厅和一个少数民族（回族）餐厅，并在 2012 ~ 2015 年春季完成了凌钢交给的春季检修盒饭配送工作。在 2011 年 7 月 18 日将三餐厅原来的工作餐模式调整成现在的自助餐模式。2012 年 4 月，成功完成了港中旅考察团一行 100 人为期 30 天的就餐任务，受到凌钢集团领导的认可和港中旅领导的一致好评。2013 年 9 月，三餐厅被朝阳市食品药品监督管理局授予“朝阳市餐饮服务员食品安全示范店”的称号。2013 年末，钢富达配餐被凌源市食品药品监督管理局授予“餐饮服务食品安全 A 级单位”。现已发展成为朝阳地区最大的餐饮单位，接待了朝阳浪马集团、北票保国铁矿、凌源市第一中学等多家企事业单位的参观学习。2014 年 7 月，在辽宁省专家组对凌钢进行“三位一体标准化”升级评比期间，也对配餐进行了评比，得到了专家组的一致认可。

时光荏苒，岁月如歌。转眼间钢富达配餐工作已经走过了 6 个年头，在全体配餐职工的共同努力下，我们的配餐工作有了长足的进步，就餐餐厅由原来的 3 个餐厅发展到现在的 5 个，就餐人数由原来的平均每天 5000 余人，发展到现在的 8000 余人。经营模式由原来的套餐形式，发展成现在的多样化的配餐形式。就餐种类，由原来每天单一的中餐，发展到现在的一日三餐、中西结合。钢富达的工作没有止步，积极学习先进的管理模式，加强市场调研，不断开发出适合凌钢先进管理理念的现代配餐模式，跟上时代的步伐，与凌钢共创佳绩。

钢富达公司与凌钢大公司的配合、合作的同襄共举的故事还有很多。在日常工作、生活中，我们深深体会到凌钢集团公司领导对钢富达公司工作的重视和关心，只要有机会，就会想方设法、尽可能的给我们提供学习和提高的机会，使我们的专业知识、技能有了进一步的提高，并将学到的成果理论联系实际，投入到工作中去。有着关心、重视我们的企业；有着传我们经验，助我们成长的企业；有着自强不息的企业内涵；有着彼此相携、同舟共济的和谐氛围。

相信，凌钢与钢富达的明天一定会更加璀璨。

风雨同舟五十载

刘汉阁

时光荏苒，弹指挥间。凌钢集团公司（原凌源钢铁厂）转眼间已成立50周年，钢城中心医院（原凌钢医院）已伴随公司成长了50年。作为公司的一分子，我们由衷地感到骄傲、感到欣慰、感到自豪。凌钢集团公司的成长过程也恰恰是我们医院的发展经历，在凌钢集团支持下我们共同努力，医院历经几届领导不断建设和完善，今天已成为集医疗、预防、保健、体检于一体综合二级甲等医院。

今天，凌钢集团已踏上现代钢铁企业之旅，我们医院也逐步走向成熟。50年来，凌源钢城中心医院为凌钢集团公司和属地百姓作出了积极贡献，得到当地各界的肯定。2006年医院改制后，我被推选为凌钢医院责任有限公司董事长。院领导班子信心十足，医院全体员工齐心协力，不断开拓创新管理工作，深入研究探讨办院思路，高度重视学科发展和品牌建设，秉承思想战略领先、医疗技术领先、管理服务领先的原则，力求为患者营造绿色、和谐、可信的就医环境和空间，提升医院竞争能力，促使医院快速成长。现在医院的年收入逐年递增，门急诊量增长到4.3万人次，住院病人增长90%；人均年收入逐年增长，医院由过去年收入几十万、几百万，到今天的几千万。所有这些，都是医院与公司一起成长共同努力的结果。

齐心协力共同创业

凌钢医院前身是1966年春组建的卫生所。那时，诊所只有两位医生、4名护士，却承担1000多名职工及家属的一般疾病治疗任务。随着凌钢的不断地发展壮大，1970年3月，厂投资27万元，建筑面积2347m^{2}丁字型的二层医院楼在凌钢东区落成，门诊住院在一起，卫生所搬进新楼，医护人员增加到50人、病床30张，分3大科室，内外科和医技科室。从1971年开始，随着钢厂规模扩大按当时“文革”中部队编制一个排改组成立了凌钢职工医院，床位增加到60张，逐步建立了食堂、洗衣房等配套设施。当我来到凌钢职工医院时，医院就一幢小二楼，门诊住院在一起，很不方便。1976年夏季受唐山大地震影响，医院楼受到了严重的损坏，在公司的党委支持下，医院全体医务人员自己动手，建立临时简易病房和门诊，保证了医疗工作正常开展。同时，对被地震损坏的楼进行维修后继续使用，承担了8000多名职工和10000多名家属及周围居民的疾病医疗和预防工作。为了满足公司和全体员工的就医需求，公司主管负责人支持医院先后建起了门诊大楼、住院部大楼，占地面积17874m^2。1998年末，医院正式晋升为国家卫生部“二级甲等医院”。而后又陆续购置了大型医疗设备，比如：500ma X光机、CT等。逐步建全科室，主辅配套，招贤纳士，聘请了资深的学科带头人，住院床位达到150张，具有初、中、高级技术职称的医务人员达到200余人，大大提高了医院救治能力。

我出任凌钢医院院长、党支部书记后，率领医院领导班子，一手抓思想，一手抓业务，统一思想，提高全院凝聚力，“一切以病人为中心”，以医疗为核心，以病人满意为标准，结合医院实际，优化技术力量，成立了独立的烧伤整形科(朝阳重点专科)，先后对收款、划价、投药、报销等实现了微机化管理；全院建立了64个医护工作站，实现微机电子管理；先后购买了自动化分析仪、彩超、电子内窥镜、血液透析仪、救护车；并对医院住院部大楼、门诊大楼进行装修。在集团公司的支持下，全院的共同努力，取得了朝阳地区第一家职业病健康检查资格。

主辅分离股份改造

阳春三月，万象更新。位于红山女神的故乡——凌源，春风怡人。2006年3月，一场历史性的变革在凌钢职工医院拉开序幕：医院遵照上级企业主辅分离的大趋势，由国有企业职工医院转制成为带资持股的股份合作制医院。有着近40年依附凌钢集团的职工医院，由国营职工转为股份制员工，辽宁省实行统一职工医疗保险制，凌钢集团职工只固定凌钢医院一家就医医药费报销的政策从此结束，一时大家彷徨不安。面对改制和松绑，面对既熟悉又陌生的市场经济，院领导班子敏锐地认识到，在今后的道路上会充满了艰难和挑战。当时，我思绪万千。改制买断工龄签字那天，部分医护人员选择了“离开”。五十几名医护骨干一起突然离开，医院只剩下130人，导致我们好几个科室缺医少护，给工作正常运转带来极大困难。

“天下难事，必作于易；天下大事，必作于细。”改制整体工作全面启动的第一步是让全体职工转变观念、统一思想、认清形势、同舟共济。职代会成功召开，不仅落实了股份制改革方案，而且为今后政策、规章及各种举措的相继出台打下了坚实的基础。从2006年3月开始改制实施方案，到3月30日圆满实施，2006年4月30日成功实施了改制完成。使医院真正成为服务社会、面向市场，能够持续健康发展的非政府办、非盈利的自主办医院实体。

风雨同舟共谋发展

凝聚团队、精益管理，践行科学发展观。要从“一切以病人为中心”着手，以人为本，奉献爱心，营造和谐，把领导班子建设、和谐党支部建设、党风廉政及反腐建设，与医院的具体工作紧密结合。医院党建工作严格按照上级各级党委要求去做，党总支下设支部，支部下设党小组，每年进行一次评先选优，充分发挥基层支部堡垒作用，党员模范作用。科主任、职能科长、护士长认真履行职责、职能，实行主任护士长责任制，带领好他们小家，巩固发展好医院这个大家。工会是医院一般职工到医院最高管理层之间的纽带，承上启下，是全院职工的贴心人。党政工紧密结合，工作有条不紊。在积极处理好医院改革、发展和稳定关系的同时，又要紧紧把握医院医疗卫生改革的发展方向，全面实现医院的和谐发展。“爱人者，人恒爱之；敬人者，人恒敬之。”钢城中心医院要求每一名医护人员对患者、对他人不但要同情、关爱、尊重，而且要以忠诚对待工作，以诚信赢得患者，以操守为重；既要有扎实的医学科学知识，又要有丰富的人文关怀、社会修养。职工的福利、待遇、五险一金月月缴纳，每年安排大家旅游一次，逢年过节给大家买些生活用品。医院的年轻人较多，根据青年人的特点，成立青年团队，每年有计划地举行多种形式体育比赛、专业技术比武大赛、年终总结表彰、春节举行迎春联欢会等。

改制后的方针政策再完美，也要在市场里去检验；病人的诉求再简单，也要在优质服务中去解决。医院严格按照法人治理结构规范管理，国有企业医院向社会办医迈进，医院领导班子制订了医院总体发展目标，同步进行医院学科建设和院区建设，加强学科、品牌和人才队伍建设，不断提高医院运营能力。医院先后聘请朝阳地区著名外科专家、妇科专家讲课、培训，同时将医院技术骨干分批分期送往省级以上医院进修学习，回来后挑起学科的大梁。目前，医院 35 个科室已有 3 个重点专科，烧伤整形科是朝阳重点专科（凌源烧伤治疗中心），20 余年诊治烧烫伤患者 18000 余例。其中，救治危重、大面积烧伤 500 余例，烧伤后整形植皮手术 1500 余例，治愈率达 96%。还有骨科（脊柱外科、显微外科）、眼科、泌尿外科、血栓、糖尿病专科都是重点学科。门诊增添了皮肤性病治疗科。创新管理，提升内涵，把医院建设成“智能化、现代化、人文化”的高品质二级医院，为社会提供更加优质、高效、安全的医疗服务和医疗保障。

医院积极围绕这凌钢集团公司这个大局，医院改革传统的住院病人先交押金的做法，实行“先住院后结算”新模式，住院患者范围包括：（1）凌源市区城镇参保职工及居民参保人员；（2）凌源市参加工伤保险职工；（3）新农合参合广大农民；（4）凌钢集团离休干部；（5）市民政局定点病残、低保患者；（6）本院职工自愿担保的患者；（7）与医院有医疗救护协议的单位提供担保的患者；（8）凌钢集团医保职工；（9）与医院签有协议的集团公司离退休干部。为国企医院改制后，如何以服务创品牌，以病人为中心，确保病人得到及时、安全、规范、有效的治疗树立了标杆。

百姓看病贵，百姓看病难，是各级卫计委、各级政府着力解决的难题。医院同样秉承让百姓来看病少花钱；少花钱看好病的原则。农民出身的我，深知农民之苦，记得小时候为了给老人买药，拿着攒下来的鸡蛋卖钱换来点止痛片吃。还有的家庭，没钱治病，只能挺着，甚至出了人命。我来自百姓，就应该更好地服务于百姓，百姓满意就是我们办院灵魂。

工欲善其事，必先利其器。技术的发展，也要靠先进的医疗设备，科室需要什么仪器，医院就购置什么仪器，并以三级医院标准添置。为此，我们先后购置了16排螺旋CT机、CR成像系统、数字化X线影像系统，C型臂熔化减影系统、等离子前列腺电切镜，大生化仪、法国智能532mm眼底疾病激光治疗仪、血管造影机，四维彩超、移动体检车、皮肤治疗仪等，全院实现了电子病历书写管理系统。

团结一致保驾护航

凌钢的壮大发展，凌钢的安全生产，职工的生命健康，离不开医院的保驾护航，我们能为凌钢做保护神，是我们钢城医院的使命。

一切从大局出发。几十年来，凌钢所有的重大活动，检修、改造、安装大型设备等，医院都派救护车医护人员亲临现场，保证现场安全。集团员工生产在第一线，在工作中难免发生意外，如：爆炸伤、烧烫伤、碾压伤、煤气中毒、坠落伤、电击伤、急危病症等，在医院及时、有效救治下全都转危为安，获得新生，治愈出院，有的走上工作岗位。

记得那是2004年6月16日上午8时10分，医院急诊科接到急救电话，立即飞奔去抢救电击伤患者。当时，患者心跳呼吸停止，医生护士立即进行人工心肺复苏术，一边抢救，一边急速赶往医院继续抢救，实施心脏按压，气管插管，心脏除颤，药物复苏，经过医护人员奋力抢救，8点45分，病人恢复自主呼吸，心跳恢复，血压逐渐上升，达120/60毫米汞柱，心肺复苏成功！后来，为了保证病人足够供氧，上了呼吸机，行辅助呼吸，在院共住院5天。后来，根据家属和医院共同商议，决定转往北京解放军301医院继续治疗。患者在我院住院期间，公司领导亲自看望患者及家属，嘘寒问暖。医院成立了以我为首的救治小组。为使患者得到最好的治疗，多次请上级医院专家会诊，仔细研究治疗方案，医护人员4人一组，24小时轮流值班，昼夜守护在病人身边。有的医生3昼夜没有回家，有的护士舍下几个月吃奶的孩子。所有这些，患者家属看到眼里，流下了激动的眼泪。患者心脏停跳35分钟，能成功复苏，这在医学史上也是不易的。北京专家来到我院会诊时说：此患者成功的救治到这样程度，实属难得。不但受到专家的高度赞扬，也得到了集团公司领导的肯定。也体现出公司上下一家亲、和谐发展的氛围。

击鼓千舟发，启帆踏浪平。50 年过去了，50 年风风雨雨，50 年沧桑巨变，50 年风雨同舟，50 年硕果飘香。现在，医院董事会决定，为了满足百姓及职工家属需求，医院发展的需要，正在筹谋和落实一项新的思路，将有一座布局合理、环境优雅、管理科学、配套完善的 7 层（含地下负一楼）疗养院大楼建成在医院院内，这也将是辽西第一家医养结合医院在这里诞生。通过医院全体员工的共同努力，凌源钢城中心医院，与发展中的集团公司同行，共筑凌钢梦，一定会迎来更加灿烂美好的明天。

（作者为凌源钢城中心医院董事长、院长）

生命在高炉延续　热血随铁水奔流

河北省安装工程有限公司

总有一种力量让我们泪流满面，总有一种精神让我们激情满怀，总有一种记忆沉淀在血液中让我们永难忘却！

沧桑五十载，风雨耕耘路。在我们共同迎来凌钢厂庆50周年之际，作为一家自2002年起，与凌钢有着精诚合作13年的建筑安装企业，我们同样倍感自豪和荣耀。在这难忘的13年里，也恰逢凌钢搭乘中国经济发展的快速列车，经历了从小到大、从弱到强、从籍籍无名到声名远扬的跨越式发展阶段。作为凌钢发展的见证者、参与者、合作者，我们始终与凌钢肝胆相照、休戚与共，多次共同谱写了一曲曲动人心魄的英雄赞歌，共同创造了一项项令人瞩目的工程奇迹。

我们先后承建参与了8次高炉大修或新建工程，是凌钢名副其实的高炉大修专业户，见证了凌钢高炉从100m^{3}到2300m^{3}发展的全过程。同时，在烧结、焦化、公辅、白灰窑等重点工程建设中与凌钢建立了不解之缘，双方许多参与施工建设的施工人员也因此结下了深厚友谊。

千里“姻缘”一线牵

说起与凌钢的结缘，还要追溯到2002年。进入21世纪时间不长的中国经济如同一艘加满燃料的巨轮即将开启二次远航，钢铁业作为国家经济的命脉和引擎首当其冲。当时，处在快速发展中的河北安装也正走到了调整产业结构、转型发展的十字路口。凭借在冶金施工领域的丰富经验和过硬的技术实力，仅仅用了45天便圆满完成了邢钢2号高炉大修改造扩容工程，一举让河北安装在高炉施工领域声名鹊起。

相同的质量，超短的工期就意味着更好的效益。

正是机缘巧合，与邢钢素有往来负责销售的时任凌钢副总李庆文将消息带到凌钢。同样亟须进行高炉升级改造的凌钢不远千里赶赴邢钢和河北安装进行实地考察。相近的企业经营理念，共同的迫切需求，让双方一见如故，一拍即合。从此凌钢就拉开了与河北安装的合作序幕，开辟了双方长达十多年的合作之路。

生命在高炉延续热血随铁水奔流

高炉，作为一家钢铁企业的生产中枢装置，对一家钢铁企业的兴衰成败无疑发挥着至关重要的作用。而双方的第一次合作恰好是从 2 号高炉大修改造工程开始。

然而，上天似乎要有意考验河北安装一样，当我们选调了精兵强将正在大施拳脚之际，一场迅速席卷全国、百年难遇的“非典”疫情不期而至，让双方从人员调配、工程调度、设备运输、材料采购等各个环节都无法正常运转。

但困难大，我们的决心更大。

面对肆虐而来的“非典”疫情，河北安装人没有退缩，凌钢人没有退缩，而是坚定目标，迎难而上。一方面严格执行“非典”时期的各项防控措施；另一方面充分发挥现有人员的最大潜能，优化方案，加班加点，齐心协力，共同谱写了一曲史诗般的英雄壮歌，比其他钢厂同期施工的高炉大修工程工期更短，质量更优，出色完成了施工任务，让凌钢在与民营企业的竞争中抢占了先机。

通过第一次的合作，也让我们河北安装人首次见识了凌钢人求实、务实、扎实的工作作风。从高层领导到普通科员，从机关总部到铁厂现场，从技术人员到操作工，他们始终与施工单位同呼吸共命运，目标同向、思想同心、行动同步，竭尽全力为施工方创造着最好的施工条件和服务。

“干过那么多的工程，凌钢是我遇见的最不一样的甲方，他们总是以最大的诚意服务于施工方，从来不会去刁难为难施工方。”多次参与凌钢工程建设的公司副总高振业不无感慨地说。

还记得，在 2007 年，见证彼此合作的经典工程 3 号高炉大修工程如期开工。

然而，在零下 20 多度的天寒地冻中，河北安装人再次遇到了前所未有的考验。一场猝不及防的暴风雪完全打乱了工程部署，一尺多厚的冰雪完全封锁了施工现场，走路都特别困难了，更别说 24 小时连续施工了。

不断增加变更的工程量，复杂的工艺改造，108 天的超短工期，双方代表一开始就立下了“军令状”，再苦再难再危险，也要实现既定目标。

经过多次血与火洗礼的双方将士，早已练就了金刚不破之身，磨炼出了坚韧不拔的钢铁意志，锻炼出了一批敢打必胜的工程铁军。他们倒排工期，挂图作战，确定每日的工程节点，24 小时不间断施工。许多人都吃住在现场，甚至轻伤不下火线。他们以“遇水架桥，逢山开路”的大无畏英雄主义精神，以“横下一条心，敢教日月换新天”的憾人气魄，以“谁敢横刀立马，唯我省安将士”的坚强决心，密切合作，相互配合，最终如期完工。

在 3 号高炉大修工程圆满竣工的庆祝仪式上，工程建设的总指挥凌钢副总卢亚东感慨万千，甚至无法将一段简短的发言进行到底，这位年近半百从来都沉稳坚强的铁血男儿也同样抑制不住内心激动的心情，流露出他侠骨柔肠的一面，也让在场的人无不为之动容。这种心情也只有亲身经历过的那场惊心动魄的战斗的人才能感同身受。

也正是在这次高炉大修期间，被凌钢授予名誉职工，屡次作为工程施工总指挥的公司副总范曙光有感而发，喊出了“生命在高炉延续，热血随铁水奔流”的激情口号，激励和感召着每次参与高炉大修的工程将士们。

还记得在2009年那个酷热难耐的盛夏季节，适逢新中国成立60周年庆典前夕，政治稳定形势异常严峻，2号高炉因炉况复杂导致炉底留下了上百吨的渣铁混合物无法分离清理，专业的爆破公司专家们一开始也是束手无策，经过了3天的反复打眼放药最终才解决了难题。在那个激情如火的夜晚，公司副总范曙光亲自上阵，与大家并肩战斗了整整一晚上，彻底清理完毕炉底的残渣剩料，将因爆破而耽搁的工期全部挽回。协助施工的铁厂天车工也由衷的发出感叹：“这帮人是疯了吧，一晚上就整完了，真是当之无愧的铁军啊!”

“凌钢精神”已融进河北安装人的血液

转眼，我们共同迎来了凌钢建厂50周年庆，回想起那些激情燃烧的岁月，那些浸透着河北安装人与凌钢人的心血、汗水和努力的日日夜夜，那些见证着彼此密切合作的经典瞬间，依然历历在目，令人难以忘怀!

“只要在凌钢经历过工程的考验和历练，在其他工地就没有战胜不了的艰难困苦!”这是大多数参与过凌钢工程建设的河北安装人常说的一句话。

是啊，在参建的凌钢大大小小几十个工程建设中，在不知不觉间，凌钢精神以作为省安人的精神财富永远融进了河北安装人的血液。在与凌钢荣辱与共、肝胆相照的密切合作中，一批批青年才俊得到了充分锻炼，成为企业不可多得的栋梁之才。一些“疑难杂症”工程的多次成功施工也大大丰富了河北安装的施工经验，进而在全国各地的施工中被不断发扬光大，“中型高炉安装施工法”还荣获国家级工法和省级科技进步奖。

如今，凌钢已成为广袤辽西大地上举足轻重的龙头企业和利税大户。在严峻的国内经济形势和更加严酷的市场环境中，凌钢同样也面临着调整结构、转型发展的艰巨使命。但我们始终坚信，只要凌钢人矢志不渝，坚守锐意创新的勇气、敢为人先的锐气、蓬勃向上的朝气，就一定能在市场的大风大浪中继续乘风破浪，勇往直前。我们河北安装人也愿意在与凌钢的合作中继续携手并进，共同开创更加美好的明天!

愿与凌钢的友谊之树永远长青!

蓝色星空映钢城

蓝星环境工程有限公司

回顾蓝星环境工程有限公司（简称蓝星公司）与凌源钢铁集团合作的历程，我们发现在每一项工程中透射着领导的殷切希望、现场工作者的汗水和努力以及他们家属的无私支持。蓝星环境和凌钢的合作虽然可以再继续向前追溯，但是近几年的合作显得尤为频繁，在这频繁中折射出凌钢对于蓝星环境工作的认可和信任，也体现出了蓝星环境作为服务商创造成就的一种荣誉。可以说，蓝星环境近年的发展也伴随和见证了凌钢的不断快速发展和壮大过程。在这一喜人的过程中，蓝星环境为凌钢发展过程中环保措施落实，提供了可靠的技术支撑；蓝星环境为凌钢的水环保工程项目实施铺路架桥，赢得了各方的赞誉。值此凌钢集团纪念建厂50周年之际，作为凌钢发展的忠诚伴随者和友好协作单位，特此祝贺。为此，蓝星环境特意回顾了几年以来的合作历程，让我们来共同纪念那些共同走过闪亮的日子。

2010年的一个春天，虽然辽西大地还在银装素裹中久久酣睡，凌钢的领导们已经做出了向污水零排放指标进发的指令，为了辽西大地的环境、为了凌钢产业的持续发展、为了一方百姓的生活、为了节约珍贵的水资源，凌钢的领导们决定由蓝星环境承揽的污水深度处理回用工程开始迅速推进和实施。

项目的基本情况是这样的，本项目是利用凌钢生产过程中的废水作为原水水源，凌钢目前的排污量约为20000m^3/d；该项目的建设目的是利用工厂的排污水生产一级反渗透脱盐水（13440m^3/d）集中输送到厂区各个用水点，同时产生一级反渗透浓水（5760m^3/d）用于工厂冲渣、除尘。该工程不仅解决了生产用水，同时将实现工厂减少排放污水的目的。污水进水量：19200m^3/d(800m^3/h)前处理处理能力：25200m^3/d(1050m^3/h)，其中800m^3/h为厂区来水，250m^3/h为前处理单元和预处理单元回流水；预处理处理能力：24000m^3/d(1000m^3/h)；反渗透单元进水量：19200m^3/d(800m^3/h)最终脱盐水产量：13440m^3/d(560m^3/h)。

接到任务的蓝星环境公司领导，立刻组织相关部门召开动员会，开始了仔细筹划设计环节、细心布置工作任务、合理安排工作时间、统筹人力资源配备、盯紧采购和加工环节质量控制。一系列的紧张安排后，项目于2010年4月1日正式进场施工。经过近60余天的紧张土建和设备安装施工工作，达到了中间交接的条件，顺利完成中交工作。工程项目机电联动运行以后，比预期时间提前了10天顺利出水。至此，凌钢污水深度处理回用项目宣告成功。本项目的合作大大提高了凌钢污水回用的利用率、大大节约了再投入新水的资源量，本项目对于凌钢开创环保炼钢新理念在集团内尚属首例，对于炼钢产业污水回用具有深远意义。

再此项工作中，我们不仅要感谢那些做出英明决策的企业领导人，我们也要感谢那些甘于奉献、默默付出的现场工作者们，是他们用双手铸就了环保工程的每一个细节、是他们抛家舍业的奋战在工程现场，是他们坚守工程项目的安全防线，是他们把守工程质量的每一道关口，是他们小伤小病不下火线，是他们顾不上回家亲亲孩子的脸，是他们在每一个深夜和凌晨散会还没顾得上合眼，是他们把婚期延了又延，是他们在会上吵得面红耳赤工作上又亲密无间，是他们坚守的100 多个日日夜夜，最终换来了胜利的号角吹响。

当然了，2010 年工程的顺利实施和良好效果，让凌钢了解了蓝星环境的技术和项目实施能力，也让蓝星感受到了凌钢合作的深刻诚意，在合作中为了统一目标，不分你我的奋斗精神已经传为佳话。随着凌钢“十二五”规划的逐步落实，凌钢二期污水回用项目的任务再次毫无悬念的由蓝星环境承担起。蓝星环境现场坚决的执行力、良好的管理队伍素质、优秀的技术团队、与各参与方优良的配合和协调合作成为凌钢继续选择蓝星的坚强理由。

凌钢二期的基本情况是这样的，本套系统依然采用国际先进成熟的“双膜法”水处理工艺，针对凌钢综合排放废水水质，选用曝气除油→调节池→机械加速搅拌澄清池→气水反冲滤池→超滤→反渗透工艺，去除水中悬浮物、胶体、油、碱度和部分 COD，通过反渗透工艺去除水中盐分及硬度，最终获得产品水。项目占地面积约 $9300m^2$，设计产水量 680t/h。

项目的建设符合国家节水、治污、水资源利用的政策。废水综合治理有效利用水资源，降低产品的新鲜水消耗，改善当地水环境、保护地下水资源、缓解水资源紧缺的现状及对污染综合治理都具有重要意义。

工程项目自 2012 年 5 月 12 日开始实施，由于二期施工场地紧张，导致场内物流和施工交叉作业同样非常严重。为此，项目指挥部统一调度指挥，在工程监理、机动部、动力厂的大力协调和指挥下，同时在技改部、兴钢集团、安保部等部门的配合下，蓝星环境于当年 8 月 29 日顺利递交竣工证书，宣布系统产水完成。至此，凌钢“十二五”污水深度处理工程顺利完工，蓝星环境再一次给凌钢集团递交了一份污水深度处理工程的环保满意答卷。

蓝星环境和凌钢的合作非常融洽。但在现场工作中也会有因具体安排的工作意见的不同，有时候为了一个技术问题争得面红耳赤，但是大家的出发点都是为了项目能够顺利和有效实施。难能可贵的是，凌钢现场指挥领导和工作人员的胸怀大度，为蓝星环境的项目实施提供了必要的条件和帮助，使得工程项目顺利有效的实施。其实，工作中凌钢人的主人翁的责任感同样感动着蓝星环境的同志们，大家在一起拼搏、奋斗，来自于两种地域的文化和工作理念互相交融，在很短的时间内形成了一种互信、互谅、互相促进的良好局面，这也是项目顺利推进的一个有效条件。通过合作让双方互相取长补短，在项目实施过程中双方充分借鉴对方的优点，以达到共同推进工程项目的目的。

在两次大的合作间隔中，零零星星的还有一些小的补充性合作项目。比如一期的浓水反渗透等项目，虽然很小的项目，但是现场的协调管理和调度工作，体现了凌钢人对于工作的一丝不苟精神，也体现了凌钢人以厂为家的主人翁精神，在这一点上蓝星环境的同志们也学到了不少，结合蓝星行为理念，受益终生。

2015 年 5 月，蓝星环境迎来了和凌钢的又一次合作。本次合作工程项目的基本情况是这样的，凌钢高温超高压煤气发电工程—配套除盐水处理站工程。新建 1×65MW 发电工程配套 54t/h 除盐水站系统及改扩建 1×80MW 发电工程配套 27t/h 除盐水站处理系统。

项目看上去虽然小，但是麻雀虽小五脏俱全，而且在整个工作过程当中不能影响继续运行的设备，还要紧随发电主项目的进度安排，否则超前难以推进，滞后就会影响主体的发电项目和发电时间。对此，项目指挥部多次提及此问题，项目部也把这个问题放在首位。

新建 1×65MW 发电工程配套 54t/h 除盐水站系统，项目实施的主要难点是施工为主项目让路，面对各种交叉作业采取见缝插针的方式排布施工计划，主项目作业期间的管道沟开挖和土建厂房建设以及设备基础施工进度严重影响了设备后续安装。在这种不利的情况下，项目指挥部巧妙安排、统筹场地、精心布置、化繁为简、统一协调处理，这样在不断地协调中，项目部加班加点顺利完成了既定任务。

改扩建 1×80MW 发电工程配套 27t/h 除盐水站处理系统，项目实施的主要难点是改造工作在不影响原有设备运转的前提下，采取合适的局部处理措施，应对突然的变化问题，完成改造的相关工作，特别是施工期间一段输水管路涉及与原管路接驳施工的改造问题。本来一次正常 7 天的施工，分割成了 4 次 3 小时的抢修式施工模式，由于该项目属于公共服务工程，改扩建不停车改造和接驳工作难度很大，需要详细计划，周密布置和安排，将工作排布化整为零，这样才能顺利完成每一个节点任务。在这种不利的条件下，在业主和监理单位的各种协调中，团队最终顺利完成了此部分的改扩建工程任务。

在蓝星环境，熟悉凌钢项目的同志们都知道一个名词“凌钢速度”。本项目依然按照“凌钢速度”工作，项目工作如果进度压缩了，那么所有的管理措施就相比正常情况都要有所变化，是牵一发而动全身的一种效果。所以，项目自 2015 年 6 月份开始设计，到 8 月 2 日正式开始施工工作，9 月 4 日三查四定，9 月 9 日中间交接，9 月 10 日开始设备调试运行，9 月 27 日实现全项目两场地全部产水考核合格，项目整体竣工开始办理，10 月 19 日完成项目交接工作，全项目工作结束，整个项目过程没有任何一个节点耽误和影响了武汉都市环保主项目的实施，最终为主项目工作提供了可靠保障。相反，在施工环节中，碰到一些相互冲突的工序，项目指挥部即要求我项目部的工作为主项目工作让路。特别是刚入厂时候，主项目凉水塔的开沟影响了我项目部大罐施工整整 14 天时间，导致施工场地局促，施工资源调配不利，施工大型机具无法进场等困难。在这种情况下，我项目部见缝插针，协调指挥部门调配资源，安排加班作业，利用夜间主项目休息时间展开工作，追赶工期进度。另外，按照指挥部安排，54t 现场应该在 8 月 1 日开始安装，由于交叉作业影响最终在 8 月 24 日我施工人员得以进场安装。我项目部根据不利情况，及时调整人力和机具资源，同时做了一部分预制工作，最终用了 14 天时间，完成了既定工作任务安排，期间的工作进度安排，完全按照 PROJECT 软件实时跟踪管理模式，每天开会汇报每一个环节工作进度，同时布置第二天的工作调整计划，第二天再按照进度横道图进行比对管理，同时调整既定计划，就这样每天基本都在随时调整安排。

凌钢的项目管理的现场协调人员，不厌其烦的一次次帮我们调整施工计划安排，不分昼夜的值守在施工现场和蓝星环境的管理、技术人员一道想办法解决过程中遇到的难题。整个项目实施期间，他们没有正点下班、没有周末和节假日，他们把自己牢牢地绑在了工程项目现场，哪怕过程当中一点点质量问题，他们都会事必躬亲的参与处理、分析原因，并做好相应记录；哪怕一点点影响进度安排和时间次序的问题，他们都会立即参与协调处理，争取让施工畅通无阻的进行。

回首过去，终将成为历史；看今朝；心潮澎湃，在凌钢庆祝建厂 50 周年之际，蓝星环境也倍感高兴，凌钢用她坚定的脚步走过了 50 年风雨的历程，带给了凌钢人无上的光荣；凌钢用她一路走来 50 年的骄人业绩勉励着凌钢人的不屈的信心；火红的钢花浇筑在灿烂的炼钢厂，让一代又一代的凌钢人在凌钢的文化中成长和老去，那走来走去的钢铁路，在凌钢的建厂历史中成为一种历史的印记。

凌钢承托着凌钢人的梦想和未来，凌钢也见证了共和国的发展。在当今的经济大潮时代背景下，凌钢在企业带头人的引领下，抓住时机迅速崛起，没有辜负时代赋予的重任，更没有辜负一代代凌钢人心中的梦想。

继往开来，希望凌钢在未来的发展道路上，走得更远，走得更好！

情系家乡建设　助力凌钢发展

赵永生

凌水悠悠频牵梦，炉火熊熊助愿成。

2008 年，正值凌源钢铁集团公司 350 万吨技改项目建设的重要关口，山西地矿建设工程总公司有幸参与了项目桩基施工建设，由此开启了与凌钢的合作之旅，见证了凌钢艰辛发展和不断成长的历程。

作为一名土生土长的凌源人，能为家乡的经济建设贡献一份绵薄之力是自己多年的夙愿。在我的记忆中，凌钢是凌源乃至朝阳唯一的一家国有企业。在我离开家乡的时候，它还是一个年产钢不足 50 万吨的钢厂，与校园一桥之隔的厂区常年黄烟缭绕，凌钢工人给我最深的印象是傻大黑粗。时光荏苒，20 年后，当我再次回到家乡，走进仿佛花园般的凌钢，眼前一座座现代化的钢炉、一排排整洁的厂房完全颠覆了记忆中的凌钢。20 年来的变化可谓天翻地覆，昔日的钢厂已经变成了上市集团公司，生产规模更是翻了好几番，我被她强劲的发展脉搏和强烈的发展欲望深深打动，对与凌钢的合作充满了信心和期待。

桩基施工是技改项目的基础性工程，工程开工时正值东北的隆冬季节，滴水成冰的严寒给桩基施工带来的艰难可想而知。面对几近苛刻的工期要求，我被凌钢人执着的信念深深感染，要求项目部一切服从凌钢建设发展的需要，全力以赴保证项目进度。山西地矿项目部全体员工与凌钢人精诚合作，共经历了多少个不眠之夜，圆满完成了所有的桩基施工任务，热电改造桩基础工程、ϕ400/250 横列式轧机改造桩基础工程、转炉、连铸大修改造桩基础工程、4 号高炉大修改造桩基础工程、焦化厂改造桩基础工程等 1784 根 ϕ600mm、ϕ800mm、ϕ1000mm、ϕ1200mm 灌注桩全部顺利成孔通过验收。山西地矿在桩基施工的关键时刻不计代价，与项目技改各部门的密切合作，得到了凌钢的充分肯定和认可。2009 年 11 月，山西地矿再度承担了凌钢高速线材桩基础工程凌钢 12MW 发电厂桩基础工程、凌钢中型材大修改造桩基础工程、凌钢 52m^{2}烧结机大修改造桩基础工程，顺利完成了 1583 根 ϕ800mm、ϕ1000mm 灌注桩的施工任务。

2011 年，刚刚完成 350 万吨技改后，凌钢没有喘息，随即投资上马 600 万吨三期技改项目，资金短缺成为无法回避的最大问题，而其时钢铁行业的境况也大不如前。面对投标项目可能面临的巨大风险，作为凌钢坚定的合作伙伴，山西地矿没有犹豫，再次承担了三期技改中的 80m^3 白灰窑改造桩基础工程、转炉、连铸桩基础工程、大棒材项目桩基础工程、2300m^{3}高炉桩基础工程和公辅项目桩基础工程，顺利完成了 ϕ600mm、ϕ800mm、ϕ1200mm、ϕ1500mm 共 6981 根灌注桩的施工。

2013～2015 年，山西地矿又先后承担了凌钢三期技改附属工程的桩基建设，如八机八流、竖炉烟气脱硫、干熄焦、LF 炉、30 万立方米煤气柜、65MW、80MW 发电项目等。为凌钢"十二五"结构调整技术改造工程的顺利完成奠定了基础，为将凌钢打造成大型钢铁联合企业做出了积极的贡献。

从 2008 年开始至今的 8 年间，伴随着凌钢的稳步发展，山西地矿与凌钢共同经历了无数的风风雨雨，无论面对多大的困难，始终与凌钢人站在一起，我们坚信与凌钢这样的企业合作没有错，在钢铁"寒冬"持续的当下，有凌钢人战胜困难的坚定信心，凌钢终将成为这场转型升级突围战的胜利者，凌钢这艘钢铁巨舰一定会在新常态的汪洋大海中乘风破浪、扬帆远航。

值此凌钢建厂 50 周年的喜庆日子，祝愿凌钢早日走出钢铁"寒冬"的阴霾，山西地矿也将继续助力凌钢的发展，在转型升级的路上阔步前进，把凌钢建设成为更具竞争力的现代企业。

（作者为山西省地矿建设工程总公司总经理）

“红山女神”手中的铁花

中国三冶集团

工人街道的两旁，桃花含蕊微张。西区居民楼、文化中心、学校间来来往往穿梭的男女老少与厂区内繁忙的生产景象，尽显凌钢勃勃生机。厂区正门的蒸汽火车头安静地注视着上下班的人群，默数着时间的流淌。自1966年成立以来，凌钢已经走过了50年的发展历程，经过艰苦卓绝的努力，精准的市场定位，实现了经营高端产品，企业效能集约、污染物零排放的持续、和谐、绿色的品牌化发展之路，成为红山女神手中熠熠绽放的铁花。

中国三冶，作为有着新中国“冶金建设的摇篮”之称的建筑领域老牌劲旅，在凌钢集团长期发展中扮演了重要角色。从1987年的凌钢300m^{3}高炉工程、1988~1989年的凌钢3200m^3/h制氧工程和20t转炉工程、1990~1995年的中宽带工程，到21世纪以后的10000m^{3}制氧工程、450m^{3}高炉工程、350万吨钢改造工程、120t转炉炼钢工程、20000m^3/h制氧工程、75t锅炉发电工程、凌钢60万吨高炉工程、凌钢600万吨钢改造工程、30000m^3/h制氧工程、110t燃气炉发电工程……已然过了近40年的合作之路。放眼凌钢厂区，一砖一瓦、一梁一柱、一沟一壑都有中国三冶人付出，他们的汗水已经融入凌钢的骨髓里。

凌钢正门的左边，是凌钢焦化厂。2009年，凌钢焦化厂改扩建，新增3号焦炉及配套设施。基于长期的合作关系，中国三冶成为这项工程的主要施工单位，参与施工的有管道公司、电装公司、机装公司，由中国三冶统管项目部做协调指挥。由于1号、2号焦炉正常生产，一边是火红的焦子不时地从炉膛中吐出，一边是施工机械和工作人员紧张地运转忙碌，这样的场景沸腾了那一年的四季。

每一天，中国三冶人组成的自行车大军都要从正门涌入，又湮没在施工现场的各个角落。每个人都好似工兵蚁，目标明确地完成自己的任务。看似各行其是，实则小到每名施工人员，大到每个专业队伍都有着千丝万缕的联系，一个环节偏离原定计划，都有可能对整个工程造成影响。所以，工程想要顺利完工，就需要科学合理的统筹，需要完备的进度计划，需要每个参战队伍的全力配合，需要每位施工人员强烈的责任感——一项工程凝结着集体的智慧和付出。单就电气专业而言，每一根电缆就像是焦炉系统的神经和血管，每一次电力输送和控制信号的传递就像是给这个只有躯壳的建筑注入血液和灵魂。因为电气专业的施工是最后一道工序，所以也成了焦炉系统建设过程中最受瞩目的关键环节。

横跨了夏秋冬三季，3号焦炉施工接近尾声，此时也正是电气施工最关键的时刻。当时临近节点工期，焦炉四大车中只有装煤车的电源滑线未敷设，而焦炉本体已经进入烘炉阶段。时任凌钢焦化厂厂长冯亚军要求尽快实现装煤车供电，使焦炉可以顺利试生产。要实现装煤车供电，则要在短时间内安装总长近400m拦焦车滑触线。由于外界因素的影响，施工时限只有12个小时。焦炉正在烘炉，作业的地方就在炉顶，时值冬天，脚下1200多度的焦炉与零下20多度的冷空气将炉顶变成火焰山。事前，负责滑触线施工的电装公司与中国三冶工程指挥部进行了充分沟通，反复研究施工方案，提前做好风险防控工作。这次施工集合了中国三冶电装公司、机装公司、管道公司三家专业队伍，以应对滑触线安装期间可能突发的事件。施工过程中，每个细节都至关重要，滑线安装高度距地面十余米，施工人员的安全更是第一位的。中国三冶筛选出高空作业经验丰富的人员担任滑线安装主力，并做好一切安全防护措施，吊车、施工机具也进行了仔细检查。很快，施工开始了，作业人员爬上结构梁焊接立柱，一个、两个……时间一点点过去，3个小时后，全部立柱焊接完毕。在此期间，未进行施工作业的机装公司和管道公司的协作人员也在全神贯注地观察现场情况。吊车将第一根滑线吊至指定位置，穿梭炉顶的施工人员忘记了时间，忘记了脚下1200多度的高温，忘记了被炉子烤得微化的鞋底，眼里和心里都只有眼前的这根滑触线。暮色降临，天空又飘起了漫天的雪花，棉衣和手套都被雪水打湿。即便如此，也没有影响作业人员的工作进度。当最后一根滑触线安装完成后，在场所有人都如释重负，这才发现大地一片雪白，不远处的龙门吊安静地注视着人群，脚下炉火像8月的太阳。

“十二五”时期，凌钢审时度势，积极采取措施，应付“新常态”下国家对钢铁行业结构性调整的冲击，一方面加大力度进行“普转特”工作，以建设“最具竞争力的精品棒线材基地”为目标，将产品定位在核电、机械制造、汽车、航空航天等相关行业用钢；一方面推行绿色发展战略，改造余热发电和废水、废渣、废气的回收利用工艺。新一轮的战略发展仍有中国三冶的鼎力支持。

2014年3月，中国三冶参建的凌钢大棒精整工程热负荷联动试车一次成功。当辊道输送火红的钢坯进入轧机时，参与施工的中国三冶人感慨万千。由于凌钢这次引进设备由意大利达涅利公司成套提供，从系统设备安装图纸到系统原理图均由外方直接提供，且未经过国内转化，虽然这样一来降低了图纸出错的几率，但不同的绘图规范和巨大的语言差异还是为工程施工造成了极大的阻碍。为了做到精准施工，中国三冶抽调经验丰富的作业人员和专业翻译人员，将每根钢管和线缆等的路径逐一翻译，并逐一与外方核实，然后才进行实体施工。虽然存在语言差异，但施工人员精湛的技术和敬业的态度还是给外方人员留下深刻的印象。生产线正式投产后，凌钢也从此具备了生产高附加值合金结构钢、齿轮钢、轴承钢等钢种能力，使凌钢向高精尖产业升级迈出坚实一步。

在绿色发展理念推动下，凌钢在提高产能、更新生产工艺的同时，将节能减排放在工作首位，从而引发了凌钢集团对高炉、烧结、炼钢、焦化等系统进行一系列地改造。凌钢干熄焦改造项目于2014年3月31日开工，历时9个月，工程于当年11月16日点火烘炉，12月26日正式投产发电，比计划工期提前5天完成，创造了全国同类干熄焦工程当年招投标当年施工投产的新纪录。在中国三冶人看来，能满足业主的需要，得到业主的肯定，就是最大的成绩。干熄焦装置额定处理能力为90t/h，发电机组能力为15MW，项目投产后，使原本熄焦时白雾蒸腾、烟气刺鼻的景象一去不复返，且显著改善焦炭质量、有效提升二次能源利用率、大幅降低粉尘污水排放，具有良好的经济效益、环境效益和社会效益，是凌钢推进节能环保、建设循环经济的又一重大成果。2015年8月，凌钢烧结大烟道余热回收工程启动。烧结工序能耗在钢铁企业中仅次于炼铁位居第二。烧结机生产时，经料矿加热后的冷却风温一般温度可达300～400℃，最高可达450℃，冷却机废气带走的显热约占总能耗的20%～28%，而其排放的余热约占总能耗热能的49%。工程投产后，可将烧结余热回收并转换为电能，用于厂区供电，减少有害物排放的同时，实现降本增效的目的。看到凌钢的水更清，天更蓝，我们深知凌钢是怎么样一步一步走过来的。2008年来，凌钢投入近20亿元资金用于节能环保项目建设。经过7年的努力，污水实现了零排放；煤气实现了零放散；高炉全部实现了TRT发电，人造富矿、冶炼、轧材系统余热全部回收，自发电比例达到40%；转炉实现了负能炼钢和钢渣零排放；大高炉、大转炉采用了干法除尘；焦炉采用了干熄焦，烧结、竖炉、球团全部实现了脱硫。

一年365天里，凌钢集团要在中国三冶人的陪伴下度过差不多300天的时间。在众多参与凌钢建设的中国三冶人中，一干就是10年以上的更比比皆是。也正因为凌钢，使不少中国三冶人把凌源当成了第二故乡。凌钢的发展带动了周边经济的崛起，居住、卫生、教育等环境的改善使越来越多的人迁徙至凌源，中国三冶的员工也有不少人在这娶妻生子，把家安在了凌源。

五千年的红山文化滋养着这片沃土，在女神细心浇灌下，凌钢这株铁花坚强的绽放。中国三冶陪伴凌钢集团实现了一次次跨越，此有50年，还有50年，更有50年，路尚远，相伴无界。

精诚合作　续写钢铁春秋

中冶京诚工程技术有限公司

1966年，凌钢从一个年产几十万吨钢、名不见经传的小钢厂，历经50载春秋，特别是改革开放的30年间顺应市场需求快速发展，一跃成为具有年产钢600万吨生产能力，集矿山、冶炼、轧材于一体的大型钢铁联合企业，并跻身国内工业企业的500强。在取得企业效益的同时，也获得了广泛的社会效益，为我国钢铁工业的发展和地方经济的振兴做出了巨大贡献。

"菱圆"商标已成为全国驰名商标，也是凌钢的标识，具有很高的含金量。主要产品优特钢大小棒、螺纹钢、中宽带、高线、焊管中的螺纹钢、中宽带都获得了中国冶金产品金杯奖。螺纹钢是国家免检产品和上期所交割品牌，在东北已成为国家重点工程的首选。产品远销全国28个省市自治区，并出口到美国、日本、韩国、印度尼西亚、阿联酋、巴基斯坦、哥伦比亚和多米尼加等国家和地区，具有较强的市场竞争力。

目前，凌钢的生产装备已趋于大型化，流程结构好、生产连续性强，各工序生产能力匹配得当、冗余小，设备利用率高。从2009年开始，凌钢又大力开展了对标挖潜、降本增效活动，并已逐步形成了长效机制。在快速发展的同时，还加大了对节能减排及环保项目的投资力度。污水实现了零排放；高炉采用了喷煤技术，全部实现了TRT发电；转炉实现了负能炼钢和钢渣零排放；转炉、轧材、烧结等系统全部实现余热蒸汽发电；大转炉采用了干法除尘。尤其是近两年，凌钢在节能减排、开发新产品、提高产品质量上更是下苦工夫，提高煤气利用率，增加自发电量，配合新产品开发适度增加工艺装备，烧结系统增加脱硫装备，环境保护工作成效显著，企业环境有了翻天覆地的变化。目前，凌钢正着力于能源系统管控、综合利用及物流系统优化的实施再造，向着智能化工厂的目标迈进。

凌钢人奋发图强，勇于创新。50年来取得了骄人的成绩，让与凌钢有着丝丝不解之缘的京诚公司也感到无比的骄傲与自豪。

伴随着凌钢的发展壮大，京诚公司与凌钢公司多有工程项目的合作，在合作的过程中建立了深厚的友谊与互信，并建立了战略合作伙伴关系。

1996年，冶金工业部下属的一家公司为凌钢引进德国喷煤技术，京诚公司的前身北京钢铁设计研究总院作为工厂设计单位参与了建设。1998年参加了1号高炉喷煤工程设计，之后有2003年的35t转炉除尘工程、2007年的350万吨项目炼钢工程、二棒材工程，2008年老区料场增设防尘网工程，2009年的高线工程等。

2010年开始的600万吨工程，京诚公司承担了总体设计以及原料、炼铁、炼钢连铸、轧钢（线材、大棒、小棒）、制氧、全厂公辅单元的工厂设计。

项目实施过程中，凌钢给予京诚公司充分信任，并从上到下全面参与，施工图设计阶段凌钢主动到京诚公司设计联络，以减少设计人员舟车劳顿的辛苦，给设计人员留出更多工作的时间。施工期间，凌钢领导始终站在现场第一线，诸多细节体现了凌钢“自强、诚信、求实、创新”的企业精神，这一切深深感染着所有参与项目的京诚人。

通过凌钢工程，京诚人切身感受到了凌钢的热情、和谐的工作氛围以及各部门之间的团结。

除京诚公司本部之外，京诚各子公司与凌钢也有全方位合作，包括设备供货、三电软件、单体工程EPC……

感谢凌钢长期以来对京诚公司的信任与支持，祝愿凌钢的未来更加美好！携手共进创未来！

携手走过风雨耕耘路

中冶连铸技术工程股份有限公司

人生天地之间，如白驹过隙。

经历了半个世纪的风雨洗礼，凌源钢铁集团有限责任公司迎来了第50个生日。50年，在历史的长河中，弹指一挥，转瞬即逝。但对凌钢集团而言，却是一段风雨耕耘，逐步发展壮大的历程。在此，中冶连铸祝凌钢集团“生日快乐，朋友!”

作为凌钢集团的老朋友，中冶连铸怀揣感恩之心，与有荣焉！回首中冶连铸与凌钢集团近15年的合作经历，从相识、相知到共同奋斗，携手共进，开拓进取，结下了深厚的友谊。

凌钢初印象——精细管理，刚性执行

在21世纪初，凌钢集团有新建铸机的需求，而中冶连铸是国内技术领先的专业连铸公司；双方在共同目标的引领下，走到了一起。然而，最初的合作并不是一蹴而就的。在凌钢集团决定与中冶连铸合作之前，双方历经长时间的沟通交流、细致考察。在项目技术交流阶段，也是双方领导和技术人员一起，对连铸技术及新建铸机的配置要求，进行细致沟通。在交流过程中，即使是管线走向这样的细节，凌钢集团都格外的仔细。正是经过这样缜密、充分的前期准备，当双方真正合作时便非常的顺畅。同样，在执行过程中，凌钢集团对细节管理也非常认真，每天的工作安排都井然有序。在“精细管理、精益求精”的理念下，成就了双方的第一次合作，开启了中冶连铸与凌钢集团15年合作的篇章。

凌钢相识中——公平公正，严格严谨

经过初次的磨合之后，中冶连铸与凌钢集团在合作上日益频繁。2005年，中冶连铸为凌钢集团新建第一台双流板坯连铸机时，由于工期紧任务重，建设过程中出现了些许问题。当时，我方人员心里直打鼓，不知道凌钢方面的反应会是如何的暴风骤雨！然而，与我们想象的不一样，凌钢集团以卢亚东、闫清军代表的业主方，并不是数落中冶连铸的不是，而是召集相关人员，特别是技术人员，一起细致详尽的探讨出现问题的原因及解决办法，最终完满的解决了问题。从此之后，中冶连铸与凌钢集团的合作更加得顺畅与亲密。我们大家不惧怕出现问题，遇到问题解决问题，遇到困难解决困难，为了凌钢的发展和壮大这一唯一目标，双方合作更加亲密无间。

战略伙伴——战略合作，友谊长存

2016 年，是中冶连铸和凌钢集团合作的第 15 个年头。期间，钢铁市场发展异常火爆，凌钢集团快速扩大规模，凌钢集团对中冶连铸的机型、连铸技术不断提出新的要求。中冶连铸为凌钢集团不仅仅是提供铸机建设服务，还致力于连铸机全生命周期的高产品技术服务，包括前期调研及可行性研究、在役铸机的设备升级改造、生产工艺、生产工艺诀窍、铸坯质量问题诊断的技术支持、备品备件供应、设备维护服务外包等。

2014 年，中冶连铸与凌钢集团签订《战略合作协议书》，双方的关系达到新的高度。

回顾历史，中冶连铸见证了凌钢集团产量由 200 万吨到 350 万吨再到 650 万吨，见证了凌钢集团铸机由小方坯到板坯到大方坯，见证了凌钢集团由单一普碳钢到多钢种并重。凌钢集团在不断变化的市场大环境下，抢抓历史机遇，坚持改革创新，加快企业发展，大力推进技术进步和管理创新，努力创建品质凌钢，使企业实现了历史性进步和跨越式发展。

中冶连铸与凌钢集团共同携手走过的这 15 年里，本着以凌钢集团为中心，利用自己的先进技术，为凌钢集团创造最大的价值，全心全意地为凌钢集团服务。同时，凌钢集团的想法和要求也为中冶连铸的进步创造了空间。

在凌钢集团 50 周年华诞之期，我们相信凌钢集团以自强、诚信、求实、创新的企业精神和至诚至精的企业核心理念，定能建设成为最具竞争力的精品棒线材基地！中冶连铸也将凭借自己的技术力量，做好凌钢集团坚强的技术后盾和战略盟友，迎接更加美好的未来和更加长久的合作！

风雨相伴成长　携手续写辉煌

天水长城开关厂有限公司

凌钢是1966年建设的“小三线”国企，而天水长城开关厂有限公司为国家“三线”建设的国企。自我国实行市场经济后的1999年开始，凌钢与天水长城开关厂有限公司相互接触联系越来越多。两个行业的国企也开始了相互支持与陪伴，共同走过了近18个春秋，也共同见证了伟大祖国的变革与发展，并将携手铸造更加辉煌的未来。

自1999年，公司为凌钢供货以来，已连年中标凌钢公司，“十二五”一总变改造项目、公辅废处理项目、52m^2烧结项目等20多个重点项目，均得到凌钢各级领导和单位的良好的反馈和肯定。在多年的合作中，我们深深感到凌钢在管理工作上始终践行“精细管理、精益求精”的企业核心理念，不断追求卓越、超越自我。自身要求质量零缺陷，安全无事故，并且十分注重与之合作的企业的产品质量及服务水平。为保证产品质量及服务的高可靠性，在公司价格非市场最低价情况下，多年来坚持选用我公司产品，充分体现了凌钢公司关注品质，而非一味追求低成本的优良作风。

2008年四川汶川地震，我公司所在的甘肃省天水市是地震灾区之一。适逢我公司与凌钢合作项目急需交货，为确保用户单位工期不被延误，我公司相关单位员工冒着遭遇余震的风险，坚持战斗在一线。凌钢公司将图纸发到后，我公司技术人员在临时搭建的地震棚中进行产品的工程设计，全公司上下齐努力，最终顺利完成了产品的交付。而凌钢公司也尽全力支援灾区建设，想我公司所想，急我公司之所急，给我们公司提前支付了货款，为身在灾区的我公司送来温暖和希望。灾难面前，两个公司更加紧密地凝聚在一起，也在心灵上震撼了所有人。

长期以来，凌钢与长开公司进行过多次广泛而深入的沟通与交流。长开公司领导曾赴凌钢进行参观考察，凌钢一流的研发能力及产品质量、一流的新技术工艺应用集成能力和先进合理的管理流程为我公司提供了许多值得借鉴和学习的经营管理经验。凌钢公司领导也曾多次视察我公司管理及生产现场，并对公司卓越的产品质量及服务、雄厚的研发实力和完善的营销体系给予了较高的评价。

2012年以来，我公司以提高企业持续竞争力为出发点，通过产业园建设，实现产品产业升级、装备升级、管理升级，并建设成集装配、主要结构功能要素制造、仓储、物流于一体的大型智能化车间。我们希望通过不断地完善与升级，以更加可靠的产品和优质的服务为凌钢筑梦之路添砖加瓦！

机缘，在合作中生根；情谊，在合作中加深；事业，在合作中壮大；梦想，在合作中腾飞！值此凌钢50年厂庆之际，我公司对凌钢多年来给予的支持与合作表示衷心感谢。“忆昔坎坷兴业路；抚今昌盛换新天”！愿新的征程，我们再接再厉，合作双赢，为双方的未来谱写华美的乐章！

十四载帮扶献真情

——凌钢集团公司帮扶牛营子镇纪实

郝长明

十四载帮扶献真情，十四载共筑致富梦

自2002年凌源钢铁集团有限责任公司帮扶凌源市牛营子镇以来，凌钢积极响应省委、省政府的号召，全力开展对口帮扶工作。14年间，凌钢公司共投入各种资金和物资共计600多万元。

牛营子镇位于凌源市南部，全镇12个村2万多口人，经济基础薄弱，是个贫困山区镇。2002年，凌钢响应省政府的号召，与当时的牛营子乡结成帮扶对子。

结上这个穷亲戚后，凌钢集团历任领导高度重视帮扶工作，定期派出精通扶贫的专职工作人员驻乡驻村挂职，走村入户研究帮扶项目、发展产业。公司领导每年前去调研，实地听取当地党委政府和群众的意见，实事求是的帮助找发展路子，上项目，搞扶贫。

变“输血”扶助为“造血”扶贫，变“扶贫”为“扶智”，成为凌钢公司定点帮扶牛营子镇的最大亮点，也是让当地百姓最叫好、最实惠、最长久、最受益的惠民之举。

凌钢集团首先从改善全乡交通条件入手抓帮扶。在修通铺设瓦牛线、平宣线15km油路，白尺沟2km村路时，凌钢出车、出人、出钱，投入100多万元资金，帮助修起了贯通全乡的致富路。特别是修建白尺沟村的2km村路中，凌钢出资25万元，沿河道一侧修建起路坝结合的高标准公路。路修起来了，河道也得到了治理。

他们还以改善山区教育基础设施为己任。牛营子中学是一处建于20世纪80年代的老式砖瓦房，教学环境差，严重制约山区教育事业的发展。凌钢帮扶后，公司领导多次帮助研究易地建校。2006年，占地面积56亩的新校址开工建设。2007年投资30万元、建筑面积5000m^{2}的新教学楼、宿舍楼、生活楼拔地而起，成为牛营子乡一道最靓丽的风景。1000多名师生也住进了环境优美的新学校。全校师生不负凌钢人的重望，教育教学水平逐年提高，现在各项工作名列全市乡镇中学前列。

近几年，凌钢公司把帮扶兴建民生工程作为重点，投资建起利民惠民工程。

2010年，帮扶双方根据实际，共同研究致富产业，认真落实省、市发展保护地的要求，发展避灾农业、设施农业，全力推进保护地建设。

短短的几年时间，12个村新建保护地温室大棚1000多个，改造旧棚600多个。建棚之初，由于工程量太大，仅为农户配电一项，就需大量资金。凌钢的领导得知这种情况后，立即召开会议研究，拿出40万元扶助资金，用于农民建大棚急需配电。经有关部门紧张施工，供电线路全部架设完毕，建棚户用上电，保证了新建棚当年施工、当年生产、当年见效。太平杖子村新发展保护地小区，由于所处地理位置特殊，大棚配水非常困难。凌钢公司得知后，出资10万元钱，打一眼302m的深水井，解决了保护地供水难题。

2014年，凌钢派出了帮扶小组。公司运营管理部徐广喜任村第一书记，他带领3人长年驻扎在郭家店村，和村干部走村串户，深入田间地头，为农户研究致富项目和产业。针对该村保护地发展现状和国内外蔬菜市场形势，将发展温室暖棚、冷棚作为设施农业、避灾农业的首选支柱产业来抓。他们和村干部共同努力，在郭家店组通过土地流转，投资300万元，建起120亩的特色农业产业示范园区，成立了利万家果蔬专业生产合作社，生产小冬瓜、香菇、木耳等高端特色菌菜，产品全部以订单形式销往北京。

建园区伊始，白手起家。缺少资金和物资，徐广喜就和村干部一起，找到公司领导，积极运作，多方努力。为村和农户争取钢筋100t、建大棚用竹片3000t，价值30多万元，使合作社领办的特色农业园区项目如期开工。做到当年建设、当年生产、当年见效。他们生产的小冬瓜等特色菌菜，投入市场后供不应求。灵芝、木耳、猴头菇、香菇等“知菌堂”牌食用菌系列产品，通过淘宝网以电子商务形式销往国内国际市场。

鼠标一动，小山村与世界相连

牛营子镇政府原有办公用房为20世纪60年代建造的土石砖瓦结构房屋，因年久失修，房屋塌陷，顶棚脱落，已成危房。大部分站办所不得不临时租借地点办公，给机关干部办公和群众前来办事带来诸多不便。为了改善办公条件，提高机关工作效率，政府决定新建一座站办所综合服务楼。凌钢得知后，又为该乡送来25万元资金，用于启动各项前期工作，全力支持建设站办所综合服务楼。如今，一座饱含着凌钢公司凌钢人深深的帮扶关爱之情的新便民服务楼矗立在镇政府大院内。

凌钢帮扶牛营子镇14年来，他们扶弱济贫，关注民生。从公司领导到普通职工每年都开展扶贫帮困送温暖活动，走访贫困户，送去凌钢公司干部职工的一片爱心和真情。几年来，累计为贫困户捐赠米面2600袋、衣服5万件、资金60

万元。

现在，公司副总经理闫清军和帮扶小组等 7 名干部职工每年一对一资助 8 名贫困学生上学。

短短 14 年间，凌钢公司动真情，办实事，使这个昔日还很落后的贫困乡，发生了令人瞩目的巨大变化，全镇财政收入、农民人均收入大幅增长。

山乡人外借助力，内生动力，发展产业，共圆致富梦，人的精神面貌发生了喜人的变化。

乡村的道路更宽了，人居环境更舒适了，农家生活更富足了，牛营子变得更加美丽了。

这巨大变化中，饱含着凌钢干部职工的心血和真情，倾注着凌钢人悠悠 14 载的帮扶深情。

（作者为凌源市牛营子镇副镇长）

编 后 语

讲好中国故事，就是要把中国自己的事情办好。讲好凌钢故事，就是要把凌钢的奋斗精神传承下去，激励现代，昭示后人，把凌钢建设发展得更好。《记忆凌钢》就是一本很多人讲凌钢故事的书。

一个社会，一个企业，一个家庭，包括每个人，都是由无数个故事组成的。每个企业都有故事可讲，每个故事都有它的精彩之处。凌钢建厂50年了，从不同的视角看凌钢，从不同的年代品凌钢，从不同事件忆凌钢，正是基于这种想法，才有了这本《记忆凌钢》的面世。

记忆有的是幸福、美好的，有的是酸涩、痛苦的。但是，记忆却是永远难忘的，因为难忘而弥足珍贵，记忆永不褪色。

《记忆凌钢》分为"岁月留痕"、"成长纪事"、"风雨同舟"3个篇章。收录的文章既有退休人员撰写的艰难创业经历，也有在职人员叙述的切身感受；既有高炉、转炉、轧机由小到大、由弱到强的光辉历程，也有几代凌钢人生于斯、长于斯的喜怒哀乐；既有高校学子到企业员工之间的华丽转身，也有精诚合作、发展共赢的心手相牵。每个故事，每个篇章记录的都是凌钢真实走过的每段路，这路上有你、有我、有他，这就是凌钢人自己的故事。让我们把凌钢故事讲得越来越精彩，让凌钢声音越来越洪亮，凌钢人信心百倍！

本书文章均为个人所写，征集录入。由于年代久远，世事变迁，很多人和事已经无法一一核实，只是作者凭着记忆撰写而成，如有纰漏和失实之处，文责自负，还望广大读者见谅。

《记忆凌钢》编辑部
2016年5月

《记忆凌钢》编辑部

编　　审　张振勇　郝志强

主　　编　李建军　张凤阳

责任编辑　吴春旭

特邀编辑　贾亦凡